계간 미스터리

2022 가을호 | 통권 제75호

표지 그림 ⓒ 고준호(Joonho Brian Ko) 〈Nocternal animals〉
현재 서울에 기반을 둔 일러스트레이터이다. 한국에서 태어나 인도에서 자랐고 영국에서 공부했다. 킹
스턴예술대학교에서 일러스트레이션&애니메이션을 전공한 뒤, 런던 Orla Kiely의 그래픽 디자이너
로 경력을 시작했다. 한국에 돌아와서는 디지털 일러스트레이션의 형태로 아시아 민속 미학을 현대화
하는 시각적 실험에서 그의 특별한 취향을 발견했다. 최근 작업은 Louis Vuitton, The NorthFace, Folio
Society, 국립민속박물관 등이 있다.

계간 미스터리

2022 가을호

2022년 9월 19일 발행 통권 제75호

발행인	이영은
편집장	한이
편집위원	윤자영 조동신 홍성호 한새마 박상민 김재희 한수옥
교정	오효순
홍보마케팅	김소망
디자인	여상우
제작	제이오
인쇄	민언프린텍

발행처	나비클럽
등록번호	마포, 바00185
등록일자	2015년 10월 7일
출판등록	2017. 7. 4. 제25100-2017-0000054호
주소	(04031) 서울 마포구 동교로22길 49, 2층
전화	070-7722-3751 팩스 02-6008-3745
이메일	nabiclub17@gmail.com

ISSN 1599-5216

ISBN 979-11-91029-57-4 03810

값 15,000원

본지에 실린 글과 사진의 무단 전재 및 복제를 금합니다.

※본지는 한국문화예술위원회의 문예진흥기금에서 원고료(일부)를 지원받아 발행합니다.

2022 가을호를 펴내며

장르의 규칙을 지키면서도
장르 밖을 자유롭게 뛰노는 작품들의 향연

몇 년 전 컬러링북이 유행한 적이 있었습니다. 당시 직장에서 극심한 스트레스에 시달리던 아내는 '힐링'이 필요하다며 '안티-스트레스'라는 부제가 달린 정원을 묘사한 컬러링북과 단단한 주석 상자에 60가지 색깔이 질서정연하게 들어 있는 색연필을 야심차게 사들였습니다. 그리고 얼마 지나지 않아 꽃잎 하나하나를 선 안에 색칠하는 것이 오히려 스트레스를 유발한다는 것을 깨닫고는 서랍 깊숙이 넣어두고 말았습니다. 아내의 정원은 어설프게 선 밖으로 비어져 나온 미완성의 꽃들을 담은 첫 장을 끝으로 다시는 햇빛을 보지 못하고 있습니다.

장르소설은 형식 안에서 반복적으로 표현되어 정형화된 구조로 되어 있습니다. 일종의 지켜야 할 '선'이 있는 것입니다. 선 안쪽을 어떤 색깔로 칠하든 자유지만 선을 지나치게 넘어가면 더 이상 해당 장르의 작품이 아니라는 냉혹한 평가를 받게 됩니다. 특히 미스터리는 다른 장르에 비해 유독 많은 '선'이 있습니다. 딕슨 카의 4대 공리, 헐의 10훈, 녹스의 10계, 밴 다인의 20원칙 등 이렇게까지 해야 하나 싶을 정도로 다양한 규칙이 존재합니다. 개중에는 "중국인을 등장시키면 절대 안 된다"처럼 당대의 편견에 기인한 것도 있어 이제는 사장된 규칙도 있지만, "범인은 이야기 초기 단계부터 등장해야 한다"라든지 "모든 단서는 탐정과 독자가 함께 알 수 있어야 한다" 등과 같이 여전히 유효한 규칙도 있습니다. 선 안에서만 노는 것이 무슨 재미가 있을까 싶겠지만, 웬걸요, 선 안쪽을 다양한 색깔로 채우듯, 규칙을 효과적으로 파괴하는 천재들이 나타났습니다. "탐정 본인이 범인이어서는 안 된다"라는 규칙은 만들어지기도 전에 애거사 크리스티가 《애크로이드 살인사건》에서 깨버렸고, "초자연적이거나 불가사의한 수단은 안 된다"라는 규칙은 랜달 개릿의 다아시 경이나 일본의 특수 설정 작가들이 효과적으로 파괴하고 있습니다.

서두가 길었습니다만, 이번 가을호의 진정한 특집은 장르의 규칙을 지키면서도 효과적으로 넘나드는 다양한 '작품'들입니다. 홍선주의 〈최고의 인생 모토〉는 유머 미스터리로서 최근 MZ세대로 표현되는 세대 간의 갈등을 유머러스하게 풀어냈습니다. 김형규의 〈구세군〉은 SF와 미스터리를 결합한 작품으로 근미래를 배경으로 현재의 문제를 사회파의 시각으로 접근합니다. 장우석의 〈나의 작은 천사〉는 일상 미스터리 계열의 작품으로 사라진 고양이를 찾는 과정에서 과거의 죄악감과 대면하게 되는 남자의 이야기를 담고 있습니다. 김세화의 〈그날, 무대 위에서〉는 묵직한 필치로 본격 미스터리가 갖는 미덕을 고스란히 보여주는 작품이고, 정석화의 〈나는 소멸하기로 결정했다〉는 겉으로는 웹소설 같은 가벼운 설정이지만 속으로는 작가의 내공을 보여주는 단단한 구조를 갖추고 있습니다. 마지막으로 홍정기의 〈망령의 살의〉는 한국에서 보기 드문 특수 설정 미스터리를 본격적으로 시도한 작품입니다. 유머, SF, 사회파, 일상, 본격, 웹소설, 특수 설정. 미스터리란 장르에 이 정도의 다양함을 첨가했으니 독자들이 다양하게 즐길 수 있는 미스터리 작품들의 향연이 펼쳐진다고 해도 될 것 같습니다. 이번 호를 기쁜 마음으로 만들 수 있었습니다.

그렇다고 작품 외의 부분을 소홀히 한 것은 아닙니다. 특별 기획 〈세계 미스터리 흐름과 현재〉 두 번째 편으로 박광규 평론가가 북유럽 미스터리에 대한 글을 썼습니다. 지금까지도 강세를 보이는 북유럽 미스터리의 저력이 어디에서 나오는지 분석합니다. 박인성 문학평론가는 〈오컬트와 미스터리의 친연성과 교차성〉에서 한국이 공포물과 오컬트를 토착화하는 과정에서 어떻게 미스터리의 문법을 빌려왔는지 다양한 실례를 들어 설명합니다. 추리문학 평론가 백휴는 '빛고을 광주가 LA라면! 아버지의 부재에 대처하는 그녀의 방식'이란 부제가 붙은 〈정유정론〉에서, 아버지의 부재와 생존으로서의 악이라는 주제가 작품에서 어떻게 반복적으로 드러나는지 분석하고 있습니다.

두 가지 인터뷰도 있습니다. 하나는 넷플릭스에 〈D.P〉, 〈지옥〉을 공개해서 많은 화제를 불러일으킨 클라이맥스 스튜디오의 이상미 기획 프로듀서와의 인터뷰입니다. 이 인터뷰에서 이상미 피디는 다양한 IP 확장을 빠르게 기획·개발할 수 있었던 성공 요인을 들려줍니다. 다른 하나는 지난 8월 14일 한겨레 교육센터에서 한국추리작가협회 주관으로 열린 「써머 미스터리 페스티벌」의 프로그램 중 하나로 진행된 〈나는 이렇게 미스터리 작가가 되었다—《계간 미스터리》신인상 수상자들의 등단기〉를 정리한 것입니다. 이 인터뷰에서 홍정기, 박소해, 한새마 작가의 신인상 도전기와 미스터리 장르 작가로서의 지향점에 대한 진솔한 고백을 들을 수 있습니다.

　　어쩌면 언젠가 아내도 서랍에 처박아둔 컬러링북과 색연필을 다시 꺼내 선 안에 아름다운 색깔을 채워 넣을지도 모릅니다. 그러다가 선을 벗어난 곳에 자신만의 꽃을 그려 정원을 풍요롭게 채울지요. 장르의 규칙을 지키면서도 장르 밖을 자유롭게 뛰노는 작가들이 튀어나오고 있습니다. 이들이 한국 미스터리의 정원을 아름답고 풍성하게 채워나가길 기대합니다.

한이
계간 미스터리 편집장

특집 1

세계 미스터리의 흐름과 현재 ②

사회비판적 요소를 문학적인 형태로 외삽해온 북유럽 미스터리

박광규(추리문학 연구가, 번역가)

인기를 얻는 소설은 어떤 시각에서든 흥미로운 점이 있기 때문이다. 한국의 번역 추리소설 시장에서 전통적으로 인기 있는 분야는 고전 정통 추리소설이다. 코넌 도일의 셜록 홈스 시리즈나 애거사 크리스티의 작품은 추리소설에 관심이 없는 사람이라도 모르지 않을 정도로 유명하다. 21세기에 들어와서는 일본의 추리소설이 폭발적인 인기를 얻었다. 히가시노 게이고, 미야베 미유키 등 현역 작가뿐만 아니라 그들보다 수십 년 전에 활동했던 요코미조 세이시나 마쓰모토 세이초의 작품까지 출간될 정도였다. 그로부터 얼마 지나지 않아 영어권/일본어권을 벗어난 다른 언어권(유럽, 남아메리카 등)의 작품도 서서히 소개되기 시작했는데, 소문에 따르면 그 이유가 무척 단순했다. 영어권/일본어권 작품의 저작권 계약금이 너무 올라갔기 때문에 이른바 틈새시장을 찾는 고육지책이라는 것이었다. 소문이야 어쨌건, 한국 독자들에게는 다양한 국가의 추리소설을 접할 수 있는 기회였다. 그로부터 10여 년이 지난 2022년 현재, 독자들은 서점에서 세계 각국의 작품을 고를 수 있는데, 개인적인 호감 탓인지는 모르겠지만 북유럽의 작품이 제법 눈에 띄는 느낌이 든다.

북유럽이라 하면 스칸디나비아 지역 국가인 스웨덴(약 1040만 명, 25명/㎢), 노르웨이(약 542만 명, 14.0명/㎢), 덴마크(약 583만 명, 137.65명/㎢), 아이슬란드(약 36만 명, 3.5명/㎢), 핀란드(약 550만 명, 16명/㎢) 등 5개 국가를 의미한다. 5개국의 전체 인구는 1800만 명도 되지 않고, 인구 밀도도 무척 낮다(참고로 한국은 507명/㎢). 이런 지역적 배경을 살펴볼 때, 1990년대 중반 무렵 아르드날뒤르 인드리다손이 추리소설 집필을 고심하며 자신에게 던졌던 질문, 아이슬란드는 추리소설의 배경으로 삼기에 매력적인 곳일까? 아이슬란드 독자들은 아이슬란드 범죄소설에서 일어나는 사건들을 말도 안 된다고 생각하거나 우스꽝스럽게 여기지 않을까? 에를렌뒤르 스베인슨 같은 형사들이 TV나 책으로 친숙한 외국 작품의 유명한 형사들과 경쟁을 할 수 있을까? 이것은 충분히 공감할 만한 질문이다. 그러나 그 질문을 던진 뒤 채 10년도 지나지 않는 동안, 북유럽 미스터리의 대표작들은 전 세계 국가에서 번역되었으며 스칸디 미스터리Scandi Mystery, 스칸디 스릴러Scandithriller, 노르딕 누아르Nordic Noir 등의 별명까지 얻게 되었다.

물론 북유럽 미스터리가 20세기 후반에 갑자기 시작된 것은 아니다.

마이 셰발과 페르 발뢰, 두 작가 커플이 1965년부터 10년여에 걸쳐 발표한 '마르틴 베크 시리즈'(총 10작)는 당시 추리소설계에 지각변동을 가져온 작품이었다. 그들의 목표는 성공적인 스웨덴 복지국가가 사실은 범죄와 사기가 만연한 겉치레에 불과하다는 것을 보여주는 것이었지만, 그보다 더욱 중요한 것은 주인공의 인간적인 모습, 작품을 통한 사회 고발이라는 북유럽 미스터리의 틀을 마련했다는 점이다. 한편으로 시리즈 제4작인 《웃는 경관》은 1971년 미국추리작가협회상 장편 부문에서 수상했을 정도로 해외에서도 인정을 받았다. 그러나 발뢰가 사망한 1975년 이후 북유럽 미스터리는 꽤 오랫동안 소강상태에 머물러 있다가 1990년대 들어와 헨닝 망켈, 호칸 네세르 등이 등장해 새

● 괄호 안의 숫자는 인구와 1제곱킬로미터당 인구 밀도이며, 위키피디아의 통계를 대략적으로 인용했다.

로운 힘을 불어넣었고 높은 수준으로 끌어올렸다. 한편 피터 회의 《스밀라의 눈에 대한 감각》(1992)은 영어로 번역되자마자 단기간에 비평적/상업적 양면으로 호평을 받았으며, 한국에서도 번역된 후 절판되었다가 독자들의 요청으로 재출간되어 드물게 큰 성공을 거둔 바 있다.

북유럽 바깥(특히 영어권)의 출판사들은 추리소설의 새로운 지형이 그리 멀지 않은 곳에 있다는 것을 눈치챘고, 본국에서 실력을 발휘하고 있던 작가들을 전 세계에 소개하기 시작했다. 거장 헨닝 망켈이 창조한 수사관 쿠르트 발란데르의 어두우면서도 매혹적인 연대기를 비롯해 리사 마르클룬드의 여성 저널리스트 안니카 벵트손 시리즈, 옌스 라피두스의 스톡홀름 누아르(이상 스웨덴), 아르드날뒤르 인드리다손이 창조한 수사관 에를렌뒤르 시리즈(아이슬란드), 그리고 카린 포숨의 세예르 경감 시리즈(노르웨이) 등이 북유럽 미스터리 붐의 토대를 마련했음은 분명한 사실이다.

21세기가 시작되고 얼마 지나지 않아, 어느 불운한 작가가 쓴 작품이 '스칸디 스릴러'의 불꽃을 댕겼다. 2004년 스웨덴의 탐사 저널리스트인 스티그 라르손은 10부작으로 구상한 시리즈 중 세 편을 완성해 출판사로 넘기고 다음 작품을 쓰던 도중 심장마비로 세상을 떠나는 바람에 안타깝게도 자기 작품이 책으로 출간되는 것을 보지 못했다. 출판사는 이듬해부터 이들 세 작품을 《밀레니엄》 3부작으로 출판했는데, 작가의 분신격인 저널리스트 미카엘 블롬크비스트와 고스족 해커 리스베트 살란데르를 주인공으로 한 이 작품은 여성에 대한 차별과 학대, 국가의 권력 남용 등의 문제를 폭로하고 있다. 라르손의 어둡고 파격적인 세계로의 여행을 열망하는 독자들에 의해 거의 매일 판매 기록이 깨질 정도로 대형 베스트셀러가 되었다. 라르손은 사후에 영국, 남아프리카공화국, 스페인 등에서 다양한 작품상을 수상했으며 2010년에는 《USA 투데이》에서 '올해의 작가'로 선정되면서 북유럽 미스터리가 더는 낯선 장르가 아님을 뚜렷하게 보여주었다. 안타깝게도 라르손의 작품은 더 이상 나오지 않기 때문에(다비드 라게르크란츠의 《밀레니엄》 시리즈 후속작이 있지만, 라르손의 작품이라고 여기기는 어렵다), 그의 짧은 전성기는 사실상 종료되었지만, 실력 있는 작가들이 그 뒤를 잇고 있다.

　　아마도 북유럽 미스터리 작가 중 현재 가장 돋보이는 작가는 노르웨이 출신의 요 네스뵈를 꼽을 수 있겠다. 공교롭게도 네스뵈의 《데빌스 스타》(2003)가 2005년 영국에서 출간되었을 때, 책 표지에는 '제2의 스티그 라르손 The Next Stieg Larsson'이라는 홍보 문구가 적혀 있었지만(이 홍보 문구는 여섯 번째 번역판인 《레오파드》가 출간될 때까지 여전히 남아 있었고, 시리즈 첫 작품 《박쥐》가 2012년에 출간되었을 때 처음으로 '해리 홀레 스릴러'라는 문구로 바뀐다), 네스뵈는 영어권 독자들의 호응 속에 라르손의 인기를 넘어서는 행보를 이어오고 있다. 요 네스뵈는 한국에서도 많은 인기를 얻어 2014년에는 한국을 방문해 독자들과 만나기도 했으며, 해리 홀레 시리즈 전작이 번역 출간되어 있다.

　　앞에서 언급한 작가 이외에 한국에서 인기를 얻고 있는 작가를 소개하자면, 윌란드의 사계 시리즈가 출간된 요한 테오린(스웨덴), 악덕(?) 형사 벡스트룀 시리즈의 레이프 페르손(스웨덴), 빌리암 비스팅 시리즈의 예른 리르 호르스트(노르웨이), 드라마 〈더 체스트넛맨〉의 원작자 쇠렌 스바이스트루프(덴마크), 특별 수사반 Q 시리즈의 유시 아들레르올센(덴마크), 여성 변호사 토라 시리즈의 이르사 시귀르다르도티르(아이슬란드), 다크 아이슬란드 시리즈의 라그나르 요나손(아이슬란드) 등이 있으며, 해마다 새로운 작가들이 계속 등장하고 있다.

　　'살아남는 종種은 강하거나 똑똑한 종이 아니라 변화에 가장 잘 적응하는 종이다'라는 찰스 다윈의 유명한 말이 있다. 이 말은 추리소설 장르에도 적용된다. 1960년대 셰발과 발뢰의 작품은 명탐정의 수수께끼 풀이도, 하드보일드도 아닌 혁신적인 경찰소설 형식이었기 때문에 성공할 수 있었다. 후배 작가들이 셰발-발뢰의 전통을 이어가고 있지만 분명 과거와는 다른 모습이다. 오늘날의 사회는 빠른 것을 원하고, 기술 혁신을 통해 몇 초 만에 전 세계의 정보를 얻을 수 있다(《로재너》에서 미국과의 공조 수사를 위해 국제전화를 하기까지 45분이나 걸리고, 편지를 보내 자료를 받기까지 열흘이 걸리는 묘사를 보며 웃음 짓는 독자도 많았을 것이다). 과거에 비해 작품의 속도감도 빨라졌으며, 액션과 폭력 장면도 늘어났다. 셰발-발뢰 이후 새로운 세기를 맞이하기까지 수십 년 동안 작품 속 사회적 비판은 복지국가의 어두운 점과 정치 비리 등이었지만, 이 제는 상황이 바뀌었다. 스톡홀름 3부작으로 유명한 옌스 라피두스의 작품을 보면 복지국가라는 표면 아래에서 또 다른 무언가가 꿈틀거리고 있음을 눈치챌 수 있다. 바로 '이민자 문제'와 해당 인구 집단의 높은 실업률을 둘러싼 긴장이다. 라피두스는 이것이 차례로 범죄의 증가로 이어진다는 것을 보여준다. 그리고 북유럽 국가 사람들이 현실에서 부딪치는 문제인 테러리즘, 가정 폭력, 마약과 알코올 남용, 인신매매, 지역 및 국제 갱단 활동, 그리고 신나치즘의 급격한 증가 역시 작품 속에 녹아든다. 그와 더불어 전 세계에 충격을 준 대형 사건, 예를 들어 미해결로 남아 있는 올로프 팔메 스웨덴 총리 암살 사건(1986), 77명을 살해한 아네르스 베링 브레이비크의 총기 난사 사건(2011) 등을 여러 작품에서 그 자취를 찾아볼 수 있다.

사회적 변화 외에 북유럽 미스터리를 세계적으로 유명하게 만든 요소는 영상화일 것이다. 2000년대 초반에는 유명 작품들이 영화로 제작되면서 미스터리에 그다지 관심 없던 사람들까지 끌어들이는 효과를 가져왔다. 대표적인 작품이 스티그 라르손의 원작을 데이비드 핀처가 감독한 〈밀레니엄: 여자를 증오한 남자들〉(2012)이다. 그리고 인터넷 기술의 발전으로 탄생한 방송 스트리밍 서비스(북유럽 미스터리가 확산되던 시기와 비슷하다)도 단 10년 남짓 동안 미주 지역은 물론 유럽과 아시아까지 진출했으며, 이에 따라 북유럽 미스터리 드라마들이 전 세계로 보급되기 시작했다. 오리지널 북유럽 범죄 드라마 중 초기의 성공작으로는 덴마크 드라마 〈킬링〉(원제 Forbrydelsen, 2007~2012)을 꼽을 수 있다. 코펜하겐의 여성 형사 사라 룬드가 가족, 학교, 심지어 정치까지 복잡하게 얽힌 소녀 살인사건을 수사하는 과정을 그린 이 작품은 미국에서 리메이크되었을 뿐만 아니라 영국, 독일, 네덜란드 등에서 컬트적 인기를 끌었다.

물론 추리소설이 드라마로 제작되는 사례는 무척 많다. 오래전부터 미국이나 유럽, 일본 등 추리소설 강국에서는 해마다 많은 수의 작품이 드라마로 각색되어 제작되고 있다. 그러나 대부분 자국 방영에 그치고 기껏해야 미국 대형 제작사의 드라마들이나 해외로 수출되곤 했는데, OTT 서비스의 확산을 통해 사실상 국경이 사라진 상태가 되면서 상황이 바뀌었다. 예를 들어 넷플릭스에서 '북유럽 누아르'라고 검색하면 다양한 드라마를 찾아볼 수 있으며, 어쩌면 드라마를 통해 북유럽 미스터리에 빠져든 사람들도 적지 않을 것이다.

왜 북유럽 미스터리가 인기일까? '작품성'이라는 기본적인 답을 제외한다면, 아마도 한국의 독자들이 경험하기 힘든 북유럽이라는 낯선 환경도 중요한 이유가 아닐까 생각한다. 그리고 어쩌면 '성공이 또 다른 성공을 부르는' 선순환 작용일 수도 있다. 북유럽 미스터리는 오랫동안 사회비판적 요소들을 문학적인 형태로 외삽해왔다. 셰발과 발뢰의 복지국가에 대한 강경한 이데올로기에서부터 제3세계에 대한 헨닝 망켈의 우려 등은 그것이 반영하는 사회의 지표로서 큰 설득력을 가지고 있었다. 셰익스피어가 《햄릿》에서 묘사한 덴마크가 그 시대의 영국 사회를 거울삼아 바라본 것처럼, 북유럽 미스터리의 범죄 묘사 역시 세계적인 보편적 흐름으로 바라볼 수 있을지도 모른다. 북유럽에서 일어날 수 있는 범죄는 다른 나라에서도 얼마든지 일어날 수 있기 때문에 독자들이 공감할 수 있었을 것이다.

이처럼 다양한 측면을 통해 북유럽 미스터리는 지금도 변함없이 인기를 얻고 있다. 사회비판적인 메시지, 인간의 손길이 닿지 않은 자연, 생생한 캐릭터의 결합은, 단조로운 생활에서 벗어나고 싶은 독자들에게 훌륭한 읽을거리가 되고 있다.•

• 참고로 덧붙이자면, 북유럽 5개국에는 각각 추리작가 단체가 있다. 스웨덴 추리작가 아카데미(Svenska Deckarakademin, 1971년 창설), 덴마크 추리작가 아카데미(Det Danske Kriminalakademi, 1986년 창설), 노르웨이의 리버톤클럽(Rivertonklubben, 1972년 창설), 아이슬란드 추리작가협회(Iceland Crime Syndicate, 1999년 창설), 핀란드 추리작가협회(Suomen dekkariseura, 1984년 창설)가 있으며, 1991년에 창설한 스칸디나비아 추리작가협회(Skandinavisk Kriminal Selskab)는 설립 이듬해부터 미국 하드보일드 소설의 선구자 대실 해밋의 작품 《유리 열쇠The Glass Key》에서 유래한 '유리열쇠상(Glass Key Prize)'을 수여하는데, 덴마크어·핀란드어·아이슬란드어·노르웨이어·스웨덴어 등으로 쓰인 작품에 수상 자격이 주어진다(실제로 유리 열쇠 모양으로 제작된 상패를 수여한다).

특집 2

나는 이렇게 미스터리 작가가 되었다

《계간 미스터리》 신인상 수상자들의 등단기
-한새마, 홍정기, 박소해

인터뷰 진행 · 한이

컬트적 인기를 끌었던 SF 드라마 〈바빌론5〉의 대부분 에피소드(드라마의 전체 에피소드 110화 중 98화. 미국 드라마 제작 환경을 고려할 때 전설적인 기록이다)를 집필한 작가로 유명한 J. 마이클 스트라진스키는 《장르문학 작가로 살기》에서 이렇게 말했다.

"글쓰기는 직업인 동시에 태도다. 작가란 아주 어린 시절, 무언가를 본격적으로 창작하기 훨씬 전부터, 글을 쓰고 싶다는 생각을 쉬지 않고 하던 사람들이다."

가족을 부양하기 위해 풀타임 직장을 다니고, 타향에 정착하기 위해 향수병과 싸우고, 끝을 모르는 육아에 지쳐 쪽잠을 자면서도, 한 줌의 시간이라도 주어지면 글을 쓰고 싶다는 생각을 멈추지 못하는 사람들이 있다. 현실을 위해 애써 잊으려 해도 공허한 마음을 틈타 송곳처럼 심장을 쑤셔대는 충동이 있다. 그리고 마침내 자신의 소명을 찾아 내밀하게 끼적이던 이야기를 세상에 내보인 사람들이 있다. 이번 호 단편 추리소설 특집을 기획하면서 몇 년 새

《계간 미스터리》 신인상으로 등단해 현재 눈부신 활동을 보여주고 있는 세 명의 작가를 만나 이야기를 나눴다.

*

먼저 본인을 소개해주시고, 언제 어떤 작품으로 등단했는지도 말씀해 주세요.

홍정기 네이버에서 오랫동안 '엽기부족'이란 닉네임으로 장르소설 블로거로 활동해온 소설가 홍정기입니다. 2020년 《계간 미스터리》 봄/여름호에 〈백색 살의〉라는 작품으로 신인상을 받고 등단했습니다. 〈백색 살의〉는 아파트 화재 현장에서 발견된 기묘하게 타 죽은 여성 사건을 수사하는 형사물입니다. 층간소음과 같은 이웃 간의 불화를 밀실과 접목해봤습니다.

박소해 저는 2021년 《계간 미스터리》 가을호에 〈꽃산담〉이라는 작품으로 신인상을 받고 등단했습니다. 현재 제주도에 살고 있습니다. 〈꽃산담〉은 좌승주 형사가 곶자왈에서 벌어진 살인사건을 수사하는 내용인데, 제주도의 민간 신앙과 독특한 풍광을 담으려고 노력한 작품입니다.

한새마 안녕하세요? 저는 2019년 《계간 미스터리》 여름/가을호에 〈엄마, 시체를 부탁해〉로 등단했습니다. 딸의 살인을 덮으려고 애쓰던 엄마가 자식의 악마성을 깨닫게 되는, 어떻게 보면 끔찍한 모정을 그린 작품입니다.

등단 순서로 보면 한새마, 홍정기, 박소해 작가 순이군요. 등단하기까지 어려움은 없으셨나요? 몇 번 고배를 마셨다든지….

홍정기 첫 번째 단편을 탈고하고 호기롭게 도전했지만 탈락했습니다. 나름 잘 썼다고 생각했는데 떨어지니 속이 무지하게 쓰리더군요. 바로 〈백색 살의〉를 붙들고 수정했습니다. 첫 번째 단편을 투고하고 결과가 발표되기 전에 두 번째 작품인 〈백색 살의〉를 탈고한 상태였거든요. 좀 더 완벽하게 쓰려고 계속해서 수정 작업을 진행했습니다. 다행히 두 번째 작품을 좋게 봐주셔서 신인상을 받게 되었습니다.

박소해　　2007년경, 신촌에 있는 한겨레문화센터에서 백가흠 작가님의 소설 창작 강좌를 들었던 경험이 소설가로 향하는 여정의 시작이었습니다. 처음에는 순문학을 지망하고 있었어요. 그때 마음이 맞는 동기들과 '서푼짜리 스터디'란 합평 그룹을 만들었는데 3, 4년 정도 한 달에 한 번씩 만나 소설 이야기도 나누고 여행도 같이 다니면서 즐겁게 지냈습니다. 이 그룹에서 작가가 셋 탄생했는데, 노동문학 작가 희정, 드라마 작가 김현철, 그리고 작년에 미스터리 작가로 등단한 저입니다.

사실 결혼 후에 직장과 신혼 생활에 집중하느라 소설을 잊고 살았어요. 첫째를 낳고는 직장을 그만뒀고 둘째를 낳고는 '내 인생이 이대로 전업주부로 끝나지 않을까?' 하는 생각도 들었지만, 그것도 나쁘지 않다고 생각했습니다. 2016년에 제주도로 이주하고 오랫동안 잊고 있던 소설가란 꿈을 다시 꾸게 되었습니다. 시골에 살다 보니 애들 저녁 먹이고 해 떨어지고 나면 할 일이 별로 없었어요. 남은 인생을 생각하면 참을 수 없이 따분하고 무료했습니다. 덜컥 셋째를 임신하면서 정신이 번쩍 들었어요. 이대로 아무 생각 없이 살면 애만 키우다가 내 인생이 끝나겠구나. 한없이 우울했고 절망적이었습니다. 글을 쓰자. 소설가란 꿈을 다시 가동하자. 친한 동화작가 언니가 저에게 많은 용기를 주었습니다. 그때 그 언니와 임지형 작가님 앞에서 3년만 노력해보고 등단하지 못하면 재능이 없다고 판단하고 포기하겠다고 선언했어요. 그때가 2018년이었는데 2021년에 등단했으니 딱 3년 걸린 셈입니다.

3년간 공모전에 줄줄이 낙방했어요. 최소한 대여섯 번은 될 겁니다. 오랜만에 글을 쓰다 보니 글쓰기 근육이 퇴화되었더라고요. 2018년에는 초고 탈고 자체가 불가능했습니다. 2019년부터는 초고를 탈고할 수 있었고, 다음 해에는 탈고한 초고를 퇴고할 수 있었습니다. 2021년에는 초고를 여유 있게 완성하고 퇴고도 더 공들여서 할 수 있었습니다. 2021년 5월에 동시에 두 개의 공모전을 준비하면서 실력이 많이 올라왔다고 스스로 느꼈습니다. 두 군데 다 떨어졌지만, 자신감은 가질 수 있었죠. 그러다가 몇 개월 후 《계간 미스터리》 가을호에서 신인상을 받게 되었습니다. 2007년 소설 강좌를 시작으로 2021년에야 등단했으니 14년이나 걸린 긴 여정이었습니다.

한새마   저의 첫 단편인 〈엄마, 시체를 부탁해〉는 다른 공모전에서 최종심까지 올라갔지만 떨어지고 말았어요. 심사평을 보면 작품 내용에 미성년자 성매매와 성착취물 영상을 촬영하는 부분이 현실적이지 못하다는 이유였죠. 그 후 《계간 미스터리》에 응모해서 신인상에 당선됐어요. 그런데 신인상을 받고 몇 개월 후 'n번방' 사건이 터졌어요. 현실성이 떨어진다고 했던 일들이 실제로는 더 끔찍한 형태로 벌어지고 있었던 거죠. 지금은 한 번 낙방에 포기하지 않고 미스터리 장르의 공모전에 도전한 것이 다행이라고 생각해요.

각각의 공모전이 요구하는 장르가 다르고, 그것을 정확하게 파악하는 것이 중요하죠. 어쨌든 한새마 작가가 첫 번째 공모전에서 당선됐다면 한국 추리소설계는 큰 인재를 잃어버릴 뻔했네요(웃음). 많은 장르 중에서 추리소설로 등단하겠다고 결심한 계기가 있나요? 본인이 생각하는 추리소설의 가장 큰 매력은 무엇인가요?

홍정기   2019년 가을, 한창 리뷰어로 활동하던 시기였습니다. 갑자기 김재희 작가님한테 연락이 왔어요. 신작 소설의 리뷰를 써줄 수 있느냐는 내용이었습니다. 그렇게 맺은 인연이 '추리소설을 사랑하는 사람들'로 이어져서 밴드 정모나 미스터리 작가들의 북토크 뒤풀이에까지 참석하게 되었습니다. 그때 웃으면서 살인 도구와 방법에 관해 이야기하는 착한(?) 사람들에게 끌리게 되었고, 저도 작가로서 함께하고 싶다고 생각하게 되었습니다.

추리소설의 가장 큰 매력은 반전이라고 생각합니다. 작가가 치밀하게 계산된 플롯으로 독자에게 반전의 충격을 선사할 수 있다는 것이 가장 큰 쾌감을 줍니다. 물론 그렇게 하려면 작가는 길고 긴 고통을 인내해야 하겠지만요.

박소해　　말씀드린 것처럼 처음 소설 공부를 시작할 무렵에는 순문학을 지망했습니다. 10여 년이 흐른 후 다시 한번 소설가를 꿈꾸게 되면서 나 자신에게 솔직해야 한다고 생각했습니다. 변덕이 심한 제가 유일하게 꾸준히 좋아했던 장르는 추리소설이었습니다.

추리소설의 가장 큰 매력은 작가와의 대결이지요. 작가가 낸 수수께끼를 풀었을 때 느끼는 짜릿함은 이루 말할 수 없는 쾌감을 줍니다. 수수께끼와 그 수수께끼를 풀어가는 과정, 이것이 추리소설의 매력이라고 생각합니다.

한새마　　저는 여성으로서 언제나 범죄의 피해자, 혹은 잠재적 피해자로 살아왔습니다. 바바리맨을 목격한 적도 있고, 추행에 가까운 경험을 했던 적도 있죠. 이런 경험들이 범죄소설에 끌리게 했던 것 같아요. 소설 속에서 정의가 실현되는 걸 보면서 대리 만족을 느끼기도 했고요.

처음 신인상에 당선되었다는 사실을 알렸을 때 가족의 반응은 어땠나요? 등단한 이후로 달라진 점이 있나요?

홍정기　　회사에서 신인상 수상 통보를 받고 바로 아내와 통화했습니다. 진심으로 기뻐하더군요. 등단 전까지 아내를 많이 닦달했거든요. 어쩌면 제 히스테리로부터 자유로워진 것에 대한 기쁨이었을지도 모릅니다. 퇴근하고 집에 들어가니 아이들이 꽃다발을 건네주고, 아내는 케이크를 들고 왔어요. 두 아이가 합창하듯 아빠 작가 된 거 축하한다고 말해주는데 세상을 다 가진 듯 기뻤습니다.

박소해　　신인상에 당선되었을 때 남편과 아이들이 제일 먼저 축하해줘서 뭉클했습니다. 특히 1호와 2호가 엄마를 자랑스러워합니다. 1호는 벌써 얼른 판권을 팔아서 용돈을 달라고 하네요(웃음). 부모님도 진심으로 축하해주셨습니다. 특히 엄마는 예전에 제가 소설가가 되는 것을 반대했던 분이라 엄마의 축하는 저에게 의미가 깊었습니다.

등단 이후로 달라진 점은 수시로 마감이 닥친다는 점과 원고료를 받다는 것입니다. 요즘 저는 전업주부에서 전업 작가로 향하는 과도기에 있는 것 같습니다.

한새마　　제 주변에 책 읽는 사람이 단 한 명도 없어요. 남편은 제품 사용 설명서도 안 읽는 사람이라 제가 소설을 써서 당선됐다는 것에 별 반응이 없었어요. 달라진 게 있다면 책 사 볼 돈을 안 주네요. 이제부턴 제가 벌어서 읽을거리를 사라고 말이죠.

홍정기 작가님은 아이가 둘, 박소해 작가님은 아이가 셋, 한새마 작가님은 넷인데요. 직장과 육아를 병행하면서 어떻게 집필 시간을 내시는 거죠? 게으른 제가 볼 때는 거의 기적에 가까운 것 같은데요

홍정기　　다둥이 두 분께 비할 바가 아닙니다만, 그래도 집필 시간을 내기가 쉽지는 않습니다. 퇴근 후 저녁 먹고 아이들과 함께 시간을 보내다 11시 정도에 아이들이 잠들고 나면 그때부터 글을 씁니다. 다음 날 출근 때문에 두 시간 정도 쓰고 자는 것 같아요. 물론 잘 써지는 날은 좀 더 늦게까지 작업하고 속도가 안 나면 그전에 끝냅니다.

박소해　　아이가 셋이라 애들이 깨기 전 새벽 시간과 애들이 집에 없는 낮에 글을 씁니다. 긴 시간을 내는 것은 어렵지만, 짧은 시간을 모아서 운용하고 있습니다. 막내가 많이 커서 조금씩 나아지고 있어요. 집필은 하루 최대 네 시간 정도 하려고 노력하는데, 더 오래 작업하면 과부하가 걸려서 힘들더군요. 잠을 자야 컨디션을 회복할 수 있어서 하루에 일곱 시간 혹은 그 이상도 잡니다. 체력이 약해서 부득이한 경우가 아니면 밤샘 작업은 피하고 있습니다.

한새마　　거의 기적에 가깝다고 하셨는데 작년까지만 해도 주말부부로 지내서 기적같이 집필했습니다. 올해는 남편이 보름에 한 번 집에 와서 그 기적이 통하지 않네요. 어쨌든 모든 시간을 활용해서 글을 씁니다. 휴대전화로 화장실에서도 쓰고 잠들기 전에도 씁니다. 짜낼 수 있는 거의 모든 시간에 소설을 쓰는데도 글을 천천히 쓰는 타입이라서 진도가 나가지 않아 힘이 들어요.

영향을 받은 국내외의 작가는 누구인가요?

홍정기 아비코 다케마루의 《살육에 이르는 병》을 읽고 이렇게 끝내주는 서술 트릭을 꼭 한번 써보고 싶다고 생각했습니다. 또 아오야기 아이토의 《옛날 옛적 어느 마을에 시체가 있었습니다》를 인상 깊게 읽고 《전래 미스터리》를 집필하기도 했습니다.

박소해 저는 장르를 가리지 않고 읽는 편이라 그림책, 동화, 추리, 스릴러 등 골고루 읽고 있습니다. 국내 작가들은 모두 좋아하고, 해외 작가로는 제인 오스틴, 샬럿 브론테, 에밀리 브론테, E. M. 포스터, D. H. 로렌스, 도스토옙스키, 토마스 만, 헤르만 헤세, 코넌 도일, 애거사 크리스티, 도로시 세이어스, 퍼트리샤 하이스미스, 셜리 잭슨, 조이스 캐럴 오츠, 이디스 워튼, 히가시노 게이고, 미치오 슈스케 등의 작품을 즐겨 읽습니다.

한새마 첫 번째는 《시체 옆에 피는 꽃》과 《다감 선생님은 아이들이 싫다》를 쓰신 공민철 작가입니다. 한국어만이 가진 문장의 아름다움, 우리 주변의 사회적 문제, 거기에 일본 소설 못지않은 트릭까지 잘 결합되어 있어서 저도 이분처럼 쓰고 싶다는 생각에 글쓰기를 시작하게 되었습니다.

두 번째는 《악의의 질량》을 집필하신 홍성호 작가입니다. 제가 습작소설을 쓰고 있다고 하자 《계간 미스터리》에 내보라고 직접 이메일을 써서 격려해주셨어요. 아마 홍성호 작가님의 추천이 아니었다면 엉뚱한 공모전을 기웃대다가 포기했을지도 모릅니다.

진부한 질문이지만, 아이디어나 작품의 영감은 어디에서 얻으시나요?

홍정기 리뷰어로서 다양한 장르소설을 보면서 아이디어를 얻습니다. 여의치 않을 땐 사건 사고 뉴스를 찾아보고, 해외 토픽도 살펴봅니다. 황당하지만 실화인 사건을 보면서 영감을 얻습니다.

박소해 일상의 모든 것이 영감이 됩니다. 매일 신문 기사를 스크랩합니다. 미스터리 외에 다른 분야의 도서도 폭넓게 읽으려고 노력합니다. 특히 고전을 곁에 두고 매일 읽으려고 합니다. 틈틈이 전시, 공연, 모임에도 가고요. 북토크에 자주 참석하는 편이며 다양한 분야의 인터넷 강의를 종종 듣습니다. 최근에는 1일 코스로 제주 지질 여행을 다녀왔는데 새 단편의 아이디어를 거기서 얻었습니다. 취재도 합니다. 〈꽃산담〉의 주요 아이디어는 영어 교육 도시 근처에 사는 한 젊은 엄마에게 얻었습니다. 〈네메시스〉는 7년간 강남 부잣집에서 베이비시터로 일한 분을 취재한 후 썼습니다. 여기저기서 얻은 단편적인 아이디어를 쓸 만한 내용으로 바꾸는 가장 좋은 방법은 산책과 운전입니다. 집 근처 곶자왈을 산책하거나 해안도로를 드라이브하면서 아이디어를 이리저리 굴리다 보면 좋은 생각이 떠오를 때가 많습니다.

한새마   저는 주로 뉴스에서 얻습니다. 뉴스를 읽으면서 나름의 상상력을 펼쳐보기도 하고 몇 개의 뉴스를 조합하기도 합니다. 해외의 사건이 우리나라에서 일어난다면 어떨까 하고 가정하는 것도 종종 쓰는 방법입니다.

다들 활발하게 작품을 발표하고 있는데 요즘은 어떤 이야기를 구상 혹은 집필 중이신가요?

홍정기   한 출판사에서 기획한 호러 앤솔러지의 시놉시스를 구상하고 있습니다. 도시 괴담과 요괴를 컬래버하는 작품이라 골머리를 싸매고 있습니다.

박소해   좌승주 형사 시리즈의 세 번째 단편을 쓰는 중인데 지난주에 탈고한 초고를 완전히 갈아엎고 거의 새로 쓰다시피 하다 보니 무척 괴롭습니다. 어떤 장르보다 규범이 많은 미스터리 안에서 새로운 시도를 하려다 보니 더 고통스럽네요. 어떻게든 포기하지 않고 마무리를 지어볼 작정입니다. 가을에는 '책'을 소재로 한 판타지 단편과 '불륜'을 소재로 한 미스터리 단편을 쓸 예정입니다. 내년에 출간하려고 준비 중인 장편소설은 현대물 두 편과 시대물 한 편, 모두 세 편을 구상하고 있습니다.

한새마   경찰 스릴러를 쓰고 있는데 초고를 끝내고 수정 작업 중입니다. 기나긴 작업이 되지 않을까 생각합니다(웃음). 꼭 쓰고 싶어서 구상 중인 이야기도 있습니다. 우리 집 막둥이가 자폐스펙트럼 장애를 갖고 있는데, 최근 전국이 우영우에 빠져 있는 걸 보면서 여러 가지 생각이 들었습니다. 서번트 증후군을 가진 고지능 자폐인에 대한 판타지 같은 이야기가 아닌, 현실의 자폐인과 가족에 대해 제대로 직시하는 사회파 추리소설을 쓰고 싶습니다.

마르지 않는 창작욕이 부럽습니다. 각자 목표로 하는 추리소설의 방향이 있을 텐데, 어떤 지향점을 갖고 있으신가요?

홍정기　《살육에 이르는 병》처럼 끝내주는 서술 트릭이나 무릎을 탁 치게 하는 밀실 트릭 등 본격 미스터리의 달인이 되고 싶습니다. 또 제 닉네임에 들어 있는 '엽기'처럼 읽는 것만으로도 불쾌하고 몸서리쳐지는 이야미스 장르에도 도전해보고 싶습니다.

박소해　저는 범죄 그 자체보다는 범죄를 저지르는 인간에 대해 관심이 있습니다. 결국 범죄를 저지르는 주체는 인간이니까요. 충격적인 사건 기사를 접하면 왜 그런 범죄를 저지르게 되었을까 골똘히 생각합니다. 선과 악, 죄와 벌의 이분법을 떠나 인간의 본성에 대해 깊이 탐구하고 싶어요. 그런 의미에서 저는 소설 속에서 권선징악을 보여주거나 정의를 구현하는 데에는 큰 관심이 없습니다. 문학으로 독자를 구원할 수 있다는 환상이 없는 편이지요. 문학은 단지 작가의 세계관을 독자에게 보여줄 수 있을 뿐이고, 판단은 어디까지나 독자의 몫이라고 생각합니다.

한새마　예전에도 얘기했던 적이 있는데, 한 사람의 생을 관통하는 소설을 쓰고 싶습니다. 이십 대에는 한새마의 이런 소설이, 사십 대가 되어서는 다른 소설이, 더 나이가 들어서는 또 다른 소설이 필요하다면 좋겠습니다. 누군가 인생을 살아가며 경험과 감정이 다를 때에도 여전히 한새마의 소설이 감동을 줄 수 있다면 행복할 것 같습니다.

그 지향점에 도달하기 위해 어떤 노력을 하고 있나요?

홍정기   편식은 좋지 않지만 아무래도 지향하는 바가 일본 미스터리 쪽에 가까워서 일본 작품을 열심히 읽고 있습니다.

박소해   우선 다양한 장르의 책을 읽으려고 노력하는데요. 현재 두 개의 독서클럽에 가입해서 고전, 인문, 과학, 문학 등 다방면의 글을 읽고 토론하고 있습니다. 다음으로 기회가 닿는 한 다양한 사람들을 만나려고 합니다. 100권의 책보다 한 사람과의 만남이 더 큰 자극이 되기도 하니까요. 제주에 오신 서미애 작가님을 한번 뵙고 이야기를 나눈 것만으로 추리소설가로 등단하겠다는 결심을 확고히 할 수 있었어요. 그래서 기회만 되면 사람을 만나고 취재하려고 합니다.

한새마   제가 한 해에 소설만 300권 넘게 읽는데 제대로 정리해두지 않은 것이 이제야 후회가 되네요. 지금은 인상 깊은 첫 문장이나 배경 묘사, 배우고 싶은 심리 묘사가 있으면 꼭 스크랩합니다. 사진도 모아놓습니다. 철거지역이라든지 휴양지라든지 제가 가보지 못하고 접하지 못한 경험을 많이 모아둡니다.

앞으로의 목표는 무엇인가요?

홍정기   미스터리 장편을 꼭 쓰고 싶은데 아직 장편으로 발전시킬 이야깃거리를 만나지 못했습니다. 이미 발표한 《전래 미스터리》나 《호러 미스터리 컬렉션》처럼 연작이 아닌 장편을 쓰는 것이 목표입니다.

박소해   두 가지 목표가 있는데요. 하나는 대외적인 것이고 다른 하나는 내밀한 것입니다. 우선 대외적으로 말하는 목표는 제 이름이 장르가 되는 겁니다(웃음). 미스터리 장르에 대해 거부감이 있는 독자가 생각보다 많더라고요. 그런 독자도 부담 없이 읽을 수 있는 다양한 하위 장르의 작품을 써서 '박소해 월드'를 구축하는 것이 목표예요. 내밀한 목표는 돈다발로 남편 뺨을 때릴 수 있을 정도로 책을 많이 파는 것입니다(웃음).

한새마　독일의 넬레 노이하우스라는 유명한 미스터리 여성 작가가 있
는데요. 처음에는 원고를 출간해줄 출판사를 구하지 못해 자비 출판한 책을 남
편의 소시지 공장 한구석에 좌판을 펴고 팔았다고 합니다. 지금은 독일에서 해
리 포터 시리즈보다 더 많은 책을 팔았습니다. 그리고 타우누스 시리즈를 펴내
던 중간쯤에 자신을 무시하던 소시지 공장 사장인 남편과 이혼도 했어요. 제
목표는 넬레 노이하우스 같은 인생을 사는 겁니다(웃음).

국내 롤모델을 꼽으라면 당연히 서미애, 김재희 작가입니다. 세계로 뻗
어나가는 작가가 되고 싶어요. 그래서 요즘 계속 주인공 이름을 외국식으로 바
꾸고 있어요. 한나, 태오, 이나 등등(웃음).

박소해, 한새마 작가의 목표를 응원해야 하는지 고민이 됩니다(웃음).
끝으로 지금도 추리소설로 등단하기 위해 열심히 준비하고 있는 분들
에게 해주고 싶은 말씀이 있으면 해주세요.

홍정기　다른 작가들의 책을 읽고 리뷰를 하다가 제 이야기를 쓰게 됐
습니다. 따로 작법서를 보거나 소설 쓰기를 공부한 적도 없습니다. 다만 많은
책을 읽었고 읽은 책들은 길든 짧든 무조건 리뷰를 써왔습니다. 읽은 책의 내
용은 휘발됐지만 매일 써온 리뷰만큼은 소설을 쓰는 데 많은 도움이 됐으리라
생각합니다. 짧은 글이라도 꾸준히 쓰는 습관을 들이라고 권하고 싶습니다.

박소해　포기하지 말고 계속 쓰세요. 습작 시기를 충분히 가지고 오랜
시간 공들여 퇴고한 후에 등단에 도전하면 좋을 것 같습니다. 신뢰할 만한 지
인이 있다면 합평을 받고 조언을 구하는 것도 좋습니다. 혹평하더라도 절망하
지 말고 인내심을 가지고 고치다 보면 좋은 결과가 있을 겁니다. 제 첫 스승이
신 백가흠 작가한테서 습작 작품을 자신의 키만큼 쌓아놓고 등단하면 좋다는
조언을 들었습니다. 저는 실천하지 못했으나 여러분은 꼭 실천하세요.

한새마　저도 박소해 작가와 비슷한 조언입니다. 자랑 같지만 첫 번째,

두 번째 쓴 단편이 각기 다른 잡지 공모전에서 상을 받아 등단하는 바람에 제게는 습작소설이 하나도 없었습니다. 그런데 신인상을 받고 나니 여기저기서 원고 청탁이 들어오더군요. 총알 없이 전쟁터에 나갔던 거죠. 제가 처음에 단편 하나 쓰는 데 6개월이 걸렸거든요. 그런데 출판사에선 그렇게 여유를 주지 않습니다. 한두 달 안에 원고를 달라고 하는 일이 다반사입니다. 마감을 맞추려면 아이디어 단계부터 시작하면 늦는 거죠. 그래서 습작 단계부터 발상이나 시놉시스, 트리트먼트 등 다양한 아이디어를 많이 모아두시라고 말씀드리고 싶습니다.

인터뷰에 응해주신 세 분에게 감사드립니다. 공교롭게도 세 분 다 제가 전화로 당선 소식을 알렸네요. 지금 《계간 미스터리》 신인상을 노리고 열심히 집필을 이어가고 있는 분들은 절대로 포기하지 마세요. 그러면 언젠가 낯선 목소리가 여러분에게 "안녕하세요? 《계간 미스터리》 편집장입니다"라며 전화하는 것을 듣게 되실 겁니다.

신인상 심사평

심사평

추리소설적으로
흥미롭게 구성하는 과정이 중요하다

《계간 미스터리》 신인상 심사위원

이번 가을호는 아쉽게도 신인상 수상작이 없다. 대부분 아이디어나 설정은 나쁘지 않지만, 그것을 풀어내는 방식이 미스터리 장르와 맞지 않거나 지나치게 설명적인 작품이 많았다. 장르가 일정한 도식을 반복하는 이유는 긴 시간과 수없이 많은 독자의 시험을 통과해 살아남았기 때문이다. 효과가 증명된 방식을 깨기 위해서는 먼저 기본적인 기술을 능숙하게 사용할 줄 아는 능력이 선행되어야 한다. 장르의 규칙에 충실하면서도 참신한 작품 집필에 도전하기를 기대하면서, 본심에 올라온 다섯 편의 작품에 대한 심사평을 남긴다.

〈삼형제 예고 살인사건〉은 소설가 탐정과 수다스러운 조수의 조합이 나쁘지 않았다. 하지만 미스터리 장르의 근간이라고 할 수 있는 범인을 추론하는 과정이 너무 단순하고 빈약하다. 그 정도 단서라면 경찰이 초동수사 단계에서 이미 알아차렸을 것이다. 독자와 두뇌 싸움을 벌이기 위해서 작가는 훨씬 더 많은 시간을 고민에 고민을 거듭해야 한다는 사실을 잊지 말아야 한다.

　〈돈을 놓고 간 사람은 누구인가〉는 쉽게 보기 힘든 일상 미스터리 장르라 반가웠다. 그러나 추리 과정에 별다른 근거가 없고, 같은 날 비슷한 사건이 서로 다른 두 사람에게 일어난다는 설정이 지나치게 우연에 기댔다는 의견이 많았다. 일상 미스터리 장르의 쾌감은 사건은 소소해도 논리적 추론 과정이 압도적일 때 발생하는데, 그 부분에 좀 더 천착하길 바란다.

　〈소설가의 비밀〉은 심사위원들 사이에서 아이디어가 좋다는 의견과 진부하다는 의견으로 갈렸다. 아이디어의 좋고 나쁨이야 "해 아래는 새것이 아무것도 없다"라는 지혜자 말에 따라 차치하고, 전개 방식과 결말에 있어서 좋은 점수를 주기 어렵다고 의견이 일치했다. 완성된 소설도 아니고 기획서 때문에 살인하는 것, 한 명만 죽여도 되는데 둘을 살해하는 것, 갑작스럽게 내리는 결말 등이 지나치게 작위적이라는 평이다.

　〈견본주택 살인사건〉은 살인사건의 진실을 다큐멘터리 방송 형식으로 좇는다는 설정은 좋았다. 하지만 370매(200자 원고지 기준)에 달하는 내용이 해설과 사변적 대사로만 가득 차 있어서 장르적 재미를 느낄 수 없었다. 추리소설은 「백분토론」이 아니다. 아무리 좋은 사회적 이슈도 추리소설적으로,

흥미롭게 구성하는 과정을 거쳐야 비로소 한 편의 미스터리 작품으로 완성된다는 것을 기억할 필요가 있다.

〈긴팔 옷을 입는 계절〉은 신인상에 가장 근접한 작품으로 심사위원들이 많은 논의를 한 작품이다. 어느 집의 파티 후 벌어진 살인사건, 한정된 용의자와 명민한 탐정 등 일종의 클로즈드 서클 미스터리closed circle mystery에 도전한 점이 높은 점수를 얻었다. 탐정이 사건을 풀어가는 과정도 설득력이 있었고, 등장인물들의 사연이나 범행 동기도 공감할 수 있었다. 다만 중편소설 분량(200자 원고지 기준 250매)에 불필요한 부분이 너무 많았다. 구성이나 내용의 복잡성을 고려할 때, 좀 더 분량을 줄이면 작품의 완성도를 높일 수 있을 것이다. 이 작품에 대해서는 다음 호에 수정된 작품으로 다시 만나기를 기대하는 마음이다.

한국 미스터리의 자장磁場 안으로 놀라운 재능들이 몰려드는 것을 보면 행복하다. 시마다 소지의 말을 살짝 비틀어 "앵글로색슨을 비롯한 세계 어떤 재능에도 뒤지지 않고, 중국, 대만, 일본, 또는 베트남, 인도네시아의 재능을 견인할 아시아의 선봉 자리를 자각시킬" 수 있는 작가와 작품을 언제나 설레는 마음으로 기다린다.

최고의 인생 모토

홍선주

1

벽시계의 시침이 7을 향해가는 붉은 노을로 가득 찬 사무실.

한 남자의 마우스 클릭 소리만이 간간이 정적을 깼다. 대동물산의 6년차 대리 안선웅. 말끔한 얼굴에 자리 잡은 입술 한쪽이 치켜 올라간 채였다. 예사롭지 않은 눈빛은 모니터 화면에 꽂혀 있었다.

─심각한 사람은 잠깐 넣었다 건져낸 국물만 먹어도 위험해요.
─새우깡 한 봉지에 들어가는 새우가 세 마리라던데, 그거 가지고도 난리

나는 사람이 있다고요!

　—알레르기 쉽게 생각하는 사람들이 있는데, 오죽 위험하면 포장지에 그런 경고 문구까지 있겠어요? '본 제품은 ○○○을 사용하는 제품과 같은 제조시설에서 제조하고 있습니다.' 그만큼 치명적이라는 거죠!

　"…죽을 수도 있으려나?"
　느린 속도로 담담하게 내뱉는 목소리가 낮게 가라앉아 있었다. 고민스러운 듯 눈이 가늘어졌다. 손가락으로 천천히 마우스 휠을 굴리다 멈추더니, 몸을 앞으로 뽑아 화면을 다시 읽었다.

　—저는 새우깡은 괜찮지만 새우탕면은 못 먹어요. 어렸을 땐 괜찮았는데 커서 그러니까 힘드네요. 저번엔 너무 먹고 싶어서 시도했다가 결국엔 응급실 실려 갔어요. 흑흑흑.

　꼰대가 라면 좋아하잖아. 딱인데? 간식 타임에 몰래 섞으면 죽진 않더라도… 그래, 응급실 정도는 가게 되겠지? 크크크.
　비틀려 있던 선웅의 입꼬리가 양쪽 모두 하늘을 향해 치솟았다. 그의 음침한 기운이 어두워지기 시작하는 노을과 함께 사무실을 채웠다.

　3일 전.
　"뭐? 효율? 하, 진짜 그놈의 효율성 타령! 안 대리, 그렇게 효율 따질 거면, 효율적으로 태어나자마자 죽어버리지, 인생은 뭐 하러 살아? 어?"

삼십 대 초반의 선웅은 전형적인 MZ 세대의 철학에 많이 닿아 있었다. 회사보다 개인의 이익이 그를 행동하게 하는 동기였다. 직장은 돈을 위해 다니는 곳일 뿐, 그 이상도 이하도 아닌 곳.

잔소리 많은 꼰대들의 말은 귀에 담지도 않고 흘려보낸다. 지금 내 직속 상사라 해도 회사를 그만두면 끝인 인연, 그러니 철저히 이익과 필요에 의해 관계를 맺고 끊는다. 도움 될 사람이 아니라면 굳이 관계를 위해 노력하지도 않는다. 투여한 노력과 시간, 비용에 대비하여 최대한 뽑아내는 것이 곧 효율. 선웅에게 그것은 다른 어떤 것과도 바꿀 수 없는 매력적인 가치였고, 워라밸이 중요한 직장에선 더더욱 사수해야 할 인생 모토였다.

그러나 안타깝게도 그런 선웅의 철학을 이해하는, 아니 이해할 수 있는 능력을 가진 사람은 얼마 없는 듯했다.

"아니, 효율적으로 살려는 인간이 밥 먹고, 똥 싸고, 번거롭게 돈은 왜 벌어? 그냥 콱 죽어버리지, 안 그래? 어?"

팀장은 마지막 말과 함께 손에 쥐고 있던 서류를 냅다 던졌다. 종이들이 부채꼴 모양으로 바닥에 흩어졌다. 조금 전, 자기 얼굴에 서류를 정면으로 던졌던 부장보다는 스스로가 나은 사람이라고 생각하면서, 자신이 당했던 상황을 비슷하게 재연한 것이었다.

선웅은 어깨를 움찔하며 급히 고개를 숙였다. 그러나 표정에는 그리 반성하는 기미가 보이지 않았다. 오히려 입술을 씰룩거리는 게, 불만은 있지만 차마 입 밖으로 뱉어내진 못하고 속으로 삭이는 모양새였다.

"벌써 이게 몇 번째야? 어? …그래, 저번에 메일에 이름을 잘못 써서 욕먹었던 건, 그래도 상대가 내부 사람이었으니 사과하고 넘길 수라도 있었지. 근데 이번에는 이메일 주소를 잘못, 쳐! 넣으! 셔서! 비딩까지 누락시켜?!

너 도대체 정신을 어디다 두고 일하는 거야? 그게 얼마짜리 계약이었는데! 회사 연 매출의 반이야, 바안-!"

팀장의 사자후가 사무실에 울려 퍼졌다. 선웅의 팀 동료들은 파티션 아래로 머리를 숨긴 채였지만, 잔뜩 궁금해하는 눈빛을 반짝이며 두 사람의 모습을 힐끔거리고 있었다.

선웅은 고개를 숙인 상태에서 불만에 찬 입술을 삐죽거리며 속으로 외쳤다. 아니, 사람이 키보드를 치다 보면 실수로 손가락이 미끄러져 A를 B로 칠 수도 있는 거지, 실수 없이 완벽하면 그게 사람이야, 컴퓨터지? 그 오타가 하필이면 '김세이' 이사를 '김게이'로 만든 것 때문에 좀 껄끄러워지긴 했지만, 오히려 당사자는 웃으면서 넘어가 줬다고! 근데 왜 꼰대 당신은 그걸 다시 끄집어내서 이번 일까지 연결하고 난리야?

확실히 그때의 일은 해프닝에 불과했다. 그러나 팀장이 분노를 터트리는 이번 사고는 명백한 시말서 감이었다. 선웅도 그건 인정할 수밖에 없었다. 하지만 변명의 여지도 있다고 생각했기에 불만스러웠다.

선웅 딴에는 정기적으로 비딩을 진행하는 거래처와의 일을 효율적으로 처리하려고 고안했던 방법이었는데, 그만 에러가 나고 말았다. 빠른 응찰을 위해 주소록에 단축 주소를 설정해놓았는데, 재수가 없으려니 마감 기한 얼마 전에 거래처 담당자가 바뀌고 말았다. 그런데 깜빡하고 이메일 주소를 업데이트하지 않은 채 비딩 서류를 발송했던 것이다.

아니, 내가 일부러 그런 것도 아니고 효율적으로 업무를 처리하려다가 실수한 거잖아, 실수!

조용히 불러서 나무랐다면 선웅도 깔끔하고 효율적으로 사죄를 했을 것이다(아마도?). 하지만 사무실 한복판에서 동료들에게 일부러 들으라는 듯

수선을 떠는 팀장의 꼰대스러움에 선웅은 되레 가슴에 열불을 품었다. 그것은 결국 얼마 버티지 못하고 밖으로 터져 나오고야 말았다.

"…근데요, 팀장님, 결국엔 비딩 들어갔잖아요?"

"뭐, 뭐어?"

"예, 뭐, 제가 메일을 효율적으로 관리하려고 했던 게 실수를 일으킨 셈이긴 한데요, 근데 팀장님도 사실 얼마 전에는 그거 보시고 좋아 보인다며 배워가셨잖아요? 왜 그땐 잘한다고 칭찬하셔놓고 이번엔 말을 바꾸시는 건지, 저는 진짜로 이해가 안 가네요."

팀장은 순간적으로 할 말을 잃었다. 그의 흔들리는 동공이 선웅에 대한 생각을 드러내고 있었다. 본인 눈앞에서 당당하게 목소리를 높이고 있는 선웅이 정상이 아니라는 판단, 이른바 또라이.

하지만 선웅은 자신의 논리가 먹혀서 팀장이 조용해졌다고 여겼다. 곧장 똑바로 마주 보며 의기양양해진 말투로 말을 이었다.

"그리고 제가 무슨 실수를 했든 간에 결과적으로 그 비딩, 우리가 따냈잖아요? 그거면 된 거 아니에요? 결과가 나쁘지 않은데 왜 이렇게까지 화를 내시는 건지, 저는 당최…."

"뭐, 뭐라고? 야, 이…! 그건 니가 해결한 것도 아니고, 클라이언트 사와 최 과장의 평소 친분 덕분이었잖아! 비딩 누락된 걸 마감 전에 연락받았으니까 망정이지, 안 그랬으면 그대로 물 건너가는 거였다고! 부장님이 그걸 클라이언트한테 전해 듣는 바람에, 내가 방금 불려가서 무슨 수모를 당했는데? 어? 여, 여기! 여기 볼에 난 상처 안 보여? 어?!"

왼쪽 볼을 손가락으로 가리키며 팀장이 목소리를 높였다. 아주 가느다란 붉은 선 하나가 광대뼈 위에 자리 잡고 있었다.

"야, 너, 인마! 내가 네놈의 효율성 타령 듣기 싫었어도 젊은 놈이 열심히 하는 거 같아서 참아줬는데, 뭐? 사고를 치고도 헛소리를 지금, 어? 니가 제정신이면 어떻게…, 어억!"

팀장은 말을 마치지 못하고 목덜미를 잡고 의자에 털썩 주저앉았다. 지금까지 곁눈질로 지켜보고 있던 앞자리의 박 과장이 벌떡 일어나 달려왔다.

"티, 팀장님! 괜찮으십니까?"

"박 과장 생각에 내가 괜찮겠…, 어어?!"

한탄하듯 말하던 팀장이 깜짝 놀라 눈을 커다랗게 뜨며 외쳤다. 박 과장이 책상 뒤편에 진열된 아크릴 상자를 건드려 그것이 살짝 흔들리는 걸 봤기 때문이다.

"앗, 죄, 죄송합니다, 팀장님!"

박 과장은 허둥지둥 아크릴 상자의 줄을 다시 맞췄다.

10여 개의 투명 상자 안에는 마블의 캐릭터 피겨들이 하나씩 자리를 차지하고 있었다. 후면에는 열쇠 구멍이 있는 잠금장치까지 설치된 상자였다. 고이 모셔진 캐릭터들은 먼지 한 톨 없이 반짝이고 있었는데, 주인인 팀장이 매달 둘째, 넷째 월요일마다 애지중지 닦아낸 덕이었다.

자신의 애장품이 무사히 제자리를 찾고서야 팀장은 조금 진정된 모양이었다. 의자에 앉아 심호흡을 한 후 선웅을 바라보며 목소리를 눌러 말했다.

"안 대리, 자네가 자꾸 효율성 이야기하면서 일을 몰아놨다 하거나 밀어뒀다 하는 거까진 내가 넘어갈 수 있었어. 솔직히 조금 거슬리긴 해도 대세에 지장을 주는 건 아니었으니까. 근데 말이야…, 사고를 치는 건 전혀 다른 문제라고!"

잠시 찾은 듯싶었던 팀장의 평정심이 금세 다시 사라졌다.

"만약에 일이 잘못돼서 그 매출 말아먹었으면 우리 팀, 그대로 다 날아가는 거야, 다! 니가 그 꼴을 만들 뻔했다고! 이 새끼야!"

선웅에게 삿대질까지 하며 목소리를 높였다. 박 과장은 그런 팀장 옆에서 안절부절못하며 선웅을 타박하듯 째려봤다. 하지만 선웅은 여전히 반성할 생각이 없어 보였다. 고개를 젓더니 길게 한숨만 내쉬었다.

아니, 그래도 어쨌든 결과적으론 잘 끝났잖아? 근데 뭘 이렇게까지 흥분하는 거야, 세상 비효율적이게.

그때 동료들의 소곤거리는 소리가 귀로 흘러들어왔다.

"아우, 안 대리 저거 또, 그 효율성인지 뭔지 쫓다가 사고 쳤나 보네. 똘끼 가득한 새끼."

"실수만 안 하면 효율성 좋은 거 아니에요? 이번은, 안 대리가 성격이 좀 급해서 서두르다 실수한 거 같은데?"

"야아, 서 대리. 솔직히 쟤가 말하는 효율이라는 게, 따지고 보면 별것도 아니잖아. 파쇄기 비우라고 하면 가득 찰 때까지 기다렸다 한 번에 비워야 한다고 우기는 거나, 식당에서 메뉴 통일시켜야 빨리 나온다고 다들 싫다는 거 강요하는 수준? 저것도 고작 아웃룩 단축 주소 설정 때문이란 건데, 사실 그거 1년에 몇 번이나 써? 비딩 많아야 서너 번이야. 그거 설정하는 데 들이는 시간보다 비딩 때마다 그냥 메일 주소 쓰는 게 더 빠를걸?"

선웅의 얼굴이 붉으락푸르락해졌다. 자존심에 큰 타격을 받는 때가 바로 이런 식으로 불합리한 평가를 받을 때였다. 가장 자랑스럽게 내세우는 장점이자 독보적인 능력을, 팀장이 말도 안 되는 꼬투리를 잡는 바람에 동료들에게까지 그 능력을 무시당하는 상황이 되어버렸다.

팀장은 여전히 성이 차지 않은 듯 자리에서 다시 일어섰다. 옆에 있던 박 과장을 손으로 밀어내고 앞으로 나서며 선웅에게 다시 소리쳤다.

"근데 뭐, 효율적? 효오유울쩌억?! 그래, 그게 진짜 효율적이다 치자! 그런데 그러면 뭐 해, 성과가 없는데? 일을 했으면 만족할 결과물이 나와야지, 적게 일하고 아무것도 없으면 그게 다 무슨 소용이야! 안 그래, 어? 하여간, 이래서 지잡대 출신들은…!"

빠득. 이마에 실핏줄이 솟은 선웅이 더는 참지 못하고 눈을 부릅뜨며 외쳤다.

"팀장님! 아무리 그래도 그런 인신공격성 발언은…!"

하지만 팀장은 곧장 손바닥을 내보이며 선웅의 말을 자르더니, 고개까지 도리질치며 덧붙였다.

"아, 몰라, 됐고! 시말서나 써서 올려! 그래, 안 대리 좋아하는 방식으로 최대한 효율적으로 원인, 결과, 반성, 3문단! 문장도 많이 쓰지 마. 짜증나서 오래 읽기도 싫으니까. 이제 가! 가버려! 내 눈앞에서 사라지라고!"

팀장은 더는 꼴도 보기 싫다는 듯 자리에 앉아 모니터로 고개를 돌려버렸다. 무안해진 박 과장은 눈치를 보다 살금살금 뒷걸음질로 팀장의 파티션을 빠져나왔다.

선웅이 어금니를 꽉 깨문 채 몸을 돌렸다. 자신의 책상으로 향하던 걸음이 목적지를 지나쳐 사무실 문으로 이어졌다. 분노로 찬 마음이 폭발할 것만 같아 자리에 앉을 수가 없었다.

2

재수 없는 꼰대 새끼! 팀장이면 다야?! 지는 뭐 얼마나 대단한 학교 나왔다고 무시해? 꼰대도 스카이는 아니잖아? 그런데 그딴 식으로 날 모욕해?!

"으아아아아아!"

분을 삭이지 못한 선웅이 얼굴을 잔뜩 일그러뜨린 채 소리를 내질렀다. 그것으로도 부족했는지 옥상 출입구 뒷벽에 등을 마구 부딪쳐댔다.

개자식. 죽여버릴까.

몸을 멈추며 순간적으로 스친 생각이었다. 하지만 이내 고개를 저었다. 아무리 화가 났더라도 그건 너무 비이성적인 선택이었다. 당장 분은 풀리겠지만 그 후엔?

…그냥 인생 조지는 거지.

이제까지 효율적으로 살아온 선웅의 삶을 한순간에 무너뜨리는 비효율적인 짓이었다.

그렇다고 그냥 넘길 순 없는데. 어떻게 해야 이 분이 풀릴까….

그때 엘리베이터 도착 소리가 들렸다. 불청객의 등장이 반갑지 않았던 선웅이 눈살을 찌푸리며 출입구를 돌아봤다. 후배면 당장 꺼지라고 할 생각이었다.

입구에 모습을 드러낸 건 갈색 마 투피스 정장을 갖춰 입은 단발머리 여성이었다. 자판기 커피를 양손에 든 최혜주 과장. 선웅이 저지른 대형 사고를 수습한 팀의 에이스.

저 아줌마가 여길 왜 왔어? 정말 낄 데 안 낄 데 분간을 못한다니까.

후배들을 잘 챙기고 조언을 아끼지 않는 혜주에겐 따르는 팀원들도 많았지만, 선웅은 예외였다. 인간관계도 투자 대비 효율을 따지는 그에게 혜주의 사교성은 불필요한 에너지 낭비로 보였다. 조언이라고 해봤자 여자 꼰대 잔소리일 뿐인데, 뭐 하러 그걸 듣겠어?

혜주가 두리번거리다 선웅을 발견하곤 미소를 띤 채 다가와 커피를 건네며 말했다.

"다음부턴 실수하지 않겠습니다, 했으면 금방 끝날 상황을 왜 그렇게 복잡하게 만들었어?"

"사람이 실수할 수도 있는 건데, 쪼잔하게 그거 가지고 너무 뭐라고 하시니까요."

선웅이 심드렁하게 대꾸하곤 종이컵을 받아 한 모금 마셨다. 미지근한 온도에 자신도 모르게 미간을 찡그렸다.

혜주도 곧장 커피를 들이켰다. 혜주는 식어버린 커피가 싫지 않은지 싱긋 웃는 표정으로 입에 잠시 머금었다 삼킨 후 입을 뗐다.

"그런데 솔직히, 안 대리가 자기 인생 모토라는 효.율.성.에 집착하면서 트러블을 자주 만들긴 하잖아? 그건 자기도 인정하지?"

혜주는 효율성을 언급할 때 일부러 또박또박 발음해 강조했다.

담담한 말투로 태연히 잘못을 지적하자, 선웅이 마땅찮은 눈길로 혜주를 쳐다봤다. 또 시작이구먼. 아는 척하는 잔소리. 곧장 입술을 삐죽거리며 시선을 먼 하늘로 돌렸다.

"안 대리가 효율성 추구하는 거 좋아, 좋지! 업무를 하는 데 상당히 중요한 장점일 수도 있으니까. 그런데 말이야, 그게 제대로 작동하지 못하면? 결과를 내지 못하거나, 오히려 비효율적으로 돌아가게 되면, 결국 이도저도 아닌게 되잖아. 안 대리도 그걸 원하는 건 아니지?"

혜주가 잠시 말을 멈추고 선웅의 표정을 살폈다. 하지만 선웅이 별다른 반응을 보이지 않자, 다시 말을 이었다.

"효율을 좇으면서도 마무리 단계에서 조금만 더 주의를 기울여봐. 당면한 그 업무 하나만 보지 말고, 그게 영향을 미칠 주변 환경과 상황도 좀 확인해보고! 내 생각엔 그러면 효율성이 제대로 발휘되면서 업무 처리 결과도 훨씬 좋아질 것 같거든. 어때? 안 대리 생각은?"

말을 마친 혜주가 기대에 찬 표정으로 선웅을 바라봤다. 선웅은 여전히 뚱한 표정으로 잠시 말이 없었다. 그러다 혜주의 눈을 직시하며 입을 열었다.

"그러면 저한테 뭐가 좋은데요?"

"…으, 응?"

예상치 못한 질문에 놀란 혜주가 되물었다. 선웅은 짧게 한숨을 내쉬곤 이야기했다.

"저는 딱 지금 제가 하고 있는 정도가 회사에서 월급 받은 만큼 일하는 거라고 생각해요. 여기서 신경을 더 쓰면 돈을 더 받아야 맞는 계산인데, 아니, 최소한 복지라도 더 받아내야 정당한 거래인데, 과연 제가 더 신경 쓴다고 회사에서 뭘 더 해주겠어요?"

한없이 건조한 말투에 혜주가 눈을 껌뻑거리며 선웅을 바라만 봤다. 혜주의 그런 반응에도 선웅은 아랑곳하지 않고 목을 살짝 가다듬더니 그대로 말을 이었다.

"최 과장님. 회수되지 않는 투자는 가치가 없는 거 아닌가요? 아, 뭐, 길게 보면 경험이 쌓여 나중엔 다 도움이 된다, 그딴 소리 하는 사람들이 있긴 하죠. 근데 나중은 나중이잖아요. 도대체 그때가 언젠데요? 3년? 5년? 제가 내후년 안에 교통사고로 갑자기 죽으면요? 그깟 것 쌓았다가 그냥 다 날리는 거잖아요. 아무 소용이 없어지는 거죠. …저는요, 지금 당장 저한테 편한 거, 도움 되는 게 중요해요. 그런 게 진짜 효율적인 거라고요!"

선웅의 표정은 어느새 자신만만하게 바뀌었다. 단단하게 굳은 볼엔 가벼운 오만까지 서려 있었다.

그의 말에 홀린 듯 정신을 놓고 있던 혜주가 퍼뜩 정신을 차렸다. 곧바로 미간이 찌푸려졌다. 선웅은 자신의 철학에 과도한 자부심이 있는 것 같았다. 도대체 그 믿음이 어디서 나오는 건지 알 수 없었지만, 스스로가 저리도 확신하는데 혜주가 뭘 어쩌겠는가. 이런 녀석들은 직접 된통 당하지 않는 한 절대 바뀌지 않는다. 혜주가 짧다면 짧고 길다면 긴, 10년 넘은 사수 생활에서 얻은 진리였다.

혜주는 답답한 마음에 명치가 조여 왔지만 그래도 조금은 더 노력해보고 싶었다. 인생 경험을 조금이라도 더 쌓은 선배로서 책임감을 느꼈다.

"음, 맞아. 그런 것들이 당장은 비효율적으로 보일 수도 있어. 하지만 있지, 내가 지나고 나서 보니까, 경험으로 쌓은 노하우라든가 지혜는 다른 방식으론 얻기 힘들더라고. 안 대리도 지금 그걸 놓치면 나중엔 후회할지도 몰라."

혜주의 말이 끝나자마자, 선웅이 한쪽 입꼬리를 올려 피식 웃었다.

"봐요, 과장님도 확언 못하시잖아요. 후회할. 지도. 모른다. 라니, 그만큼 확정적이 아니라는 거잖아요? 그런데도 그걸 고려한다는 건, 과장님의 전형적이고. 비효율적인. 사고방식. 때문이에요. 그러니까 제가 그걸 따르지 않아서 후회할 일은, 단연코 없을 겁니다."

혜주가 '효율성'을 강조했던 방식을 흉내 낸 말투였다. 비웃음을 여실히 드러낸 그의 말에 혜주는 거대한 벽을 느끼고 곧바로 이 이상 설득하려 드는 건 무의미하다고 판단했다.

선웅은 혜주의 생각을 가늠하지 못한 채 계속 말을 늘어놓았다.

"있죠, 이 회사가 제 능력을 제대로 봐주지 않으면, 봐주는 곳으로 옮기면 그만이에요. 요즘 스타트업들이 얼마나 자유롭게 직원들의 특성을 살려주는지 아세요? 거기다 복지는 어찌나 빵빵한지! 과장님도 기사들 보셨죠? 그러니까 더 늦기 전에 과장님도 좀 알아보고 옮기시는 게 어때요? 네?"

그런 회사들이 좋은 거 누가 몰라서 안 가나, 못 가는 거지. 혜주가 입술을 일자로 만들며 생각했다. 혜주의 판단으론 선웅도 자격이 될 리 만무했다.

두 사람의 시선이 천천히 서로를 떠나 하늘로 향했다. 더 이상의 대화는 의미가 없었다.

건너편 빌딩 뒤에 숨어 있던 구름이 바람에 밀려 모습을 드러낼 즈음, 혜주가 뭔가 떠올린 듯 표정이 바뀌었다. 갑자기 선웅을 돌아보며 묘해진 눈빛으로 물었다.

"안 대리는 그런 스타트업 알아보고 있는 거야? 어디인데?"

"뭐… 몇 군데 좀…."

선웅이 거만하게 웃으며 어깨를 들썩였지만, 사실은 허세였다. 하지만 혜주는 선웅의 말에 눈을 반짝이며 감탄사를 내뱉었다.

"오, 역시 효율적인 안 대리는 빠르네, 빨라! 그래, 그쪽 회사를 고를 땐 뭘 중요하게 봐야 해? 나도 좀 알아보게."

"뭐, 스타트업은 아무래도 신생 회사가 많으니까, 사업 분야에서 독자적인 기술력이 있는지, 지속력이 있는지가 중요할 테고…. 나머지는 일반 직장들 볼 때랑 똑같죠. 무조건 연봉과 복지!"

"아! 역시 그렇겠지? 역시 우리 안 대리는 똑똑해." 혜주가 신이 난 목소리로 맞장구를 치더니 속삭이듯 덧붙였다. "혹시 안 대리가 먼저 좋은 데로 옮기게 되면, 나도 끌어가 줄 거지?"

선웅은 대답 대신 입꼬리를 내리며 어설프게 웃는 표정을 만들었다. 혜주는 그런 선웅에게 빙그레 웃어 답하곤 바로 출구를 향해 몸을 돌렸다.

선웅은 멀어지는 혜주의 뒷모습을 응시하며 이젠 완전히 식어버린 커피를 단숨에 들이켰다. 빈 종이컵을 구기며 잠시 끊겼던 생각을 다시 끌어왔다. 팀장에게 어떻게 복수할 수 있을까. 구겨진 종이컵의 모서리를 턱에 툭툭 쳐대며 생각에 잠겼다.

아무리 복수라지만 죽이거나 영구적인 상해를 입히는 건 제외하는 게 좋겠어. 범죄가 되면 인생이 효율성의 궤도에서 벗어나 버리니까. 회사에 직접적인 피해를 주는 것도 안 돼. 손해배상이라도 해야 하면 바로 인생 꼬이는 거야. 그렇다면 일회성이되, 팀장 개인에 한한 것이어야 하는데. 뭐가 있을까, 꼰대를 괴롭게 만들 가장 효과적인 방법이…?

'팀장님 갑각류 알레르기 있으시잖아. 그래서 새우 요리는 절대 안 돼!'

아부쟁이 박 과장의 목소리가 이마를 때리듯 떠올랐다. 입사 후 첫 회식 자리인 중국집에서 선웅이 깐쇼새우를 주문하려고 하자, 말리며 한 말이었다.

그거네! 선웅이 손가락을 튕기며 만면에 웃음을 띠었다. 안선웅, 넌 왜 이렇게 기억력까지 좋아서 일을 쉽게 해결해? 하하핫.

조금 전까지만 해도 답답했던 가슴이 뻥 뚫린 느낌이었다. 흡족한 표정으로 몸을 돌리며 2미터 거리에 있던 휴지통을 노려봤다. 머릿속에서 짧은 시뮬레이션을 돌린 후 쥐고 있던 종이컵을 원핸드슛으로 던졌다. 그게 휴지통 안으로 들어가기도 전에 선웅은 팔을 들어 올리며 외쳤다.

"나이스 샷!"

엘리베이터에 탄 혜주가 하강 버튼을 누르며 읊조리듯 중얼거렸다.

"전형적이고 비효율적이라…."

선웅이 자신을 평가했던 말을 되뇌며 혜주는 입가에 옅은 미소를 머금었다. 바닥을 내려다보고 있던 눈꼬리가 활처럼 휘었다.

3

3일 후 저녁, 사무실에 홀로 남은 선웅이 컴퓨터 키보드를 두드리고 있었다. 조금 전까지 새우 알레르기에 대해 조사를 마친 후 만족스레 웃던 얼굴은 어느새 뚱하게 바뀌어 있었다. 갑자기 시말서 기한이 급박해졌기 때문이다. 원래는 내일 업무 시간에 작성할 생각이었는데 선웅이 퇴근하기 10분 전에 팀장에게서 메시지가 도착했다.

―지금 시말서 작성 중인 거지? 오늘 안에 꼭 올려, 효율적으로.

못 본 척 퇴근해버리고 싶었지만 '효율'을 들먹이니 괜스레 부아가 치밀었다. 그래, 끝내주게 효율적인 시말서 하나 써주마! 원인, 결과, 반성…하는 척의 3문장!

그렇게 10분 만에 시말서 작성을 완료했다. 막 상신 버튼을 클릭하는 순간, 개인 메일함에 새 메일이 들어왔다는 알림창이 떴다.

―[조니프 소프트] 채용 제안 드립니다.

조니프? 어디서 많이 들어봤는데…. 엥? 설마 거기? 진짜야?!

웬만한 대기업보다 연봉과 복지 수준이 좋다던 소프트웨어 개발사였다. 토종 기업이지만 구글이나 페이스북의 대우를 뛰어넘는다는 소문과 뉴스 보도 덕에, 최근 구직자들의 눈높이를 과하게 높여놓았다는 질시를 받았던 곳이다.

그런데 거기서 나한테?!

눈이 휘둥그레져서 황급히 메일을 클릭했다. 구직 사이트에서 이력서를 보고 보내는 거라고 했다. 선웅은 눈살을 찌푸린 채 기억을 더듬다 생각해냈다. 아, 혹시 그땐가?

작년 겨울, 그러니까 '김게이' 이사 사건 때 팀장이 푸닥거리를 (이번과 버금가게) 했더랬다. 퇴근길에 친구들을 불러내어 술을 들이붓는 것으로 어느 정도 추스를 수 있었지만, 그래도 화가 가시지 않았다. 결국 다른 곳을 알아볼까 싶어 이력서 업데이트까지 해두었다. 하지만 연말에 상여금을 받고 마음이 풀어져 잊고 있었다.

하, 그게 이 시점에 이렇게 풀리네?

제안 직무를 재빨리 훑어보았다. 경영지원과 마케팅, 영업까지 두루 살펴야 하는 제너럴리스트를 뽑는 자리였다. 조니프 소프트 정도 되는 곳에서 이렇게 복합적인 직무를 한 사람에게 맡긴다는 게 조금 의아해 고개를 갸우뚱했다. 이러면 워라밸 지키기가 힘들겠는데 어쩌지?

'뭐? 버티컬 직무 하나만 하고 싶다고? 이 새끼가 배부른 소리 하고 자빠졌네. 대기업에서도 그렇게는 힘들어, 새꺄. 우리 같은 스타트업에서는 꿈도 못 꿔. 적게는 두세 명, 기껏해야 몇십 명 일하는 조직에서 어떻게 한 가지 직무만 하냐? 이 판이 초기엔 청소도 돌아가면서 해야 하는 판이야. 선웅이 넌 이쪽 업계론 절대 못 오겠다야!'

술자리에서 선웅이 업무 범주가 늘어난다는 불평을 늘어놓자, 나름 잘나가는 스타트업의 COO를 맡고 있던 친구가 혀를 차며 한 말이었다.

"하지만 조니프 정도면 무작정 부려먹진 않을걸?"

강한 확신 때문인지 마음속 생각이 입 밖으로 흘러나왔다. 조니프 소프트의 연봉과 복지가 방송을 타면서 얼마나 많은 기업이 여론의 몰매를 맞았던가. 직원을 최고로 대우해주면서도 워라밸 또한 확실히 보장했다. 선웅은 이곳이라면 설혹 업무를 확장해 일을 시키더라도 그에 상응한 대우와 보상을 충분히 제공할 거라 판단했다.

재빨리 메일에 연결된 링크로 들어갔다. 이력서를 등록할 수 있는 폼이 새 창으로 떴다. 선웅은 슬쩍 목을 빼서 주위를 둘러보았다. 역시나 사무실에 다른 사람은 없었다. 출퇴근 교통 혼잡을 피하고 업무를 효율적으로 하겠단 핑계로 10시 출근, 7시 퇴근의 유연근무를 얻어낸 덕이었다.

쇠뿔도 단김에 빼랬다고 바로 이력서 등록을 시작했다. 구직 사이트에 이미 정리해둔 것을 긁어와 붙여 넣고 상반기 대표 프로젝트 몇 개만 추가하면 되었다.

이 얼마나 효율적인가! 벌써 조짐이 좋네, 좋아. 으하핫!

팀장에게 깨졌던 사건이 오히려 전화위복이 된 것 같았다. 그 일이 없었으면 최 과장과의 대화도 없었을 테고 스타트업으로 옮기고 싶다는 열망을 확인하지도 못했을 거였다. 채용 제안 메일을 받고도 어쩌면 익숙해서 편해져 버린 이 회사에 그냥 안주하기로 했을지도 모른다. 모든 게 선웅의 이직을 위해 준비된 운명 같았다.

상반기 프로젝트를 갈무리해 넣으면서 선웅의 얼굴에 주체할 수 없는 미소가 떠올랐다. 조니프 소프트라니, 조니프 소프트라니! 선웅의 표정은 이미 합격한 사람이나 다름없었다.

이력서가 거의 채워졌을 무렵, 오후 내내 팀장에게 복수하고 싶어서 불타

오르던 마음이 어느새 사그라진 걸 깨달았다. 어쨌든 덕분에 이직할 생각도 하게 된 거 아닌가. 조니프 소프트 입사 준비를 하려면 앞으로 신경 쓸 게 많아질 텐데, 꼰대에 대한 복수는 그냥 접어버려…?

잠시 생각에 잠겼던 선웅이 급히 고개를 가로저었다.

아니야, 그래도 아예 접는 건 아니지! 팀원들 앞에서 내 인생 모토를 폄훼하고 인신공격까지 했잖아! 그냥 넘어가는 건 나 자신에 대한 모독이야. 좀 더 생각해보자. …일단 오늘은 퇴근부터 하고!

마음을 다잡으며 이력서 제출 버튼을 눌렀다. 7시 27분. 아무리 개인적인 일을 처리했다고 하더라도 사무실에 늦게까지 남아 있었다는 사실에 어딘지 손해라도 본 기분이라 찜찜했다. 서둘러 자리를 정리하곤 사무실을 나섰다.

이틀 뒤 저녁. 6시가 넘은 시간이라 여느 날처럼 선웅만 혼자 사무실에 남아 있었다. 엉덩이를 의자 끄트머리에 걸친 채 몸을 한껏 누인 자세로 온라인 쇼핑몰의 장바구니를 채웠다. 마지막 품목으로 새우탕면을 벌크로 주문할지, 그냥 편의점에서 하나만 살지 고민하는 와중에 새 메일 알림창이 떠올랐다. 직감적으로 조니프에서 온 메일이라는 것을 알아챈 선웅은 기대와 긴장이 반반 섞인 표정으로 재빨리 메일을 열었다.

—[조니프 소프트] 1차 서류 통과를 축하드립니다.

우아아앗! 봐, 역시 앞서가는 회사는 이렇게 바로 나를 알아보잖아!

심지어 희망 연봉을 상당히 높게 넣었는데도 통과됐다. 조니프에서 선웅의 가치를 그만큼 인정한다는 의미였으니 더욱 신이 날 수밖에 없었다. 선웅은 자신도 모르게 왼 주먹으로 책상을 가볍게 내리쳤다. 만면에 가득 미소를 올렸다가 이내 참을 수 없다는 듯 큰 소리로 웃음을 터트렸다.

"아하하하하하! 으하하하하!"

빈 사무실에 선웅의 호쾌한 웃음소리만이 쩌렁쩌렁 울렸다.

4

"안 대리, 식사하러 안 가? 그나저나 뭐 좋은 일이라도 있나, 하루 종일 싱글벙글이네?"

일찍 식사를 마치고 사무실로 들어선 팀장이 물었다. 평소 점심시간과 휴식 시간은 무슨 일이 있어도 칼같이 챙기던 선웅이기에 더욱 의아해하는 눈치였다.

"날씨가 좋아서 그런지, 괜히 기분도 좋고 배도 안 고프네요."

사실은 당신 골탕 먹일 생각에 밥을 안 먹어도 배가 불러서 그래. 선웅은 속으로 말을 덧붙이며 팀장에게 미소까지 지어 보였다.

비효율적인 일을 계획하면서도 이렇게 기분이 좋을 수 있다니, 선웅에겐 처음 있는 일이었다. 원래의 선웅이라면 감정에 따라 복수를 꾀하는 짓 따윈 하지 않았을 거였다. 하지만 의도치 않게 기회를 열어준 팀장에게 은혜를 갚는 마음으로 '비효율적이더라도 성과를 좇으라'던 그의 요구를 실천해주기로 했다.

나가는 마당에 상사의 원풀이까지 해주다니, 이 얼마나 훌륭한 부하직원의 자세인가! 크흑!

히죽거리는 웃음이 계속 나올 만큼 계획을 짜는 시간이 즐거웠다. 저녁에 조니프 소프트의 임원과 화상 면접이 잡혀 있었지만 그에 대한 준비마저 제쳐둘 정도로.

팀장은 꺼림칙한 눈빛을 선웅에게서 떼지 못했지만 별다른 말 없이 자신의 자리로 향했다. 곁눈질로 그 모습을 확인하던 선웅이 입꼬리를 올렸다. 내가 이러는 게 불안하지? 그래도 짬밥은 있어서 본능적으로 위기를 감지하는 모양인데, 게임은 이미 시작되었고 무를 수가 없다고!

선웅이 점심까지 포기하고 야심차게 짜고 있는 계획은, 처음 구상과는 상당히 달라진 것이었다. 원래 생각했던 '새우탕면→응급실' 아이디어는 진즉 접었다. 꼰대가 이직을 부추겨준 공로를 인정하기로 했으니, 신체적 고통은 가하지 않기로 했다. 대신 개인적이고도 상당히 사소하지만, 팀장 본인에게는 커다란 심리적 타격을 줄 수 있는 방법을 찾아냈다.

선웅의 게슴츠레한 눈빛이 팀장에게로 다시 향했다. 팀장은 애정 어린 눈길로 자신의 애장품들을 바라보고 있었다. 아크릴 상자 안에 소중하게 모셔진 캐릭터 피겨. 저것들을 부순다? 놉! 캐릭터 피겨라서 애들 장난감처럼 보이지만 실제 가격은 절대 만만치 않았다. 그것들에 직접 손을 댔다간 자칫 재물손괴죄가 될 수도 있다.

그래서 선웅이 노리기로 한 건 아크릴 상자였다. 더 정확히는 그것의 잠금 장치를 망가뜨리는 것.

그건 팀장을 번거롭고 짜증나게 하겠지만, 굳이 범인을 추적할 만큼 큰 사건은 되지 않을 귀여운 테러니까. 팀장이 피겨를 꺼내 닦는 건 한 달에 단 두번. 그가 테러의 결과를 알아챌 즈음엔 선웅은 이미 이직해서 이 회사에 없을 테니, 의심도 피할 수 있는 안전장치까지 확실한 최적의 계획.

팀장은 매달 정기적으로 피겨를 닦는 그 두 번 중 한 번을 위해 오늘도 점심을 일찍 때우고 복귀한 터였다. 예복용 흰 면장갑까지 끼고 조심스럽게 피겨를 다루는 모습을 선웅은 한심한 눈길로 지켜봤다. 집에선 마누라에게 찍소리도 못하니까 사무실에서 저러는 거겠지. 그런 주제에 누가 실수로 건드리기라도 할라치면 아주 생난리를 치고. 쯧.

선웅이 고개를 젓고 모니터로 시선을 돌려 생각을 이었다. 근데 어쨌든 오늘 상자를 열었으면… 오케이, 그럼 퇴사 날짜는 이 즈음이 되게끔 문서 올리고… 중간에 남은 휴가는 이날부터 이날까지 배치하고…. 좋아, 그렇다면 계획을 실행하는 건 바로 이날이 딱이다! <u>흐흐흐흐.</u>

선웅이 회사를 다니며 작성했던 계획서 중 가장 치열한 고민이 투영된 작업물이 완성되어가고 있었다. 빠르게 키보드를 두드리는 선웅의 얼굴에 괴기스러운 웃음이 피어올랐다.

"엇, 최 과장님, 같이 나가요!"

혜주가 출입구 리더기에 사원증을 대는 순간, 누군가 뒤쫓아 나오며 외쳤다. 선웅이었다.

선웅의 회사는 200명 남짓한 직원들이 6층짜리 빌딩 전체를 사용했다. 외부 손님은 옆 건물에 회의실을 따로 마련해두고 응대하기 때문에 본사에는 안내대는 물론 경비원도 없었다. 오직 출입문에 설치한 보안카드 리더기를 통해서만 드나들 수 있었고, 들어올 때와 나갈 때 모두 사원증 겸 보안카드를 이용했다. 경비 인력 비용을 최소화하겠다는 명목으로 회장이 내린 결정이었다. 겉보기엔 별 불편함이 없는 시스템이었지만 꽤 많은 직원이 뒤에선 불만을 토로했다. 카드의 보안코드를 유지하는 방식이 고리타분하면서도 번거로웠기 때문이다.

몇 년 전, 분실되었던 사원증을 이용한 도난 사건이 있었다. 그때 하필 회장실의 고급 비품들과 애장품이 모조리 털렸고, 대로한 회장은 사실상 상식을 벗어난 지시를 내렸다. 전 직원의 보안코드를 2주에 한 번씩 재설정하라는 것이었다. 그날 이후로 총무팀에서는 매주 첫째, 셋째 월요일 오후, 전 직원의 사원증을 수거했다가 재설정 후 배포하는 작업을 반복해야 했다.

"음? 안 대리, 이번 주 보안코드 업데이트 아직도 안 했어?"

"하하, 이렇게 다른 직원들 드나들 때 따라붙으면 되는데 뭘 굳이…. 총무팀 갈 일 생겼을 때 하려고요. 그게 효율적이죠!"

혜주가 눈썹을 산으로 만들며 졌다는 표정을 짓곤 다시 물었다.

"근데 이 시간에 어디 가? 자기도 외근?"

"아, 저는 개인적인 일이 있어서 조퇴요. 그럼, 먼저 가보겠습니다!"

말을 더 섞으면 발목이 잡힐까, 선웅은 재빨리 인사를 건네곤 혜주를 지나쳐 신호등을 향해 달렸다. 선웅이 건널목을 지나 건너편에 도착하자마자 파란불이 빨간불로 바뀌었다. 신호등마저 효율적으로 건넌 후 사라지는 선웅의 등을 바라보며 혜주는 흥미롭다는 듯 미소를 지었다.

선웅은 아래는 트렁크팬티만 입은 채였지만, 셔츠 위에는 재킷을 마저 걸쳤다. 어차피 화상 면접이라 하의까지 챙겨 입는 건 비효율적이었다. 넥타이는 손에 든 채 잠시 고민에 빠졌다. 조니프 소프트의 CEO 인터뷰 영상에서 배경 화면의 직원들이 모두 평상복 차림이었던 것을 기억해낸 후, 넥타이는 옷장 속 제자리로 돌아갔다.

물 한 컵을 준비해 노트북 앞에 앉으니 면접 시작까지 5분이 남아 있었다. 선웅은 물을 한 모금 마셔 입안을 적신 뒤 메일의 링크를 클릭했다. 곧장 온라인 회의실로 입장되더니, 화면에 전형적인 교포 화장을 한 젊은 여성의 얼굴이 나타났다. 선웅은 살짝 긴장됐지만 애써 태연한 척 미소를 지었다.

메일의 설명에 따르면 여성은 조니프 소프트의 COO 애슐리 정이었다. 싱가포르에 거주하는 교포로 최근에 조니프에 합류했으며, 회사의 글로벌 확장을 진두지휘한다고 했다.

"Hello, Mr. …Ahn? Do you hear me?"

"아? 에? …예쓰! 헤, 헬로우!"

갑작스러운 영어 인사에 선웅의 얼굴이 굳으면서 딱딱한 한국식 발음이 튀어나왔다. 영어 인터뷰에 대한 사전 안내는 없었기에 당황했다. 면접관이 교포라고는 했지만 선웅이 지원한 자리는 국내 업무였기에 당연히 한국어 면접으로 생각했다.

망-했-다.

거대한 징이 울리는 것처럼 선웅의 머릿속에 글자 세 개가 하나씩 차례로 떨어졌다.

아니, 이름이 애슐리잖아, 애슐리! 게다가 싱가포르에서 거주하고 있다가 최근에 합류했다는데, 당연히 외국인이라고 생각했어야지! 야이, 안선웅, 이 멍청한 놈아!

자신도 모르는 사이 고개가 푹 숙여졌다. 면접은 더 진행할 것도 없었다. 선웅의 영어 실력은 여행 회화 정도는 가능했지만 비즈니스 영어는 어림없었다. 아씨, 어떡하지? 창피하니까 그냥 노트북 덮개를 닫아버려?

"미스터 안? 아, 한쿡인! 크럼, 한쿡…말로 지냉-할까요?"

갑자기 번쩍 귀가 뚫렸다. 재빨리 고개를 들어 동그래진 눈으로 애슐리를 바라봤다. 그녀가 밝게 웃으며 답을 기다리고 있었다.

"아, 네, 넵! 괘, 괜찮으시면요."

"다른 인터뷰이랑 헷…갈렸어. 제 바름 안 초은데 이해 부탁, 오케이?"

"오케이! 오케이!"

얼핏 자신보다 어려 보이는 애슐리가 짧게 말하는 게 조금 거슬리긴 했지만, 지금 그건 문제 될 게 아니었다. 영어로 안 해도 된다잖아. 아예 날릴 뻔했는데 이게 어디야? 자, 이제 정신 똑바로 차리자, 안선웅! 아자, 아자!

본격적으로 면접이 시작됐다. 어설픈 한국어로 질문하는 애슐리 덕분에 선웅은 답변하면서 오히려 자신감을 찾아갔다. 질문과 그다지 상관이 없는데도 어려운 단어와 한자어를 섞어가며 유창하게 말하는 것에 초점을 맞췄다. 애슐리의 부족한 한국어 실력을 철저히 이용해보겠다는 계산이었다. 선웅의 전략이 먹혔는지, 애슐리는 인터뷰 내내 고개를 끄덕이며 그의 답변을 경청했다.

"…오케이. 라스트 크웨스천. 미스터 안, 궁금한 거, 있어?"

"최종 합격 결과는 언제 받을 수 있을까요? 사실 제가 다른 곳에서도 합격 통보받았는데, 조니프 때문에 결정을 미루고 있거든요."

당연히 그런 일은 없었다. 그저 자신의 가치를 조금이라도 높여 보이는 장치이자, 하루라도 빨리 합격을 확정 짓겠다는 전략이었다.

"오! 역시 미스터 안, 능력자인가 봐요. As soon as possible, 연락드리겠습니다."

애슐리의 말투가 갑자기 존댓말로 바뀌었다.

역시 아쉬운 입장이 되니 입 짧던 소리가 없어지네? 외국물 먹어도 한국인은 어쩔 수 없다니깐, 큭.

　이 정도라면 절대 잘못될 리 없다는 직감이 들었다. 기분 좋게 인터뷰를 마무리했다.

　그날 밤, 선웅은 인생에서 꼽을 만한 단잠을 잤다. 간만에 꿈도 꾸었다. 꿈 속에서 팀장은 피겨 상자를 열지 못해 안절부절못하다 엉엉 울기까지 했다. 그러다 선웅을 발견하곤 황급히 다가와 사과했다. 연신 허리를 굽실거리며 칭송을 늘어놓았다. "효율성이 최고야! 암, 최고지! 안 대리 짱! 안선웅 짱!"

　현실의 선웅이 입을 헤 벌렸다. 고인 침이 흘러내려 베개를 축축하게 적셔도 선웅은 꿈에 취해 깨어나지 않았다.

　다음 날 아침, 선웅은 안부를 전하는 척하며 애슐리에게 채용 과정의 분위기를 넌지시 묻는 메일을 보냈다. 애슐리는 간결하지만 명확한 어조로 회신을 해왔다.

　—미스터 안이 합류할 가능성이 매우 큽니다.

　그날 오후 퇴근 직전, 선웅은 업무 시간 중 짬짬이 작성해두었던 전자결재 시스템의 사직서를 열었다. 퇴사 사유를 적는 칸에서 아주 잠깐 고민하긴 했지만 이내 키보드를 짧게 두드려 완성했다.

　—개인적인 사유.

　그래, 이거면 됐지 뭘. Simple is the best! 이게 바로 효율적으로 퇴사에 임하는 나의 자세다! 으하하!

빠른 퇴사 확정을 위해, 선웅은 곧바로 결재를 올렸다.

5

아니나 다를까, 그날 저녁 애슐리로부터 최종 합격 메일이 도착했다.

―안선웅 님, 조니프 소프트 최종 합격을 축하드립니다. 입사 절차를 위해 아래의 서류를….

"으하하핫! 해냈다! 해냈어! 안선웅, 짱이다!"

잠옷 차림으로 메일을 확인한 선웅이 두 팔을 높이 들어 올리며 호쾌한 웃음을 터트렸다. 동시에 인상된 연봉으로 무엇을 할지 행복한 고민이 시작됐다. 차를 살까? 이렇게 좋은 회사로 이직하게 되었는데 계속 대중교통으로 출퇴근을 하는 건 격에 맞지 않잖아? 아, 아냐. 아예 조니프 소프트가 있는 삼성동 쪽으로 이사를 가? 그것도 나쁘지 않지! 어차피 언젠가는 강남 입성을 하는 게 목표였으니까.

선웅에게 새로운 인생의 문이 열리고 있었다. 활짝, 아주 널찍하게.

그때 휴대전화에서 알림음이 울렸다. 회사 애플리케이션에 중요 공지 메일이 수신되었다는 의미였다.

―[중요] 보안카드 업데이트 안내.

아, 뭐야, 주기적으로 하면서 뭘 또 추가 안내까지 보내? 지난주에 이미 업데이트를 한 데다 퇴사까지 결정한 선웅에게는 필요 없는 정보였다. 보안카드 사용할 날도 며칠 안 남았는데 뭐 하러 이걸 확인하나, 인생 비효율적이게. 아하하하.

선웅은 더 이상 고민하지 않고 그대로 전화기를 내려놓았다. 그러곤 다시 여윳돈에 관한 행복한 고민에 빠져들었다.

선웅의 사직서가 최종 결재 라인까지 올라갔다. 회사에서는 관례적으로 퇴사 면담을 진행했지만, 선웅의 입장이 확고하다는 것만 확인했다. 사직서가 최종 승인되고 퇴사 일자까지 확정됐다.

남은 휴가도 대략적인 날짜만 기안으로 올리면 결재해주겠다는 팀장의 말에 선웅은 잔학한 미소를 주체할 수 없었다. 바로 그날 중 하루를 택해 다른 누구도 아닌 팀장을 골탕 먹일 계획이 준비되어 있었으니까.

6일 남은 휴가 중 5일은 잘 분배해 마지막 출근일이 목요일이 되게 만들고 마지막 휴가일은 금요일로 기안했다. 그렇게 하면 목요일에 팀 송별 회식을 할 테고 선웅의 진짜 '마지막 출근'은 금요일 밤이 될 예정이었다.

이후엔 거칠 게 없이 흘러갔다. 최고의 회사로 옮길 생각을 하니, 선웅은 불만스러운 일이 생겨도 의연하게 넘길 수 있었다. 꼰대들도 퇴사가 확정된 그에게 더 이상 불편한 말을 하거나 트집을 잡지 않았다.

어이구, 진즉 이렇게 대해주셨으면 제가 더 열심히… 아니, 솔직히 열심히는 아니고, 그나마 군소리 없이 다녔을 텐데요! 참으로 아쉽지만 이젠 너무 늦었네요, 하하핫!

회식 장소는 선웅이 즐겨 찾던 빈대떡집이었다. 들어온 지 한 시간도 채되지 않아 팀장은 이미 불콰하게 취해 있었다. 두루뭉술해진 발음으로 했던 말을 되풀이하며 선웅에게 술을 따라주었다.

"자, 안 대리, 받아라, 받아! 그동안 서운했던 거 있으면 다 털어버리고. 이제 어디 가서 뭘 하든, 그래, 거기선 꼭 인정받아라? 어? 효오유울저억-으로다가!"

"앗! 팀장님, 막상 보내려니 아쉬우신가 봐요? 애정이 넘쳐서 잔도 마구 넘치네, 어, 어?"

옆자리에서 혜주가 하염없이 누운 맥주병을 급히 잡아 세우며 장난스럽게 말했다.

"으하하, 애정? 최 과장, 말은 비뚤어져도 입은 바로 하라 했다. 애증이겠지, 애증! 암튼, 잘 가라! 안 대리, 마셔, 마셔!"

팀장은 선웅이 잔을 드는 모습은 확인하지도 않고 곧장 자신의 잔을 들이켜 넘겼다.

선웅은 말없이 입술만 축인 후 잔을 내려놓았다. 마지막 날이니 회사 비용으로 술을 진탕 마셔주고 싶었지만 아직은 그럴 때가 아니었다. 술에 취해 정신이 흐트러지기 전에 해야 할 일이 있었다. 계획을 실행하기 위한 마지막 준비물, 팀 동료의 사원증을 하나 훔쳐내야 했다.

퇴사 절차를 마무리하면서 선웅은 사원증을 반납했다. 그러니 내일 밤 회사에 잠입하려면 다른 사람의 보안카드가 필요했다. 출입 흔적을 위장할 수도 있으니 일석이조의 방법이었다. 그다지 아쉽지도 않은 사람들과의 회식 자리를 마다하지 않은 건 그걸 위해서였다. 그래서 선웅은 최대한 술을 자제하며 기회를 엿봤다.

팀장은 역시나 꼰대스럽게 사원증을 목에 걸고 있었다. 저렇게 몸에 닿아 있는 것은 아무래도 훔치기가 힘드니 패스. 선웅은 소맥을 한 모금 들이켜면서 테이블에 둘러앉은 스무여 명의 사람들에게로 시선을 돌렸다. 남자 직원들 대부분은 팀장과 마찬가지로 사원증을 목에 걸고 있었다. 반대로 여직원들의 목에선 사원증이 보이지 않았다.

그래, 여직원 것을 훔치는 게 좋겠어. 아마 핸드백 같은 곳에 넣어뒀겠지?

"어? 과장님, 어디 가세요? 설마 도망가는 거 아니시죠? 안 대리님, 최 과장님 도망 못 가게 잡아요, 잡아!"

혜주가 자리에서 일어나려고 하자, 맞은편에 앉아 있던 서 대리가 황급히 선웅을 향해 외쳤다. 혜주는 어이가 없다는 표정으로 서 대리를 돌아보며 말했다.

"엥? 아니야, 나 잠깐 화장실 가는 거야."

"근데 핸드백을 왜 들고 가요? 안 대리님, 최 과장님 핸드백 뺏어요, 뺏어!"

"진짜 서 대리도 참, 벌써 취한 거야? 알았다, 알았어. 자, 제 핸드백은 여기에 고이 모셔두고 가겠습니다. 됐습니까, 서 대리님?"

어이없어하면서도 즐겁게 호응한 혜주가 핸드백을 내려놓고 툭툭 치는 시늉을 하더니 방을 나갔다. 선웅은 터져 나올 것 같은 웃음을 간신히 억누르며 주변을 살폈다. 일이 되려니까 이렇게 또 풀리네? 흐흐흐.

서 대리는 이미 최 과장의 핸드백엔 관심을 끊은 것 같았다. 옆자리의 신입 직원에게 나름의 잔소리를 시전하며 '젊은 꼰대 짓'을 하느라 정신이 없었다. 선웅은 눈동자를 굴려 옆자리의 팀장도 확인했다. 휴대전화의 앨범에서 얼마 전 새로 산 피겨 사진을 건너편에 앉은 박 과장에게 자랑 중이었다. 박 과장은 마블 프랜차이즈 영화를 한 편도 안 본 사람으로 소문이 자자했다. 그런데도 관심이 있는 척 고개를 끄덕이며 상사를 응대하는 모습이 가소로웠다.

쯧쯧. 그래요, 당신들은 계속 그렇게 사십시오. 저는 다른 세상으로 가렵니다. 당신들의 세계와는 차원이 다른 어나더 레벨로!

아무도 혜주의 핸드백에 관심이 없다는 것을 확신한 선웅은 잔을 내려놓으며 그 위에 술을 슬쩍 흘렸다.

"아이고- 술이- 조금 흘러버렸네-! 닦아야-겠네-?"

눈치를 살피며 어색한 말투로 과장되게 말한 후 냅킨으로 혜주의 핸드백을 닦기 시작했다. 슬쩍 주위를 다시 둘러봤으나 여전히 관심을 두는 사람은 없었다. 반쯤 열린 핸드백 지퍼 사이로 사원증의 초록색 목줄이 눈에 들어왔다. 입구를 닦는 척 손가락을 줄에 걸고 슬쩍 당겼다. 빠른 선웅의 손놀림에 혜주의 사원증이 그의 손아귀로 빨려들듯 들어왔다. 선웅은 재빨리 그걸 자신의 바지 주머니 안으로 밀어 넣는 데 성공했다. 그때였다.

"왜 안 대리가 내 핸드백을 들고 있어?"

놀란 선웅이 급히 고개를 돌려 바라봤다. 혜주가 방에 들어서며 멀뚱한 표정으로 선웅을 주시하고 있었다.

봐, 봤나? 봤을까?!

선웅이 침을 꿀꺽 삼킨 채 굳어버렸다. 하지만 이내 정신을 차리고 허둥지둥 입을 열었다.

"아, 제, 제가 술을 좀 엎질러서요. 다, 닦느라…."

"뭐어?! 야아, 안 대리! 이거 진짜 가죽이란 말이야! 으잇!"

혜주가 선웅에게서 핸드백을 낚아채더니 이리저리 자세히 살폈다. 검은 가죽인 데다 실제 술을 많이 흘린 건 아니었기에 얼룩은 거의 보이지 않았다.

"조, 조금, 진짜 조금이었고 제가 바로 닦아서 괜찮을 거예요!"

선웅은 혜주가 자칫 핸드백 안까지 뒤지다 사원증이 사라진 걸 알아챌까 싶어 황급히 설명을 덧붙였다. 혜주는 핸드백을 천장의 전등 가까이 들어 올려 꼼꼼히 살피고 나서야 안심한 말투로 말했다.

"안 대리, 퇴사하는 날 명줄 끊길 뻔한 거 알아? 이거 내가 진짜 아끼는 가방이야. 하여간 자기가 운은 참 좋아, 그치?"

"아, 아하하하. 그, 그러네요. 과장님, 자, 한잔하세요."

선웅이 혜주에게 재빨리 술을 권했다. 혜주가 바로 자리를 잡고는 격하게 잔을 부딪쳤다. 그대로 원샷을 하곤 만족스러운 듯 감탄사를 내뱉었다.

"캬아! 좋다!"

오, 아줌마 오늘 술 좀 받으시나 보네. 뭐, 나도 소기의 목적을 완료했으니, 이제 제대로 부어볼까?

선웅도 잔을 한 번에 비웠다. 빈 잔에 다시 소주와 맥주를 순차적으로 따른 후 숟가락을 세게 내리꽂았다. 거칠게 일어난 하얀 거품이 내일 밤을 기다리는 선웅의 음흉한 마음처럼 회오리를 일으키며 솟구쳤다.

6

드디어 그토록 고대하던 순간이 왔다.

금요일 밤 11시가 조금 넘은 시각, 하늘을 가득 채운 구름이 평소보다 더욱 어둑한 거리를 만든 상태였다.

회사 인근에 도착한 선웅은 방범 카메라의 사각지대를 찾아 몸을 숨긴 후, 골목길 모퉁이에서 고개를 빼꼼 내밀어 회사 건물을 확인했다. 전등이 모두 소등된 건물은 어둠 그 자체였다. 주변을 돌아다니는 주민도 없었다.

좋았어, 슬슬 움직여볼까.

선웅은 들고 있던 두툼한 가방을 바닥에 내려놓은 뒤 옷을 꺼내 입기 시작했다. 건물 출입 시엔 최 과장의 보안카드를 사용해 기록을 위장할 예정이었지만, 내부 CCTV의 전원을 끄기 전까진 선웅의 모습이 녹화될 게 분명했다. 복면과 모자를 준비했지만 얼굴을 감추는 것만으론 부족했다. 그래서 몸매까지 숨기기 위해 옷을 많이 껴입는 아이디어를 생각해냈다.

이렇게 껴입으면 팀원들이 영상을 보더라도 나인 줄 절대 상상도 못할걸? 게다가 어디서 보니까, 걸음걸이만으로도 용의자를 찾아내더라고? 그래서 걸음도 바꾸려고 지압 슬리퍼까지 챙겨왔다는 거 아니겠어? 하아, 안선웅, 너란 인간은 참 철저하기까지 해? 완벽하게도? 후후후.

선웅은 위로 다섯 벌, 아래로 세 벌씩 옷을 껴입었다. 눈만 뚫린 스키마스크를 얼굴에 뒤집어쓰고 지압 슬리퍼도 신었다. 마지막으로 지문을 남기지 않기 위해 목공용 장갑까지 착용했다. 모든 준비를 마친 선웅은 스키마스크 아래에서 회심의 미소를 지었다.

시뮬레이션으로 상상했던 것보다 훨씬 많이 긴장됐다. 지압 슬리퍼를 신고 어기적어기적 회사 정문을 향해 걸어가면서 왜 이렇게까지 해야 하나 잠시 자괴감이 올라왔지만, 곧바로 팀장이 한심하다는 표정으로 자신을 향해 소리치던 모습을 떠올렸다.

'일했으면 만족할 결과물이 나와야지, 적게 일하고 아무것도 없으면 그게 다 무슨 소용이야!'

선웅은 어금니를 악물며 계속 걸음을 옮겼다. 그래, 기왕에 시작했는데 만족할 만한 결과물은 보고 끝내야지. 너무 비효율적이긴 하지만, 네, 팀장님, 말씀하신 대로 성과는 봐야죠, 아무렴요!

입구에서 보안카드를 읽힌 후 재빨리 문을 열고 건물 안으로 들어섰다. 불은 꺼져 있었으나 건물 1층 앞면이 통유리로 된 덕에 회사 앞 가로등이 내부까지 불빛을 비춰서 시야 확보에 불편함은 없었다.

가장 먼저 해야 할 일은 건물 내의 CCTV를 끄는 것이었다. 곧장 제어실이 있는 지하로 내려갔다. 혹시 몰라 엘리베이터는 타지 않았다. 계단의 전등도 따로 켜지 않고 휴대전화의 플래시 기능을 사용했다. 지압 슬리퍼 때문에 발이 아파 빠르게 움직일 수 없는 게 가장 큰 애로사항이었다. 아우, 발바닥 아파. 카메라만 끄면 그냥 맨발로 다녀야겠어. 신발은 챙겨 들어올 걸, 시뮬레이션에서 이걸 놓쳤네, 쯧!

CCTV 제어실에 들어서자 회색빛의 작은 모니터들이 여러 대 보였다. 움직임이 없는 어두운 화면은 마치 사진 액자를 나란히 늘어놓은 것 같았다.

아직 늦여름이라 겹겹이 껴입은 옷 때문에 땀이 배어 나오기 시작했다. 시간을 끌면 어딘가에 DNA를 남길지도 모른단 생각이 퍼뜩 들었다. 선웅은 서둘러 영상 저장 장치의 전원을 모조리 내렸다. 모니터 속 회색빛 화면들이 빠르게 검은 화면으로 바뀌었다.

선웅은 화면이 모두 꺼진 것을 확인한 후 곧장 슬리퍼를 벗어들었다. 빨라진 발걸음으로 제어실을 나와 구석의 쓰레기장에 슬리퍼를 내던졌다. 훨씬 편해진 발걸음 덕에 둔해진 몸은 신경조차 쓰이지 않았다. 그대로 계단을 향해 몸을 돌린 후 어제까지 자신이 일하던, 그리고 목표물이 기다리고 있을 3층 사무실로 냅다 뛰어 올라갔다. 무거운 옷에 쉬지도 않고 계단을 오르다 보니, 사무실 앞에 도착했을 땐 가쁘게 숨을 몰아쉬어야 했다.

잠시 숨을 고르면서 선웅은 오른손으로 주머니를 더듬어 미리 준비해두었던 물건을 확인했다. 나무 이쑤시개를 서른 개쯤 신문지 조각에 싸서 넣어둔 것이었다. 곧장 그 뭉치를 주머니 밖으로 꺼내어 손에 쥐었다.

'야, 선웅아, 꼴 보기 싫은 인간 엿 먹이는 가장 가성비 좋은 방법이 뭔 줄 알아? 바로 나무 이쑤시개를 이용하는 거야. 엿 먹이고 싶은 인간 자동차 열쇠 구멍에 이걸 일단 꽂아. 그러곤 바짝 붙여서 분질러버리는 거지. 이게 웬만해선 빠지지 않아, 아니, 못 빼! 결국 고치려면 차 문짝을 통째로 갈아야 된다? 돈 엄청 깨지는 거지! 어때? 이게 바로 네가 좋아할 만한 효율적으로 엿 먹이는 방법 아니냐?'

어릴 때 동네에서 좀 놀던 친구가 술자리에서 해준 말이었다. 하지만 요즘 차는 키가 리모컨으로 작동했다. 그러니 그 방법으로 차를 고장 내는 건 불가능해진 셈이다. 그런데 선웅의 계획엔 다른 열쇠 구멍이 준비되어 있었다. 바로 팀장이 애지중지하는 피겨를 보관한 아크릴 상자의 잠금쇠. 이쑤시개와 두께도 딱 맞아떨어지는 운명과도 같은 그 열쇠 구멍이.

선웅은 오늘 그곳에 이쑤시개를 모조리 박아버릴 생각이었다.

마지막 숨을 내쉬는 선웅의 입술이 전율로 떨렸다. 숨이 편안해지자 조심스레 사무실로 들어섰다. 적막과 고요, 그리고 달빛이 그를 맞았다. 아까까지만 해도 하늘을 가득 채웠던 구름이 달 주위로 모두 흩어진 채였다. 오늘이 보름인 덕에 휘영청 밝은 달빛만으로도 사무실이 훤해진 상태였다. 모든 상황과 조건들이 선웅의 복수를 위해 준비되어 있었다.

선웅의 시선이 팀장의 책상으로 향했다. 나란히 줄지어 선 아크릴 상자가 달빛을 받아 빛나고 있었다. 천천히 그쪽으로 걸음을 옮겨 다가갔다.

선웅은 비장한 표정으로 무협 소설에서 천하제일 검수가 칼을 꺼내는 듯 신문지에 쌌던 이쑤시개 하나를 비장하게 뽑아 들었다. 눈꼬리가 야릇하게 비틀렸다. 미소 혹은 비웃음을 띤 채 아크릴 상자 속 피겨들을 차례차례 노려봤다. 그들의 얼굴이 모두 팀장의 얼굴로 바뀌어 보였다. 앞으로 닥칠 일이 두려워 겁을 먹은 표정이었다.

선웅은 이쑤시개를 높이 치켜들더니 차갑게 가라앉은 눈으로 작업을 시작했다.

찌르고.

바짝, 부러뜨린다.

찌르고. 바짝 부러뜨린다.

찌르고 바짝 부러뜨린다. 찌르고 바짝 부러뜨린다! 찌르고 바짝 부러뜨린다!!

"ㅎㅎㅎㅎ. 키키키키키키킥."

선웅의 입에서 흘러나온 괴이한 웃음소리가 이쑤시개 부러지는 소리와 함께 사무실을 채웠다.

이번 일이 비효율적인 선택이었다는 건 부정할 수 없었다. 하지만 모든 걸 마치고 1층으로 내려온 선웅의 가슴엔 만족감이 가득했다. 거슬리는 건 단 하나, 껴입은 옷 때문에 땀으로 범벅된 몸이었지만 그건 밖으로 나가 옷을 벗으면 해결될 일이었다. 건물 입구에 선 선웅은 스키마스크 아래로 감춘 얼굴에 웃음을 가득 올린 채 보안카드 리더기에 최 과장의 사원증을 가져다 댔다.

삐-.

삐? 원래 이 소리였나? 딩동, 아니었나? 선웅은 고개를 갸우뚱하며 문을 밀어보았지만 움직이지 않았다.

뭐야, 어떻게 된 거야? 분명히 들어올 땐 문제가 없었잖아?! 눈이 동그래진 선웅이 다시 카드를 같은 자리에 댔다.

삐-.

머릿속이 온통 새하얘졌다. 어떻게 된 거야? 뭐가, 뭐가 바뀐 거지?

순간 저번에 받았던 공지 메일이 떠올랐다.

—[중요] 보안카드 업데이트 안내

재빨리 휴대전화를 꺼내 회사 애플리케이션을 열었다. 퇴사 처리가 마무리되어서 접속이 막혔을까 우려했지만, 다행히 퇴사 일자는 이번 주 일요일로 맞춰져 있었다. 곧바로 메일을 열었다.

—토요일(28일) 00시를 기점으로 기존에 2주마다 재설정하던 보안카드 운영 방침을 폐지하고 보안 시스템 업그레이드 작업이 진행됩니다.

전 직원에게는 신규 사원증이 발급되며 월요일(30일) 출근 시 배포합니다.

신규 사원증은 매번 데이터를 재설정할 필요없이 RFID로….

선웅은 거기까지 읽고 다급히 시간을 확인했다. 12시 5분. 5분 차이로 건물에 갇혀버린 것이다.

제길! 아니, 왜 내가 다닐 땐 그 번거로운 짓을 계속하더니 하필 이 날짜에 시스템을 바꾸고 난리냐고!

신경질이 나서 발을 마구 굴렀다. 신발을 신지 않은 맨발바닥에 통증이 고스란히 느껴졌다. 한참을 그렇게 분을 못 이겨 날뛰다가 현실을 직시하고 멈췄다. 어쩔 수 없이 밖으로 나갈 다른 방법을 찾아야 했다.

선웅은 그때부터 온 건물을 헤집고 다니기 시작했다. 낮은 층의 계단 창은 크기가 작아서 머리도 들이밀 수 없었다. 큰 창문이 있는 곳들은 모두 높은 층이라, 바닥에 떨어져 어디 한군데 부러질 각오를 하지 않고는 엄두도 낼 수 없었다. 옥상도 마찬가지였다. 지하 주차장 출입구도 확인해봤지만, 보안 카드로 막혀 셔터가 올라가지 않았다. 그렇게 한참 동안 바삐 움직였으나 건물의 모든 출구가 막혔다는 사실만 확인했을 뿐이었다. 시간은 어느새 새벽 5시를 넘어가고 있었다.

곧 해가 뜰 텐데, 이 상태로 주말 내내 갇혀 있어야 한다고? 아니지, 월요일에 사람들이 출근해도 문제잖아?!

이상한 옷차림과 몰골은 어떻게 처리해본다고 해도, 퇴사한 선웅이 최 과장의 사원증으로 몰래 들어와 갇혔다는 것은 어떠한 변명으로도 납득되지 않을 일이었다. 자연스레 피겨 상자에 한 짓까지 몽땅 들통 날 판이었다.

안 돼, 안 된다고! 안선웅, 이 일을 어떻게 해결할 거야? 어떻게 해야 하냐고?!

선웅은 양손으로 머리를 감싸 쥔 채 도리질을 쳤다. 1층 로비 안쪽에서 빠르게 좌우로 걸음을 옮겨대며 고민에 빠져들었다. 하지만 묘수는 떠오르지 않았고 바깥의 어둠은 빠른 속도로 걷히고 있었다. 선웅의 마음은 점점 더 조급해졌다. 자신도 모르게 목공용 장갑의 끄트머리를 잘근잘근 씹었다.

방법을 생각해, 생각해내라고! 더 늦어지면 안 되잖아. 지금쯤엔 나가야 한다고!

"으아아악!"

결국 짜증 섞인 소리를 내지르며 로비에 있던 의자를 발로 차버렸다. 의자가 쓰러지며 그대로 입구까지 미끄러졌다. 통유리로 된 창에 쩽한 충격음까지 내고 나서야 멈췄다. 그런데 그걸 본 선웅이 뭔가 떠오른 듯, 쓰러진 의자와 통유리창, 그리고 자신의 몸에 차례로 시선을 두었다.

그래, 좀 무모하긴 하지만 어쩔 수 없어. 몸으로 뚫자! 옷을 많이 껴입었으니까 유리 파편에 다칠 일은 없겠지!

곧바로 로비 가장 안쪽으로 걸어갔다. 도움닫기를 하기 위해선 거리가 필요하니까 안쪽에서부터 달려서 몸을 던질 생각이었다. 후우후우. 선웅이 통유리창에 눈을 고정하곤 숨을 가다듬었다. 간닷!

선웅이 안간힘을 내 달리기 시작했다. 하지만 껴입은 옷 때문에 제 속도를 내지 못하고 몸이 뒤뚱거렸다. 젠장, 좀 벗을 걸 그랬나? 아니야, 덜 다치려면 그래도 이게 나을….

쿵!

생각이 더 진전되기도 전에 유리창을 박았다. 하지만 유리는 조금 흔들렸을 뿐, 금도 가지 않고 선웅의 몸만 그대로 튕겨 달려왔던 방향으로 되돌아갔다. 퍽 소리를 내며 바닥에 떨어졌다.

"으윽…. 씨팔! 존나 아프네."

영화에서는 주인공이 유리창이든 벽이든 잘도 뚫고 나가더니만, 선웅의 현실에선 불가능한 모양이었다. 유리창에 부딪히던 순간보다 튕겨서 떨어졌을 때가 더 아프기까지 했다. 선웅은 통증을 참으며 겨우 자리에서 일어섰다. 그사이 바깥은 더 밝아져 있었다.

아, 안 돼! 아직은 안 된다고! 선웅은 절망적인 눈빛으로 다급히 주위를 둘러보았다. 유리창 앞에 아까 자신이 발로 찼던 의자가 보였다. 사각 모서리가 있는 의자 다리에 시선이 꽂혔다.

그래, 저걸로 먼저 깨자! 뾰족한 모서리로 일단 유리에 금이 가게 한 다음, 몸으로 충격을 가하면 뚫리겠지! 뚫려야 해!

곧바로 의자를 들어 유리창으로 다리가 향하게 냅다 던졌다.

지지직. 예상이 적중했다.

역시 인간은 머리를 써야 해. 진즉 이렇게 할걸.

눈에 생기가 돌아온 선웅이 튕겨 나온 의자를 다시 집어 들었다. 의자 다리 모서리 한쪽을 금이 간 중심에 맞춰 세게 내리쳤다. 뿌지직! 다리 끝이 유리창에 꽂히며 굵은 금이 사방으로 뻗어나갔다. 그런데 그와 동시에 경비 알람이 커다랗게 울리기 시작했다.

뚜뚜뚜뚜뚜-!

"뭐, 뭐야? 이런 것도 설치되어 있었어? 아, 씨팔, 좆까!!!"

더 이상 생각할 것도 없었다. 선웅은 유리창에 꽂혀 있던 의자를 뽑아내어 구석으로 내던졌다. 보안업체가 문제가 아니었다. 저 요란한 소리 때문에 동네 사람들이 곧 건물로 몰려오게 생겼으니 한시라도 빨리 이곳을 나가야 했다. 스키마스크로 감싸인 선웅의 눈이 유리창의 작은 구멍을 날카롭게 응시했다.

이번엔 될 거야! 돼야 해!

그 순간, 작은 구멍 너머로 보이는 신호등이 막 파란불로 바뀌었다. 건널목을 건너 지하철까지 곧장 뛰어갈 수 있는 절호의 기회였다. 오케이, 지금이야!

선웅이 양팔로 얼굴을 가린 채 유리창으로 몸을 날렸다. 와장창! 유리가 박살나면서 선웅의 몸이 건물 밖으로 튀어 나갔다. 선웅은 바닥으로 떨어질 때의 충격을 완화하기 위해 그대로 몸을 앞으로 굴렸다. 가속도가 붙었던 몸은 서너 바퀴를 구르고 나서야 멈췄다.

선웅은 재빨리 고개를 들어 자신의 위치를 확인했다. 건널목의 3분의 1 지점이었다. 경비 알람은 그의 등 뒤에서 여전히 요란하게 울리고 있었다. 자리에서 벌떡 일어나 곧장 앞으로 내달렸다. 길을 다 건너고도 달리기를 멈추지 않았다. 그대로 지하철역을 향해 뒤도 돌아보지 않고 뛰었다.

나왔다! 빠져나오는 데 성공했어! 해냈어! 내가 해냈다고! 으하하하하!

신호등 차선에서 환경미화 차량을 대기시키고 있던 미화원이 방금 전 사건을 목격했지만 어딘지 기묘한 상황을 한 번에 이해하기란 쉽지 않았다. 신호가 바뀐 후에도 한참을 멈춰서 자신이 방금 본 게 어떤 상황인지 차근히 되짚어보았다.

불 꺼진 건물에서 갑자기 유리창을 깨고 사람 하나가 튀어나왔는데, 그는 한겨울의 노숙자처럼 옷을 겹겹이 껴입고 있었다. 스키마스크로 얼굴까지 가린 채 바닥을 데굴데굴 굴러 건널목 가운데까지 오더니, 갑자기 벌떡 일어나서 뒤뚱거리며 쏜살같이 사라졌다. 얼핏 봐서는 신발도 신지 않은 것 같았다.

미화원은 요즘 체력이 많이 떨어져 잠시 헛것을 본 게 아닌가도 생각했다. 하지만 건물에서 울리는 경보음에 헛것이 아니라는 것을 깨달았다. 뒤늦게 정신을 차리고 다급히 휴대전화를 꺼내 112를 눌렀다.

혹시나 추궁하는 연락이 올까, 선웅은 주말 내내 냉가슴 앓듯 했다. 하지만 아무런 연락도 없었다. 팀 단톡방에선 목요일 회식을 끝으로 팀장이 선웅을 내보냈기 때문에 그쪽으로의 확인도 불가했다.

아무것도 못 알아냈으니까 연락이 안 오는 거겠지? 그래, 침입자가 나라는 걸 알아챌 근거는 전혀 남기지 않았잖아?

보안카드도 남의 걸 썼고 CCTV도 들어가자마자 껐다. 온몸에 옷을 둘러서 체형을 바꾼 것은 물론, 지압 슬리퍼로 걸음걸이까지 바꿔서 누군가 목격했다 하더라도 선웅을 지목할 만한 요소는 전무했다. 골목길에 가방을 두고 온 게 조금 걸리긴 했지만 거기에도 어차피 선웅을 특정할 물건은 없었다.

됐어, 됐어, 끝났어! 연락 안 오는 거 보니까, 깔끔하게 성공한 거야!

침대에 발라당 누우며 마음을 정리했다. 건물에 침입자가 있었지만 다른 손괴나 탈취는 확인되지 않았을 테니 그냥 이상한 일이라고만 생각할 것이다. 팀장이 아크릴 상자의 테러를 확인하고 멘붕에 빠지는 것도 다음 달 둘째 월요일이나 되어야 할 테니까.

결론을 내린 선웅이 편안한 마음으로 시간을 확인했다. 밤 10시.

내일은 드디어 조니프 소프트로 출근하는 첫날이었다. 일반적인 상황이었다면 출근 일자를 최대한 미루며 휴식하는 시간을 늘렸겠지만 이번엔 달랐다. 그 대단한 회사로 출근하는 모습을 세상 사람들에게 빨리 보여주고 싶었다. 그래서 애슐리에게 부탁해 오히려 날짜를 앞당겼다. 훌륭한 인재라고 생각했겠지? 후후후.

잠잘 준비를 위해 욕실로 간 선웅은 거울에 비친 자신을 마주 봤다. 스스로가 너무도 자랑스러웠다. 이를 닦다가 멈추곤 씨익 웃었다. 하얀 거품이 낀 치아가 반짝반짝 빛이 났다. 출근이 이렇게까지 기다려지는 건 신입으로 첫 출근을 하던 날 이후 처음이었다.

7

첫날이라 9시에 맞춰서 삼성역 무역센터에 도착했다. 선웅은 건물에 들어서며 조니프에서도 유연근무를 신청해야겠다고 결심했다. 이 시간에 2호선을 타고 강남을 지나는 것은 정말이지 끔찍한 경험이었다. 지하철에서 사람들에게 눌려 구겨진 재킷의 깃을 손바닥으로 다리며 선웅이 안내대를 향해 가벼운 걸음으로 다가갔다.

"안녕하십니까. 어떻게 오셨습니까?"

안내하는 여성이 다소곳하게 용건을 물었다. 선웅은 자신의 얼굴 근육을 최대로 사용한 미소를 만들어 보이며 답했다.

"안녕하세요! 조니프 소프트에 새로 출근하게 된 안선웅이라고 합니다."

"아? 조니프 소프트요? 잠시…만요."

여성이 살짝 당황한 듯 앞에 놓인 매뉴얼을 황급히 확인했다. 선웅은 기다리지 않고 곧장 말을 덧붙였다.

"조니프 소프트의 COO인 애슐리 정이 방문 등록을 해놨을 겁니다."

"죄송해요. 제가 온 지 얼마 되지 않아서. 잠시만 기다려주시면 바로 확인하고 안내해드리겠습니다!"

선웅은 고개를 끄덕이며 다시 미소를 지었지만, 마음속에선 겉과는 다른 생각을 했다. 어딜 가나 초짜들은 비효율적이야, 쯧.

하지만 수초가 흘러도 여성은 계속 무언가를 확인할 뿐, 진척이 없었다. 선웅의 얼굴에 차츰 짜증이 자리 잡으려 할 때 여성이 조심스럽게 말문을 열었다.

"죄송한데, 이 건물에 사무실이 있는 게 맞습니까?"

쯧. 선웅이 소리가 나도록 혀를 차더니 대답 없이 휴대전화를 꺼냈다. 애슐리의 메일 서명란에 쓰인 회사명과 주소를 여성에게 보여주며 한심하다는 투로 말했다.

"여기 주소 맞지 않습니까? 아가씨가 신입이라 잘 모르는 것 같은데, 다른 선임분은 안 계시나요?"

"아, 주소는 여기가 맞네요. 이상하다…."

"무슨 일입니까?"

새로운 여성의 목소리가 끼어들었다.

"아, 매니저님, 이분이 말씀하시는 입주사가 확인이 안 되어서요."

여성이 구세주를 만났다는 듯 반가운 목소리로 매니저에게 설명했다.

"죄송합니다. 제가 확인해보겠습니다."

고개를 숙여 사과를 건네는 매니저에게 선웅은 아무런 말도 없이 거만한 몸짓으로 전화기를 넘겨주었다. 그런데 매니저라는 여자는 선웅의 휴대전화 화면을 확인하고서도 단호히 고개를 저으며 답했다.

"조니프 소프트는 저희 건물에 입주한 회사가 아닙니다. 혹시 잘못 알고 오신 건 아닐까요?"

"허, 이분도 마찬가지네. 아니, 이보세요, 맡은 업무가 이런 쪽이면 입주사 정도는 어깨만 톡 쳐도 줄줄 나와야 하는 거 아닙니까? 쓸데없이 시간 낭비하게 만드시네, 진짜!"

선웅이 대놓고 기가 찬다는 투로 목소리를 높였다. 매니저는 그런 선웅의 태도에도 전혀 기죽지 않은 채 여전히 냉철한 표정으로 응대했다.

"맞습니다. 그러니까 자신 있게 말씀드리는 겁니다. 조니프 소프트라면 IT 업계에서 꽤 유명한 스타트업 아닌가요? 제가 알기론 본사가 파주에 있습니다. 여기는 서울 삼성동이고요."

매니저의 말에 선웅의 눈빛이 흔들렸다. 동시에 처음 그를 맞았던 여성이 손뼉을 치며 반사적으로 외쳤다.

"어머, 이거 혹시 그, 신종 사기, 그거 아닐까요?"

"음? 무슨 말입니까?"

매니저가 여성을 돌아보며 물었다. 선웅도 영문을 모르는 표정을 지은 채 그녀에게로 시선을 옮겼다.

"얼마 전 뉴스에서 봤는데요, 취업이 힘든 청년 구직자들에게 회사를 사칭해서 채용됐다고 사기를 치는 곳이 있대요. 그렇게 입사 서류를 받아 개인 정보를 알아내서는 그걸로⋯. 어머, 진짜 그건가 봐요! 세상에, 이분 어떡해요⋯?"

여성이 말을 줄이며 안타까운 눈길로 선웅을 바라봤다.

선웅은 곧바로 펄쩍 뛰며 반발했다.

"무, 무슨 말이에요?! 아니, 이 여자들이 진짜, 자기들 일도 제대로 못하면서 지금 뭐라고 지껄이는⋯?!"

말도 안 되는 소리였다. 사기라고? 내가 싱가포르에 있는 애슐리와 화상 면접까지 진행했는데 그럴 리가 없잖아?!

"어머, 보세요! 회사 스펠링 사이에 원래는 하이픈이 없어요!"

여성이 자신의 휴대전화로 찾은 조니프 소프트의 홈페이지를 선웅에게 내보였다.

선웅은 경악에 찬 눈으로 재빨리 두 개의 주소를 비교했다. 여성이 내민 홈페이지의 주소는 JonifSoft.com이었고 메일에 쓰인 홈페이지의 주소는 Jonif-Soft.com이었다.

휴대전화를 들고 있던 선웅의 왼손이 덜덜덜 떨리기 시작했다. 머릿속이 순식간에 혼미해졌다. 안 돼, 안선웅! 정신 차려!

선웅이 머리를 부르르 흔들었다. 곧장 오른손의 집게손가락을 세우곤 떨리는 손끝으로 애슐리의 메일 서명란 홈페이지 주소를 조심스레 터치했다.

—404. 페이지를 찾을 수 없습니다.

뭐어…?

즉시 새로 고침을 눌렀다. 그러나 페이지의 메시지는 변함이 없었다.

선웅은 '심장이 내려앉는다'라는 표현이 실재할 거라고 믿지 않았다. 하지만 방금 그 느낌을 오롯이 경험할 수 있었다. 아이러니하게도 그 순간 그의 머리는 어느 때보다도 빠르게 돌아갔다. 의심되는 정황들이 카드섹션처럼 머릿속에서 후루룩 넘어갔다.

선웅이 먼저 조니프 소프트에 연락한 게 아니었다. 처음부터 그쪽에서 이메일로 접촉을 해왔고 선웅은 그들이 제공한 이력서 폼(가짜 홈페이지였던 건가!)에 의심 없이 자신의 정보를 몽땅 입력했다. 면접도 그들이 보낸 링크를 통해 진행했다. 모두 비대면이었고 심지어 인사팀과의 전화 면담도 없이 모든 걸 애슐리(COO라는 사람이 인사서류 접수까지?!)와만 협의하고 합격도 그녀에게서 통보받았다.

설마… 정말로…? 아니, 잠깐! 전화, 전화번호가 있잖아! 그래, 애슐리는 싱가포르에 거주하니까 한국 주소를 잘못 적을 수도 있는 거 아냐? 바로 그거야! 그 여자가 실수했네, 실수했어!

얼른 애슐리의 메일 서명란에 적혀 있는 전화번호를 확인했다. 싱가포르 국가 번호가 붙어 있었지만 상관없었다. 선웅은 침을 꿀꺽 삼킨 후 전화번호를 터치했다. 휴대전화에 연이어 뜬 통화 연결 버튼도 눌렀다. 당연히 애슐리의 목소리가 들려올 것으로 예상하면서도 일말의 불안감 때문에 전화기를 귀로 가져가지 못한 채 망설이고 있었다. 그때 낭랑한 여성의 목소리가 스피커를 통해 흘러나왔다. 선웅이 곧장 마음을 놓으며 다급히 전화기를 귀로 가져가 외쳤다.

"헤, 헬로…!"

"…번호는 없는 번호…."

청천벽력과도 같은 안내 멘트에 선웅의 심장은 이제 내려앉다 못해 바닥 깊숙한 곳까지 떨어졌다. 전화기를 쥔 손도 아래로 축 늘어져 버렸다. 앞에 선 두 여성이 한층 더 측은해진 눈빛으로 그를 바라봤다.

평생 효율적인 인생을 쌓아오던 선웅의 미래가 깔끔하게 무너진 순간이었다.

효율적으로. 한 방에.

같은 시각, 혜주는 옥상 난간에 기대서 누군가와 통화 중이었다. 막대사탕을 입안에서 굴리며 눈웃음을 한껏 지은 채였다.

"근데 너무한 거 아니야? 이렇게까지 할 필요가 있었어?"

전화기 너머에서 혜주의 친구가 물었다. 영어 이름으로 애슐리를 사용하는 그녀는 혜주의 고등학교 동창이자 미국 보스턴에서 일하는 IT 프로그래머였다.

"응? 왜? 안선웅이 불쌍해?"

"아니, 그게 아니라, 걔 하나 혼쭐낸다고 들어간 네 시간이나 노력이 아까워서 그렇지. 근데 면접 진행할 때 보니까 얘가 진짜 재수 없긴 하더라. 사실

그래서 나도 일부러 한국말 서툰 척 말을 짧게 하긴 했어, 호호호."

"잘했어! 얘가 지 혼자 잘난 줄 알아서 조언을 해줘도 전혀 귀담아듣질 않더라고. 그런 애들은 호되게 직접 당해봐야 고쳐지잖아, 너도 알지?"

"어쨌든 일 못하는 애 하나 내보내려고 너도 참 대단하다. 그래도 가짜 홈페이지나 만들기엔 내가 너무 고급 인력이었던 거 알지? 최혜주, 반성해!"

"재밌잖아, 아하하!"

"하여간, 옛날부터 그저 재미로 별일을 다 벌이더만. 어쨌든, 이번엔 나도 인정! 즐거웠다!"

"하하하, 그치? 암튼, 내가 보상 제대로 할게. 한국 언제 들어와? 거하게 밥 한번 살게. 아니지, 고기 살게! 우리 고급 인력분에게는 응당 고기를 대접해드려야지!"

혜주는 애슐리와 소소한 이야기를 마저 나눈 후 통화를 마쳤다.

수다를 떠는 동안 입안의 사탕은 모두 사라지고 막대기만 혜주의 손에 남아 있었다. 휴지통을 향해 마주 선 혜주는 한쪽 눈을 감고 마치 다트 게임을 하듯 막대를 획 던졌다. 가볍게 공중을 가른 막대는 휴지통의 정중앙으로 빨려 들어가듯 모습을 감췄다.

혜주가 만족스러운 미소를 지으며 작게 중얼거렸다.

"우리 안 대리…, 그 인생 모토를 계속 유지하려나?"

몸을 돌려 출구로 걸음을 옮기는 혜주의 얼굴에 장난기 가득한 웃음이 곧 터질 듯 꿈틀거렸다.

어쩌면 이 모든 일은 두 사람의 인생 모토 때문에 일어났을지도 모른다.

선웅의 인생 모토는 '효율', 혜주의 인생 모토는 '재미'였다.

홍선주

2020년 〈G선상의 아리아〉로 계간 미스터리 신인상을 받았고 2022년 〈인투 더 디퍼 월드〉로 고즈넉 메타버스 공모전에 당선되었다. 장편으로 《나는 연쇄살인자와 결혼했다》를 펴냈고, 단편으로는 〈푸른 수염의 방〉, 〈자라지 않는 아이〉, 〈능소화가 피는 집〉, 〈비릿하고 찬란한〉 등이 있다. '어떻게?'보다는 '왜?'를 좇으며, 기억이 인간을 만들어가는 과정을 우연과 운명의 드라마로 풀어내고 있다.

구세군

김형규

＊작품에 등장하는 기관, 정당, 단체는 실제와 관련이 없습니다.

사육되기를 거부하라. 세계는 사람의 것이다.
―구세군의 선전 메시지 중에서

취재 기안서를 올리자 회사 시스템은 "부적절한 콘텐츠이니 재검토하시기 바랍니다"라는 경고 메시지를 띄운다.

AI 기자는 스스로 수많은 기사를 작성하고 분류해서 구독자들에게 발송하지만 사람 기자의 기사에 개입하는 일은 흔치 않다. 게다가 기사 작성은커녕 취재를 시작하기도 전에 이러는 건 언론법이 금지하는 AI의 취재 개입에 해당한다. 관련 조문을 인용하며 이의신청을 넣는다. 시스템은 형식적인 사과 메시지로 반응한다.

제보는 밤 11시가 넘은 시각에 텍스트 메시지로 들어왔다. 요새는 주로 야간에 일하고 있어서 곧바로 워치의 창을 열어 내용을 확인했다. 굳이 텍스트 메시지로 보낸 건 얼굴을 밝히고 싶지 않다는 뜻이다. 몇 문장으로 된 메시지의 내용은 간단했다. 미르의 유저들이 연이어 자살하고 있다는 것이다.

게임에서의 자살은 불가능한 일도 드문 일도 아니다. 미르 같은 게임은 하나의 채널에서 하나의 캐릭터만을 허용하기 때문에 유저들은 캐릭터가 싫증이 나면, 꼭 그래야만 하는 것은 아니지만 캐릭터를 자살시키기도 한다. 그러나 마지막 문장이 시선을 붙들었다.

—자살하는 캐릭터의 유저는 모두 무직자들이고, 그들은 현실에서도 자살합니다.

미르가 현실 세계와 지나치게 유사해서 게임과 현실을 혼동하는 유저가 늘고 있다는 기사를 읽은 적이 있다. 현실에서 자살을 시도하려는 사람이 캐릭터를 먼저 자살시키는 것도 있을 법한 일이다. 조사는 해볼 만한 아이템 같았다.

무직자와 관련된 일이니 기본소득부 시스템에 음성 메시지를 보내 근래 유사한 사건이 있었는지 문의한다. 회신을 기다리는 중에 제보자에게 음성 통화를 요청한다. 하지만 회사 시스템은 차단된 아이디라는 메시지를 띄운다. 범죄나 불법행위에 연루됐을 가능성이 있다.

기본소득부 시스템의 회신이 평소보다 늦다. AI라고 언제나 사람보다 빠른 것은 아니다. 종종 먹통도 되곤 하니까. 그것들도 완벽하지는 않은 것이다.

홍에게 영상 통화를 요청한다. 기본소득부에서 일하는 홍은 대학 친구다.

예전 파트너이기도 하다.

"어쩐 일이야? 이 시간에. 일에 미쳐서 사는 건 여전하구나."

살집이 두툼해진 홍의 얼굴이 데스크 보드의 창에 나타난다. 홍도 나이를 먹는가 보다. 뒤편으로 익숙한 거실이 보인다. 한때나마 '우리'의 집이었던 곳이다.

"잘 지내?"

감정이 남아 있는 것은 아니지만 아직도 조금은 불편하다. 서로 사랑했고 많은 점에서 좋은 사람이었지만 자유연애주의자라는, 나로서는 받아들일 수 없는 결정적인 단점이 있었다.

"한가해서 죽겠어. 이러다 기본소득이나 받으러 가는 거 아닌지 몰라."

홍이 어색하게 웃는다. 농담처럼 들리지만은 않는다.

"미르 있잖아. 거기 유저들이 자살하고 있다는 얘기 들은 적 있어?"

"미르? 뭔가 쓸 만한 걸 잡았나 보네? 그렇지 않아도 이상한 신고가 들어온 거 같던데…. 아, 잠깐만."

홍이 다른 창을 열었는지 얼굴이 사라진다. 마침 기본소득부 시스템의 회신이 들어온다.

―문의하신 사안에 관해서는 접수된 내용이 없습니다. 유언비어로 판단되오니 기자님과 귀 언론사에서는 관련 보도를 삼가시기 바랍니다.

시스템의 말투는 언제나 건조하고 고압적이다.

홍의 얼굴이 다시 나타난다.

"내가 다른 사건하고 착각한 거 같아. 미르는 아무 문제가 없어."

"뭐야, 좀 전엔 다르게 말했잖아."

"이래서 사람이 하는 일이…. 미안한데 급하게 처리할 일이 생겨서, 다음에 또 연락해."

숨기는 것이 있다는 직감이 든다. 이런 종류의 직감은 한 번도 틀린 적이 없다. 괜히 《내일》의 마지막 인터뷰 전문 기자로 남은 것이 아니다.

직접 찾아가서 만나보려고 워치로 자율주행차를 부른다. 집을 나서는데 기다렸다는 듯 스콜이 쏟아진다. 한밤의 스콜이라니. 그래도 스콜은 늘 반갑다. 숨 막히는 열기를 잠시나마 식혀준다.

홍의 아파트에는 발도 들여놓지 못한다. 연락조차 받지 않는다.

국회의원 선거 예선이 진행 중이라 구독자들의 관심은 온통 거기에 쏠려 있다. 각 정당의 예비후보들은 얼굴과 몸매, 춤과 노래 실력을 겨루며 수천 대 일의 경쟁을 벌인다. 실시간 투표가 한 번 치러질 때마다 예비후보의 수는 반으로 줄어든다. 예선이 끝나고 후보가 확정되면 선거구별로 본선이 치러진다. 본선의 방식도 크게 다르지 않다.

모두 혁명 이후에 일어난 변화다. 내가 초등학교 6학년이던 그해 12월, 무직자들의 혁명이 있었다. 수십만의 무직자가 거리로 쏟아져 나와 관공서와 기성 정당 당사에 불을 지르고 공장과 상점에 설치된 무인 자동화 시설을 파괴했다. 계엄이 선포돼 군대가 투입됐고 많은 이들이 피를 흘렸다.

혁명은 한 달여 만에 대타협으로 마무리됐다. 헌법이 개정돼 기본소득이 국민의 기본권으로 보장됐다. 새로 제정된 기본소득법은 직업이 없는 모든 성인에게 중위소득의 20퍼센트에 해당하는 기본소득을 지급하도록 했다. 주택과 교육, 의료 서비스도 무상으로 제공됐다.

기본소득과 더불어 의원내각제가 도입되자 진보와 보수로 양분돼 있던 기존 정치 구도는 붕괴했다. 유직자를 대변하는 납세자당과 자본가를 대변하는 자유당, 그리고 무직자를 대변하는 기본소득당이 국회를 삼분했다. 납세자당과 기본소득당은 세금 문제로 이해가 충돌했고 유직자, 즉 노동자의 당과 자본가의 당이 손을 잡을 수도 없는 노릇이었으므로, 기본소득당이 자유당과 함께 연립정부를 구성했다.

먹고사는 일을 걱정할 필요가 없어진 무직자들은 정치에 무관심해졌다. 선거는 연예인 오디션 프로그램을 닮아갔다. 막강한 자본력을 바탕으로 공장에서 제품 찍어내듯 재능이 넘치는 후보들을 키워 선거에 내보낸 자유당이 빠르게 세를 불렸다. 기본소득당은 자유당에 빌붙은 군소정당으로 전락했다. 납세자당은 일자리와 유직자의 수가 줄어드는 것에 비례해 의석을 잃었다. 혁명 후 10년이 지나지 않아 자유당은 단독으로 과반 의석을 확보했다.

자유당이 기본소득당을 버리지는 않았다. 그러기는커녕 무직자의 등록과 관리, 기본소득의 지급, 기본주택의 배정, 무상학교와 무상병원의 운영을 포함해 무직자에 대한 국가 사무를 총괄하는 기본소득부를 설치하고, 기본소득당에 전권을 일임했다. 기본소득당은 곧 기본소득부가 됐다. 자유당은 기본소득부를 통해 무직자를 관리하고 통제했다.

그나마 이번 선거의 이슈라고 할 만한 것이 있다면 기본소득법과 안락사법 개정을 꼽을 수 있다. 기본소득에 드는 예산이 국가 재정의 절반을 훌쩍 넘어서자 납세자당은 기본소득 총액을 무기한 동결할 것을 요구하고 나섰다. 기본소득당은 처음에는 반대 입장을 밝혔지만, 자유당이 동결로 당론을 정하자 더는 목소리를 내지 않았다. 자유당은 한술 더 떠서 안락사를 신청하는 무직자에게 5년치 기본소득을 일시불로 지급하도록 하는 안락사법 개정

안을 상정했다. 생의 마지막 시기를 존엄하게 보낼 수 있도록 하겠다는 것이었지만 속셈은 뻔했다. 법안들은 무난히 통과됐다.

　다른 무직자들처럼 민도 미르에 푹 빠져 있다. 3년째 파트너 관계를 유지하고 있는 민은 경찰로 일하다 작년에 무직자가 됐다. 직장을 잃고 많이 힘들어했지만 미르를 시작한 뒤로는 게임룸에 틀어박혀 온종일 나오지 않았다. 잘 먹지도 않고 잠도 거의 자지 않았다.

　경찰은 그나마 오래도록 사람의 일로 남아 있었다. 교통정리나 서류 작업 같은 것은 로봇과 AI가 쉽게 대체할 수 있었지만 자잘한 폭력 사건부터 강력 사건까지 현장에 출동해서 사건을 처리하는 것은 아무래도 사람이 할 일이었다. 하지만 미르가 서비스를 시작한 뒤로 범죄율이 급감하자 사람 경찰의 쓸모도 크게 줄었다.

　미르는 스포츠와 전쟁, 역사 체험, 투자와 도박, 탐험, 범죄와 수사, 가족생활과 성관계에 이르기까지 인간의 거의 모든 활동을 현실과 매우 흡사하게 구현하는 가상현실 시뮬레이션 게임이다. 이전 게임들과 달리 핍진성이 놀랄 만큼 뛰어나서 특히 무직자들에게 선풍적인 인기를 끌고 있다. 시대와 주제가 다른 채널이 수백 개나 돼서 세대와 성별, 취향을 가리지도 않는다. 범죄율이 낮아질 만했다. 폭행이든 살인, 강간이든 반드시 현실에서 저지를 필요는 없기 때문이다.

　민을 사랑했고 지금도 사랑한다. 민은 긍정적인 에너지가 넘치는 사람이었다. 따뜻하고 상냥했다. 큰 결심을 하고 아이도 갖기로 합의했다. 그러나 임신이 되지 않았다. 불임은 흔한 일이다. 아니 요즘은 임신이야말로 정말 어려운 일이다. 병원 시스템은 우리 커플이 임신할 수 있는 확률을 0.14퍼센트로 계산했다. 우리 사이의 대화는 점점 줄어갔다.

"그 게임, 그만하는 게 좋을 거 같아."

화장실에서 나오는 민에게 오랜만에 말을 붙인다. 민은 꿈을 꾸고 있는 듯한 눈빛으로 돌아본다.

"위험하단 얘기가 있어."

"유직자들이 늘 하는 소리지."

"나랑 얘기 좀 해."

민의 팔을 붙잡는다.

"난 지금이 좋아. 행복해. 일할 때보다 훨씬 더 행복해."

"밤낮없이 게임룸에만 처박혀 있는 게 뭐가 행복해? 제발 현실로 돌아와."

"무슨 현실? 그리고 돌아가면 뭐가 달라지는데? 내가 거기서 뭘 할 수 있는데? 진짜 내 삶은 저 안에 있어."

민이 힘을 줘 팔을 빼낸다.

"나는? 너한테 나는 뭔데?"

민은 대꾸도 없이 게임룸으로 돌아간다. 두 팔로 머리를 감싸며 소파에 주저앉는다.

일을 하기 위해 마음을 진정시키고 정당 대표들의 인터뷰 문안을 작성한다. 후보들과 달리 대표들의 인터뷰는 인기가 없다. 후보들은 꼭두각시고 대표들이야말로 세상을 움직이는 사람들인데도 그렇다. 기본소득 총액 동결과 안락사법 개정에 관해 물을 생각이지만 언제나 그랬듯이 능구렁이처럼 빠져나갈 것이다.

한때 기자만 수백 명이었다는 우리 회사에 사람 기자는 나를 포함해 스무

명 남짓밖에 남지 않았다. 관리직원도 마흔 명을 넘지 않는다. 최근에도 여럿이 자발적으로 혹은 등을 떠밀려 회사를 떠났다. 하지만 적어도 나는 남은 생을 가축으로 살고 싶지 않았다. 회사에 꼭 필요한 '사람'이 되기 위해 이를 악물었다.

어디선가 요란한 사이렌 소리가 들려온다. 데스크 보드의 창에 "테러 발생, 외출 금지"라는 문구가 고딕체로 번쩍인다. 곧 사이렌 소리도 번쩍거림도 멈춘다. 네트워크가 끊어진 것 같다.

그들의 소행일 거다. 그들은 스스로를 구세군, 그러니까 '세상을 구하는 군대'라고 불렀다. 그러나 이름과는 달리 통신위성 중계기를 부수고 다니는 것으로 유명하다. 보도로는 종종 접했지만 직접 겪는 것은 처음이다. 네트워크가 물리적으로 파손됐다면 복구에 시간이 좀 걸릴 거다.

민이 게임룸 문을 열고 나온다. 네트워크가 끊어졌으니 게임도 중단됐을 것이다. 아까 하던 이야기를 다시 꺼내려는데 기발한 생각이 머리를 스친다. 가방을 집어 들고 현관으로 달려 나간다.

"어디 가? 밖은 위험해."

"무직자들이 늘 하는 소리지."

민의 말을 그대로 돌려준다. 인터뷰 전문 기자가 이런 기회를 놓칠 수는 없다. 여태껏 그들을 인터뷰한 언론사는 없다.

거리는 고요하다. 자율주행차들도 모두 멈춰 있다.

일렁이는 아지랑이 사이로 한 사람이 이쪽으로 걸어온다. 머리에 복면을 뒤집어쓴 것이 오늘의 테러리스트가 분명하다.

"구세군이죠?"

남자에게 달려가 질문을 던진다. 큰 키에 배낭을 메고 등산화를 신고 있다.

"《내일》의 기자 진이라고 합니다. 인터뷰를 하고 싶습니다."

단도직입적으로 제안한다. 이럴 때는 그쪽이 더 효과적이다.

"보시다시피 지금은 좀 곤란한데요. 체포되고 싶진 않아서요."

남자가 너털웃음을 지으며 대답한다.

"그럼 다시 뵐 수 있을까요? 구세군의 목소리를 세상에 전하고 싶습니다."

남자는 내 얼굴을 찬찬히 뜯어본다. 신뢰할 만한 사람이라는 인상을 주기 위해 눈을 똑바로 응시한다.

"내일 오후 3시에 관악산 등산로 입구에서 보시죠. 다른 사람한테는 알리지 말고 혼자 오셔야 하고요."

구세군은 나를 지나쳐 다음 골목으로 꺾어 든다. 골목은 등산로로 이어져 있다.

"기본소득 총액 동결은 무직자들을 경제적 곤궁으로 몰아갈 겁니다. 유직자도 언제든 무직자가 될 수 있는데, 그렇다면 이번 기본소득법 개정은 당원과 지지자의 미래를 배신하는 측면도 있지 않을까요?"

"워, 워, 걱정 마세요. 납세자당은 유직자를 실업으로부터 지킵니다. 작년 무직자 증가율이 5퍼센트나 감소했어요. 우리 당이 쟁취해낸 성과입니다. 유직자를 괴롭히는 건 실업의 위험이 아니라 터무니없이 높은 세금이에요. 유직자들은 소득의 절반 이상을 세금으로 내고 있습니다."

'워, 워, 걱정 마세요'는 납세자당의 이번 선거 슬로건이다.

"증가율이 조금 감소했을 뿐이죠. 매년 더 많은 수의 유직자가 일자리를 잃고 있습니다."

"워, 워, 걱정 마세요. 정치에는 믿음이 필요해요. 믿음이 굳건할수록 당도 그 믿음을 발판으로 더 많은 일자리를 지켜낼 수 있습니다. 말이 나온 김에 드리는 말씀이지만, 우리 당은 무직자들도 열렬히 사랑합니다. 아이 러브 유. 하지만 그분들에게 진정으로 필요한 건 기본소득이 아니라 일자리예요."

"일자리를 늘릴 구체적인 계획은 갖고 있습니까?"

"당연히 갖고 있지요. 아주아주 구체적인 계획이 있습니다. 하지만 집권 세력이 호응해주지 않으니 문제입니다. 우리 당에 대한 지지가 절대적으로 필요한 상황인 거예요."

하나 마나 한 이야기다. 계획 같은 게 있을 리 없고, 있다고 한들 실현 가능성이 있을 리가 없다.

"자유당이 주도한 안락사법 개정에 대해 여쭙겠습니다. 5년치⋯."

"그거 어차피 신청자도 없다고 들었습니다. 자유당 놈들이 하는 짓이 다 그 모양이죠. 유직자 세금으로 무직자들의 지상낙원을 만들어놓고 자살할 사람을 모집한다니, 누가 그걸 신청하겠습니까? 하하하. 세금에 짓눌린 우리 유직자들이나 신청하지 않으면 다행이죠. 그런 꼼수로는 아무도 자살 안 해요. 자살을 시키기라도 하면 모를까."

납세자당 당사를 나서자 생방송 인터뷰의 실시간 구독자 수와 반응들이 워치의 창에 떠오른다. 구독자는 1만 명도 되지 않았다.

다음 주에는 차기 총리로 유력한 기본소득당 대표의 인터뷰가 잡혀 있다. 자유당은 서너 번에 한 번은 연립정부 파트너인 기본소득당에 총리 자리를 양보했다. 물론 권력은 상징적인 것에 불과했고, 임기도 몇 달에 그쳤다.

"구세군에선 어떤 직책을 맡고 계세요?"

오늘 서울의 최고 기온은 섭씨 42도. 관악산 등산로는 그나마 숲 그늘 덕분에 선선한 편이다. 남자가 성큼성큼 앞서간다. 따라잡으려니 숨이 가쁘다.

"직책 같은 건 없어요. 앞사람과 뒷사람이 있을 뿐입니다."

"앞사람, 뒷사람이요?"

"우린 선으로 연결돼 있어요. 모두가 자기 앞사람 한 명과 뒷사람 한 명만 알죠. 누군가 발각되더라도 조직 전체가 타격을 입지 않아야 하니까요."

남자는 허공에 손을 뻗어 하나의 꼭짓점에서 시작되는 여러 개의 선을 그어 보인다. 복면을 벗은 얼굴은 지극히 평범했다. 교사나 공무원 같은 일을 했거나 하고 있을 것 같다.

"조직원은 몇 명이나 되나요?"

"모릅니다. 꽤 많다는 것만 알고 있어요."

"가입은 어떻게 하는데요?"

"자격을 갖춰서 승인을 받으면 앞사람이 알려줍니다. 정식 구세군이 되면 자신의 뒷사람을 만들 수 있고요."

"대표는요?"

역시 모른다는 뜻으로 어깨를 으쓱한다. 직책도 없고 규모도 모르고 대표도 모른다…. 이래서야 제대로 된 인터뷰를 하기 어렵겠다는 생각이 든다. 방향을 틀기로 한다.

"구세군의 정치적 목표는 무엇인가요?"

"우리는 2차 혁명을 준비하고 있습니다."

뜻밖의 대답이다.

"혁명요? 기본소득을 더 확대하려는 건가요?"

"아뇨, 그런 건 아니고요. 사람이 다시 세계의 주인이 되도록 하려는 겁니다."

"지금은 사람이 주인이 아니라는 말씀이네요?"

"가축으로 사육되고 있잖아요. 이건 진짜 삶이 아니에요."

평소의 내 생각과 너무 똑같아서 깜짝 놀란다.

"적들로부터 세계를 돌려받을 겁니다. 빼앗아 올 거예요."

"어떤 적들로부터요? 어떻게요?"

"오늘은 여기까지 하죠."

첫날부터 모든 걸 말해줄 생각은 없는 듯했다. 내일 같은 시각에 같은 장소에서 다시 만나기로 한다. 허황한 이야기지만 구독자들의 흥미를 끌 기삿거리로는 충분하다고 판단한다.

인터뷰 준비를 하느라 아침에 잠들었더니 정오가 다 돼서야 깨어난다. 워치를 보니 메시지가 72개나 들어와 있다. 워치의 창을 열고 메시지들을 불러온다. 대부분 가족이나 지인인 미르 유저의 자살에 관한 것이다. 지난번 제보와 같은 내용이지만 더 구체적인 사실관계가 담겨 있다. 제보가 72개면 실제 일어난 자살은 더 많을 수 있다.

데스크 보드로 가서 뉴스 창을 열고 '미르'와 '자살'로 검색을 걸어보지만 관련 기사는 하나도 나오지 않는다. 다른 언론사의 사람 기자들도 제보를 받았을 텐데 보도가 전혀 없는 건 시스템의 검열을 받고 있다는 것을 의미한다.

정신이 번뜩 들면서 게임룸으로 달려간다. 문을 열자마자 안도의 한숨이 새어 나온다. 민은 코를 골며 깊이 잠들어 있다. 며칠 밤을 새우면서 게임을 하다가 쓰러진 것 같다. 이름을 부르며 흔들어도 깨어나지 않아서 양팔을 잡고 게임룸 밖으로 끌고 나온다. 통 먹질 않아선지 몸이 아이처럼 가볍다. 민의 방에 데려다 눕히고 머리를 찬찬히 쓰다듬는다. 코끝이 시큰하다.

"2차 혁명의 방법은 무엇인가요?"

"자본가들로부터 시스템과 AI를 빼앗아서 사회적으로 공유하는 겁니다. 과학과 기술은 인류 공동의 자산이에요. 소수의 것이 아니라 모두의 것이 돼야 합니다."

마르크스 부류를 섬기는 종교인인 것 같고, 그렇다면 납세자당 쪽 급진 노동운동 세력일 수도 있다.

"그건 알겠는데요. 저는 방법이 궁금한 거예요. 구세군이 진짜 군대는 아니잖아요. 12월 혁명처럼 민중봉기를 하려는 건가요? 하지만 그땐 대규모 실업 사태라는 사회적 조건이 갖춰져 있었고 기본소득 도입이라는 뚜렷한 목표가 있었잖아요."

우리 곁으로 다른 등산객들이 마주쳐 지나간다. 남자가 뭔가 말을 꺼내려다 입을 다문다. 흙길을 밟으며 계속 걷는다. 어제보다 기온이 더 높아서 숲그늘도 더위를 덜어주지 못한다.

"도축이 시작됐어요."

남자는 주변을 둘러보더니 내 귀에 대고 속삭인다.

"도축이요?"

"적들이 무직자들을 학살하고 있어요. 막아야 해요. 폭로해야 합니다. 혁명은 거기서부터 시작될 거예요."

"혹시, 미르에서 벌어지고 있는 연쇄 자살 사건과 관련이 있나요?"

남자는 답하지 않는다. 아직은 말해줄 수 없다고 한다. 어떤 식으로든 관련이 있는 것이 분명하다.

이튿날에도 그 이튿날에도 인터뷰는 같은 시각과 장소에서 반복된다. 우리는 매번 다른 등산 코스를 이용한다. 나흘째 되는 날에는 등산로 입구 식당에서 식사를 함께하기도 한다.

"제 뒷사람이 되시죠."

식사를 마치고 나서는 길에 남자가 뜬금없이 조직에 가입할 것을 제안한다.

"저는 기자고, 인터뷰를 하려고 선생님을 만나고 있는 거예요. 저에 대해 아는 것도 없으시잖아요."

구세군의 주장이나 목표에 동의하는 것도 아니고, 그게 무엇이든 그들의 싸움에 끼어들 이유도 없다.

"저만의 생각이 아닙니다. 조직에 꼭 필요한 사람이라는 의견이에요."

"누구의 의견이죠?"

남자는 고개를 가로젓는다. 그의 앞사람이거나 그 앞사람 또는 그 앞사람의 앞사람일 것이다. 지도부일 수도 있고.

"거절하셔도 됩니다. 하지만 인터뷰는 그만 마쳐야 해요. 지금까지 드린 정보로도 기사 몇 개는 쓰실 수 있을 겁니다. 보도가 될지는 모르겠지만요."

고민이 된다. 그러나 엄청난 사건이 벌어지고 있고 그 내막을 취재할 다시없을 기회다. 여기서 멈출 수는 없다.

그러겠다고 한다. 남자가 내 손을 움켜쥐며 아주 작은 목소리로 "동지"라고 부른다. 가입한 건 난데 되레 자신이 감격한 듯 눈물을 글썽인다.

하나, 세계를 구하기 위해 목숨을 바친다.

둘, 목숨을 다해 사람을 사랑한다.

셋, 목숨을 걸고 조직의 비밀을 지킨다.

넷, 목숨을 걸고 앞사람의 지시에 따른다.

다섯, 목숨을 걸고 뒷사람을 보호한다.

남자가 구세군의 다섯 가지 계명을 일러준다. 전부 '목숨'이라는 단어가 들어가 있다. 다섯 번째 계명을 듣고 나서야 눈물을 글썽인 이유를 짐작한다.

"궁금한 게 있어요."

남자는 이제까지와는 다른 눈빛으로 나를 바라본다.

"왜 세계를 구하려는 거예요? 그것도 목숨까지 걸고서요."

"그럴 만한 가치가 있으니까요."

남자가 해맑게 웃으며 말한다.

"잘 모르겠어요. 구한다는 게 뭔지. 그게 가능한지도 모르겠지만, 그보다 세계가, 사람들이, 구할 만한 가치가 있는지를요. 솔직히, 저는 저 자신을 구하는 것만 해도 벅차거든요."

"모든 것의 가치나 의미는 원래부터 있는 게 아니라 스스로 부여하는 겁니다."

접선 장소는 다른 산의 등산로로 변경된다. 자신이 접선 장소에 나오지 않으면 문제가 생겼다는 뜻이니 미르에 들어가서 구세군을 찾으라고 한다. 무슨 문제가 생긴다는 것이고 채널이 수백 개나 되는 미르에서 어떻게 구세군을 찾느냐고 물으니 12월을 기억하라는 수수께끼 같은 답만 일러준다. 연쇄 자살 사건에 대해서도 한 번 더 물어보지만, 곧 알게 될 거라고만 한다.

집으로 돌아오며 민에게 근래의 일들을 털어놓고 상의해야겠다고 결심한다. 민을 떼어놓으려면 그 방법밖에 없을 것 같다.

하지만 그럴 수 없다.

민은 천장에 매달려 있다.

정확히는 천장 등에서 수직으로 내려온 끈에 목이 매달린 채로 허공에 떠 있다.

눈앞의 상황을 이해하기 어려워서 그 자리에 멍하게 서 있다. 불현듯 정신을 차리고 끈부터 풀어내려 해보지만 잘 풀리지 않는다. 주방으로 달려가 가위를 들고 와서 잘라버린다. 민의 몸이 내 품속에 잠시 들어왔다가 힘없이 바닥으로 미끄러진다. 숨을 쉬지 않고 맥박도 뛰지 않는다.

워치로 구급차를 부르고 현관에 있는 심폐소생기를 가져온다. 워치의 창에서 작동법이 자동으로 재생된다. 상의를 벗기고 두꺼운 조끼처럼 생긴 소생기를 상체에 결착시킨 다음 호흡관을 입에 연결한다. 몸에 온기가 남아 있다.

"시작."

명령을 내리는 목소리가 심하게 떨린다. 하지만 소생기가 흉부 압박과 인공호흡을 다 마친 뒤에도 민의 숨은 돌아오지 않는다. 워치의 창에 "소생 불능"이라는 메시지가 뜬다. 한 번 더, 또 한 번 더 작동시켜보지만 마찬가지다. 구급 로봇 두 대가 뒤늦게 집에 도착한다.

구급차를 타고 병원으로 가는 길에야 이성을 되찾고 미르 때문이라는 데 생각이 미친다. 무슨 수를 쓰든 미르를 그만두게 해야 했다. 게임룸을 부숴버리기라도 해야 했다. 알량한 취재에 넋이 나가서 민을 위험에 빠지도록 내버려뒀다. 모든 게 내 잘못이다.

가슴을 쥐어뜯는다. 오열이 터져 나온다. 구급 로봇들은 "삼가 조의를 표합니다"라는 말만 반복한다.

연쇄 자살이 남자가 말한 '도축'이라면 민의 죽음도 자살이 아닐 수 있다. 민은 일자리를 잃고 상심했지만 미르에 자기 세계가 있고 거기서 행복하다고 했다. 내게 말 한마디 남기지 않고 훌쩍 떠나버릴 리도 없었다.

진실을 알아야 한다. 그리고 만약 자살이 아니라면 민을 죽음으로 몰아간 자들을 찾아 죗값을 치르게 해야 한다.

이튿날 접선 장소에 남자가 나타나지 않는다. 밤이 깊을 때까지 기다리지만 오지 않는다.

그다음 날은 관악산 등산로 입구에서 기다려보지만 만날 수 없다.

미르에 들어가야 한다.

게임룸 구석의 탁자에 민의 워치가 놓여 있다. 워치는 목소리 같은 생체 정보로 주인을 식별하기 때문에 내가 민의 워치를 작동시킬 방법은 없다. 비상시를 위한 패스워드 모드로 전환한다.

패스워드는 무엇일까? 혹시나 하는 마음에 "진"이라고 발음해본다.

"패스워드 모드로 접속되었습니다."

내 이름이다. 눈앞이 뿌예진다. 손으로 눈물을 훔쳐낸다.

채널을 골라야 한다. 남자는 12월을 기억하라고 했다. 게임룸 벽면에 띄워진 채널 목록을 훑어본다. 맨 아래에서 '12월 혁명'을 발견한다. 캐릭터는 현실의 나처럼 30대 중반 여성, 직업은 기자로 정한다. 키와 체형, 얼굴 같은 옵션들도 정한다.

오래전에 해본 가상현실 게임들과 달리 전신 슈트도 워킹 플레이스도 보이지 않는다. 벽면의 디스플레이가 안내하는 대로 헬멧을 착용하고 게임룸 가운데 있는 의자에 앉는다. 시작 명령을 내린다.

사방이 완전한 암흑으로 변했다가 한순간 환하게 밝아진다. 눈이 부시다. 넓은 도로의 한복판에 서 있다. 멀지 않은 곳에 이순신 장군과 세종대왕의 동상이 있는 것을 보니 광화문 광장 부근인 것 같다. 춥다. 손이 시리다.

도로는 시위대로 가득 차 있다. 수만 명은 되는 듯하다. 광화문 광장에 마련된 연단 위에서 지도자로 보이는 중년 여성이 연설하고 있다. 힘 있는 말투와 한결같은 미소가 인상적이다.

"무직자도 사람이다, 기본소득 쟁취하자!"

"로봇을 때려 부수고, 세상의 주인 되자!"

여자가 구호를 선창하고 시위대가 팔을 치켜들며 따라 외친다.

기타를 둘러멘 가수가 연단 앞쪽으로 나온다.

"우리는 무직자 가진 것 없지, 그것들이 모든 걸 빼앗아 갔지, 한 걸음 더 물러서면 낭떠러지 앞이다, 이제는 목숨까지 앗으려 하네, 총을 들 시간이다 칼을 들 시간이다, 싸워라 부수어라 불 질러라, 세계의 주인은 사람이다…."

나도 알고 있는 12월 혁명의 노래, 무직자 행진곡이다.

노래가 끝날 무렵 복면을 쓴 사람 하나가 연단에 오른다. 주최 측과 다른 소속인지 실랑이가 벌어지지만 곧 합의가 이뤄진 듯 주최 측이 자리를 내어준다.

"구세군입니다. 동지들께 드릴 말씀이 있어서 잠시 자리를 빌렸습니다."

제대로 찾아온 것이 맞다.

"잘 들어주십시오. 지금 드리는 말씀은 12월 혁명이 아니라 바로 오늘의 이야기입니다. 적들이 무직자를 학살하기 시작했습니다. 기본소득 동결과 안락사법 개악으로도 모자라서 수많은 무직자를 잔인무도하게 살해하고 있습니다. 우리는 더는 가축으로 살고 가축으로 죽기를 거부할 것입니다. 사람으로 살고 사람으로 죽을 것입니다. 구세군은 맞서 싸우겠습니다. 동지들도 함께하시겠습니까?"

"게임 중에 끼어들어서 무슨 헛소리를 하는 거야?"

몇몇이 야유를 보내지만, 훨씬 많은 사람이 함성으로 지지를 표한다. 일이 어떻게 돌아가는지 알기 어렵다. 그해 12월과 오늘이 미르에서 한데 겹쳐진다.

그때 광화문 쪽에서 느닷없이 군인들이 나타나 최루탄을 난사하며 진압에 돌입한다. 시위대는 아무런 대응도 하지 못하고 우왕좌왕할 뿐이다. 새하얀 최루탄 연기가 내가 있는 곳까지 밀려오자 폐가 찢어지는 것 같은 통증을 느낀다.

통증을 느낀다고? 그제야 미르가 뇌파를 통해 작동한다는 사실을 기억해낸다. 내가 보는 모든 것은 어떤 창에 띄워지는 것이 아니라 전기 신호의 형태로 뇌의 시각 피질에 직접 전달되고 있다. 다른 감각들도 마찬가지다. 진짜 현실과 구분할 수 없다.

시위대의 뒤편에 있던 젊은이들이 앞으로 달려 나오며 화염병을 투척한다. 수십 개의 화염병이 포물선을 그리며 군인들을 향해 날아간다. 잠시 군인들의 대오가 흐트러진다. 그러나 곧 대오를 정비하고 화염병을 든 젊은이들에게 조준 사격을 시작한다. 퉁, 퉁, 퉁, 퉁. 총소리가 고막을 때린다. 사람들이 고꾸라진다.

군인들이 그물망을 쏘아 시위대를 포획한다. 시위대는 비명을 지르며 도로 양편으로 썰물처럼 밀려난다. 서로 부딪히고 넘어져 나뒹군다. 일부는 골목을 향해 도망친다. 나도 쓰러진 사람들을 피하거나 뛰어넘으며 골목 쪽으로 달린다. 구두 한 짝이 벗겨지자 나머지 한 짝마저 벗어버린다.

골목에 들어서 첫 번째 모퉁이를 돌아섰을 때 지극히 비현실적인 장면이 눈앞을 가로막는다. 길 한가운데 새빨간 자선냄비가 서 있고, 어린 남자아이 하나가 그 옆에서 두 손으로 힘껏 종을 흔들고 있다. 등 뒤에서 쫓아오는 총소리 사이로 딸랑, 딸랑, 딸랑, 종소리가 선명하다. 다른 사람들은 자선냄비와 아이를 비켜 달려가지만 나는 그 앞에 멈춰 선다.

남자아이를 따라 낡은 건물의 지하로 내려간다. 흐릿한 조명 아래 어린아이 셋이 더 모여 있다. 어차피 캐릭터일 뿐이지만 모두 대여섯 살 정도로 보인다.

"세 번째와 네 번째 계명이 뭐죠?"

동그란 안경을 쓰고 양 갈래로 머리를 땋은 여자아이가 짧은 질문을 던진다. 뿌연 입김이 새어 나온다.

"목숨을 걸고 조직의 비밀을 지킨다. 목숨을 걸고 앞사람의 지시에 따른다."

"기다리고 있었어요."

갈래머리 여자아이가 미소를 짓는다.

"누구신가요?"

"아시다시피, 구세군입니다."

"대표신가요?"

"그런 건 중요하지 않아요. 동지의 앞사람 중 한 명이라고 해두죠."

"왜 구세군이 미르 안에 있죠? 구세군은 시스템에 반대하지 않나요?"

"오해가 있는 것 같네요. 시스템이나 미르는 중립적이에요. 누가 어떤 목적으로 이용하는지가 문제죠. 사실 구세군은 주로 미르에서 투쟁하고 있습니다. 우리의 메시지를 선전하고 사람들을 조직하는 데 미르만 한 곳은 없어요."

"모든 채널에서요?"

"거의 모든 채널에서요."

"제 파트너가 죽었어요. 자살했는데 자살이라고 믿지 않아요. 미르에서 벌어지고 있는 연쇄 자살 사건과 같아요. 어떻게 된 일인지 알고 있죠?"

갈래머리 여자아이가 한 걸음 뒤로 물러나고 바가지 머리를 한 남자아이가 앞으로 나선다.

"기본소득이 무직자들을 먹여 살리지 못하는 때가 오면 이 체제는 무너질 거예요."

누구나 알고 있지만 차마 입에 올리지 못하는 이야기다.

"방법은 두 가지가 있죠. 무직자 수가 늘어나는 것만큼 기본소득을 늘리든가, 기본소득이 줄어드는 것만큼 무직자 수를 줄이든가."

"그래서 자유당이 무직자들을 죽이고 있다는 건가요?"

바가지 머리 남자아이가 갈래머리 여자아이를 돌아본다.

"자유당이 아니라, 기본소득당입니다."

머리칼이 쭈뼛 선다. 갈래머리 여자아이가 단호하게 말한다.

"말도 안 돼요. 기본소득당은 무직자들의 당이잖아요. 무직자들의 당이 무직자를 죽이고 있다고요?"

"총액이 동결됐잖아요. 그들은 막을 수 없었어요. 하지만 가짜 낙원은 유지하고 싶었죠. 자기들의 존재 이유이자 명분이니까요. 그렇다면 결론은 정해져 있어요. 늘어나는 무직자의 수만큼 무직자를 제거하는 거죠. 일종의 평형상태를 만들려 한다고 할까요. 그들도 우리처럼 미르를 이용합니다. 미르 시스템으로 뇌파를 조작해서 자살을 유도하는 거예요."

"제 파트너도 그렇게 당했다는 건가요?"

갈래머리 여자아이는 침묵으로 답한다. 긍정의 뜻이다.

"지금 미르는 전쟁터예요. 적들은 무직자들을 죽이고 있을 뿐만 아니라 구세군도 찾아내는 즉시 살해하고 있습니다. 동지의 바로 앞사람에게 그랬던 것처럼요."

남자가 살해됐다는 것도 이제야 알게 된다.

"이게 다 사실이라면 왜 폭로하지 않죠?"

"폭로하려 했죠. 많은 언론에 제보했어요. 동지도 우리가 보낸 메시지를 받지 않았나요?"

말을 아끼고 있던 체육복 차림의 여자아이가 끼어든다.

"기본소득당 대표를 인터뷰할 예정이죠? 생방송으로요."

내가 천천히 고개를 끄덕인다.

"그게 우리가 동지를 가입시킨 이유였습니다."

체육복 차림의 여자아이가 무겁게 말을 잇는다.

"그 여자를 죽이세요. 그날 모든 구세군이 봉기할 거예요. 미르가 아닌 현실에서요. 파트너에 대한 복수가 되기도 할 겁니다."

"당신들의 말이 진실이라는 걸 어떻게 증명할 수 있죠?"

"믿지 못한다면 증명할 방법은 없어요. 다만 눈을 크게 뜨고 살펴보세요."

기본소득당 대표 인터뷰가 하루 앞으로 다가왔다. 머릿속이 엉망진창이다. 최대한 침착하게 상황을 정리해본다.

미르의 유저들이 자살하고 있다는 제보를 받았고 민도 외관상으로는 자살했다. 구세군을 자처하는 사람들을 만났는데 그들은 기본소득당이 무직자들을 뇌파 조작으로 자살시키고 있다고 주장했다. 여기까지는 의심할 여지가 없는 사실이다.

그러나 구세군의 진짜 정체가 무엇인지 아직도 알지 못하고, 정말로 기본소득당이 무직자들을 살해하고 있는 것인지, 민도 같은 이유로 살해된 것인지는 그들의 말 외에 확인할 방법이 없다.

그들은 내가 기본소득당 대표를 인터뷰한다는 사실을 알고서 접근했다. 남자와의 첫 만남도 계획의 일부였을지 모른다. 아니다, 그건 온전히 내 선택이었다. 아니 그렇더라도, 내가 남자를 인터뷰하는 중에 기본소득당 대표를 암살할 계획을 세우고 내게 암살의 동기를 부여하기 위해 민을 죽였을 가능성도 없지 않다. 납세자당 급진세력이거나 기본소득당 내부의 다른 파벌일 수도 있다.

복수할 용기가 없어서 합리화할 이유를 찾고 있는 건 아닐까? 사람을 죽이는 것이 무서워서? 그럴지도 모른다. 그들이 나를 이용하려는 것도 맞다. 하지만 그들이 민을 죽였다거나 모든 게 다 거짓일 거라는 의심은 온전히 내 상상의 산물일 뿐이다. 근거는 아무것도 없다. 합리적 의심이라고 하기 어렵다.

워치가 통화 요청이 들어온 것을 알려준다. 홍이다.

"하지 마."

홍은 다짜고짜 하지 말라고 한다. 흥분한 얼굴이다.

"무슨 말이야?"

"네가 하려는 게 뭐든 그냥 하지 마."

"하고 싶은 말이 있음 정확하게 해."

"개인적으로 하는 얘기야. 너에 대한 애정 같은 거 때문이기도 하고."

"무슨 소릴 하는 거야? 그래서 뭘 하지 말라는 건데? 그리고 왜?"

"세상을 그대로 둬. 지금이 최선이라는 생각은 안 해? 네가 뭘 한다고 세상이 달라질 리도 없지만, 정작 그 사람들이 세상이 달라지는 걸 원할까? 어찌 됐든 지금 시스템 속에서 모두가 행복하게 살고 있어. 그리고…, 민의 일은 실수였어. 네 파트너인 줄 알았다면 그쪽에서도 건드리지 않았을 거야. 몰랐대. 정말 유감이야. 비공식적인 방법으로나마 적절한 보상이 있을 거래. 암튼 거기 너무 감정을 싣지 마. 돌이킬 수 없는 일이잖아. 그냥 하려던 대로 인터뷰해. 폭로 같은 건 누구에게도 도움이 안 돼."

"폭로 같은 건 안 할 거야."

"그럴 거라고 믿을게. 다 너를 위해서야."

홍이 흥분을 다소 가라앉힌다.

"근데 그게 걱정되면 왜 인터뷰를 취소하지 않아?"

"중간에도 멈출 수 있단 걸 알잖아? 네가 무모한 일을 저지르지 않을 거라고 믿지만, 선거가 코앞이야. 작은 사고도 없이 지나가길 모두가 바라고 있어."

의외의 곳에서 중요한 의문 중 하나가 풀린다.

하지만 왜 세계를 구해야 하는지, 구한다는 것은 무엇이고, 내가 과연 그걸 할 수 있는지, 무엇보다 홍의 말처럼 그 구원의 대상인 이들이 그걸 원하기는 하는지, 그런 의문들에 대한 답은 찾을 수 없다. 앞사람이 말한 대로 의미는 자기 스스로 부여하는 것일 뿐일까?

어찌 됐든 내가 대표를 죽여야 할 이유는 이미 충분하다.

자율주행차에서 내리자 마중 나온 사무총장이 함박웃음으로 인사를 건넨다. 기본소득당 당사이자 기본소득부 청사의 로비로 들어가 검색대를 통과한다. 건물 시스템은 아무것도 발견하지 못한다. 사무총장과 함께 대표실로 직행하는 승강기에 오른다. 3, 4초 만에 80층에 도착한다. 기본소득당답게 로봇이 아닌 사람 비서들이 허리를 굽히며 인사한다. 걱정했던 것만큼 긴장하지는 않는다.

대표실로 들어간다. 대표는 아직 없다. 사무총장이 안내한 소파에 앉는다. 사무총장과 비서들은 입구 쪽에 가서 선다. 먼저 도착한 카메라 로봇이 10분이 남았다고 알려준다. AI 앵커가 브리핑하고 있을 시간이다. 대표가 내실 문을 열고 나온다. 은은한 미소를 짓고 있다.

플라스틱으로 된 가방 손잡이를 쪼개 단면을 날카롭게 간 다음 접착제로 살짝 붙여뒀다. 사람을 죽여본 적도 없고 죽이는 법도 모르지만 목 같은 부위를 여러 번 찌르면 되지 않을까 싶다. 성공하든 실패하든 어차피 봉기는 일어날 것이다.

멀지 않은 곳에서 폭죽인지 폭탄인지 모를 폭발음이 들린다. 구세군이다. 사무총장과 비서들이 창가로 몰려간다.

여자는 혼자다. 나도 혼자다. 여자는 거리의 소란 따위는 개의치 않는 듯 변함없는 미소로 악수를 청한다. 그제야 여자가 미르에서 봤던 12월 혁명의 지도자인 것을 깨닫는다. 하지만 그런 건 중요하지 않다. 머뭇거릴 여유가 없다.

가방의 손잡이를 굳게 움켜쥐고 일어서서 여자를 향해 한 걸음 다가간다.

김형규

대학에서 동양사를, 대학원에서 러시아 현대사와 시베리아의 역사를 공부했다. 《세계사와 함께 보는 타임라인 한국사》,《러시아 제국의 변경에서-시베리아 이야기》등의 책을 함께 쓰고,《시간 지도의 탄생》,《만화로 이해하는 세계 금융 위기》를 우리말로 옮겼다. 2021년 〈대림동 이야기〉로 계간 미스터리 신인상을 받았다. 지금은 변호사로 일하며 틈틈이 소설을 쓰고 있다.

나의 작은 천사

장우석

동대입구역에서 자리가 나는 건 쉬운 일이 아니다. 나는 가방을 앞으로 돌리면서 내 앞에 기적적으로 생긴 빈자리에 앉았다. 문 쪽으로 나가는 출근길 천사에게 감사하며 말이다. 이제 앞으로 30분간 부족한 잠을 보충하며 편안히 가면 된다. 눈을 감기 전에 가방 앞 왼쪽 주머니에서 스마트폰을 꺼냈다. 매일 체크하는 건강 상태 자가 진단을 위해서다. 사이트에 접속해서 세 가지 항목에 모두 이상 없음 체크를 하면 온라인 선을 타고 교육부에 직통으로 접수된다. 출근 허용! 오케이. 전화기를 다시 가방에 넣으려는데 화면 왼쪽 위의 붉은색 체크 표시가 눈에 들어왔다. 아침 출근 시간에 누구지? 별일이라는 생각에 전화기를 열었다. 7시 38분과 52분에 부재중 수신. 번호를 눌렀다. 앞으로 몇 시간 동안 벌어질 일을 꿈에도 생각지 못한 채 말이다. 아내는 두 번 울리기도 전에 전화를 받았다. 난 하품을 하며 말했다.

"전화했네?"

떨리는 목소리가 내 귓속을 파고들었다.

"호두가 없어."

"어디 숨었겠지. 잘 찾아봐. 개가 어딜 가겠어?"

"없어! 집 안 어디에도 없어. 내가 다 뒤졌어."

"아까 거실 바닥에 누워 있는 걸 보고 나왔는데 무슨 소리야?"

"중문 열고 나갈 때, 분명히 있었어? 잘 생각해봐."

"잘 기억하나마나 매일 아침 똑같이 보는 고양이 모습을 내가 헷갈릴 리가 없….."

"나갈 때, 집 안에서 호두 확실히 본 거 맞아?"

난 아내보다 한 시간가량 일찍 출근한다. 내가 중문을 열고 나갈 때면 녀석은 보통 아내가 있던 소파나 캣타워에 앉아 아침 햇살을 맛보곤 한다. 아내는 세면실에서 샤워하고 난 중문을 열고 호두는 식후 휴식을 취하고….. 그런데 오늘 아침에 조그만 균열이 생겼다. 운동화를 신고 현관문 고리를 잡는 순간, 지갑을 방에 놔두고 온 게 생각났기 때문이다. 표준 절차는 이렇다. 신발을 벗은 다음, 중문을 열고 거실로 들어가면서 다시 중문을 닫는다. 작은 방에서 지갑을 가지고 나오면서 다시 중문을 여닫은 다음, 신발을 신고 현관문을 열고 나가면 된다. 이 모든 절차는 호기심 많은 고양이 호두가 중문 근처에 가지 못하게 하려는 조치다. 어휴 귀찮아. 5초 정도 고민한 나는 왼쪽 신발만 벗은 채, 깽깽이걸음으로 최대한 빨리 작은 방으로 들어가 쏜살같이 책상 위에서 지갑을 낚아챈 후 돌아와 신발을 완전히 신은 후, 중문을 닫고 현관문을 열고 나왔다. 이 모든 것이 10초 안에 이루어졌다. 내 이야기를 들은 아내는 말했다.

"그러니까 중문을 안 닫고 방에 들어갔다 나왔단 거네?"

"그래봐야 몇 초야."

그 시간에 호두가 열린 중문으로 쏜살같이 나와서 신발장 아래 틈에 숨어 있다가 내가 현관문을 여는 순간, 내 뒤에 붙어서 몰래 집 밖으로 나왔다고? 말도 안 돼. 하지만 몇 초 동안 중문을 열어둔 채로 방에 갔다는 내 이야기는 아내에게 청천벽력 같은 소식이었다.

"지난번에 베란다 문 열고 호두가 언제 들어갔는지도 모르게 들어가서 구석에 웅크리고 있었던 거 기억 안 나? 호두는 고양이야. 3, 4초면 얼마든지 나갈 수 있단 말이야."

"그건 새끼일 때 이야기지. 지금은 다 큰 성묘잖아. 정말 당신 말대로 호두가 그 순간 중문을 나왔다고 해도 중문과 현관문 사이 한 평도 안 되는 직사각형 공간에서 내 눈에 안 보이게 숨어 있을 수는 없어. 걱정하지 마. 집 안에 숨어 있을 거야."

"집 안에는 없다니까!"

아내는 꼼꼼한 사람이다. 내가 설거지하다가 흘린 물 한 방울까지도 확실히 뒷정리하는 사람이다. 그런 아내가 스물네 평 집 안을 30분 넘게 이 잡듯이 살펴보았다면…. 호두는 지금 집 안에 없다고 보는 게 옳다. 아니 없다.

"베란다 쪽도 살펴봤지?"

"안방 침대 밑, 싱크대 아래쪽, 베란다, 전부 다 봤어. 없어. 아무 데도 없어."

머릿속에 그림이 그려졌다. 아내는 출근 준비를 하다 말고 새빨개진 얼굴로 고양이 이름을 부르면서 집 안 곳곳을 뒤졌을 것이다. 결국 찾지 못하자 나에게 전화를 걸어 아침에 중문을 열어놓은 적이 있는지 물었고, 난 설마설 마하며 확인을 요구하는 아내가 절대로 원하지 않았던 대답을 한 것이다. 결자해지. 난 결심했다.

"지금 집으로 갈게. 일단 당신은 아파트 복도를 좀 살펴봐."

"지금 5층 복도야."

전화를 끊고 자리에서 일어섰다. 지하철은 양재역으로 들어서고 있었다. 목적지를 두 정거장 앞두고 지하철에서 내렸다. 반대쪽 플랫폼 쪽으로 걸어 가면서 교감에게 전화를 했다. 집에 급한 일이 생겨서 마무리 짓고 오전 안 으로 출근하겠다고 말했다. 교감은 흔쾌히 그러라고 하며 전화를 끊었다. 교무부장은 전화를 받지 않아 문자를 보냈다. 반대편 플랫폼은 한산했다. 열차 가 조용히 멈췄고, 나는 그지없이 평화로워 보이는 얼굴들 속에 묻혀 객차 안으로 들어갔다. 집까지 40분. 끔찍하게 긴 시간이다. 빈자리에 앉는 순간, 구토가 밀려왔다.

이해가 안 가는 부분은 세 가지다.

1. 호두가 그 짧은 시간에 정말 중문을 나왔을까?

2. 설사 그랬다고 한들 내 눈에 띄지 않고 중문과 현관문 사이 공간에 숨어 있을 수 있을까?

3. 1과 2가 가능하다고 해도 현관문을 열고 나가던 내가 전혀 눈치채지 못하게 집 밖으로 따라 나올 수 있을까?

셋 중에 그나마 가장 가능성이 있는 것은 1번이다. 4, 5초 동안 고양이가 반쯤 열린 문을 통해서 빈 곳으로 이동하는 건 얼마든지 가능하니까. 그래, 좋다. 그랬다고 가정하자. 나 몰래 중문과 현관문 사이 공간으로 나온 호두가 숨어 있을 곳은 두 군데다. 오른편 벽에 붙어 있는 신발장 아래와 현관문에 있는 캐리어 뒤쪽. 우선 신발장 아래쪽에는 신발들이 죽 놓여 있어서 숨는다고 해도 내 눈에 안 보일 리가 없다. 고양이가 아무리 유연하다고 해도 말이다. 도저히 불가능…. 조금 전에 아내가 한 말이 떠올랐다. 저녁 시간이었다. 호두와 놀아주기 위해 장난감을 가지러 베란다에 나갔다가 돌아왔는데 호두가 보이지 않았다. 거실과 방을 누비며 몇 분간 찾아다니다 혹시 하며 베란다 문을 열어보니 녀석이 안쪽 구석에 쭈그리고 있었다. 내가 전혀 인지하지 못한 사이에 녀석은 나를 따라 베란다로 들어왔고 난 녀석이 옆에 있는 줄도 모른 채 장난감을 꺼내서 돌아 나오며 문을 닫았다. 그렇다면 오늘 아침에도 지갑을 가지러 간다고 정신없이 서두르느라 바닥을 제대로 살피지 못한 걸까? 둔한 인간과 날렵한 동물의 감각 차이가 만들어낸 출근 시간의 해프닝일까? 오케이 좋다. 좋아. 호두는 내가 지갑을 가지러 방에 들어간 사이에 열려 있는 중문 밖으로 나와서 숨어 있었고 나는 늦어진 출근 시간에 서두르느라 녀석을 보지 못하고 현관문을 열었다고 하자. 이제 나는 문을 열고 밖으로 나간다. 그때, 호두가 내 몸 바로 뒤에 살짝 따라붙어 성공적으로 문밖으로 나온다. 나는 현관문을 닫고 곧바로 엘리베이터 쪽으로 간다. 호기심에 밖으로 나온 1년차 고양이는 다시 집으로 들어갈 수 없다. 문이 닫혀버렸기 때문이다. 녀석은 복도 바닥을 쿵쿵거리며 집에서 조금씩 멀어진다. 한참 시간이 지나서야 아내가 세면실에서 나온다. 고양이를 부른다. 물론 대답은 없다.

난 주먹을 꼭 쥔 채 자리에서 일어섰다.

지난 9개월 동안 우리 집에서 함께 살면서 단 한 번도 외부에 호기심을 보인 적이 없는 녀석이었다. 호두는 배송된 물품 상자를 집 안으로 들이느라 중문을 열어놓았을 때도 문 근처에 간 적이 없었다. 겁이 많은 녀석. 밥 다 먹고 배부른 아침 시간에는 침대 위에 널브러져 있거나 캣타워에서 햇살을 받으며 여유롭게 아침을 맞이하는 호두다. 한 번도, 단 한 번도 집 밖으로 나가려고 시도한 적이 없는, 겁 많은 녀석이 왜 오늘 아침에 우연히 생긴 불과 몇 초의 기회를 놓치지 않고 집 밖으로 나갔을까. 아니 나가야 했을까. 고양이에게 뭐 그렇게 심각한 이유가 있겠냐고? 모르는 소리 말라. 고양이는 섬세한 동물이다. 고로 분명한 이유가 있어야 한다. 하지만 내가 이해하는 한 호두가 특공작전 하듯이 그렇게 집 탈출을 시도할 이유는 없다. 전혀!

전화가 울렸다.

"여보세요?"

"5층에서 1층까지 다 찾아봤는데… 안 보여."

아내 목소리가 낯설게 느껴졌다.

"집에서 나올 때, 호두가 좋아하는 닭고기를 거실 한가운데 밥그릇에 놓고 나왔어. 10분 정도 바깥에 있다가 들어가 봤는데….'

아내는 슬기롭다. 행여 생각지 못한 곳에 숨어 있을지도 모르니 집에서 나오면서 호두가 가장 좋아하는 간식을 잘 보이는 곳에 놓아둔 것이다. 시간이 충분히 지난 후 집에 들어갔을 때 간식을 조금이라도 건드린 흔적이 있다면 녀석이 집 안에 있다는 증거이니 서두르지 않고 천천히 찾으면 된다. 다시 문을 열고 집 안으로 들어서는 그 마음이 오죽했을까. 하지만 혹시나 하는 기대와는 달리 닭고기는 처음에 놓아둔 상태 그대로였다. 무너지는 가슴. 하얘지는 머릿속.

"나머지는 내가 찾아볼게. 20분 안에 도착하니까 걱정하지 말고 아파트 건물 입구에 내려와 있어."

전화를 끊고 나서 네이버에 접속했다. 고양이 탐정이라고 키워드를 치니 파워링크가 대여섯 개 나타났다. 가장 위쪽 링크로 들어갔다. 이름과 활동 내역 그리고 전화번호가 떴다. 주저 없이 번호를 눌렀다. 대여섯 번 신호가 갔지만 받지 않았다. 전화를 끊고 다른 링크로 들어가려는 순간, 전화기가 몸부림을 쳤다.

"여보세요."

"안녕하세요. 조금 전에 전화하셨죠?"

"고양이 탐정이시죠? 인터넷에서 보고 연락드렸습니다."

"예. 맞습니다."

나는 아내와 나눈 대화 내용을 바탕으로 최대한 상세하게 설명한 다음 덧붙였다.

"우리 고양이를 찾아주십시오."

공식 의뢰였다. 21년 전 지금 다니는 직장의 최종 면접 때, 이사장에게 했던 말이 기억난다. 뽑아주신다면 열심히 하겠습니다. 내 가슴이 기억하는 한, 그날 이후로 가장 진지한 발언이었다. 탐정은 우리 집 위치와 주거 형태를 물었다.

"서울이고요, 은평구 불광동입니다. 지하철에서 걸어서 10분 거리에 있는 복도식 아파트예요."

"알겠습니다. 실은 제가 오늘 새벽에 퇴근해서 자다가 전화를 받은 터라 몸의 피로가 다 가시지 않았거든요."

밤새도록 고양이를 찾아다녔다는 건가.

"우선…."

탐정은 지친 목소리로 말했다.

"고양이는 영역 동물이라 멀리 가지 않습니다. 집에서 오랫동안 적응되어 있다면 아마 근처에 있을 겁니다. 복도식 아파트라고 하니까 거주하시는 층에서 아래위로 5층 범위의 복도를 꼼꼼히 살펴보시는 게 좋겠습니다."

거기까지는 나도 충분히 생각할 수 있다고.

"그리고 이건 어디까지나 통계적인 건데요."

지하철이 지상으로 나왔다. 피로에 찌든 탐정의 목소리가 갑자기 환하게 들렸다.

"이런 일이 생기면 보통 여 집사님이 남 집사님보다 조금 더 동요하는 편입니다. 고양이를 찾아야 한다는 마음에 여러 장소를 빨리 살피는 거죠."

틀렸다. 아내와 나의 마음은 막상막하다. 둘 중에 누가 더 멘붕일 수는 없다. 하얗다 못해 투명해진 머릿속. 호두를 찾지 못한다면 **우리에게 내일은 없다.**

"그러니까 여 집사님이 이미 찾아본 곳이라고 해도 남 집사님이 다시 한 번 보시는 게 좋을 거 같습니다."

아내가 실수로 놓친 부분을 발견하느니 내가 불광역에 도착하기 전 아내로부터 호두 찾았어, 라는 문자를 받을 가능성이 크다.

"알겠습니다. 일단 살펴본 다음 찾지 못하면 다시 연락드릴 테니까 그때 와주세요."

"예. 그러겠습니다."

내가 고양이 탐정에게 전화한 이유는 두 가지다. 하나는 물론 호두 실종 사건을 의뢰하기 위해서이고, 또 하나는 아내의 정서 안정을 위해서다. 사람이 너무 스트레스를 받으면 오히려 말이 잘 안 나오는 경우가 있다. 전화 목소리로 미루어보건대 지금 아내가 그런 상태일 것이다. 만일 호두를 찾지 못하기라도 하면 아내의 심장 박동에 문제가 생길 수도 있다. 외부 전문가인 고양이 탐정에게 의뢰했고 그가 곧 올 거라는 소식만으로도 아내는 희망을 품고 조금은 안정을 찾을 것이다. 통화를 끝낸 나는 아내에게 전화를 걸었다. 아내는 바로 받았다.

"어디야?"

"안국역이야. 조금만 기다려. 아파트 입구에 나와 있어?"

"응. 그런데…."

가라앉은 목소리가 심상찮다.

"왜 그래?"

"비가 와."

"?"

"지금 비가 온다고."

갑자기 비라니…. 이게 뭔 소린가. 출근할 때는 전혀 비가 올 것 같지 않았는데….

"많이 와?"

"그럴 거 같아. 어쨌든 빨리 와."

상황이 최악으로 치닫고 있었다.

"고양이 탐정에게 전화했어. 일단 의뢰했는데. 오는 데 시간이 좀 걸리나 봐. 찾아보고 있으면 올 거야. 너무 걱정하지 마. 꼭 찾을 거니까."

"탐정에게 연락했다고?"

"네이버에 전화번호가 등록되어 있더라고. 집에서 자란 고양이는 절대로 근처를 벗어나지 않는대. 아파트 건물 안에 있을 거니까 꼼꼼하게 살펴보면 있을 거라고."

아내는 잠시 생각하는 것 같았다.

"호두는 집에서만 자란 아이가 아니잖아."

물론 호두가 집에서 태어난 건 아니다. 하지만 집에서 지낸 시간이 훨씬 길다. 아내는 9개월 동안 그렇게 애지중지하며 보살핀 호두가 집을 나갔다는 사실에 서운함마저 느끼는 것 같았다. 고양이에게 서운함을 느끼다니.

"그 녀석은 겁이 많잖아. 분명히 근처에 있을 거야. 그러니까 입구 잘 지키고 있어."

전화를 끊고 잠시 생각했다. 그래. 15층부터 1층까지, 아니 지하실까지 살살이 뒤지면 분명히 어느 구석에서 끙끙거리며 나올 거야. 분명히… 꼭… 있어야 해. 호두 이 녀석아.

녀석을 들이게 된 건 우연이었다. 여름이 한창이던 작년 7월의 어느 날 아침이었다. 바쁜 출근길에 뭔가가 눈에 들어왔다. 아파트 단지 후문 근처 구석 풀밭에 누워 있던 새끼 고양이 한 마리였다. 흰 바탕에 갈색 무늬. 파리한 얼굴. 누군가 놓고 간 사료도 먹지 않은 채 좁고 더러운 풀밭에서 몸을 만 채 자고 있었다. 처음 보는 녀석의 모습이 안쓰러워 출근해서도 한동안 눈에 밟혔다. 그날 저녁 퇴근길에 만난 녀석은 아침에 본 모습 그대로였다. 녀석은 다음 날도 마찬가지 모습으로 종일 누워 있었다. 3일째 아침, 녀석이 보이지 않았다. 느닷없이 나타났다가 홀연히 사라진 새끼 고양이. 아내는 아무래도 잘못된 거 같다며 울먹였다. 이빨이 다 자라지 못한 새끼 고양이 앞에 습식

사료를 갖다놓은 이름 모를 사람도 같은 생각이었으리라. 반전은 다음 날 아침에 눈앞에 나타났다. 고양이가 멀쩡하게 나타난 것이다. 누워 있었지만 자고 있지는 않았다. 이 녀석아, 온종일 어디 있었니? 난 녀석을 카메라에 담아 곧 출근할 아내에게 보냈다.

아파트 단지 안에서만도 매년 수많은 고양이가 태어나고 두세 달 동안 어미를 따라다니다가 어느 날 갑자기 혼자가 된다. 비실거리며 돌아다니던 새끼 고양이는 무서운 개나 큰 고양이에게 물려서, 혹은 오염된 것을 먹고, 혹은 장맛비에 젖은 채로 지저분한 풀숲이나 건물 구석 안 보이는 곳에서 짧은 생을 마감한다. 이제 며칠 후면 장마가 시작된다. 녀석이 계속 버틸 수 있을까? 아마 어려울 것이다. 달리 어쩌겠는가.

그날은 토요일이었다. 오랜만에 동네 카페에서 책을 보다가 나와 집으로 발걸음을 옮겼다. 두 시간 전 아파트 후문 쪽 골목으로 내려올 때, 풀숲에 고양이가 없었기 때문에 오히려 심적인 부담은 크지 않았다. 차라리 눈에 보이지 않는 게 적어도 마음은 안 아프다. 후문 입구 방향으로 몇 걸음 옮기는데 못 보던 광경이 보였다. 오른쪽 벽에 주차된 자동차 옆, 지저분한 땅바닥 구석에 그 새끼 고양이가 주저앉아 있었고 2~3미터 앞에는 케이지가 놓여 있었다. 케이지 안에는 고양이를 유인하기 위한 먹이가 있을 것이다. 그리고 케이지 뒤쪽으로, 사람들이 지나다니는 길에 두 사람이 틈을 두고 서 있었다. 야구 모자를 쓴 여자와 짧은 바지 차림의 남자. 부부로 보였다. 낯모르는 젊은 부부가 새끼 고양이를 구조하려고 시도하고 있었다. 놀람과 동시에 안도감이 혈액을 타고 온몸으로 빠른 속도로 퍼져나갔다. 저 새끼 고양이가 지금 구조된다면 죽지 않을 것이다. 녀석은 지저분한 몰골로 바닥에 눕듯이 앉은 자세로 앞에 놓인 케이지 쪽을 바라보고 있었다. 마트에서 장을 보고 집에 돌아가는 것으로 보이는 육십 대 아주머니가 고양이를 보고 소리를 지르자 짧은 바지 남자가 단호한 표정으로 제지했다. 여기서 시끄럽게 말 시키면 아픈 고양이가 달아날 수 있으니 가던 길 빨리 가시라는 이야기였겠지. 다행히 아주머니는 다른 손으로 장바구니를 옮겨 잡고는 위쪽으로 사라졌다. 난 좁은 길 건너편에서 조용히 상황을 지켜보았다. 고양이는 졸린 눈으로 앞을 바라보고 있었다. 일어나려면 시간이 걸릴 듯했다. 난 그동안 고양이를 안쓰럽게 여겼을 뿐 구해야 한다는 생각은 하지 못했다. 훌륭한 사람들이다. 부디 성공하기를. 후문 쪽으로 발걸음을 옮기려던 내 머릿속에 어떤 생각이 떠올랐다. 저 새끼 고양이를 구조한 다음에는 어떻게 할까? 본인들이 기르거나, 다른 사람에게 분양할 것이다.

아내와 함께 동네 길고양이들에게 밥을 주기 시작한 지도 1년이 넘었다. 조카가 데려온 아비시니안 겨울이와 테니스장 풀숲에 사는 코숏 통통이로부터 시작된 우리 부부의 고양이에 대한 자발적 무한책임은 어느새 단지 안에서 보이는 모든 고양이로 확대되고 있었는데 이는 우리의 의지가 아닌, 불가항력이었다. 그렇게 동네 고양이들에게 사료와 물을 주고 주변을 정리해 주던 아내와 나는 언제부터인가 우리 고양이가 있으면 좋겠다는 생각을 자연스레 하게 되었다. 뭐 우리가 매일 밥을 주는 아이들도 엄밀히 말하면 밖에서 기르는 우리 고양이들이기는 하다. 글쎄 인연이 있으면 만나겠지. 어쩌면 지금이 그때인지도 모른다. 누가 그러지 않았던가. 필연과 우연의 차이는 그 순간에 알아채느냐, 한참 나중에 깨닫느냐의 차이라고. 난 아내에게 전화했다.

"동네 주민 부부가 새끼 고양이를 구조하고 있어."

"그래?"

아내의 목소리는 밝았다.

"혹시 구조해서 분양할 생각이 있으면 우리에게 연락해달라고 할까? 어때?"

갑작스러운 제안이었지만 아내는 놀라지 않았다. 구조라는 단어를 듣는 순간부터 그 생각을 한 게 분명했다.

"그래. 나쁘지 않을 거 같아."

난 짧은 바지 남자에게 다가갔다. 고양이는 먹이 쪽을 뚫어지게 바라보고 있었다. 풀숲의 쓰레기와 먼지를 온몸에 뒤집어쓴 채로 말이다.

"저… 아파트 주민인데요. 혹시 저 녀석을 구조한 다음에는 어떻게 하실 생각인지."

짧은 바지는 몇 초 동안 날 쳐다보더니 조용히 입을 열었다.

"임시 보호하다 적당한 분에게 입양할 생각입니다."

난 목소리를 깔았다.

"혹시 마땅한 입양자가 없다면 저희에게 연락해주셔도 됩니다. 괜찮으시면… 제 전화번호 드릴까요?"

짧은 바지는 놀란 표정을 짓더니 곧 뒷주머니에서 전화기를 꺼냈다.

집으로 돌아온 나는 15분쯤 지난 후 휴대전화를 열었다.

"아까 전화번호 알려드린 사람입니다. 1동 주민요. 어떻게 됐는지 궁금해서요."

"방금 구조했습니다. 집으로 가는 중이에요."

성공이다. 그 어린 생명은 비참한 상황에서 탈출한 것이다! 마음이 편안해진 나는 아내에게 문자로 소식을 알렸다. 앞으로는 불편한 마음을 안고, 한쪽을 외면한 채 다닐 필요가 없어진 것이다.

구조자, 아니 고양이 보호자에게서 전화가 온 건 그로부터 한 달이 지난 토요일 아침이었다. 보호자는 새끼 고양이가 건강을 많이 회복했으며 자신들과 같은 아파트 단지에 살고 있는 우리 부부가 데려가면 좋겠다는 메시지와 함께 사진과 동영상들을 카톡으로 보내왔다. 풀밭에 있던 모습과는 많이 달라 보였다. 너무나 안쓰럽고 귀여운 얼굴. 우리는 그날부터 준비에 들어갔다. 고양이 이름도 오래전부터 정해놓았었다. 일주일 후인 2020년 8월 22일 토요일 오후 2시, 호두는 우리 집 작은 방 한가운데 놓인 케이지에서 조용히 빠져나와 벽 앞에 놓인 간편 옷걸이 뒤로 숨었다.

　흩뿌리는 비를 맞으며 후문 입구를 통과했다. 지금부터는 서두르면 안 된다. 아파트 풀밭 어딘가에 호두가 숨어 있을 수 있기 때문이다. 나는 걸음을 재촉하면서도 계속 양옆을 살펴보았다. 아파트 동 앞 풀숲과 테니스장 근처, 자동차 아래까지, 시야가 닿는 곳은 샅샅이 훑었다. 널 이렇게 잃을 순 없어. 어쩌면 비가 오는 게 나쁜 조건이 아닐 수도 있다는 생각이 들었다. 호두가 밖으로 나왔다면 비를 피할 수 있는 곳에 숨었을 것이기 때문이다.

　아내가 눈에 들어왔다. 손에 비닐봉지를 들고 있었다. 가까이 가서 보니 호두 사료였다.

　"경비 아저씨에게 부탁드렸어. 차 아래 같은 데서 흰 바탕에 갈색 무늬 고양이를 보면 알려달라고."

　난 고개를 끄덕였다.

　"여기 있어. 내가 15층부터 천천히 살펴보고 올게."

　현관문을 열고 들어가면서 호두를 불렀다. 현관문을 닫은 후 중문을 열었다. 집 안은 조용했다. 두 시간 전에 내가 문을 열고 출근한 그곳이 아닌, 낯선 공간이었다. 현기증이 났다. 아내는 이 공간을 울면서 뒤졌을 것이다. 먹이 그릇이 거실 중간에 놓여 있었다. 가방을 내려놓고 다시 한번 호두를 불러보았다. 정수기 앞으로 가서 물을 한 잔 마셨다. 정말 호두가 중문을 나갔을까? 도저히 믿어지지 않았다. 하지만 그건 내 생각일 뿐, 빈틈이 있었던 건 사실이 아닌가. 시간이 많지 않다. 난 호두를 부르면서 집 안 곳곳을 뒤지기 시작했다. 호두의 흔적은 어디에서도 느껴지지 않았다. 집 밖으로 나간 게 확실했다. 난 울고 싶은 마음을 억누르며 집 밖으로 나갔다.

아파트 복도에 나와 있는 상자와 온갖 살림 도구가 이렇게 많다는 것을 오늘 처음 알았다. 난 15층으로 올라가 T자 모양의 복도 앞에 서서 호흡을 가다듬었다. 호두가 계단을 통해 낑낑거리며 10층을 더 올라왔을까? 제발… 제발 그랬으면, 여기 있다면 너무나 고마울 것이다. 나는 복도에 가재도구를 놓아둔, 엘리베이터에서 가장 먼 집으로 천천히 걸음을 옮겼다. 15층을 다본 후 14층으로 내려왔고 그다음엔 13층, 그리고 12층. 12층 복도에는 특히 상자와 짐이 많았다. 왠지 여기 있을 가능성이 크다는 생각이 들었다. 나는 속삭이듯 호두를 부르며 상자를 열어보고 유모차 시트를 들추었다. 주인이 보았다면 항의할 만한 일이지만 그런 건 중요하지 않았다. 유모차 시트 들춘 비용을 달라면 얼마든지 줄 것이다. 아니 유모차를 기꺼이 새로 사줄 것이다. 호두를 찾을 수만 있다면 말이다. 하지만 그 많은 상자와 짐들 속에 우리 고양이는 보이지 않았다. 나는 11층으로 내려왔다. 그리고 10층, 9층, 복도에 큰 종이 상자가 두 개나 있어 기대감으로 두근거렸던 8층, 그리고 7층. 이어서 6층으로 내려오는데 아내에게서 전화가 왔다.

"…안 보이지?"

내가 묻고 싶은 말이었다.

"위층에는 없는 거 같아. 호두가 힘들게 올라갔을 리 없잖아. 아래쪽 어딘가에 있을 거야."

하지만 아래층은 아내가 이미 살펴본 곳이 아닌가. 호두가 아내와 아파트 복도에서 숨바꼭질했을 수도 있을까? 정신 차리자. 몸을 바깥으로 돌려 아래쪽을 내려다봤다. 아내가 보였다. 아내는 팔짱을 끼고 서서 앞을 바라보고 있었다. 머릿속에 새 한 마리가 날아 들어와 휘젓고 다니고 있는 표정. 나는 아내를 이해할 수 있다. 같은 마음이니까. 난 결심했다. 오늘 밤을 새우더라도, 아니 내일, 모레, 글피, 기타 등등의 밤을 모조리 새워서라도 호두를 찾을 것이다. 꼭, 반드시, 기필코. 이제 남은 층은 우리가 사는 5층을 포함해서 다섯 층밖에 남지 않았다. 그리고 고양이 탐정의 말에 따르면 호두는 건물 안 어딘가에 있어야 한다. 5층 복도에는 상자나 짐이 거의 나와 있지 않아 둘러보는 데 1분도 걸리지 않았다. 4층으로 내려가기 전에 집에 다시 한번 들어가 보고 싶었다. 아내가 거실에 놓아둔 간식 상태에 변화가 있을지도 모른다는 기대 때문이었다.

현관문과 중문을 차례로 열면서 호두를 불렀다. 신발을 벗고 거실로 갔다. 간식은 아까 본 그대로였다. 난 정수기 쪽으로 다가가 사기그릇에 물을 가득 따랐다. 이제부터 긴 싸움이 될 것이다. 물을 단숨에 들이켜고 그릇을 선반에 내려놓는 순간, 이상한 게 눈에 들어왔다. 정수기 옆의 엷은 무늬. 아내가 형광등을 끄고 나갔다면 안 보였을 수도 있었던 것. 그것은 발자국 모양의 물방울이었다. 엷은 물 발자국은 호두의 발자국일 가능성이 크다! 머릿속이 맹렬히 돌아가기 시작했다. 고양이가 사라진 지 약 두 시간이 지났다. 그렇게 엷은 물 발자국이 두 시간 이상 남아 있을 수 있을까? 그건 아니다. 증발하거나 바닥에 얼룩으로만 남는다. 이렇게 깨끗한 상태로 남아 있다는 건…
호두가 조금 전에 정수기 옆을 지나갔다는 이야기가 된다. 정수기를 지나가
려면 싱크대를 거쳐야 하니 싱크대 바닥에서 발에 물이 묻었을 거고…. 전
율이 온몸을 감쌌다. 그래. 그 겁 많은 녀석이 밖으로 나갔을 리 없어. 이 녀
석은 분명히 집 안 어딘가에 있다. 아내와 내가 생각하지 못하는 장소에 말
이다. 머릿속으로 가능한 곳을 다시 생각하며 집 안을 훑어보던 나는 심각한
모순에 직면했다. 어딘가에 숨어 있던 호두가 우리가 없을 때, 잠깐 밖으로
나왔다면 왜 거실에 있는 그 좋아하는 간식은 그대로인가 하는 모순 말이다.
혼란스러운 마음에 정수기 옆의 얼룩을 다시 보았다. 뭔가 이상하다. 아까는
분명히 고양이 발자국으로 보였던 얼룩이… 그냥 타원 모양의 물방울로 보
인다. 조금 전에 내가 물을 마시다가, 아니면 물을 따르다가 튀었을지 모를
물방울 말이다. 그러면 그렇지. 아내가 몇 번을 뒤져보았고, 내가 다시 보지
않았나. 여기 있었다면 진즉에 나왔을 것이다. 호두는 밖에 있다. 건물 구석
어딘가에서 아니면 자동차 아래에서, 아니면 풀숲 어딘가에서 무서움에 떨
면서 호기심이 빚어낸 잘못된 외출을 후회하며 내가 찾아주기를 기다리고
있을 것이다. 나가려고 중문 쪽으로 몸을 돌리는데 냉장고가 눈에 들어왔다.
아내는 내게 냉장고까지 열어보았다고 했다. 호두가 그 안에 있을 리 없다는
것을 알면서도 말이다. 내 시선은 냉장고 옆의 싱크대로 옮겨갔다. 싱크대
아래쪽 공간을 백과사전들이 메우고 있었다. 호두가 우리 집에 온 지 얼마
안 되었을 때, 그 녀석이 아직 나와 아내를 낯설어할 때, 종종 싱크대 아래쪽
으로 숨어 들어가곤 했다. 어둡고 지저분한 바닥에 녀석이 들어가는 게 마음
이 쓰였다. 그래서 바닥을 청소한 후, 책장에서 11년 동안 휴식을 취하고 있
던 커다란 백과사전 여섯 권으로 아래쪽 빈틈을 메웠다. 브리태니커 사전을

독창적으로 사용한 실례가 될 것이다. 이후로 녀석은 더 이상 싱크대 아래에 들어가지 않았다.

중문 손잡이를 잡는 순간, 고양이 탐정의 말이 다시 떠올랐다. 여 집사님이 살펴본 곳을 다시 꼼꼼히 살펴보세요. 집 안을 순차적으로 살피다가 싱크대 근처까지 온 아내는 냉장고 문을 열었을 것이다. 굳이 냉장고를 열어본 이유는 싱크대 아래쪽을 커다란 책들이 막고 있어 고양이가 들어갈 수 없다는 것을 알고 있기 때문이다. 나는 중문을 닫고 싱크대 쪽으로 갔다. 호두가 들어가지 못하게 막아놓은 책 벽. 고양이 탐정의 말. 다시 한번 보세요. 밑져야 본전이다. 나는 사전을 죄다 빼보기로 했다. 바닥에 앉아서 맨 위에 놓인 사전에 손을 대려고 하는 순간, 무슨 소리가 들렸다. 아니 들린 것 같았다. 아주 작은 소리. 내가 바닥에 앉아 몸을 아래쪽으로 기울이지 않았다면 듣지 못했을 소리였다. 백과사전 세 권을 뺀 후, 머리를 바닥에 대고 싱크대 아래를 보았다.

어둠 속에서 투명한 두 눈이 나를 쳐다보고 있었다.

녀석은 싱크대 아래쪽 좁은 공간에 숨어 있었다. 맥이 탁 풀리며 바닥에 주저앉았다. 지금 손대면 더 안으로 숨을 걸 알기에 일단 아내에게 전화를 걸었다. 아내는 바로 받았다.

"호두 찾았어."

"정말? 호두 괜찮아?"

비명에 가까운 목소리.

"집에 있었어. 괜찮으니까 빨리 들어와 봐."

"집이라고? 어디, 어디 있었는데?"

아내는 호두가 집에 있었다는 것을 도저히 믿지 못하겠다는 말투였다.

"싱크대 아래."

중문이 활짝 열렸다. 아내는 오늘 아침에 몇 번이나 울면서 여닫았던 문을 열고 들어왔다. 나는 의자에 앉은 채 손으로 호두 쪽을 가리켰다. 아내는 바닥에 앉아 호두와 눈을 맞춘 후, 의자 쪽으로 왔다. 호두를 눈으로 확인한 아내의 얼굴에 비로소 안도의 웃음이 피어났다. 이제 남은 의문은 하나다.

이 녀석은 도대체 왜 오늘 아침에 저 어두운 곳으로 들어갔을까. 아내는 계속 싱크대 아래쪽을 보고 있었다. 백과사전이 입구를 막고 있는 싱크대 아래쪽 공간에 호두가 어떻게 들어갔는지 생각하는 것 같았다. 난 알 것 같았다. 백과사전은 싱크대 아래 공간 전체를 메우지는 않았다. 벽 쪽에 약간의 공간이 남아 있었다. 내가 호두를 찾은 뒤, 싱크대 왼쪽으로 고개를 돌리자 밑바닥에 책이 들어가고 남은 공간만큼 약간의 틈이 벌어져 있었다. 앞에서 보면 커다란 책들이 견고하게 막아서서 틈이 없어 보이지만 호두가 마음먹으면 옆으로 우회해서 얼마든지 들어갈 수 있는 공간이었다. 굳이 들어갈 이유가 없었을 뿐.

커피를 한 모금 마셨다. 따뜻한 커피가 혈관을 타고 몸속에 퍼지면서 긴장이 풀리기 시작했다. 두 시간 30분 전, 중문을 두 번 여닫는 과정에서 내가 한 어떤 행동이 호두로 하여금 가장 안전하다고 믿는 곳으로 숨어 들어가게 한 것일까.

"중문을 여닫은 후, 신발을 신을 때까지는 아무 문제가 없었어. 평소와 똑같았으니까."

"그때 호두는 어디 있었어?"

녀석은 의자 아래쪽에 배를 대고 누운 채로 날 바라보고 있었다. 문제는 그다음이다. 난 중문을 열어둔 채, 한쪽 신발만 벗고 깽깽이걸음으로 작은 방으로 들어갔다. 나와 아내는 호두가 열린 중문으로 나갔다고 생각했지만, 녀석은 정반대로 두려움에 떨며 안쪽 깊은 곳으로 숨어버렸다. 쿵쿵 소리를 내며 들어오는 나를 보고 놀란 걸까? 왜? 다른 사람도 아닌, 매일 자신에게 밥을 주는 집사인 내가 한쪽만 신발을 신고 들어왔다고 해서 놀랄 이유가 있을까?

"잘 생각해봐. 호두가 다시 들어오는 당신을 보고 놀라서 숨었을 가능성이 커."

그래. 그건 분명하다. 아내는 그때 세면실에 있었으니까. 뭐였을까. 이 녀석을 놀라게 한 게…. 이런 일이 또 발생할지도 모르기에 납득할 수 있는 이유를 찾아야 했다. 대화를 듣고 있는 건지 호두가 고개를 내밀고 우리 쪽을 한 번 쳐다보더니 천천히 어두운 틈에서 나왔다. 냥이 기지개를 켜면서 우리가 앉아 있는 의자 옆으로 다가왔다. 어휴 이 녀석. 호두가 눈물이 날 만큼 좋았다. 그리고 그 순간, 녀석이 나를 피해 도망간 이유를 깨달았다. 내가 지갑을 가지러 중문을 열고 다시 들어온 순간 호두의 위치에 해답이 있었다.

호두는 덮개가 있는 의자 아래서 바닥에 배를 대고 누운 채로 출근하는 나와 작별 인사를 했다. 호두의 시각에서 당시 상황을 재구성하면 다음과 같다.

큰 집사는 눈을 찡긋하며 문을 닫았다. 작은 집사는 세면실에서 씻고 있다. 뭐 매일 있는 일이다. 이제 조금 있다가 작은 집사가 나올 거고 간식을 준 다음 똑같이 나가겠지. 그럼 난 간식을 먹고 소파에 편하게 누워…. 어?

왜 문이 다시 열리지? 이 시간에 문이 열릴 리가 없는…. 히익 저게 뭐야. 못 보던 다리가 뛰어 들어오고 있어. 그것도 한쪽만…. 괴물이닷! 일단 숨자. 가만있자. 안방 문은 닫혔고 소파 바닥은 사방이 막혀 있고 제길. 작은 방은 침입자가 들어갔어. 그렇다면… 그래. 저기다. 냉장고 옆 싱크대 아래. 앞에서 보면 큰 책으로 막아놓아서 못 들어갈 것 같지만 왼쪽 공간은 조금 여유가 있어서 마음만 먹으면 비집고 들어가는 데 문제가 없다는 말씀. 고양이의 몸을 우습게 보지 말지어다. 오히려 큰 책이 앞을 막아주고 있어서 안전하게 숨어 있을 수 있다. 누가 다시 문을 열고 나가는 것 같다. 하지만 또다시 들어올지 모르니까 모두 다 나갈 때까지, 그래서 괜찮다는 확신이 생길 때까지 이 안전한 어둠 속에서 버티자. 힝. 간식 따위로 날 유혹해도 넘어가지 않을 거다.

호두는 중문을 열고 나간 사람과 다시 문을 열고 들어온 사람을 다른 사람으로 본 것이다. 의자 덮개 아래쪽 바닥에 누워 있던 녀석의 시야에 들어온 부분이 나의 하반신뿐이었기 때문이다. 양말을 신은 큰 집사가 나간 직후에 한쪽 발에 운동화를 신고 깨금발로 뛰어 들어온 침입자. 그래. 그랬구나. 내 이야기를 들은 아내는 고개를 끄덕였다.

"그럴 수도 있겠네."

"어쨌든 나 때문에 벌어진 일이야. 그래도 해피엔딩이니까 다행인 거지."

이 해피엔딩에는 조력자가 있다. 나는 전화기를 열었다. 두세 번 울리자 전화를 받았다.

"여보세요."

"고양이 찾았습니다."

"아, 다행입니다."

고양이 탐정은 완전히 잠에서 깬 목소리였다. 출동 준비 중이었을지도 모른다.

"탐정님 조언이 주효했습니다. 한 번 본 곳을 다시 살피는 과정에서 찾았으니까요."

"가까운 곳에 있었군요."

탐정은 짐작이 간다는 듯 웃으며 말했다. 그렇다. 눈으로 보고 귀로 들으면서도 알지 못하는 그곳에 간절히 찾는 것이 있다. 전화상으로지만 사건을 의뢰했고 또 적절한 조언을 들었기에, 그리고 무엇보다 아침잠을 깨운 게 미안해서 탐정에게 약간의 사례금을 보냈다. 나는 아내와 커피 한 잔을 더 나누고 집을 나왔다. 오늘만 두 번째 출근. 언제 그랬냐는 듯 하늘은 화창하게 개어 사방에 빛을 비추고 있었다. 지하철역으로 내려가는 발걸음이 가벼웠다.

출근 시간이 한참 지나 있어서 지하철은 빈자리가 많았다. 출입문 쪽 자리에 앉자마자 휴대전화가 몸을 떨어댔다. 열어보니 아내가 카톡 사진을 보내왔다. 호두가 언제 그랬냐는 듯 기지개를 켜는 사진이었다. 허허 녀석. 난 사진 밑에다 요놈!이라고 답장을 보내주었다. 불과 30분 전까지만 해도, 머릿속이 비어버린 채로 아파트 복도를 돌아다니던 내 모습이 초현실주의 화가의 그림 속에 나타난 좀비를 보는 것처럼 비현실적으로 느껴졌다. 편안하고 여유로운, 동시에 아련한, 그리고 불편한 그 무엇. 아내와 통화 후 집으로 돌아오기로 결심한 순간부터, 호두를 찾아다니던 내내, 그리고 지금까지 마음 깊은 곳 어딘가에 켜져 있는 불, 가슴은 느끼고 있지만 머리는 모르고 있는 그 무엇. 아침의 추억은 아직 끝나지 않았다. 나는 휴대전화를 닫고 출입문 쪽 기둥에 머리를 기댔다. 아련한 추억이 떠올랐다.

중학교 2학년 때, 아래층 아주머니가 우리 집에 새끼 고양이 한 마리를 주었다. 어머니와 동생이 동물을 좋아했기 때문에 평소 친하게 지내던 아래층에서 새끼 여러 마리 중 한 마리를 선물로 주지 않았을까 싶다. 새까만 몸에 코가 하얀 녀석은 아주 활동적이었다. 가족들은 녀석을 좋아했고 나도 싫어하지는 않았다. 당시에는 고양이를 집 안에 들이지 않고 밖에서 기르는 사람이 많았지만 우리는 녀석을 집 안에서 길렀다. 녀석의 이름은… 기억나지 않는다. 검은 고양이는 활달하게 집 안을 휘젓고 다니다가 오후가 되면 집 밖으로 나갔다. 우리가 저녁을 먹고 늦은 밤이 되면 녀석은 실컷 돌아다니다가 들어와서는 문을 열어달라고 울음소리를 냈고, 엄마가 문을 열어주면 얼른 들어와 부엌 구석의 자기 집으로 들어가곤 했다. 고양이와 함께 산 지 2년쯤 지난 어느 날이었다. 그날 밖으로 나간 고양이는 돌아오지 않았다. 처음 있는 일이었다. 어머니는 걱정이 되는 듯 작은 방에 들어와서 책상 앞에 앉아 있는 내게 말했다.

"걔가 어디로 갔을까?"

"놀다가 들어오겠지. 너무 걱정하지 마."

당시 난 성적이 쑥쑥 오르는 재미에 빠져 공부에 한창 열을 올리고 있었다. 책상 위에 놓인 카세트 녹음기에서는 팝송이 흘러나오고 있었다. 카세트 리코더는 평균 90점 이상 받은 학생에게 주는 학업 우수상과 전교 등수 50등 이상 올린 학생에게 주는 학업 진보상을 받은 기념으로 일제 파이롯트 만년필과 함께 아버지가 사준 선물이었다. 엄마는 고개를 끄덕이며 사과 쟁반을 놓고 나갔다. 그날 녀석은 집에 들어오지 않았다.

다음 날도, 그다음 날도 녀석은 돌아오지 않았다. 엄마는 고양이를 찾아다니기 시작했다. 오후에 하교해서 집에 들어오면 엄마는 고양이를 찾으러 나가고 없었다. 앗싸. 찬스. 난 엄마가 차려놓은 밥을 도로 밥통에 담고 라면을 끓여 먹었다. 밤이 되면 동생은 고양이가 돌아오지 않는다고 울었다. 나는 별다른 감흥이 없었다. 그로부터 일주일 정도 지난 어느 날이었다. 가방을 둘러메고 집에 들어오는 나를 보자마자 엄마가 말했다.

"고양이 죽었다."

"뭐라고?"

"기름집 할머니가 찾았다더라."

내가 가끔 기름통 들고 등유 심부름 가는 집이다. 난 가방을 책상 위에 내려놓으며 물었다.

"어디 있었는데?"

엄마는 한숨을 쉬었다. 며칠 동안 고양이 찾아다니느라 몇 년은 늙어버린 것 같았다.

"오락실 뒤에 공터 있잖아. 그 공터 한가운데… 누워 있었다."

직접 가서 본 모양이었다. 엄마는 천천히 말을 밀어냈다.

"뭐 안 좋은 거 먹은 거 같다."

그 당시에는 쥐를 잡으려고 여기저기 쥐약을 놓는 일이 많았다. 안타깝지만 어쩌겠는가. 그게 집 나간 동물의 운명인 것을. 난 잠시 슬픈 표정을 짓고는 방을 나와 어제 사놓은 콜라를 마시려고 냉장고 문을 열었다. 콜라가 보이지 않았다. 탄산음료 중독자인 막냇동생이 마신 게 틀림없었다. 설마설마했는데. 냉장고에 있던 콜라는 신상품인 체리코크였다. 훨씬 달콤하고 짜릿한 체리 맛 콜라. 이 자식을…. 난 냉장고 문을 소리 나게 닫고는 밖으로 나가버렸다.

난 알고 있었다. 고양이가 가출한 이유를. 열흘 전 그날은 토요일이었다.

엄마는 동생들을 데리고 외출했고 나 혼자 집에 있었다. 아니 정확히는 나와 고양이 둘만 있었다. 난 책상 앞에 앉아서 소설책을 보고 있었다. 그런데 그날따라 녀석은 나에게 계속 치대며 독서를 방해했다. 난 녀석이 귀찮았다. 문을 닫으면 녀석은 부엌 쪽 창문으로 들어와 나에게 달려들었다. 부엌 쪽 창문을 닫으려면 앞쪽의 커다란 찬장을 밀어내야 하는데 그건 불가능했다. 난 녀석의 방해를 피할 방법이 없었다. 내가 밀쳐낼수록 녀석의 공격은 심해졌다. 급기야는 책상 위로 올라와 책을 휘젓고 다니는 통에 독서가 아예 불가능했다. 난 화가 났다. 녀석을 잡아서 천으로 된 직육면체 모양의 가방에다 넣고는 지퍼로 입구를 닫았다. 숨 쉴 공간만 조금 열어둔 채 말이다. 녀석은 조용해졌고 방은 평화를 되찾았다. 30분 정도 책을 읽다가 물을 마시러 나가면서 방 가운데 놓인 가방으로 다가갔다. 지퍼에 손을 대려는 순간, 녀석이 기습 공격했다. 손 등에서 피가 나기 시작했고 화가 치민 나는 가방을 두세 번 걷어찼다. 가방은 다시 조용해졌다. 난 물을 마시고 안방으로 가서 구급상자를 꺼내 손가락을 소독한 후 밴드를 붙였다. 내 방에 돌아와 보니 가방은 열려 있었고 고양이는 보이지 않았다. 난 개의치 않았다. 한번 혼났으니 다시는 덤비지 않겠지. 밖에서 놀다가 평소처럼 저녁에 들어올 것이다. 뭐 과자나 한 개 집어줘야지 생각하고 다시 책상 앞에 앉아 읽던 책을 집어 들었다. 책 제목은 기억나지 않는다. 그날 고양이는 집을 나갔다. 그리고 다시는 돌아오지 않았다. 녀석은 나를 피해서 달아난 것이었다. 다친 몸을 이끌고 절뚝거리며 계단을 내려갔을 검은 고양이는 내가 무서워 집에 들어오지 못하고 여기저기 기웃거리며 버려진 음식과 쓰레기를 먹으며 열흘 가까이 버텼을 것이다. 그러다 결국 누가 놔둔 쥐약에 입을 댔을 것이다. 그리고 아픈 배를 바닥에 쓸면서 공터 한가운데까지 기어와서는 마지막 숨을 몰아쉬고 눈을 감았을 것이다. 녀석이 나에게 한 잘못은 엄마 대신 잠깐 자기와 놀아달라고 한 것뿐이었다.

나는 고양이가 집을 나간 이유를 정확히 알고 있었다. 나는 녀석이 그날 밤 늦게라도 들어오리라고 생각했다. 그리고 그날 돌아오지 않았다는 이야기를 엄마에게 들은 순간, 녀석이 영원히 오지 않으리라는 것을 알았다. 하지만 엄마에게 사실대로 말할 순 없었다. 고양이를 죽인 건 쥐약이 아니라 당신의 큰아들이었다.

지하철 안내 방송이 나왔다. 도곡역이었다. 난 자리에서 일어났다. 눈에서 눈물이 흘러나오고 있었지만, 입에는 미소가 걸려 있었다. 아름다운 기억으로 남아 있던 어린 시절. 밤새워 공부하기를 밥 먹듯 할 수 있었던 자랑스러운 아들. 인간이기보다 미물에 가까웠던 모범생. 수십 년 동안 마음속에 묻어두었던 어두운 기억은 지금의 내 모습을 햇빛 속에서 더욱 또렷이 보여주고 있었다. 나는 휴대전화를 꺼내 아내가 보내준 사진을 다시 열었다. 중요한 것이 무엇인지, 내 모든 것을 걸고서라도 포기할 수 없는 것이 무엇인지, 나는 오늘에야 깨달았다. 사진 속에서 30년 전 검은 고양이가 기지개를 켜고 있었다. 나의 작은 천사여.

장우석

2014년 《계간 미스터리》 봄호에 〈대결〉로 등단한 후, 〈안경〉, 〈파트너〉, 〈인멸〉, 〈특별할인〉, 〈인과율〉, 〈공짜는 없다〉 등의 단편을 발표하였다. 〈대결〉은 2017년에 영화화되어 제19회 국제여성영화제 본선에 진출하기도 하였다. 단편집 《주관식 문제》와 대중을 위한 수학 교양서 《수학, 철학에 미치다》, 《수학의 힘》, 《내게 다가온 수학의 시간들》을 출간했다.

그날, 무대 위에서

김세화

열네 시간 전

나의 이름을 불러주지 않는다면
가슴속에 영원히 간직할 거야
모두에게 작별을

종이를 반으로 접는다.
휴대폰을 지갑 위에 내려놓는다.

무대를 바라본다.

객석을 바라본다.

사랑했던 작은 공간,

함께했던 순간을 생각한다.

가슴에 묻는다.

1

오지영 형사과장은 변사 사건 보고서에 사진으로 첨부된 유서를 읽고 또 읽었다. 한글파일로 작성한 석 줄의 짧은 글이었다. 자신을 최우선으로 생각하는 요즘 같은 시대에 어떤 상처를 입었기에 앞날이 창창한 이십 대 청년이 스스로 목숨을 끊었을까?

오 과장은 PC에서 눈을 떼고 의자를 이리저리 돌리며 생각했다. 보고서에는 자살 의견을 부정할 만한 내용이 없었다. 다만 유서의 내용은 특이했다. 형사1팀장과 함께 변사 사건을 보고하러 온 김 형사는 석 줄 문장이 시의 한 구절 같다며 자기 느낌을 툭 던지고 나갔다. 죽음을 법적으로 처리하는 일을 오래 하다 보면 타인의 삶과 죽음은 나의 그것과 다르다. 그래서 참혹한 모습의 시체도 객관화해서 조사할 수 있다. 하지만 그러다 보면 매너리즘에 빠져 사건을 너무 단순하게 보는 경향이 생긴다. 오 과장은 변사자가 남겼다는 유서가 시 같다는 생각에 동의하면서도 죽음을 앞두고 시를 유서로 쓰는 것이 어떻게 가능한지 궁금했다.

갑자기 열린 사무실 문 뒤에서 나타난 배우재 기자의 얼굴이 오 과장의 생각을 중단시켰다. 그는 침울해 보였다. 10년은 더 늙어 보였다. 노크도 하지 않고 불쑥 들어와 옆자리에 털썩 앉는 안하무인의 태도는 여전했지만, 반말인지 존댓말인지 모를 언어를 던지며 건방지게 구는 모습은 보이지 않았다. 핏발 선 눈으로 오 과장의 얼굴을 보기만 할 뿐 어떻게 말을 꺼내야 할지 모르는 눈치였다. 오 과장은 측은한 마음이 들었지만, 내색하지 않았다. 아마도 청탁이 아닐까 짐작했다. 청탁이라면 보도국장? 아니면 배 기자 같은 인간이 이익을 주고받기 위해 만든 사회 친구? 그것도 아니면 자신을 위해서? 담당 형사에게 말하는 것이 어려워 스리쿠션을 하러 왔을까? 오 과장은 어떻게 거절할까, 머리를 굴리면서 배 기자의 눈치를 살폈다.

"오후에 웬일로…."

"과장님, 부탁할 게 있습니다."

오 과장은 배 기자가 '님' 자를 붙이자 당황했다. 그에게서 처음 들어본 경칭이었다. 건방지기 이를 데 없는 기자가 '과장님'이라고 부르며 부탁할 정도면 간단한 문제는 아닐 것이다.

"과장님만 하실 수 있습니다. 이해심이 많으시잖아요. 항상 우리 이모 같다고 생각하고 있습니다. 어려운 건 아닙니다."

누님이라고 했어도 유쾌하지 않았을 것이다. 청탁하는 인간이 어려운 부탁이 아니니 들어달라고 하는 태도 또한 오만하다. 오 과장은 어렵지 않은 일이면 스스로 해결하라고 쏘아주고 싶었지만, 자기중심적인 놈과 감정 싸움하기 싫었다. 뒤끝이 지저분한 것도 감안해야 했다.

"괜찮으니까 얘기해보세요."

"감사합니다, 과장님."

배 기자가 두 손을 앞으로 모으고 몸을 굽실거렸다.

"제가 지난 토요일 오후부터 일요일 아침까지 혼자서 당직 근무를 했습니다."

상급자 없이 휴일 근무 때 저지르는 사고 유형은 다양하다. 일은 하지 않고 밖에 나가서 술을 처먹다가 다른 사람과 시비가 붙어 세상 무서운 줄 모르고 폭력을 행사했거나 아니면 여자를 성추행했거나, 그런 게 아닐까? 오 과장은 배 기자가 제발 그런 종류의 실수를 저질렀으면 좋겠다고 생각했다. 그렇다면 아예 매장해야겠다고 작심하고 그의 실수담을 기대했다.

"일요일 새벽에 제보 전화가 왔어요. 그런데 받아보니 제보는 아니었어요."

"…."

"어떤 녀석이 자살하겠다고 하는 거예요."

"자살이요? 그래서 어떻게 했어요?"

"그게 그만 욱하는 마음에 고함을 질러버렸어요."

"…."

"자질구레한 사건이 얼마나 많던지 쉴 틈 없이 전화기만 붙들고 일했거든요. 큰 사건이 아니라도 취재는 해야 하니까 말입니다. 결국 뉴스로 내보낼 만한 사건은 하나도 건지지 못했어요. 편집부에서는 기사가 부족하다면서 사건 하나 챙기지 못했냐고 생난리를 쳤고요. 저도 열 받아서 저녁 메인 뉴스 끝나고 기분전환을 할 겸 맛있는 거 사 먹으려고 밖에 나갔어요. 나간 김에 술도 한잔했죠. 회사로 돌아와서 숙직실에 들어가 잠시 눈을 붙이고 있는데 새벽에 어떤 놈이 전화해서 착착 감기는 쉰 소리로 죽는다는 말만 하더라고요. 성질을 건드리면서요. 그래서 그만 폭발한 거예요."

오 과장은 속으로 혀를 차며 물었다.

"어떻게 성질을 건드렸는데요?"

"반말을 써가며 욕까지 하는 거예요. 막무가내로 상담해달라면서. 그래서 생명의 전화에 물어보라고 했어요. 자살 사이트를 찾아보던가."

오 과장은 배 기자가 특유의 건방진 태도로 상대를 무시했을 거라 생각했다. 상대가 자살하겠다고 말하면 무슨 문제가 있는지, 가족이 겪을 고통은 생각해보았는지 물어보면서 자살하지 않도록 설득하는 게 일반적인데 제보가 아니라는 이유로 짜증내며 상대를 자극한 것이다.

"제가 뭘 도와드려야 할까요?"

"전화 내용이 다 녹음됐어요. 근데 그 사람이 진짜 자살했어요. 오늘 아침 보고받으셨죠? 스물여섯 살 백영진."

자살 직전에 기자와 상담하려던 상대가 욕을 얻어먹고 자살했을 수도 있다. 그래서 자살하겠다는 사람을 구하기는커녕 오히려 화를 돋워서 숨지게 했다고 비난받을까 봐 불안하다는 것이다. 오 과장은 배 기자의 태도가 인간성과는 거리가 멀지만, 그렇다고 처벌받을 사안이라고 생각하지는 않았다. 욕을 해서 사람을 죽였다고 말할 수도 없다. 사건성을 입증하기 어렵다. 하지만 배 기자에게 앙심을 품은 형사가 있다면 전화 통화 내용을 다른 기자에게 슬쩍 흘릴 수도 있고, 그러면 '사람 죽인 놈'이라며 매도를 당할 것이다. 조직 안에서는 누구나 적이 있기 마련이다. 그러니 전화 통화 내용이 외부로 유출되지 않도록 단속해달라는 것이다. 죽은 사람에 대해 안타까움이나 미안한 감정은 찾아볼 수 없었다.

생각 같아선 오 과장이 직접 나서서 동네방네 떠들고 싶지만, 그럴 수는 없는 일이다. 누구든 작심하고 배 기자를 곤란한 상황에 빠트리겠다면 막을 수 없지만, 아무리 생각해도 그 정도로 수준 낮은 형사는 없었다. 오 과장은 고인과 가족의 인권 보호 차원에서 철저한 보안을 지시하겠다며 그를 안심시켰다.

오 과장은 월요일 오후, 무기력한 시간에 벌어진 엉뚱한 만남에 허탈감을 느끼면서도 그 통화 내용을 들어보고 싶었다.

2

오 과장은 변사자 백영진의 휴대폰에 녹음된 통화 파일을 받아 재생시켰다.

"음, 음…, 보도국입니다."

술이 덜 깬 목소리. 배 기자였다. 전화를 건 상대의 목소리는 느리고 거칠었다. 쉰 소리도 섞여 있었다.

"컥, 컥, 여보세…. 컥, 컥."

"네, 잠시, 잠시만 기다려주세요. 메모 좀 할게요. 음, 제보 철이. 잠깐만요, 볼펜 좀, 네, 됐습니다. 말씀하세요."

상대는 배 기자가 메모 도구를 찾는 동안 말없이 기다렸다. 기침도 없었다. 그러다가 말을 시작하면 다시 기침이 시작됐다. 오 과장은 갑자기 소름이 돋았다.

"컥, 컥, 여보세요, 컥, 컥."

"어디 아프세요? 천천히 말씀하세요."

"컥, 컥….."

상대가 기침을 계속하자 배 기자 목소리가 커졌다.

"제보하시려고요? 목이 안 좋으신 거 같네요."

"컥, 컥, 힘들어, 컥."

"제보하려고 전화하신 거 맞습니까?"

"컥, 컥, 죽고 싶어."

"네? 여보세요, 어디에 전화하신 건가요?"

"컥, 컥, 보도, 컥, 컥."

"실례지만 누구시죠? 누굴 찾으시는데요?"

"컥, 컥, 너."

"너? 당신, 나 알아요? 내가 누군데요?"

배 기자의 목소리가 커지면서 평소의 싸가지 없는 말투가 튀어나왔다.

"컥컥, 기, 레, 기. 컥."

"뭐야 이거. 말조심해요. 전화번호 찍혔어요. 그쪽 말 다 녹음하고 있어요."

"컥, 컥, 죽고 싶…, 상담 좀…. 컥컥."

"죽고 싶은데 상담해달라고요? 여기는 방송사 제보 전홥니다. 그런 거 상담하는 데가 아닙니다."

"컥컥, 개새, 컥컥, 끼. 컥."

"뭐? 개새끼? 당신 누구야? 누군데 전화에 대고 개새끼래? 죽고 싶으니까 상담해달라는 거야? 이 쉐끼 이거 완전 또라이 쉐끼네."

"컥, 컥, 상담 좀…."

"이게 정말, 너 뭐야, 너 뭐야, 너 누구야, 누구야, 누구야, 이 또라이 쉐꺄!"

"컥, 컥, 죽고 싶…."

"그래서? 죽고 싶은데, 살고 싶어서 상담한다고? 생명의 전화나 걸어봐, 뭐 이런 또라이가 다 있어!"

"큭, 큭, 죽고 싶…."

"그래서? 자살 사이트라도 찾아달라는 거야 뭐야?"

"컥, 컥, 기레기….”

"이 쉐끼 이거…, 너 누구야, 몇 살이야, 주소 말해봐, 씨팔새꺄!"

"컥, 컥, 백, 영, 진, 컥컥, 스물여섯, 컥."

배 기자의 의도는 상대의 이름과 주소를 파악해서 나중에 가만히 놔두지 않겠다는 뜻이다. 엄포였다. 하지만 상대가 자신의 이름과 나이를 정확히 밝히자 당황한 모양이다.

"뭐, 백영진? 스물여섯?"

배 기자의 목소리에서 스스로 흥분을 진정시키고 있는 것이 느껴졌다. 상대 목소리는 변화가 없었다.

"컥, 컥, 서울 ○○구 ○○빌라 303, 문에 우유병, 초록 주머니, 컥, 컥…."

상대는 주소와 출입문의 특징을 분명하게 말하고 전화를 끊었다.

백영진의 변사 사건 보고서는 특별한 점이 없었다. 유서로 보이는 글이 있고 외부 침입 흔적은 없었다. 죽고 싶다고 방송사 보도국에 전화한 내용까지 휴대폰에 남겼다. 형사들은 자살이라는 의견을 제시했고 서울경찰청 검시관도 타살 흔적이 없다는 검시 결과서를 보내왔다. 백영진 가족은 부검하지 말아달라고 요청했다. 그래서 그렇게 넘어가려고 했다. 그런데 전화 통화 내용이 오 과장의 생각을 바꿨다. 전화를 한 목적은 자살 의도와 이름을 사건 기자에게 알리는 것이었다. 불러준 주소는 자살자의 현재 위치가 아니라 집 주소였다. 자연스러운 행동이나 일반적인 패턴은 아니다. 오 과장은 형사1팀 전원을 과학수사팀 사무실로 불렀다.

백영진의 시체는 일요일인 어제 오후 2시 극장 거리 건물 지하에 있는 연극 전용 소극장 무대 위에서 발견되었다. 그는 교수형 매듭 올가미에 목을 매달고 있었다. 올가미는 연극인들이 바톤이라고 부르는, 조명을 고정하는 천장 철제 구조물에 걸려 있었다. 바톤에 설치된 조명들은 축 늘어진 주검을 푸른색과 보라색 빛으로 사방에서 내리비추고 있었다. 객석을 비추는 희미한 빛의 천장 조명 한 개도 켜져 있었다.

백영진은 흰색 티셔츠와 청바지 차림에 검은색 목양말을 신었다. 뒤로 돌린 손목에는 수갑이 채워져 있었다. 목을 매단 시체 아래에는 그가 죽기 전에 잠시 딛고 서서 생명을 지탱했을, 다리 세 개 달린 동그란 나무 의자가 넘어져 있었다. 그 옆에는 고동색 가죽구두와 수갑 열쇠가 가지런히 놓여 있었다. 무대 앞 관객석에 술이 절반 정도 들어 있는 소주병 하나와 병뚜껑, 술이 조금 남은 종이컵이 있었다. 그 옆에 A4 용지 크기의 흰 종이가 반으로 접혀 있었다. 유서로 보이는 석 줄 문장을 인쇄한 종이다. 옆 좌석에는 지갑과 휴대폰이 포개져 있었다. 지갑에는 지폐와 카드, 신분증이 들어 있었다.

시체를 처음 발견한 목격자는 동료 연극인 두 사람과 세 명의 소방대원이었다. 오후 1시 반에 공연 연습을 하러 온 백영진의 동료 두 명은 소극장 정문 비밀번호를 누르고 계단을 내려가 지하 로비에 들어섰다. 공연장 안으로 들어가려 했으나 평소와 다르게 공연장 출입문이 안에서 잠겨 있었다. 그들은 당연히 안에 누군가 있을 것으로 생각하고 문을 열어달라면서 두드렸지만, 아무런 기척이 없었다. 불안해진 그들은 119에 도움을 요청했다. 1시 50분에 도착한 소방대원 세 명은 두 개의 문짝 사이로 절단기를 넣어 손가락 굵기의 철봉 가로대를 자른 뒤 문을 밀고 들어갔다. 그리고 무대 위에서 바톤에 목을 맨 시체를 발견했다. 소방대원 한 명이 경찰에 신고했다. 그들 다섯 명은 모두 무대 위로 뛰어 올라갔다. 그때 공연장에 잇따라 도착한 다른 동료 연극인 두 명도 무대로 뛰어왔다. 누군가가 바톤을 내리는 스위치를 눌렀다. 시체가 내려오자 소방대원 한 명이 백영진을 바닥에 똑바로 눕힌 뒤 심폐소생술을 하려고 했다. 하지만 그의 몸은 이미 굳은 상태였다. 지구대 경찰 두 명이 도착했다. 그들은 경찰서에 변사 사건이 발생했다고 보고하고 소방대원과 연극인들을 공연장에서 내보냈다. 그리고 폴리스라인을 쳤다.

숨진 백영진은 경기도 운천에서 중학교를 졸업하고 서울에 있는 고등학교에 진학했다. 성적은 상위권이었다. 고등학교 1학년 때부터 교내 연극 동아리에서 활동했다. 대학에서는 행정학을 전공하면서 연극 활동을 계속했다. 군 복무 후 대학 3학년에 복학하면서 극단에 들어가 배우로 활동하기 시작했다. 올해 초에는 대학 졸업과 동시에 7급 행정직 공무원에 임용돼 구청에 출근하면서 연극 활동을 병행했다. 키 180센티미터에 몸무게 70킬로그램, 균형 잡힌 몸매지만, 사진으로 보는 숨진 백영진의 얼굴은 생명력 없는 무기물과 같았다. 오 과장은 서류 보고서를 덮었다. PC로 보고서를 읽었을 때와는 달리 자연스럽지 않은 점이 눈에 들어왔다.

서장 보고가 끝난 사건을 다시 검토하는 것은 팀장과 팀원들에게 유쾌한 일이 아니다. 자신보다 나이가 적은 상관에게 보고한 베테랑 형사일수록 자존심에 상처를 입는다. 말수가 적은 형사1팀장은 입을 봉했고 과학수사팀장은 구두만 내려다보았다.

오 과장은 왜 사건을 재검토해야 하는지 설명하는 것이 쉽지 않았다. 현장 감식 내용을 되짚어야 하는데 어떤 식으로 말하건 감식에 허점이 없었는지 따져 묻는 형식이 될 것이고, 결국 과학수사팀 형사들의 반발을 살 것이다. 오 과장은 자신의 실수부터 인정하고 들어가는 것이 순서라고 생각했다.

"모두 수고하셨는데, 아무래도 제가 잘못 판단한 것 같습니다. 배우재 기자와 통화한 내용을 들어보니까 자살이라고 결론 내리기에는 뭔가 석연치 않은 점이….'

"과장님, 자살 아니면 뭡니까? 백영진이 자신의 힘든 처지를 상담하기 위해서 도움을 요청했는데, 배 기자가 무시하니까 좌절해서 자살한 거죠."

김 형사가 오 과장의 말을 끊고 항의하듯이 목소리를 높였다. 오늘 김 형사는 드물게 원피스를 입었고 굽이 있는 구두를 신고 있었다. 약속이 있는 날이다. 이런 날은 들떠 있어서 서둘러 퇴근하고 싶을 것이다.

"자살로 단정한 것이 성급한 거 같아."

"타살일 수도 있다는 뜻인가요?"

오 과장은 김 형사와 말싸움을 벌이는 모양새에서 벗어나야겠다고 생각했다. 어쩔 수 없이 현장 감식에서 출발할 수밖에 없었다.

"과학팀장님, 의심할 만한 점은 없습니까?"

과학수사팀장이 고개를 들고 벗어진 이마를 드러내며 머리칼을 뒤로 넘겼다. 불만스러운 표정이었다.

"없습니다. 형사1팀장이 보고한 내용 그대롭니다. 극장 정문은 잠겨 있었고 평소 열어놓는 지하 공연장 출입문은 안에서 빗장이 걸려 있었습니다. 공연장 안에는 백영진 말고는 아무도 없었습니다. 무대 뒤 분장실과 소도구 창고, 객석 밑 창고에 아무도 없었다는 사실을 지구대 경찰이 확인했습니다. 수갑이 채워져 있었지만, 백영진이 자기 목을 교수형 올가미에 걸고 나서 손목을 뒤로 돌려서 찬 겁니다. 그러고 나서 딛고 있던 의자를 발로 밀어버린 거고요."

"지구대 경찰은 늦게 도착했잖습니까? 아무도 없었다는 걸 어떻게 확인했죠?"

오 과장의 질문에 형사1팀장이 무거운 입을 열었다. 얼굴 주름은 더 깊어 보였고 굵은 목소리는 더 굵어진 것 같았다.

"연극 동료 네 명과 소방대원 세 명에게서 지구대 경찰이 확인했습니다. 동료들과 소방대원들이 문을 부수고 들어갔을 때 백영진과 유서만 있었던 게 확실합니다."

형사1팀장은 문을 부쉈다는 표현을 썼고 유서를 강조했다. 오 과장이 과학수사팀장에게 다시 물었다.

"지문 감식 결과는 어떻게 나왔습니까?"

"백영진의 지문이 유서와 휴대폰에서 나왔습니다. 다른 지문은 없었습니다."

"극장 정문과 지하 공연장 출입문에서도 채취했습니까?"

"네, 채취했습니다만, 누구의 지문인지 아직 대조해보지 않았습니다."

"소주병과 종이컵은 어떻게 하셨습니까?"

"일단 수거했습니다. 옷도 확보해놓고 있습니다."

오 과장은 형사1팀장의 찡그린 표정으로 시선을 돌렸다. 핵심적인 이야기는 그와 해야 하고 결국 그를 설득해야 한다. 부담스러웠다.

"형사팀장님, 수갑하고 교수형 매듭은 연극 소품이라고 보고서에 있던데, 누구 진술입니까?"

"동료들이 진술했습니다. 전에 공연할 때 사용한 거라고 했습니다. 수갑은 수십 년 전에 누군가로부터 얻은 거랍니다. 출처를 기억하는 사람이 없습니다. 교수형 올가미는 연극을 위해 제작한 거라서 그런지 고정 매듭 형태입니다. 1.5센티미터 정도 되는 비교적 두꺼운 나일론 끈으로 만들어져 있었습니다. 올가미는 조여지지 않지만, 목을 걸면 뺄 수는 없습니다."

"올가미를 바톤에 어떻게 걸었죠?"

"소도구로 썼기 때문에 올가미 매듭 위쪽 끝에 고리가 달려 있어서 사각 철봉 형태의 바톤에 걸 수 있도록 되어 있었습니다."

"소방대원들이 교수형 매듭하고 수갑은 어떻게 풀었습니까?"

"교수형 매듭은 고정 매듭이기 때문에 얼굴 위로 들어 올려 풀었습니다. 수갑 열쇠는 백영진이 벗어놓은 구두 옆에 있었습니다."

"시체를 누가, 왜 내렸죠?"

"동료들 가운데 누군가가 숨이 붙어 있을지도 몰라서 내린 것 같습니다. 소방대원도 무의식적으로 심폐소생술을 하려고 했던 거 같습니다. 여러 색의 조명이 시체를 비추고 있어 죽은 백영진의 얼굴색이 어떻게 변했는지 제대로 못 본 거 같습니다."

"현장이 많이 훼손됐을 거 같네요."

"지구대 경찰이 도착했을 때 극단 동료 네 명과 소방대원 세 명 모두 시체 주위에 몰려 있었습니다. 소방대원들은 장갑을 끼고 있었지만, 동료 연극인들은 그렇지 않아서 더 이상 아무것도 만지지 못하게 하고 공연장 밖 로비로 내보냈습니다. 그리고 공연장 내부를 샅샅이 뒤졌습니다. 연극인들과 소방대원들도 자신들 외에는 아무도 보지 못했다고 진술했습니다."

"가족들은 왜 부검을 반대했습니까?"

오 과장의 물음에 형사1팀장은 인상을 찡그렸다. 당연한 것을 물어본다는 뜻이다.

"아들을 두 번 죽이는 거라면서 반대했습니다. 가족들의 일반적인 반응이죠."

"누가 그러던가요? 아버지, 어머니?"

이 질문에 형사과 막내 이 형사가 대답했다. 기동대에서 근무하다가 온 청년이다.

"어머니하고 친척분이 그랬습니다."

"이 형사가 직접 들었어?"

"네."

"자살했다면 짐작이 가는 이유가 있는지 가족에게 물어봤어?"

"부모님은 짐작하지 못했습니다. 처음엔 황당하다는 반응이었어요."

"그런데 왜 부검을 반대했지?"

"상황 설명을 듣고 유서도 보니까 이해하시는 것 같았습니다."

"상황 설명은 누가 했는데?"

"제가요."

오 과장은 이 형사가 어떤 식으로 설명했는지 짐작할 수 있을 것 같았다.

"과학팀장님, 서울경찰청 검시관 의견을 다시 한번 말씀해주시죠."

과학수사팀장은 검시관으로부터 받은 검시 결과서를 찾았다.

"목을 맨 시체의 전형적인 모습 그대롭니다. 얼굴에 피가 몰려 있었고 일혈점은 없었습니다. 하부에 침윤성 시반이 형성되었고 시체가 경직되어 있었습니다. 타살 흔적은 발견되지 않았습니다."

"있을 수도 있는데 발견되지 않았다는 말인가요?"

"맨눈으로 봐서 그렇다는 말이고 의심할 만한 사안이 있다면 부검해야 확실히 알 수 있겠죠."

"사망 추정 시간 폭을 더 줄일 수는 없었던 모양이죠?"

"네, 사망 시간은 발견 시간으로부터 열두 시간에서 열네 시간 전으로 추정된다고 했습니다. 일요일인 어제 새벽 0시쯤부터 2시쯤 사이가 되겠죠. 그런데 배우재 기자가 백영진으로부터 전화를 받은 시간이 새벽 2시였습니다. 그러니까 통화 직후에, 새벽 2시가 조금 넘어서 자살했다고 봐야 할 것 같습니다."

오 과장은 과학수사팀장의 말에 거부감이 생겼다. 단정 짓는 것이 못마땅했다. 그렇다고 하나씩 의문을 제기하는 것은 감정이 앞선 반대 논리에 부딪힐 것이다. 그녀는 일방적으로 자신의 생각을 밀고 나가는 수밖에 없겠다고 생각했다. 계급을 앞세워 밀어붙이는 것은 경찰 조직에서 저항을 줄이기 위한 가장 효과적인 행위다. 당장 단서를 확보하지 못하면 자살이 아닐 때 해결이 어려워진다.

"우선 국과수에 부검 의뢰하세요."

오 과장의 지시에 형사 몇 명의 눈이 커졌다. 형사1팀장이 그들을 대변해 말했다.

"가족을 어떻게 설득합니까?"

"사인을 확실히 밝히기 위해서 절차상 부검할 수밖에 없다고 해야 하지 않을까요? 늘 하시던 대로 말씀하시면 안 되겠습니까?"

"그렇게 말하면 구체적인 결과를 보여야 합니다."

형사1팀장의 말도 거슬렸다. 오 과장은 잠시 주춤했다.

"가족에게 부검하겠다는 얘기는 제가 직접 하겠습니다."

형사1팀장은 고개를 끄덕였다.

오 과장은 형사들의 우거지상을 보자 은근히 부아가 치밀었다. 형사1팀장과 과학수사팀장을 번갈아 보면서 빠르게 지시를 내렸다.

"백영진 옷과 양말, 구두, 소주병과 병마개, 종이컵, 올가미, 수갑과 열쇠, 모두 국과수에 보내세요. 미세 증거가 나올 수 있습니다. 그리고 지금 현장에 가서서 추가로 증거를 수집하세요. 백영진 집에서도 단서를 찾아보세요. PC도 꼼꼼하게 살펴보시고요. 유서처럼 보이는 석 줄짜리 글을 집에 있는 PC에서 작성했는지 확인하는 게 좋겠습니다. 휴대폰도 분석하고, 보험 가입 여부도 알아보세요. 극장 주변과 백영진의 빌라 주변에 CCTV가 있는지 찾아보세요. 가족, 학교 친구, 연극 동료, 구청 동료의 진술도 들어보세요. 유서에서 말한 '너'가 누구인지 알아야 합니다. 타살을 전제로 수사하는 겁니다."

형사1팀장이 고개를 끄덕이고 형사들에게 형사과로 가자고 눈짓했다. 과학수사팀장은 팀원들에게 자리에서 기다리라고 말했다.

김 형사가 자리에서 일어서며 투덜거렸다.

"그러면 그렇지, 내 주제에…."

"김 형사는 퇴근해. 약속 있는 거 알고 있어."

오 과장이 김 형사의 뒤통수에 대고 낮은 톤으로 쏘아붙이자 김 형사는 뒤도 돌아보지 않고 나가려고 했다. 오 과장은 갑자기 심통이 생겼다.

"김 형사, 잠깐만!"

도망치듯 나가던 김 형사가 걸음을 멈추고 불안한 표정으로 돌아섰다.

"김 형사는 백영진의 최근 진료 기록을 조사해봐."

김 형사는 뭔가 항의하려고 하다가 아랫입술을 질끈 물었다. 오 과장은 김 형사의 일그러진 표정을 무시하고 과학수사팀 사무실에서 나왔다.

4

    백영진의 집은 5층짜리 빌라 3층에 있었다. 출입문 손잡이에는 배우재 기자와의 통화 내용처럼 우유를 넣을 수 있는 초록색 주머니가 달려 있었다. 출입문을 열고 들어서면 거실이었다. 거실 왼쪽 벽에 붙여놓은 식탁에는 백영진의 부모로 보이는 두 사람이 마주 보고 앉아 있었고 그들 옆에는 긴 머리의 여성이 있었다. 세 사람 모두 문을 열고 들어선 오 과장 쪽으로 시선을 돌렸다.

    거실 오른쪽은 침실이었다. 침실 왼쪽 벽에 붙어 있는 침대에는 파스텔 색조의 연두색 이불이 덮여 있었고, 침대 맞은편에는 벽장과 노트북 테이블이 있었다. 침실은 신혼부부의 방처럼 꾸며져 있었다. 과학수사팀 형사가 노트북을 들여다보고 있었고, 또 한 명은 벽장 속에서 백영진의 옷을 하나씩 꺼내 살펴보고 있었다. 형사들의 속마음은 알 수 없지만, 오 과장 눈에는 그들이 건성으로 일하는 것 같았다. 스스로 목숨을 끊은 것으로 보이는 사람의 집에서 그를 죽인 가해자의 흔적을 찾아내라는 지시를 마지못해 이행하고 있는 것이다. 하지만 오 과장은 이내 그런 생각을 지웠다. 유치한 상상이라고 생각했기 때문이다.

    오 과장은 식탁에 앉아 있는 백영진의 부모에게 다가갔다. 그들 옆에 앉아 있던 여성이 오 과장에게 자리를 양보하고 자신은 백영진 어머니 옆에 섰다. 친척이 있었다는 이 형사의 말이 생각났다. 오 과장은 자리에 앉아 조심스럽게 말을 꺼냈다.

    "저는 형사과장입니다. 어떻게 위로의 말씀을 드려야 할지 모르겠습니다."

    백영진의 부모는 말이 없었다. 아들이 자살했다는 말을 들은 부모의 마음이 어떨지는 짐작하기 어렵다. 자살한 이유를 모른다면 더욱더 그렇다. 그들은 경기도 운천에서 밭농사를 짓는 농부라고 했다. 오십 대 후반의 나이에 햇볕에 그은 피부, 투박하면서도 순박한 인상이다. 두 사람 다 눈이 퉁퉁 부어 있었다.

"아드님의 사망 이유에 대해서 조사를 좀 더 해야겠습니다."

오 과장 말에 무감각하게 보였던 그들의 눈이 초점을 찾은 것처럼 보였다. 백영진의 어머니가 입을 열었다.

"조사라면…?"

"사인 확인 작업을 하겠다는 말입니다."

그때 어머니 옆에 서 있던 여성이 끼어들었다.

"형사님들이 자살이라고 했습니다."

발음이 정확하다는 느낌이 들었다. 오 과장은 그녀를 올려다보았다. 얼굴은 사십 대 중후반으로 길고 마른 몸매에 광대뼈가 두드러졌다.

"자살로 보이지만 백 퍼센트 확신하기 위해서 조사해야 한다는 뜻입니다."

오 과장의 말에 백영진의 어머니가 물었다. 머뭇거리던 태도는 사라졌다.

"그럼 누가 우리 애를 죽였을 수도 있다는 말인가요? 그래서 형사님들이 저 방에서 조사하는 건가요?"

"지금은 확실하게 말씀드릴 수 없습니다."

"만일 누가 우리 애를 죽였다면 그놈을 잡아야 하지 않겠어요?"

"네, 타살 흔적이 확인된다면 당연히 수사해야죠."

"그럼 잡아주세요. 꼭 잡아주세요."

백영진의 어머니는 타살일 가능성에 매달리는 것 같았다. 납득하기 어려운 아들의 자살을 받아들일 수 없는, 답답하고 황당한 상황에서 새로운 출구를 찾은 셈이다. 어머니의 마음속에 분노의 감정이 이식되고 있었다. 부모를 설득하는 것은 어렵지 않을 것 같았다.

"그래서 부검 요청에 동의해주셨으면 합니다."

"부검이요?"

"네, 절차상 꼭 필요합니다. 부검해야 사인을 정확히 규명할 수 있습니다."

잠시 침묵이 흘렀다. 어머니 옆의 여성이 침묵을 깼다.

"부검은 영진이를 두 번 죽이는 겁니다."

"받아들이기 어려우시겠지만, 아드님은 이미 숨졌습니다. 부검은 과학적인 절차예요. 아드님은 자기 몸을 통해서 진실을 말할 겁니다."

어머니의 마음이 움직이는 것 같았다.

"네, 하세요."

아버지도 어머니의 결정에 고개를 끄덕였다.

"감사합니다. 아드님은 고등학생 때부터 이 집에서 살았습니까?"

"대학 다닐 때부터 이 집에서 자취했어요. 고등학교 때는 다른 주택에서 방을 얻어 살았어요. 그때는 제가 함께 있었어요. 운천을 오가면서 애들 돌봤어요. 그랬는데…."

어머니는 고개를 숙였다. 어깨가 들썩거렸다. 아버지의 눈에서도 눈물이 흘렀다. 오 과장은 잠시 기다렸다.

"정말 안됐습니다. 아드님에게 평소와 다른 점은 없었습니까?"

"얼굴 본 지 한 달도 넘었어요. 마지막으로 볼 때는 명랑했었는데 그동안에 무슨 일이 있었는지 모르겠어요. 애가 말이 없어서 힘든 일이 있어도 내색하지 않는 편이에요."

"누구와 친하게 지냈습니까?"

"중학교 친구들은 운천에 있어요. 고등학교 친구들은 모르겠어요. 아침 일찍 학교 가서 늦게 들어왔기 때문에 대화할 시간이 없었어요. 휴일에는 제가 운천에 갔다 왔고요."

어머니는 말하면서 옆에 서 있는 여성을 손으로 가리켰다.

"우리 애는 여기 계신 선생님을 많이 따랐어요. 선생님이 많이 돌봐주셨어요."

오 과장은 그녀를 올려다보았다.

"선생님이셨군요. 그럼 고등학교 때 담임선생님?"

"국어를 가르쳤습니다."

"그러시군요. 그런데 어떻게….."

그녀 대신 백영진의 어머니가 보충 설명하듯이 말했다.

"아들이 고등학교 때 여기 유은성 선생님께 도움을 많이 받았어요. 지금까지도 그랬어요."

오 과장은 유은성 선생이 백영진에게 무엇을 도와주었는지 궁금했다. 그런 의문을 오 과장의 표정에서 읽었는지 유은성 선생이 설명했다.

"제가 연극을 지도하다 보니 동아리 애들하고 친합니다. 고민도 많이 들어줬습니다. 영진이는 대학에 들어가서도 연극을 해서 제가 계속 지도했습니다."

"그러셨군요. 혹시 영진 씨가 있는 극단과도 관계가 있으신가요?"

"제가 극단으로 들어오라고 했습니다. 저도 단원입니다. 연기도 하고 연출도 합니다. 희곡도 쓰고요."

오 과장은 유은성 선생이 왜 이 자리에 부모와 함께 있는지 이해할 수 있었다.

"극단에서 영진 씨를 자주 보셨겠군요. 최근 이상한 점은 없었습니까?"

"평소 말이 없어서 무슨 고민이 있었는지 저도 몰랐어요."

"친구 관계는 어땠습니까?"

"내성적이지만 연극 동료들과는 잘 어울렸습니다."

"혹시 여자 친구가 있었습니까?"

"네."

오 과장은 유서의 문구가 떠올랐다. 유은성 선생은 여자 친구의 이름을 말했다.

"신수연이라고 해요. 수연 씨는 공연기획사 직원입니다."

"연락처 알고 계십니까?"

"저는 모르고요, 극단 단원들이 알아요."

"선생님, 학교에서 근무하신 지 얼마나 되시나요?"

오 과장이 유은성 선생의 나이를 가늠해보기 위해서 물었다.

"24년 됐습니다."

"영진 씨를 가장 최근에 본 게 언젭니까?"

"연극 연습을 하는 날마다 봐요. 영진이는 요즘엔 월, 수, 금요일에 나왔어요."

"영진 씨가 출연하는 연극인가요?"

"네."

"최근 컨디션은 괜찮았습니까?"

"네."

오 과장은 자리에서 일어섰다. 정면으로 보이는 벽에 두꺼운 액자가 가로로 걸려 있는 것이 눈에 들어왔다. 극단의 단체 사진 같았다. 백영진의 얼굴은 변사 사건 보고서에 붙은 사진과는 매우 달랐다. 웃음기를 머금은 모습은 영화에서나 볼 수 있는 멋진 미남 배우 같았다. 키도 가장 컸다. 백영진의 생전은 두꺼운 액자만큼이나 깊은 사연이 있었을지 모른다는 생각이 들었다.

5

극장 정문은 안으로 열려 있었다. 오지영 형사과장은 경찰 통제선을 돌아서 희미한 조명에 의지해 계단을 조심스럽게 내려갔다. 로비에 내려서자 매표소처럼 보이는 데스크와 음료수 시설, 긴 의자와 일인용 의자들이 가지런하게 놓여 있었다. 벽은 연극 포스터들로 도배되어 있었다. 포스터만 보면 심각한 내용의 연극만 공연하는 극장처럼 보였다. 오 과장은 연극 전용 소극장이 풍기는 특유의 색깔이 있다고 생각해왔다. 까칠한 지성, 작은 공간에서의 환희, 막연한 희망, 그들만의 리그가 그것이다. 로비에서 이 형사가 세 사람과 이야기를 나누고 있었다. 남자 두 명은 같은 모양의 검은색 티를 입고 있었고 여자 한 명은 짧은 머리에 푸른색 블라우스를 입고 있었다. 백영진의 동료들로 보였다. 공연장 안으로 들어가는 출입문은 닫혀 있었다. 그 앞에도 통제선이 설치되어 있었다. 출입문 손잡이는 지름 20센티미터 정도 되는 플라스틱 투명 원반 모양으로 양쪽에 하나씩 두 개가 있었다. 오 과장은 지문을 묻히지 않기 위해 출입문을 팔꿈치로 밀고 들어갔다. 안으로 들어서자 문은 등 뒤에서 자동으로 닫혔다.

출입문에서 앞으로 가면 무대이고 오른쪽은 관객석이다. 객석 앞줄은 무대와 같은 높이였고, 뒤쪽으로 갈수록 높아졌다. 관객석 밑에는 창고 같은 공간이 있었다. 문은 안쪽으로 열려 있었다. 김 형사가 그 창고 안에서 밖으로 나오다가 오 과장과 눈을 마주쳤다. 깜짝 놀란 표정이었다. 오 과장도 놀랐다.

"김 형사가 웬일이야? 약속이 있는 거 아니었어?"

"아 예. 일찍 끝나서 왔어요."

"그 안에는 뭐가 있어?"

"잡동사니들이 많네요."

김 형사가 옆으로 비켜섰다. 오 과장은 안으로 들어갔다.

공간은 생각보다 넓었고 무대에서 멀어질수록 천장이 높았다. 전등이 켜져 있었지만, 어둠침침했다. 질서 없이 불규칙하게 쌓인 물품들이 모습을 뚜렷하게 드러내 보이지 않은 채 기괴한 모양의 그림자를 그리고 있었다. 만일 아이들이 이곳에 들어온다면 공포영화의 한 장면처럼 느낄 거라고 오 과장은 생각했다. 물건들로 발 디딜 틈이 없었다. 행거에 걸려 있는 무대 의상들, 늘어진 커튼, 테이블과 그 위에 거꾸로 얹혀 있는 또 다른 테이블, 배우들이 뒤집어썼을 곰과 늑대, 돼지 인형도 벽에 기댄 채 서 있거나 앉아 있었다. 단두대도 있었다. 창과 칼, 도끼 같은 소도구들이 나무틀에 꽂혀 일렬로 세워져 있었다.

"여기가 소도구 창고야?"

"분장실과 소도구 창고는 무대 뒤에 있어요. 여기는 보조 창고로 썼대요. 전에 사용한 것들을 이곳에 넣어뒀다고 하더라고요."

"조사해봤어?"

오 과장의 물음에 김 형사는 난감한 표정을 지었다.

"이렇게 엉망인데 어떻게…. 과학수사팀이 해야…."

"무슨 소리야? 우선 김 형사가 잘 살펴봐. 뭐든 나오면 과학수사팀 부르고."

희미한 조명 아래에서도 김 형사의 얼굴이 달아오르는 것이 보였다.

"백영진 의료 기록은 알아봤어?"

김 형사가 어이없다는 표정으로 말했다.

"볼일 보고 방금 여기로 왔는데…, 그건 내일 오전에 출근해서….."

오 과장은 실망했다는 인상을 던지며 김 형사를 안에 두고 나왔다. 과학수사팀 형사 몇 명이 소도구까지 감식하는 것은 불가능하다고 생각했다. 수사 형사가 직관적으로 핵심 단서를 찾아야 한다.

오 과장은 무대 위에 섰다. 가운데에는 나무 의자가 넘어진 채 그대로 있었다. 백영진의 주검을 비추던 푸른색과 보라색 조명들은 모두 꺼져 있었고 객석을 비추는 천장 조명만 켜져 있었다. 그녀는 객석을 올려다보았다. 150석이라고 했다. 객석 뒤쪽 왼편 구석에는 공연 때 조명과 음향을 조절하는 기술자의 공간인 작은 칸이 있었고, 그 안에는 노트북 세 개와 복잡하게 연결된 전선이 무질서하게 엉켜 있었다. 오 과장은 고개를 젖혀 무대 천장을 올려다보았다. 적어도 100개 이상의 크고 작은 조명등이 천장을 가로지른 다섯 개의 바톤에 달려 있었다. 이렇게 많을 줄 몰랐다. 그 조명등이 갑자기 내려오기 시작했다. 무대 옆에서 과학수사팀장이 기둥에 붙어 있는 스위치를 엄지로 눌러 바톤을 내리고 있었다. 형사1팀장도 그 옆에 서서 바톤을 올려다보고 있었다. 내려오던 바톤이 중간에 한 번 멈췄다. 과학수사팀장이 스위치를 한 번 더 누르자 가슴 높이까지 내려왔다. 그는 스위치를 다시 눌렀다. 이번에는 바톤이 위로 올라갔다. 올라갈 때도 중간에서 한 번 멈췄다. 오 과장은 그가 손가락을 뗀 스위치를 유심히 쳐다보았다. 그 시선을 느꼈는지 과학수사팀장이 입을 열었다.

"요즘 소극장은 이렇게 바톤을 내려서 조명을 달거나 조정하는 곳이 거의 없답니다. 대부분 사다리를 놓고 올라서서 조정한다고 하더라고요. 바톤은 올리고 내릴 때 이렇게 중간에서 한 번 멈추도록 설계되어 있습니다. 백영진은 지금 이 높이, 바톤을 중간 높이에서 멈추게 하고, 가운데에 목을 맸습니다."

오 과장은 반응하지 않은 채 계속 스위치를 보고 있었다. 과학수사팀장도 오 과장의 시선을 무시하고 말을 계속했다.

"그러니까 백영진은 처음엔 바톤을 가슴 높이까지 내려 교수형 올가미를 건 뒤 다시 중간 높이까지 올려 멈췄습니다. 그리고 의자에 올라서서 목을 올가미에 끼워놓고 두 팔을 등 뒤로 돌려 수갑으로 채운 다음에 의자를 발로 찬 겁니다. 어떤 영화인지 기억나지 않지만, 이런 식으로 자살한 장면을 본 적이 있습니다."

과학수사팀장은 현장을 지켜본 것처럼 숨도 쉬지 않고 말했다. 오 과장은 그의 말을 무시하며 로비로 나가는 출입문 쪽으로 시선을 옮겼다. 다음에는 김 형사가 들어가 있는 객석 밑 창고 쪽을 봤다. 그리고 넘어져 있는 나무 의자를 바라보면서 과학수사팀장과 형사1팀장에게 말했다.

"방금 만진 스위치, 지문 채취했습니까?"

두 팀장은 의외의 질문을 받아서인지 말문이 막힌 것 같았다.

"저기 출입문 손잡이에서는 지문을 채취했다고 하셨죠? 그러면 객석 밑 창고 출입문 손잡이, 방금 누르셨던 바톤 스위치, 객석을 비추는 조명 스위치, 무대 조명을 조종하는, 저기 위에 보이는 칸막이 안 노트북까지 모두 다 지문 조사하세요. 교수형 올가미를 걸었던 바톤하고 여기 쓰러져 있는 나무 의자도 지문 감식이 필요할 거 같습니다. 여기 이 의자는 어디에 있던 거죠?"

"공연하지 않을 때는 항상 무대 옆에 둔답니다."

"무대 뒤에는 누가 있습니까?"

"고 형사가 있습니다."

오 과장은 등 뒤로 두 팀장의 따가운 시선을 의식하면서 무대 뒤쪽으로 갔다. 분장실이 있었다. 거울과 테이블, 그 위에 분장 도구들이 어지럽게 흩어져 있었고 수십 권의 책과 인쇄물들이 테이블 위에 책꽂이 없이 세워져 있었다. 유명 작가의 희곡들과 극단에서 보는 연극 대본이었다. 오 과장은 그 책들의 제목을 하나씩 읽었다. 유은성 선생이 쓴 대본도 보였다. 거울 반대쪽에는 긴 소파 두 개가 벽면에 붙어 있었다. 분장실에서 안쪽으로 더 들어가면 의상실 겸 소도구 창고였다. 두 개의 공간을 분리하는 커튼이 양쪽으로 열려 있어서 안쪽에서 의상을 하나씩 들어 살펴보는 고 형사의 모습이 보였다. 객석 아래 창고와는 달리 깨끗하게 정리되어 있어서 내부가 훤했다. 고 형사가 오 과장을 보자 기다렸다는 듯이 말했다.

"과장님, 무엇을 중점적으로 봐야 할지 모르겠습니다. 막연합니다."

"우리가 다 알고 있다면 감식하거나 조사할 필요가 없잖아요. 고 형사 감을 믿고 무엇이든 눈에 띄는 게 없는지 집중해서 보세요."

오 과장은 공연장을 구석구석 살펴본 뒤 로비로 나와 연극인들로부터 진술을 듣고 있는 이 형사에게 갔다. 이 형사가 오 과장에게 자기 자리를 양보했다. 맞은편에 거구의 남자가 앉아 있었다. 극단 대표이자 극장 소유주로 이름이 이찬이라고 했다. 함께 있는 여성은 유나영으로 지금 준비하고 있는 작품을 연출하고 있다고 했다. 김선호라는 배우도 있었다. 그들은 왜 형사들이 몰려와서 조사하고 있는지 의아해하는 눈치였다.

유나영은 삼십 대 후반으로 당차다는 인상을 주었다. 자신보다 나이 많은 배우들이 출연하는 연극에서 연출을 맡고 있다는 사실이 그녀를 똑똑한 젊은이로 보이게 했다. 오 과장은 유나영에게 물었다.

"백영진 씨가 지금 준비하고 있는 연극에 출연했다고 하던데, 선생님들도 함께 출연하십니까?"

"여기 계시는 이찬 대표님, 김선호 배우님, 영진이와 다른 여배우 한 분, 모두 네 분이 출연합니다."

"그렇군요. 백영진 씨를 마지막으로 본 게 언제였습니까? 생전에 말이죠."

"영진이는 월, 수, 금요일에 나와서 연습했습니다. 그러니까 금요일 저녁 연습 때 모두가 영진이를 마지막으로 봤습니다."

"토요일과 일요일에도 연습하십니까?"

"토요일엔 쉽니다. 공연을 앞두고 있을 때는 일요일 오후에도 연습합니다. 어제도 연습하러 나왔다가….."

"백영진 씨는 왜 월, 수, 금요일에만 연습했습니까?"

"영진이는 비중이 작아서 매일 나올 필요가 없었습니다. 여기 계신 이찬 대표님과 김선호 배우님이 갈등 관계인 주연이고, 영진이는 김선호 선생님 아들 역할을 맡았습니다. 다른 여성 배우가 아내이자 영진이 엄마 역할을 했습니다. 상대적으로 분량이 많지 않아서 영진이와 다른 배우님은 월, 수, 금만 나와서 연습했습니다."

"백영진 씨는 토요일 밤이나 일요일 새벽에 극장에 왔습니다. 혹시 짚이는 게 없습니까?"

"모르겠습니다, 왜 그 시간에 여기에 왔는지."

"최근 백영진 씨는 어땠습니까? 평소와 다른 점은 없었나요?"

"전혀 없었습니다. 제가 보기에는."

"건강에도 이상이 없었습니까?"

"네, 전혀⋯."

"다른 분들도 그렇게 생각하십니까?"

이찬 대표와 김선호 배우도 오 과장의 질문에 고개를 끄덕였다. 유나영 연출가가 조심스럽게 말했다.

"혹시, 영진이 죽음에 의문이 있습니까?"

"숨진 원인을 명확하게 규명하기 위해서 조사하는 겁니다."

세 사람은 서로를 쳐다보았다. 그들 머릿속에는 비통함과 불안, 의혹이 혼재되어 있을 것이다.

"혹시 백영진 씨의 죽음과 관련해서 무엇이든 생각나는 게 없습니까? 그의 말, 옷차림, 주변 상황, 기분, 평소와는 다른 행동, 뭐든 좋습니다."

"이 형사님께도 말씀드렸지만, 잘 모르겠습니다. 자살한 이유 같은 걸 물으시는 겁니까? 아니면 타살로 볼 만한 요인이 있는지를 보시는 겁니까?"

"자살일 경우 왜 자살했는지 그 동기를 파악하는 것이 중요합니다."

오 과장은 모호하게 대답했다. 그러면서 세 사람의 표정을 주의 깊게 살폈다. 백영진과 사적으로 가장 많이 접촉하는 사람들이다. 만일 단서가 있다면 이들이 가장 잘 알 것이다. 아니면 이들과 관련이 있거나.

"신수연 씨라고, 공연기획사 직원 있죠?"

"수연 씨요? 수연 씨가 관계된 겁니까?"

"그래서 묻는 건 아닙니다. 기획사 직원이라면 어떤 일을 하나요?"

"많은 일을 같이하고 있습니다. 작품 제작, 홍보, 티켓 판매, 펀딩, 때에 따라선 현장 매표까지 도와줍니다."

"백영진 씨와 친했다고 하던데…?"

유나영은 고개를 갸우뚱했다. 이찬 대표가 그녀 대신 대답했다. 거구답게 얼굴이 컸고 목소리는 베이스였다. 강한 성격의 인물을 연기하면 어울릴 인상이었다.

"두 사람은 사귀는 사이였습니다."

다른 두 명은 의외라는 듯 이찬 대표를 놀란 눈으로 쳐다보았다.

"결혼까지 약속한 사이였죠. 다른 사람은 모릅니다. 두 사람은 최근 연습이 끝난 뒤에 이곳에서 만났습니다. 수연 씨가 근처에 있다가 우리가 연습 끝나고 나가면 극장으로 들어왔습니다. 연습이 없는 날에도 만났을 겁니다."

"대표님은 어떻게 결혼을 약속했다는 것까지 아시죠?"

"제가 극장 문을 닫고 마지막으로 퇴근하는데 언제부턴가 영진이가 저보고 먼저 가라고 했어요. 하루는 영진이를 혼자 남겨두고 나가는데 극장 정문 앞에서 기다리고 있는 수연 씨를 만났습니다. 나중에 영진이에게 물어보니 둘이 사귄다고 말하더군요. 얼마 전에는 결혼하기로 했다고 했어요."

"지난 금요일에도 백영진과 신수연 씨가 만났습니까, 이 극장에서?"

"네, 제가 퇴근할 때 보니까 수연 씨가 밖에서 기다리고 있었습니다."

"그랬군요. 그런데 왜 밖에서 기다렸죠? 안에서 기다리면 안 되나요?"

"아, 그건, 정문 비밀번호는 원칙적으로 단원들만 공유하기 때문에…. 그리고 두 사람이 자신들의 관계를 밝히고 싶지 않았던 것 같고요."

"그렇군요. 대표님은 퇴근 후 집으로 가셨습니까?"

이찬 대표는 오 과장의 질문이 알리바이를 대라는 것임을 알아차렸는지 살짝 웃으며 대답했다.

"네, 늦어서 바로 갔습니다. 그리고 토요일에는 친구들과 산에 갔습니다. 저녁엔 그 친구들과 술 한잔했어요."

"몇 시까지 드셨습니까?"

"늦게까지 마셨어요. 모임 후에는 바로 집으로 갔고요."

"어디서 마셨습니까? 절차상 물어보는 거니까 기분 나빠하지 마세요."

"괜찮습니다. 요 앞 주점에서 마셨습니다. 친구들이 모두 이쪽 사람들이라서."

"요 앞이라면 어딥니까?"

"극장에서 나가서 우측으로 50미터 정도 가면 오른쪽에 있는 맥줏집이요. 친구들에게 물어보시면 확인할 수 있을 겁니다."

이찬 대표는 담담하게 말했지만, 분위기는 순식간에 얼어붙었다. 오 과장은 별거 아니라는 인상을 주려고 가볍게 고개를 끄덕였다.

"주변 분들에게 절차상 물어보는 겁니다. 나중에 우리 형사들이 선생님들에게 연락해서 다시 물어볼 겁니다. 죄송하지만 협조해주시면 감사하겠습니다. 조사가 어떻게 진행되느냐에 따라서 뭔가를 요구할 수도 있습니다. 머리카락을 몇 개 달라고 할 수도 있을 겁니다."

세 사람 다 표정 변화는 없었다.

"이찬 대표님, 백영진 씨가 숨졌다는 사실, 신수연 씨도 압니까?"

"어제저녁 전화로 말해줬습니다."

"신수연 씨 반응이 어땠습니까?"

"반응이요? 당연히 많이 놀랐죠. 말을 못 했어요."

"혹시 그들 사이에 갈등이나 싸움은 없었습니까?"

"남녀 관계를 알 수가 있겠습니까? 영진이는 말이 없는 스타일이라서 뭘 생각하는지 모르고, 수연 씨 표정이 좋지는 않은 것 같았어요. 수연 씨가 평소에 매우 명랑한 스타일이거든요. 최근엔 그렇지 않아서 무슨 일이 있다고 생각했어요. 물론 저의 생각이지만."

오 과장은 이찬 대표한테서 신수연의 전화번호를 받은 뒤 유나영에게 물었다.

"다른 여배우 한 분은 언제 오십니까?"

"당분간 연습이 중단돼서 언제 오실지 모르겠어요. 사실 그분이 가장 큰 충격을 받으셨습니다."

"그럴만한 이유가 있나요?"

"영진이를 돌봐주신 분입니다."

"돌봐주신 분이라고요?"

"유은성 선생님이라고, 영진이가 고등학교 입학했을 때부터 연극을 지도하신 분입니다. 연극 외에도 여러 면에서 도와주신 분이죠."

오 과장은 조금 전에 백영진의 집에서 본 유은성 선생의 얼굴이 떠올랐다. '도왔다'는 말에 궁금증이 생겼다.

"무엇을 도왔습니까?"

"영진이가 대학에 들어간 이후에도, 공무원이 된 지금도 연극을 포기하지 않도록 응원해주시고, 연기 지도도 하시고, 뭐 이런저런 도움을 계속 주셨습니다. 뭐라고 할까, 이모처럼 돌봐주었다고나 할까요?"

"어떻게…?"

"반찬을 만들어서 영진이 냉장고에 넣어주시고, 빨래와 청소까지…, 영진이를 매우 아끼셨습니다."

"혹시 백영진 씨 집에 가보셨습니까? 내부 사정을 잘 아시네요."

"영진이 집에는 가본 적이 없습니다. 이 근처에 사는 건 알지만, 우리 중 누구도 영진이 집이 어디인지 몰라요. 지난 몇 년 동안 유 선생님과 영진이의 대화에서 자연스럽게 알게 된 겁니다."

"그런가요? 유은성 선생님은 가족이 있습니까?"

"혼자 사세요."

"백영진 씨 숨진 모습을 처음 목격하신 분이 유나영 연출가님하고 김선호 배우님이시죠?"

오 과장의 질문에 유나영의 표정이 더 어두워졌다.

"네. 지금도 믿어지지 않아요."

"다른 동료 두 분도 극장으로 오셨다는데 누굽니까?"

이번에는 이찬 대표가 대답했다.

"제가 2시 조금 지나 도착했어요. 무대 위에 매달려 있는 영진이를 저도 봤습니다. 나영 씨와 선호 씨, 소방대원들이 무대 위에 있었습니다."

"대표님 말고 한 분은 누굽니까?"

"제 뒤를 따라서 유 선생님이 나타나셨어요. 비명을 지르셨어요. 돌아보니까 무대 쪽으로 뛰어 올라오시더라고요. 울고불고 거의 실성한 상태였죠."

"바톤은 누가 내렸습니까?"

오 과장의 질문에 세 사람은 서로 얼굴을 쳐다보았다.

"선생님들 가운데 바톤을 내린 분이 없습니까?"

"없는 거 같습니다. 아마도 유 선생님이 영진이를 살려보려고 바톤을 내린 거 같네요."

"유은성 선생님도 월, 수, 금에 나온다고 하시지 않았습니까? 일요일에 왜 나오셨죠?"

"유은성 선생님은 일요일에도 가끔 나오세요. 연출 지도를 해주셨죠."

오 과장은 자리에서 일어섰다. 밖으로 나가려고 계단 쪽으로 발걸음을 옮기다 머릿속에 떠오르는 것이 있었다. 뒤를 돌아보며 물었다.

"유나영 선생님, 혹시 인형극도 연출하셨습니까?"

"전에 아동극을 몇 차례 공연한 적이 있습니다."

"객석 밑 창고 안에 늑대하고 돼지 인형을 봤습니다. 매우 작던데, 누가 썼습니까?"

"늑대는 여배우가 사용한 거고, 돼지 인형은 아역 배우가 쓴 겁니다."

"곰 인형은요, 매우 크던데?"

"곰 인형은 이찬 대표님이 쓰고 연기하셨어요."

"곰 역할은 대표님만 하셨습니까?"

"네. 곰 인형을 대표님 몸에 맞춰서 제작한 겁니다. 성인 두 사람이 들어가는 크기라서 다른 배우들은 쓸 일이 없습니다."

오 과장은 이찬 대표를 보았다. 유나영 뒤에 곰처럼 서서 무표정하게 오 과장을 바라보고 있었다. 오 과장은 고개를 끄덕이고 돌아서려다가 무언가 생각났는지 또다시 질문했다.

"남자 배우 두 분이 같은 옷을 입고 있던데 극단 단체복인가요?"

김선호가 자기 옷을 내려다보며 대답했다.

"네, 연습할 때 습관적으로 입게 됩니다."

"그럼 어제도 그 옷을 입으셨나요?"

"네, 그런 것 같네요."

"유나영 선생님도 그 옷을 입으셨습니까?"

"아뇨, 저는 어제 다른 옷을 입었습니다."

"혹시 유은성 선생님이 어제 어떤 옷을 입었는지 기억하십니까?"

남자 두 명은 기억나지 않는지 서로 얼굴을 쳐다봤지만, 유나영 연출가가 대답했다.

"흰색 티셔츠를 입었어요. 남자는 검은색, 여자는 흰색 티셔츠를 단체로 맞춘 적이 있는데 바로 그 옷이에요."

"그렇군요. 백영진 씨가 입고 있던 옷도 그 티셔츠였나요?"

"아니요, 흰색이지만 다른 셔츠였습니다."

"그렇군요. 그리고 객석 밑 창고 문은 항상 열어둡니까?"

"열려 있었나요? 항상 닫아두는데… 열려 있는지 몰랐습니다."

오 과장은 고개를 끄덕이며 돌아섰다. 하지만 몇 걸음 가다 말고 다시 몸을 돌려 물었다.

"조명 조절은 단원이면 누구나 다 하실 수 있습니까?"

"공연할 때는 조명 담당이 초 단위로 세팅해서 직접 컨트롤합니다. 하지만 켜고 끄는 건 다 할 수 있습니다."

"교수형 올가미하고 수갑은 어디에 보관하고 있었습니까?"

이번에는 이찬 대표가 대답했다.

"교수형 올가미는 객석 밑 창고에 뒀던 겁니다. 단두대 모서리에 걸어뒀었죠. 수갑은 실물이라서 분장실 서랍 안에 넣어두고 있었습니다."

"열쇠도 함께 보관했습니까?"

"네, 작은 상자에 함께 넣어뒀었죠."

"서랍은 잠그지 않습니까?"

"자물쇠 같은 건 없습니다."

오 과장은 고개를 끄덕이며 밖으로 통하는 계단을 오르기 시작했다. 그러면서 신수연에게 전화했다. 밖으로 나오자 적막한 지하 극장과는 달리 젊은 이들의 물결이 가득했다. 그 물결 건너편에 휴대폰을 귀에 대고 있는 신수연을 발견했다.

6

"금요일 밤에도 영진 씨를 만나서 밤늦게까지 함께 있다가 헤어졌어요. 어제 이찬 대표님 전화 받고 너무 놀랐어요. 어떻게 해야 할지 모르겠어요. 오늘 아침 회사에 출근해서도 아무것도 할 수가 없었어요."

오지영 형사과장은 신수연이 본인 처지에서만 말을 쏟아낸다고 생각했다. 백영진이 왜 죽었는지 아는 것일까?

"저 이제 어떡해요?"

그녀는 오 과장을 올려다보았다. 오 과장은 그렇게 큰 눈을 본 적이 없었다. 하지만 그렇게 큰 눈도 가득 고인 눈물을 다 담지 못했다. 눈물이 작은 뺨을 타고 흘러내렸다. 동그란 형태의 작은 얼굴, 아담한 자태가 그녀를 귀여운 존재로 만들었다. 누구든 그녀의 얼굴을 처음 보면 소유하고 싶은 욕망이 생길 것 같았다. 오 과장은 신수연의 팔목을 잡고 소극장 입구 옆 카페로 들어갔다. 소매 속으로 느껴지는 팔목은 가늘고 여렸다.

카페 안은 젊은이들로 붐볐다. 구석 자리에 그녀를 앉혔다. 오 과장의 머릿속이 복잡해졌다. 신수연에게서 얻을 것이 많을 것 같았지만, 어떻게 다가가서 단서를 찾아야 할지 뾰족한 방법이 생각나지 않았다. 그녀는 금요일 밤에 백영진과 만났다. 어떤 상태로 헤어졌는지, 그가 숨진 것으로 추정되는 일요일 새벽에는 어디에 있었는지, 이것이 핵심이다.

"영진 씨가 자살할 거라곤 상상도 못했어요."

"뭔가 짚이는 게 없나요?"

"고민이 있었어요."

"어떤?"

신수연이 주저하지 않고 말했다.

"여자 문제였어요."

"여자요? 다른 여자가 있었나요?"

신수연이 한숨을 크게 쉬었다. 본인은 슬프겠지만, 한숨 쉬는 그녀의 모습이 아기 같았다. 이렇게 귀여운 아가씨를 두고 백영진은 목숨을 끊었다. 그것이 가능할까?

"누구죠? 백영진 씨 죽음과 그 여자가 무슨 관계가 있나요?"

"그 여자는…, 그 여자는 영진 씨 선생님이에요. 유은성 선생님이요."

오 과장은 순간 말문이 막혔다. 신수연의 얼굴 위로 유은성 선생의 얼굴이 겹쳐졌다. 세 사람의 관계를 상상하기가 어려웠다. 신수연이 먼저 침묵을 깼다.

"영진 씨는 유은성 선생님 때문에 고민했어요."

오 과장은 신수연을 객관적으로 관찰해야 한다는 사실을 상기했다. 하지만 그녀의 이야기에 냉정하기가 어려웠다.

"혹시 백영진 씨가 말했나요, 유은성 선생님에 대해서?"

"네, 선생님을 좋아한다고 했어요."

"다른 동료들도 백영진 씨와 유은성 선생님이 친밀한 관계라는 사실을 알고 있는 것 같던데요."

"아니에요. 아무도 몰라요. 저에게만 얘기했어요. 사람들이 아는 엄마 아들 같은 관계가 아니에요."

신수연이 거침없이 말을 이어 나갈수록 오 과장의 머릿속은 더 복잡해졌다.

"영진 씨는 저와 결혼하기 전에 유은성 선생님과 관계를 정리하려고 했어요. 하지만 그게 어려웠던 것 같아요. 그래서 괴로워했어요. 그래서 자살한 거라고요."

신수연은 백영진의 자살을 기정사실로 단정 지었다.

"수연 씨는 선생님을 좋아한다는 백영진 씨 말을 듣고 뭐라고 했나요?"

"우리가 결혼할 거라는 사실을 선생님에게 알리고 극단에서 나오라고 했어요."

오 과장은 그녀의 저돌적인 태도와 말이 내성적인 백영진에게 어떻게 작용했을지 짐작해보았다.

"백영진 씨는 뭐라고 하던가요?"

"그러겠다고 말하면서도 쉽지는 않을 거라고 했어요. 저는 화가 났어요."

"내성적인 영진 씨가 수연 씨 요구를 듣고 고민을 많이 했을 것 같네요."

오 과장의 말에 신수연의 눈이 더 커졌다. 의외라는 반응이었다.

"저의 요구 때문에요? 내성적이라고요?"

"…?"

"영진 씨는 말도 많고 장난기도 많았어요."

오 과장은 혼란 속에서 객관적인 뭔가가 필요했다. 한 가지 떠오르는 것이 있었다.

"혹시 영진 씨하고 함께 찍은 사진 있으면 보여줄 수 있어요?"

신수연은 바로 휴대폰에서 사진을 찾았다.

"영진 씨와 함께 찍은 사진만 모아놓았어요. 뒤로 넘기면서 보세요."

오 과장은 사진을 한 장씩 넘기면서 그녀에게 물었다.

"두 사람, 언제 처음 만났나요?"

"지난해 말이에요. 올 한 해 공연 스케줄과 홍보 계획을 논의하러 극장에 왔을 때 처음 봤어요."

사진 속 두 사람은 무척 행복해 보였다. 거의 모든 사진에서 그녀의 작은 몸은 백영진의 품에 안겨 있었다.

"둘이 만나면 영진 씨는 어떤 말을 했나요?"

"끊임없이 얘기했어요. 아는 것도 많았고 이것저것 가르쳐줬어요."

"장난도 많이 쳤다면 어떤 장난을 쳤나요?"

신수연이 살짝 미소 지었다.

"유치하면서 귀여운 장난이었어요."

"유치한 장난?"

오 과장은 사진을 넘기다가 멈췄다. 극장 계단을 오르는 그녀의 뒷모습을 찍은 사진 때문이었다. 미니스커트 안으로 그녀의 속옷이 보였다.

"그 사진은 영진 씨가 저를 처음 본 날 찍어서 저한테 준 거예요."

"처음 만난 날? 이 사진을 받고 가만히 있었어요?"

오 과장의 말뜻을 그녀는 이해하지 못하는 것 같았다.

"영진 씨는 처음 본 날부터 저를 놀리고 짓궂게 장난쳤어요."

"다른 사람들이 있을 때도 말인가요?"

"아뇨, 둘만 있을 때요. 다른 사람이 있을 때는 말이 없었어요."

부모와 유은성 선생, 극단 동료들은 그를 내성적이고 말이 없는 사람이라고 했다. 오 과장은 사진을 계속 넘겼다. 백영진이 신수연의 목 없는 스웨터를 앞으로 당겨 그 안을 찍은 사진도 있었다.

"유은성 선생님은 우리 사이를 질투했어요. 우리가 만나는 걸 견디지 못하고 영진 씨를 들들 볶았어요."

"영진 씨 집에 가봤죠?"

"아뇨. 저를 집으로 데려간 적은 없어요. 이 근처에 산다는 것만 알 뿐 어디 사는지 알려주지 않았어요. 그 여자가 영진 씨와 살다시피 했기 때문이라고요."

신수연이 갑자기 소리쳤다. 순간, 카페가 조용해졌다. 다른 사람들의 시선이 느껴졌다. 오 과장이 조용히 말했다.

"수연 씨, 흥분하지 마세요. 한 가지만 더 물어볼게요. 절차상 묻는 말이 있어요. 불쾌하더라도 다 하는 거니까 기분 나빠하지 마세요. 지난 토요일 밤부터 일요일 새벽까지 어디 있었어요?"

"저요? 어디에 있었냐고요? 왜요? 혹시…, 영진 씨, 자살하지 않았어요?"

"형사들은 자살로 보고 있어요. 사건의 성격을 정리하기 위해서, 그러니까 자살을 확인하기 위해서 약간의 보충 조사 중이에요."

"계속 집에 있었어요. 그러다가 오늘 아침 회사에 출근했던 거예요."

"그러시군요. 부모님과 함께 사시나요?"

"아뇨. 혼자 지내요."

"실례지만 집은 어디죠?"

"여기서 멀지 않아요. 여기 극장, 집, 회사, 모두 걸어서 10분 거리예요."

"나중에 우리 형사가 또 연락할 수도 있을 거예요. 뭘 물어보면 그냥 있는 그대로 얘기하시면 됩니다."

"네."

"그리고 지난 금요일 밤 영진 씨와 만났을 때 극장 어디에 있었어요?"

"보통은 분장실에서…."

오 과장은 일어섰다. 카페 입구로 가면서 차를 주문하지 않은 사실을 깨달았다. 카페 직원은 신경도 쓰지 않는 눈치였다. 신수연은 앞만 보고 걸었다. 앞서서 걷는 그녀의 상체는 윤기 흐르는 고운 갈색 머리카락 물결로 가려졌다. 밖으로 나오자 그녀는 오 과장에게 고개를 한 번 숙이고 경찰 통제선을 돌아서 극장 계단을 천천히 내려갔다. 신수연은 누가 봐도 매우 신중하고 조심스럽게 손바닥을 벽에 대면서 두 걸음에 하나씩 내려갔다. 순간, 오 과장은 신수연의 몸매를 다시 보았다. 그녀의 등에 대고 오 과장이 말했다.

"수연 씨, 실례지만, 혹시…."

신수연이 빠르게 돌아서서 오 과장을 올려다보았다. 그녀는 오 과장이 무엇을 궁금해하는지 바로 알아차린 것 같았다. 희미한 조명 아래에서도 새의 그것처럼 아름답게 반짝이는 큰 눈동자를 치켜뜬 채, 오 과장에게 상기된 목소리로 소리쳤다. 좁은 통로가 울렸다.

"저는 영진 씨에게 머릿속에서 유은성 선생님을 완전히 지우라고 했어요. 제 아기는 절대 지우지 않겠다고 했어요."

7

오지영 형사과장은 밤새 뜬눈으로 보냈다. 머릿속으로 들이닥치는 생각들로 뇌가 터질 것 같았다. 다음 날 경찰서에 출근하자마자 형사1팀장, 과학수사팀장을 불러 조사해야 할 사안들을 논의했다. 두 팀장은 신수연의 진술이 백영진의 자살을 뒷받침한다고 주장했지만, 오 과장은 과학수사 범위를 더 좁힐 수 있게 됐다고 강조했다. 형사들이 백영진의 주변 인물들을 한 명씩 맡아서 진술을 들어보고 알리바이도 세밀하게 조사하라고 지시했다. 그런 뒤 오 과장은 다시 극장으로 향했다.

평일 오전이라고 해서 특별한 것을 상상하지는 않았지만, 오 과장의 눈에 비친 지하 소극장은 생명력이라고는 전혀 찾아볼 수 없는 진공 상태 같았다. 빈집에서 혼자 놀던 아이가 갑작스러운 어른의 등장에 당황한 것처럼 젊은 남자 순경 한 명이 로비로 들어선 오 과장에게 경례했다. 오 과장도 그에게 경례하며 무대를 지나 곧바로 분장실로 들어갔다.

거울 아래 테이블에는 용도를 알 수 없는 분장 도구들이 어지럽게 흩어져 있었다. 오 과장은 그 앞에 앉아 거울을 보았다. 배우들이 변신하는 자리라고 생각하자 거울에 비친 자신의 시선이 낯설게 느껴졌다. 테이블 위에 가지런하게 세워둔 책 가운데서 찾던 것을 발견했다. 유은성 선생이 쓴 '이름'이라는 제목의 연극 대본이었다. 오 과장은 한 장씩 천천히 넘기면서 대본을 읽어나갔다.

'이름'이라는 제목이 무엇을 뜻하는지 처음에는 이해할 수가 없었다. 희곡은 연극으로 감상해야 한다고 하지만, 과연 무대에서 봐도 재미있을까, 의문이 들었다. 오 과장은 인내심을 갖고 꼼꼼하게 읽었다. 그러다가 중간 부분에 가서 대본 속으로 빠져들었다.

지하 동굴에 갇힌 네 사람이 있었다. 세 남자는 서로 이름을 불렀지만, 한 여자에게는 이름을 부르지 않았다. 대장이라고 불렀다. 대장은 남자들보다 체격이 컸고 힘도 세서 싸움을 제일 잘했다.

어느 날 그 동굴에 미소년이 들어왔다. 철이 없었다. 그 소년은 대장의 이름을 불렀다. 대장은 깜짝 놀라 그 소년을 노려보았다. 세 남자는 그 소년이 대장에게 맞아 죽을지 몰라 불안했다. 하지만 그 소년은 자신이 처한 위험을 깨닫지 못한 채 갑자기 대장에게 다가가 가슴을 주무르고 입지 않은 치마를 위로 들어 올리는 시늉을 하며 대장을 놀려댔다. 세 남자는 공포에 사로잡혔다. 어린 소년이 맞아 죽는 모습을 생각하는 것만으로도 견딜 수 없었다. 소년이 죽고 나서도 화를 다 풀지 못한 대장이 자신들도 죽일까 봐 두려웠다. 그런데 예상치 못한 일이 벌어졌다. 무시무시하고 기세등등한 대장이 갑자기 두 손으로 얼굴을 가리고 부끄러워하며 그 자리에 쪼그려 앉았기 때문이다. 소년은 대장의 이름을 계속 부르며 그녀의 머리를 들어 올려 빨개진 얼굴에 자기 얼굴을 대보기도 하고 두 팔로 가린 대장의 가슴 안으로 손을 넣고 주무르기도 했다. 치마를 들어 올리는 시늉을 계속하면서 대장의 엉덩이를 쓰다듬고 성기도 만지면서 놀려댔다. 대장은 소년에게 그러지 말라며 어르고 꼬집었다. 세 남자는 대장의 행동을 어이없어하며 대장에 대한 두려움을 서서히 거두었다.

그러던 어느 날 대장은 소년이 잠든 사이에 세 남자를 비명도 지르지 못하게 목 졸라 죽였다. 다른 남자가 새로 들어왔을 때도 마찬가지였다. 동굴에는 아무것도 모른 채 대장의 가슴을 주무르고 치마를 들어 올리며 놀려대는 소년과 손으로 얼굴을 가리며 부끄러워하는 대장만 남았다.

오 과장은 대본을 덮었다. 의자를 이리저리 돌리며 생각하다가 테이블 서랍을 열었다. 세 번째 서랍 안에 수갑을 보관했던 것으로 보이는 종이 상자가 있었다. 뚜껑을 열어보았다. 안에는 테이프, 드라이버, 손톱깎이 같은 잡동사니가 들어 있었다.

무대로 나왔다. 객석 위 천장 조명 하나가 공연장 전체를 힘겹게 비추고 있었다. 극장이나 영화관 조명은 왜 이렇게 어둠침침한 걸까? 너무 밝으면 상상력을 없애는 걸까? 배우는 연기할 때 관객 표정을 볼 수 있을까? 반짝이는 관객의 눈동자를 보고 당황해 대사를 까먹지는 않을까? 천연덕스럽게 연출되는 허구에 관객들은 왜 공감할까? 오 과장은 백영진의 목매단 시체를 관객이 객석에서 바라보는 상상을 했다. 무대 위에서 연출된 백영진의 죽음은 어떤 의미가 있을 것이다.

오 과장은 무대 위에 쓰러져 있는 나무 의자를 지문이 묻지 않게 두 손목을 이용해 들어 세웠다. 그리고 바톤을 내리는 스위치를 팔꿈치로 눌렀다. 바톤은 중간 지점에서 멈췄다. 백영진이 매달렸을 때 높이였다. 오 과장은 관객석 앞줄에 앉아서 목을 매 늘어진 시체를 머릿속에서 그려보았다. 그때였다. 갑자기 소름이 돋았다. 자신도 모르게 비명이 나왔다. 비명에 로비에 있던 순경이 뛰어 들어왔다. 그녀는 자리에서 일어나 젊은 순경에게 말했다.

"나와 함께 할 일이 있어요."

오 과장과 순경은 공연장 구석구석을 돌며 밖으로 통하는 다른 문이나 통로가 있는지 꼼꼼하게 살펴보았다. 하지만 그런 통로는 발견하지 못했다. 객석 밑 소도구 창고로 다시 들어갔다. 거기서도 밖으로 통하는 문은 없었다. 극장에서 정리가 안 된 유일한 공간이다. 오 과장은 그곳에 버려진 소도구들을 하나씩 들어보거나 만지면서 살펴보았다. 곰과 늑대, 돼지 인형도 내부를 자세히 살펴보았다. 생각과는 달리 땀 냄새 같은 것은 없었다. 오 과장은 소도구 창고에서 나와 무대를 응시했다. 공연장 전체가 하나의 유기체처럼 느껴졌다. 무대는 할 말이 많은 것 같았다.

오 과장은 공연장 밖으로 나오면서 김 형사에게 전화해 몇 가지를 지시했다. 근심 어린 표정의 순경이 고생이 많다는 오 과장의 말을 듣자 웃으며 경례했다. 젊은 순경의 얼굴에서 대본 속 미소년이 생각났다. 몸이 오싹해졌다. 오 과장은 계단을 올라가면서 '이름'이라는 제목의 연극 내용을 생각했다. 신수연과의 대화도 생각했다. 오 과장은 반짝거리던 그녀의 큰 눈을 떠올리며 유은성 선생에게 전화했다.

8

유은성 선생은 오지영 형사과장을 상담실로 안내했다. 쉬는 시간 복도에 쏟아져 나와 우당탕 난리를 치는 남학생들과 충돌할까 봐 불안했지만, 오 과장은 그런 녀석들과 부딪쳐보고도 싶었다. 말만큼 컸지만, 정신은 아직 어린 풋내기 소년을 한번 안아보고 싶다는 충동도 느꼈다. 활기차고 건강한 역동성, 그리고 귀여움이 녀석들에게 있다. 하지만 학생들은 유은성 선생을 보자 깜짝 놀라거나 공손히 인사를 하며 복도 양옆으로 갈라져 길을 내줬다. 학생들은 그녀를 무서워했다. 상담실 안으로 들어가자 밖은 다시 소란스러워졌다.

"영진 씨가 죽기 전에 선생님 때문에 고민이 많았던 것 같습니다."

오 과장은 의문문을 만들지 않았다. 유은성 선생이 어떤 말과 행동을 하는지, 어떤 표정을 짓는지 보고 싶었다. 하지만 그녀는 아무 말도 하지 않았다.

"신수연 씨는 백영진 씨에게 선생님을 마음속에서 지우라고 했답니다."

오 과장은 또 한마디 던지고 기다렸다. 유은성 선생은 입을 닫고 무표정한 얼굴로 오 과장의 가슴 높이에 시선을 고정했다. 오 과장은 그녀가 말할 때까지 기다렸다. 유은성 선생은 오 과장의 의도를 알아차린 듯 눈을 맞추며 입을 열었다.

"영진이와 저는 형사과장님과 수연 씨가 생각하는 그런 관계가 아닙니다."

유은성 선생의 발음은 정확했고 톤은 일정했다.

"그렇다면 신수연 씨는 왜 영진 씨에게 선생님을 잊으라고 했을까요?"

"수연 씨에게 물어보세요."

"…."

"저는 영진이를 아꼈습니다. 영진이도 저를 끔찍하게 생각했고요. 그 점이 수연 씨에게 오해를 샀던 것 같습니다. 저는 수연 씨와는 다른 방식으로 영진이를 사랑했습니다. 하지만 그 어린 아가씨는 다른 방식이 없다고 생각한 것 같네요."

"백영진 씨가 신수연 씨에게 선생님과의 관계를 충분히 이해시킬 수 있지 않았을까요?"

"수연 씨가 영진이에게 그런 요구를 했다면 영진이는 상대의 오해에 괴로워했을 겁니다. 예민하고 내성적인 아이였기 때문에 혼자만 괴로워하다가 수연 씨의 거친 요구에 그런 일을 저질렀을지도 몰라요."

"신수연 씨가 백영진 씨에게 선생님을 잊으라고 요구한 사실을 알았습니까?"

"몰랐습니다."

"백영진 씨가 고등학교에 처음 입학했을 때 연극을 권하신 계기가 있었나요?"

"동아리 모집할 때 연극부에 들겠다고 저에게 찾아왔습니다. 그래서 시켜보았는데 소질이 있었습니다. 책도 많이 읽었고 글도 잘 썼습니다. 크게 될지 모른다고 생각했어요. 그래서 계속 지도하게 되었고 대학에 가서는 어머니가 운천으로 내려가서서 제가 많이 돌보아줬습니다."

"왜요?"

"왜냐고요? 저를 많이 따랐으니까요. 저는 영진이를 유명한 배우로 키우고 싶었습니다."

"연극에 애정이 많으시군요."

"연극은 저의 전부입니다. 무대는 늘 제 마음속에 자리 잡고 있습니다. 연극 말고 제가 할 수 있는 건 없습니다. 무대 위에는 제가 30년 가까이 쏟은 것들이 다 새겨져 있습니다. 저의 그 무대에서 영진이가 성공하는 모습을 보고 싶었습니다."

유은성 선생은 자신이 흥분하고 있다고 느꼈는지 말을 중단하고 오 과장의 눈을 조용히 응시했다.

"이건 형식적으로 하는 질문이니까 신경 쓰지 마세요. 영진 씨가 숨진 시간에 어디 계셨습니까?"

"숨진 시간이 언제였습니까?"

"일요일 새벽 2시쯤으로 추정합니다."

"저는 토요일 자정쯤에 들어가서, 계속 집에 있었습니다."

"집이 어딘가요?"

"극장 근처에 있습니다."

유은성 선생은 허리를 똑바로 세우고 앉아 있는 모습이 인상적이었다. 말을 할 때는 입만 움직였고 눈은 상대를 응시했다.

"신수연 씨가 임신한 사실을 아셨습니까?"

유은성 선생은 놀라는 눈치였다.

"백영진 씨 부모님도 모르십니까?"

"모르세요."

그녀가 자신 있게 대답했다. 부모보다 자신이 더 가깝다고 주장하는 것 같았다. 오 과장은 그녀에게 연극 동아리 공간을 구경하고 싶다고 했다. 유은성 선생은 동아리 위치를 알려주고는 수업에 들어가야 한다며 교무실 쪽으로 향했다. 허리를 쭉 뺀 당당한 그녀의 모습을 보고 남학생들이 양쪽으로 갈라지며 공손하게 인사했다.

연극 동아리 교실은 오 과장이 상상하던 것과는 달랐다. 영화에서처럼 교실 건물 뒤쪽의 독립된 공간에 있을 거라고 막연히 생각했지만, 4층 빈 교실을 활용하고 있었다. 출입문에는 '특활반'이라는 명패가 있었다. 문을 열고 들어서자 앉아서 휴대폰을 귀에 대고 있던 사십 대 여성이 전화를 끊고 일어섰다. 오 과장은 유은성 선생과 아는 사람이라고 하고 연극 동아리를 구경하고 싶어 들렀다고 말했다. 그녀는 자신도 국어 교사라고 했다. 쾌활한 성격에 사람 좋아 보이는 인상이었다.

"연극 동아리는 지금 활동하는 게 거의 없어요."

"거의 없다고요? 그럼 이 교실은 그냥 비워두는 모양이죠?"

"아뇨. 이 교실은 연극 동아리를 위한 공간이 맞는데 연극뿐만 아니라 다른 동아리 활동을 위해서도 사용해요. 공동으로 쓰는 교실이에요."

"그렇군요. 연극 동아리 활동은 왜 뜸하게 됐습니까?"

"연극을 하겠다는 학생이 거의 없으니까요."

"의외네요. 학생들이 활발하게 활동할 줄 알았는데."

"대학 입시 때문에 연극을 한다는 건 어렵죠. 전에 여러 명이 연극 동아리에 가입한 적이 있었어요. 희곡을 읽고 토론하고 연극 관람도 자주 했어요. 방금 만나신 유은성 선생님이 지도하셨죠. 하지만 영화나 TV 드라마라면 몰라도 학생들이 연극에 관심을 갖겠어요?"

"그렇군요. 혹시 백영진 학생이라고 기억하십니까?"

"영진이요? 기억하죠. 우리 학교 역사상 최고 미남이었어요. 영진이가 있는 3년 동안 연극 동아리 활동이 가장 활발했어요. 걔는 틀림없이 배우나 모델이 될 거라고 했죠."

"백영진은 어떤 학생이었습니까? 외모 말고 다른 거는…."

"잘생긴 애가 공부도 잘하고, 말 잘 듣고, 성격은 매우 내성적이었어요. 선생님들한테, 특히 여선생님들한테 인기가 많았어요, 호호호…. 그런데 영진이는 가끔, 아주 가끔 아무도 예상하지 못한 일을 해서 선생님들을 놀라게 했어요."

"예상하지 못한 일요?"

"네. 하루는 영진이가 유은성 선생님과 함께 화단 옆 연못에 빠진 거예요. 아휴, 내가 쓸데없는 얘기를 하네요."

"아뇨, 괜찮습니다. 재밌을 것 같네요. 말씀해주세요."

"유 선생님께는 못 들으신 걸로 해주세요, 호호호…. 그러니까 영진이가 유 선생님을 안고서 연못에 뛰어들었다는 말도 있고, 발을 헛디뎌 연못에 빠지려는 선생님을 구하려고 했다는 말도 있어요. 유 선생님이 아무 말도 하지 않으셔서 그냥 넘어갔어요."

"예상치 못한 일이라고 말씀하신 이유는…?"

"그 사건이 화제가 됐는데 당시 아이들 말이 누가 고양이 목에 방울을 달 것인가, 내기를 했다고 해요. 유 선생님은 정말 무서운 선생님으로 통하거든 요. 우리끼리는 좋은 분이지만, 학생들은 유 선생님만 보면 벌벌 떨어요. 그 런 선생님을 물에 빠트리자고 음모를 꾸미고 영진이가 실행한 거죠. 유 선생님이 혼낼 줄 알았어요. 정학시키라고 학교에 요구하실 줄 알았는데 그냥 넘어간 거예요. 우리 학교에서 가장 무서운 선생님을 가장 얌전하고 예쁜 녀석이 연못 속으로 콱, 호호호….'

"혹시 선생님도 그 장면을 보셨습니까?"

"제가 제일 먼저 뛰어나갔죠. 학생들이 난리를 쳐서요. 가보니까 정말 웃기더라고요. 물에 폭 담겼다가 나온 것처럼 온몸이 물에 젖었더라고요. 머리까지 완전히 말이죠. 선생님은 부끄러운지 화장실 쪽으로 달려가고 있었고요, 속이 다 비쳤거든요. 호호호. 영진이는 애들 앞에서 의기양양하게 씩 웃고 있더라고요."

오 과장은 웃으며 일어섰다. 궁금했다. 그 사건이 있었던 연못으로 내려갔다. 그녀는 연못으로 표현했지만, 지금은 가동하지 않는 지름 10미터 정도의 원형 분수대였다. 땅을 파서 시멘트로 만든 것으로 물을 가득 채워도 무릎 정도의 깊이에 불과했다. 쓰러트리지 않는다면 풍덩 빠질 수 없다. 오 과장은 복잡한 관념들의 상호 관련성을 연결하면서 경찰서로 돌아왔다.

사무실에 들어서자 형사1팀장과 과학수사팀장, 김 형사가 대기하고 있었다. 책상 위에는 컬러 사진 인쇄물 두 장이 놓여 있었다. 백영진의 거실 식탁옆에 걸려 있는 액자 뒷면에서 꺼냈다고 했다. 한 장은 앉아서 다리를 모아

길게 뻗은 모습을 허리 윗부분에서 촬영한 것이고, 또 한 장은 가슴을 위에서 찍은 것이다. 두 사진의 피사체는 모두 남성용 흰색 드레스셔츠를 풀어헤친 채 속옷을 입지 않고 촬영한 여성의 신체였다. 여성이 앉아 있는 곳은 파스텔 색조의 연두색 이불 위였다. 오 과장은 사진의 주인공이 누구인지, 촬영 장소가 어딘지, 한눈에 알아봤다.

오 과장은 정밀 감식 결과를 기다리는 동안 주변 인물들에 대한 알리바이를 세밀하게 조사해야 한다고 다시 강조했다. 극장 주변과 관계자들의 거주지 주변 CCTV를 찾아내 꼼꼼하게 확인하라고 했다. 압수수색 영장도 준비하라고 지시했다. 김 형사는 과학수사팀 형사와 함께 방금 공연장에서 수거한 곰 인형을 국과수에 보내겠다고 보고했다. 백영진의 의료 기록은 조사 중이라고 했다.

팀장들과 김 형사가 사무실에서 나가자 경찰서 전체가 정적에 쌓인 것 같았다. 오 과장은 그날 무대 위에서 연출된 장면을 그려볼 수 있을 것 같았다. 문제는 범인이 어떤 방법으로 백영진을 움직이지 못하게 하고 목을 매달았는가 하는 점이다. 범인은 현장에 단서를 남기지 않으려고 머리를 많이 썼다. 며칠 뒤면 범인이 성공했는지 알 수 있을 것이다.

9

오지영 형사과장은 금요일 아침 6시에 출근했다. 형사1팀과 과학수사팀이 작성한 보고서를 읽기 위해서였다. 과학수사팀이 조사한 지문 감식 보고서와 형사1팀이 작성한 CCTV 화면 분석, 주변 인물 진술 보고서였다. 전날 밤 도착한 국과수의 부검 감정서 복사본은 책상 위에 놓여 있었다. 국과수 보고서가 예상보다 일찍 도착해 의외였지만, 그럴만한 이유가 있었다. 보고서가 얇았다. 가장 중요하다고 생각하는 국과수 서류는 마지막에 읽어보기로 했다. 오 과장은 PC 전원을 켰다.

지문 감식 보고서는 간결하면서도 핵심이 잘 정리되어 있었다. 극장 정문 손잡이에는 유나영 연출가와 김선호 배우, 이찬 대표의 지문이 묻어 있었다. 공연장 출입문 손잡이에도 이들 세 사람의 지문이 있었고, 유나영, 김선호의 지문은 가죽으로 된 출입문 표면에도 여러 개 검출되었다. 잠긴 문을 열기 위해서 손바닥으로 미는 과정에서 묻은 것으로 보였다. 소방대원과 지구대 경찰, 형사들은 장갑을 끼거나 팔꿈치를 사용했기 때문에 지문이 없었다. 객석 밑 창고 출입문 손잡이에서는 지문이 검출되지 않았다. 바톤을 내리는 스위치에는 과학수사팀장의 지문이 누군가의 지문 위에 묻어 있었다. 바톤, 등 그런 나무 의자, 객석 위 조명 스위치, 무대 조명을 컨트롤하는 노트북에서는 지문이 전혀 채취되지 않았다. 하지만 손이 갈 만한 다른 물품에서는 수십 개의 지문이 채취됐다. 이들 지문 가운데는 지금 준비하는 연극 출연자 외에 극단의 다른 단원들 것도 많았다. 오 과장의 뇌에 목표를 가리키는 지도가 발견된 것처럼 비상등이 켜졌다.

정문 손잡이, 공연장 출입문 손잡이, 객석 밑 창고 출입문 손잡이, 바톤을 내리는 스위치, 바톤, 나무 의자, 객석 조명 스위치, 무대 조명 컨트롤 노트북에도 다른 단원들의 지문이 무더기로 나와야 한다. 하지만 그것들에서는 마치 지워진 칠판 위에 새로 쓴 글씨만 남은 것처럼 백영진의 시체가 발견된 이후 방문자들의 지문만 묻어 있거나 그들의 지문조차도 없거나 했다. 그전에 묻은 단원들의 지문은 지워진 것이다. 지문이 지워진 곳을 연결한 선이 범인의 동선이다.

백영진의 집에서는 그의 지문과 유은성 선생의 지문이 거의 모든 가구와 용품에서 발견됐다. 그의 PC에는 유서로 보였던 석 줄짜리 문서 파일이 저장되어 있지 않았다. 휴대폰에서는 대체로 유은성 선생, 신수연, 연극 동료들, 구청 직원들과의 통화나 문자 말고는 특이한 점이 발견되지 않았다.

오 과장은 CCTV 화면 조사 보고서와 관계자 진술 보고서를 펼쳤다. 연극인 동료 네 사람과 신수연의 알리바이를 확인한 것이다. 백영진의 구청 동료와 학교 친구의 진술도 첨부되어 있었다.

유나영과 김선호는 토요일 저녁 일찍 귀가했다. 그리고 일요일 연극 연습을 위해서 극장에 나올 때까지 집에만 있었다. 두 사람은 인근 아파트에서 가족과 함께 살고 있었기 때문에 아파트 곳곳에 설치된 CCTV가 그들의 행적을 증명했다.

신수연은 토요일 새벽 2시 10분에 귀가한 뒤 월요일 아침 출근할 때까지 밖으로 나오지 않았다. 하지만 그녀의 집은 주택가 골목 안에 있는 빌라이기 때문에 집에서 30미터 정도 떨어진 방범용 CCTV 한 대만이 촬영하고 있었다. 그녀가 다른 길을 이용했다면 집에 없었을 수도 있으므로 알리바이가 증명된 것은 아니었다.

유은성 선생은 진술과 일치하게 토요일 밤 12시 10분에 귀가했다. 일요일인 다음 날 오후 밖으로 나와서 곧장 극장에 도착했다. 이찬 대표는 토요일 밤 11시 58분에 귀가했다. 등산 후 술을 마시고 밤늦게 귀가했다는 진술과 일치했다. 그 역시 일요일 오후 극장에 나올 때까지 집에 있었다. 유은성과 이찬 모두 극장 근처 주택가 빌라에 거주하고 있어서 신수연과 마찬가지로 CCTV를 피해 얼마든지 밖으로 나올 수 있다. 이찬 대표는 독신이기 때문에 알리바이를 증명해줄 가족이 없었다.

극장 정문 앞 도로에는 CCTV가 없고, 양쪽으로 50미터 이상 떨어진 거리에 CCTV가 있다. 근처 일부 상점의 내부 CCTV 카메라들은 모두가 안쪽으로 향해 있어 거리를 비추지 않았다. 중간에 작은 골목이 여러 개 있어서 범인은 얼마든지 CCTV를 피해 극장으로 들어갔다가 나올 수 있다.

구청 동료와 고등학교, 대학교 친구들의 진술은 일맥상통하는 점이 있었다. 백영진은 외모가 출중해서 여학생들에게 인기가 많았다. 성격은 내성적이고 말이 없는 편이라서 그런지 쫓아다니는 여성들이 애를 많이 태웠다고 했다. 지금 일하는 구청에서는 여성 동료들이 기혼이든 미혼이든 경쟁적으로 그에게 접근하고 있다는 진술도 나왔다. 경찰에 진술한 주변 인물 모두 그의 죽음에 큰 충격을 받았다.

고등학교와 대학교를 함께 다닌 친구 한 명은 색다른 진술을 했다. 그는 백영진과 함께 학교로부터 멀리 떨어진 카페에서 한 학기 동안 임시직으로 일했는데, 백영진은 거기서 여성을 여러 차례 바꿔가며 데이트를 즐겼다고 진술했다. 같은 대학 여학생은 한 명도 없었고 전혀 다른 세상의 여성들하고만 몇 주씩 사귀었다고 했다. 예를 들면 적어도 예닐곱 살 많은 세련된 커리어우먼이나 외국 여성들이었다. 외국 여성은 인종과 피부색이 다양했다. 이같은 내용을 진술한 대학 친구는 졸업 후에는 백영진과 만난 적이 없다고 했다.

김 형사가 별도로 작성한 보고서도 읽었다. 백영진은 최근 여섯 달 동안 병원에 간 적이 없다는 내용이었다. 개인적으로 가입한 보험도 없었다. 가족이나 다른 사람이 들어준 보험 또한 없었다. 통장 잔고는 바닥이었다. 오 과장은 보고 시스템을 닫고 PC 화면에서 떨어졌다.

그녀는 기도하는 마음으로 국과수 보고서를 들었다. 법의학과 화학 용어로 가득한 내용을 천천히 읽어 내려갔다.

백영진의 사망 원인은 경부압박으로 인한 질식사로 울혈이 있었고 일혈점은 보이지 않았다. 수갑을 풀기 위해 손목을 당기면서 생긴 찰과상 외에 다른 외상은 발견되지 않았다. 혈액에서 알코올 성분과 함께 미량의 수면제 성분이 검출됐다. 사망 시간은 검시관 보고와 마찬가지로 일요일 새벽 0시에서 2시 사이로 추정됐다. 새벽 지하 극장의 온도 때문인지 아니면 다른 이유 때문인지 몰라도 사망 시간의 범위를 좀 더 좁힐 수 없는 이유는 보고서에 없었다. 소주병과 병마개, 종이컵, 수갑, 백영진의 옷과 구두, 지갑에서는 특이사항이 발견되지 않았다. 곰 인형 안에서는 이찬 대표의 머리카락이 나왔다. 또 곰 인형의 섬유 성분과는 다른 미세한 섬유 조각도 여러 개 검출됐다. 곰 인형의 섬유 성분 분석 결과도 보고서에 적혀 있었다. 오 과장이 요구한 것이다.

오 과장은 보고서를 책상 위에 던졌다. 의자에 등을 기대 이리저리 돌리면서 눈을 감고 그날 무대 위에서 연출된 비극을 재구성하기 시작했다. 연극 무대는 그들만의 대화를 나누는 비밀 공간이었다.

10

형사들은 그날 오후까지 몇 사람의 의료 기록을 조사했지만, 수면제의 출처를 밝히지 못했다. 누군가를 살해할 목적이라면 병원에서 자신의 신분을 노출하며 처방전을 받아 구매하지는 않았을 것이다. 인근 약국을 상대로 탐문수사를 하는 것은 시간이 오래 걸릴 것이다.

오 과장은 증거 보충은 뒤로 미루고 김 형사, 이 형사와 함께 극장으로 향했다. 극단 단원들이 이번 공연 계획을 수정하기 위한 회의를 한다고 했기 때문이다. 유은성 선생과 신수연도 극장에 와 있다고 했다. 형사1팀장은 다른 팀원들과 열쇠 기술자와 함께 빌라를 압수수색하기 위해서 출발했다.

극장 로비에는 네 명의 연극인과 신수연이 둥글게 앉아 있었다. 신수연과 유은성 선생은 시선의 각도가 서로 어긋나게 자리 잡고 있었다. 이 형사는 지구대 순경과 함께 계단 입구에 섰고 오 과장은 김 형사와 함께 그들에게 다가갔다. 김 형사가 그들에게 말했다.

"잠시 무대로 가시죠."

김 형사가 장갑 낀 손으로 그들이 공연장 안으로 들어갈 수 있도록 출입문을 밀어 연 뒤 다시 닫히지 않도록 잡았다. 그들은 이상 기류를 느껴서인지 순한 양들 같았다. 사람들이 무대 주변에 모이자 김 형사는 바톤을 내리는 스위치를 한 번 눌렀다. 바톤이 내려오다 중간 단계에서 멈췄다. 오 과장은 나무 의자를 무대 중앙에 옮겨놓았다. 모두 긴장한 채 오 과장의 행동을 주시했다.

"바톤은 1단계에서는 3미터 높이에서 멈춥니다. 백영진 씨가 딛고 섰을 것으로 보이는 이 나무 의자의 높이는 50센티미터입니다. 영진 씨의 키는 180센티미터입니다. 그리고 목을 맨 올가미 줄의 전체 길이는 늘어지는 것을 고려해도 70센티미터를 넘지 않습니다. 그러니까 올가미 길이와 영진 씨의 키, 나무 의자 높이를 더하면 최대 3미터입니다."

그들은 오 과장의 말이 무슨 뜻인지 이해하지 못하는 것 같았다. 잠시 시간이 흘렀다. 가장 먼저 외마디 비명을 지른 것은 유나영 연출가였다.

"영진이는 자살한 게 아니었어요!"

오 과장은 그들의 표정을 한 명씩 관찰했다. 신수연은 놀란 눈으로 몸을 부들부들 떨었다. 유은성 선생의 얼굴은 석고상처럼 굳어졌다. 이찬 대표는 큰 입을 다물지 못했다. 김선호 배우는 아직도 상황을 이해하지 못한 것 같았다.

"백영진 씨의 얼굴 길이를 머리에서 턱 밑까지 20센티미터라고 가정해도 올가미 길이와 백영진 씨의 키, 나무 의자 높이를 모두 더하면 2미터 80센티미터에 그칩니다. 영진 씨가 올가미에 목을 넣은 뒤에 팔을 뒤로 돌려 수갑을 차려면 최소한 20센티미터는 더 높은 나무 의자에 올라섰어야 합니다. 아니면 교수형 올가미가 그만큼 더 길거나."

오 과장은 신수연과 유은성 선생이 더 큰 충격을 받았을 거라고 생각했다. 신수연은 이글거리는 눈으로 유은성 선생을 노려봤다. 유은성 선생은 오 과장의 얼굴만 바라보았다.

"백영진 씨의 혈액에서 수면제 성분이 검출됐습니다. 그러니까 범인은 그를 이곳으로 유인해 술과 수면제를 먹여 잠들게 한 뒤 올가미를 목에 씌웠습니다. 백영진 씨가 무의식적으로 올가미를 풀까 봐 손을 뒤로 돌려 수갑까지 채웠습니다. 그리고 바톤을 가슴 높이까지 내려 올가미 고리를 바톤에 건 뒤 다시 중간 높이까지 올렸습니다. 그리고 무대 옆에 있던 나무 의자를 가져와 그 밑에 쓰러트려 놓았습니다. 자살로 위장하기 위해서 석 줄짜리 유서도 만들어 와서 반으로 접은 뒤 저 객석 의자에 올려놓았습니다."

신수연의 눈에서 눈물이 펑펑 쏟아지기 시작했다. 연출가와 배우들은 입을 다물지 못했다. 김 형사가 유은성 선생을 제외한 모두를 로비로 나가달라고 요청했다. 그러자 모든 사람의 시선이 유은성에게 쏠렸다. 그녀의 얼굴이 잿빛이 되었다. 아무런 항변도 하지 못한 채 나무 의자만 내려다보았다. 오 과장은 그녀가 진실에 압도당했다고 판단했다. 김 형사는 다른 사람들을 밖으로 안내한 뒤 객석 쪽으로 돌아왔다. 굳어버린 잿빛 석고상이 입을 벌렸다.

"저를 의심하시나요?"

"의심의 단계는 넘었습니다."

"저는 집에 있었습니다."

"선생님은 밤 12시경에 백영진을 살해하고 집에 갔습니다. 동네 CCTV에 자신을 노출하기 위해서였죠. 그런 뒤 새벽 2시 이전에 CCTV가 없는 길을 이용해 이곳으로 돌아왔습니다. 두 시간 차이의 알리바이를 만들고 자살로 위장하기 위해서 새벽 2시에 백영진의 휴대폰으로 방송사에 전화해 자살하 겠다고 한 겁니다. 녹음도 했죠."

유은성 선생의 머릿속은 자기방어를 위해서 격렬하게 움직이는 것 같았다. 하지만 처음 살인한 사람들의 공통점은 전체 윤곽을 볼 수 없다는 것이다.

"방송사에 전화요? 안 했습니다. 자살하겠다는 전화를 했다면 영진이가 했겠죠."

"백영진 씨가 한 전화라면 목소리를 숨길 이유가 없죠. 영진 씨는 최근 몇 달 동안 감기 한 번 걸린 적이 없었습니다. 전화 목소리는 선생님이 연기한 겁니다."

"연기라고요?"

"배우가 연기하듯이 목소리를 변조하고 기침도 계속했어요. 그런데 기자가 말할 때는 기침을 멈추고 듣고만 있었죠. 상대가 말할 때도 기침을 계속 하는 게 더 자연스럽다는 점을 잠깐 잊었던 것 같습니다. 사실 그것 때문에 수사하게 됐지만요."

"그 전화를 제가 했다는 겁니까?"

"영진 씨 집 주소와 현관문 앞에 우유 넣는 초록색 주머니가 있다는 사실을 아는 사람은 백영진과 선생님밖에 없습니다. 선생님은 백영진으로 연기해서 그때까지 살아 있었다고 믿게 만들었습니다. 또 이 극장이 아닌 백영진의 집 주소를 알려줌으로써 경찰이 이곳으로 바로 들이닥치는 것도 방지했습니다. 혹, 전화를 받은 기자가 자살 현장으로 경찰을 보낼 수도 있으니까요. 시체를 경찰보다 동료들이 먼저 발견해야 했습니다."

"무슨 말씀인지…. 저는 집에 있다가 일요일 오후에 극장으로 나왔어요. 그때 영진이가 숨겨 있는 걸 봤고요."

"집에서 나올 때 모습은 집 앞 CCTV에 찍히지 않았습니다. 선생님은 이 공연장 안에 계속 있었어요. 이곳에 숨어 있다가 영진 씨 시체가 발견되고 동료들이 무대에 모여 있을 때, 그러니까 모든 사람이 정신없을 때 비명을 지르며 무대로 달려가 그들과 섞인 겁니다."

"증거가 있습니까?"

"네, 지문이요."

"지문이요? 지문이 있다는 말씀이세요?"

"아뇨, 지문이 없습니다."

"지문이 없는데 어떻게…?"

"영진 씨 지문과 선생님 지문만 없습니다. 선생님이 다 지웠기 때문에."

"그게 무슨….'

"선생님은 정문과 공연장 출입문, 객석 밑 창고 출입문, 바톤 스위치, 바톤, 나무 의자, 저기 보이는 칸막이 안에 있는 조명 컨트롤 노트북에 묻은 것까지, 자신이 만진 모든 것에서 지문을 지웠습니다. 그 과정에서 영진 씨 지문까지도 다 지워졌죠. 영진 씨 휴대폰과 직접 만든 유서에만 그의 지문을 묻혔습니다. 영진 씨가 자살했다면 바톤, 나무 의자, 수갑, 나일론 끈으로 만든 올가미에도 그의 지문이 남아 있어야 합니다. 극장 정문과 공연장 출입문 손잡이에도 그의 지문이 묻어 있어야 하죠. 그런데 선생님이 그를 죽인 뒤 지문을 지웠기 때문에 일요일 오후 이곳에 연습하러 온 세 명의 동료들 지문만 새로 묻은 겁니다. 정문과 공연장 출입문에 말이죠. 선생님 지문은 새로 묻지 않았고요."

"……."

"선생님도 일요일에 집에서 이 극장으로 오셨다면 정문과 공연장 출입문에 지문이 묻어 있어야 합니다. 그런데 선생님 지문은 없었어요. 지문을 묻히지 않고 이 공연장으로 들어올 방법은 없습니다. 그러니까 선생님은 동료들이 숨진 백영진을 발견할 때까지 이 안에 숨어 있다가 나타난 겁니다."

"제가 숨어 있었다면 어디에 숨어 있었다는 건가요?"

"곰 인형 안에 들어가 있지 않았습니까?"

"네? 저는 곰 인형을 한 번도 쓴 적이 없습니다. 그건 이찬 대표님만 썼어요."

"그런가요? 자백하시니 고맙습니다. 선생님은 곰 인형 안에 숨어 있었습니다. 선생님은 그날 흰색 티셔츠를 입고 있었고 곰 인형 안에서 흰색 티셔츠 섬유가 몇 개 나왔습니다. 반대로 곰 인형 내부 섬유도 선생님 티셔츠에 묻어 있을 겁니다. 대조해보면 분명해지겠죠. 지금 형사들이 선생님 빌라를 압수수색하러 갔습니다."

"……."

"선생님이 쓴 가짜 유서도 집에 있는 선생님 PC에 저장되어 있을 수 있겠죠. 삭제했어도 복구할 수 있습니다."

김 형사가 유은성 선생에게 압수수색 영장을 제시하며 말했다.

"빌라에 함께 가서 문을 열어주셔야겠습니다. 비밀번호를 말씀해주셔도
됩니다. 아니면 우리가 직접 문을 열 수밖에 없습니다. 우리 형사들이 열쇠
전문가와 함께 연락을 기다리고 있습니다."

유은성은 할 말을 잃었다. 오 과장은 그녀를 관객석 앞자리에 앉혔다. 백
영진의 지갑과 휴대폰이 놓여 있던 좌석이다. 오 과장은 무대 위 나무 의자
에 앉았다. 한동안 침묵이 흘렀다. 그때 김 형사의 휴대폰이 울렸다. 형사1
팀장과 통화하는 것 같았다. 통화를 끝낸 김 형사가 말했다.

"과장님, 팀장님 전화입니다. 압수수색 영장을 제시했는지 확인하는 전화였
습니다."

오 과장은 고개를 끄덕였다. 그 모습을 본 유은성 선생은 고개를 숙였다.

"영진 씨를 수연 씨에게 뺏기기 싫었습니까?"

유은성 선생이 천천히 고개를 들었다.

"뺏겨요? 영진이는 내 것이었던 적이 없어요."

"…."

"영진이는 수도 없이 여자를 바꿨어요. 영진이는 저를 밥해주고 빨래해주
고 용돈 주고 섹스도 제공하는 하녀로 여겼어요."

김 형사의 표정이 바뀌었다.

"영진이는 저를 지배했어요. 제 영혼까지 지배했어요. 끊임없이 요구하고
지시하고 빼앗았어요."

"신수연 씨한테는 선생님을 좋아한다고 했다는데."

"장난감처럼 자기 마음대로 가지고 놀았으니까요. 처음엔 호기심으로 저

를 건드리고, 다음엔 소유하고 지배했어요. 영진이가 수연이도 갖고 놀다가 버릴 줄 알았어요. 결혼하려고 할 줄은 꿈에도 생각하지 못했어요."

"그래서 죽인 겁니까, 배신감 때문에?"

"제가 임신했을 땐 아이를 지우라고 했어요. 협박하고 위협하고 때리기까지 했어요. 그런데 수연이가 임신하니까 걔와 결혼하겠다고 하는 거예요. 저는 영진이를 절대로 보낼 수가 없었어요. 어르고 타이르고 애원했어요. 그래도 영진이 마음을 바꿀 수가 없었어요. 극단에서 나갈 거라고 협박했어요. 저더러 자기 집에 더 이상 오지 말라고까지 했어요. 내가 다 했는데, 영진이를 위해서 모든 걸 바쳤는데…. 방법이 없었어요. 그래서 저는 영진이를 가슴속에 묻기로 했어요. 그게 무대 위에 영원히 남겨둘 수 있는 유일한 방법이었어요. 영진이는 지금도 저와 함께 무대에 있어요."

오 과장은 뒤통수를 얻어맞은 느낌이었다. 김 형사가 그녀에게 조심스럽게 말했다.

"그랬다면 백영진과 헤어지고 새 출발 할 수 있는 기회라고 생각하지는 않았나요?"

유은성 선생이 고개를 숙이며 두 손으로 얼굴을 가렸다. 강인하게 보였던 그녀의 어깨가 미세하지만 격렬하게 떨렸다.

"저는 영진이 없으면 하루도 살 수가 없어요."

두 형사는 그녀의 어깨가 흔들리지 않을 때까지 말없이 기다렸다. 그녀가 두 손으로 눈물을 닦으며 얼굴을 들었다. 김 형사가 일어서서 그녀에게 다가갔다. 그녀를 일으켜 세우며 미란다 원칙을 고지하고 수갑을 채웠다. 오 과장도 나무 의자에서 일어섰다. 그동안 혼란스러웠던 머릿속이 명료해진 느낌이었다. 머릿속에 하나의 연극 대본이 떠올랐다.

"분장실에 선생님이 쓴 대본이 있던데, '이름'이라는 제목의 대본 말이죠. 꼭 선생님 얘기 같군요. 그 대본으로 공연은 했습니까?"

유은성 선생은 앞만 보고 걸으면서 한숨을 쉬었다.

"그 대본은 제가 쓴 게 아니에요. 영진이가 썼어요. 공연은 하지 않았습니다."

김세화

2019년 단편 〈붉은 벽〉으로 계간 미스터리 신인상을 수상하며 등단했다. 이후 〈어둠의 시간〉, 〈엄마와 딸〉, 〈백만 년의 고독〉, 〈두껍아 두껍아 헌 집 줄게 새 집 다오〉 등의 단편을 발표했다. 2021년 장편 《기억의 저편》을 발표해 한국추리문학상 신예상을 수상했다. 30여 년 동안 방송기자로 활동했다.

나는 소멸하기로 결정했다

정석화

[킬러]

죽이는 병, 이것은 불치다.

사람 인생은 뜻대로 되지 않는다고, 어쩌다 보니 킬러가 내 직업이 되어버렸다.

킬러라고 해서 다른 직업이 없는 것은 아니다.

내 본캐는 제법 유명한 연예인의 메이크업 담당이었다. 그러다 실력이 있다는 평을 들으면서 연예인 전문 분장업체로 이직했다. 분장 실장이 굉장히 유명한 사람이었는데, 성질이 지랄 같아서 2년 만에 그만두었다.

새로 이직한 회사는 영화나 드라마의 특수분장을 담당하는 회사였다. 일도 재밌고 실력도 인정받아서 수입이 제법 괜찮았다. 그렇게 10년 가까이 그쪽 일을 하다가 아예 그 바닥을 떴다.

본캐와 부캐, 두 가지에 집중한다는 게 생각처럼 쉽지는 않았다. 수입 대비 노동시간을 생각하다 보니 자연스럽게 본캐가 바뀌었다.

지금의 본캐는 킬러다.

부캐도 새롭게 바뀌었다. 취미로 쓰기 시작했던 웹소설이 새로운 부캐였다.

출판사와 계약한 작품은 아직 없다. 글이 재미없어서? 물론 그런 점도 없지 않아 있지만, 본캐가 킬러이다 보니 혹시나 신원이 노출될까 염려하여 꺼리는 측면도 있다.

그럼 출판사로부터 계약 제안을 받은 적은?

솔직히 없다. 재미를 떠나 글이 조금 어정쩡한 면이 있다. 플랫폼 연재란에 가끔 올라오는 댓글을 보면 칭찬보다는 비판이 많다.

—작가님, 너~무 진지해요. 글이 하드하면 독자들 안 좋아해요. 이런 거 독자들의 니즈에 안 맞는 거예요. 접근성이 좋지 않다고요. 제목도 이게 뭐예요? 불치병? 장난해요? 잘 팔리는 웹소설 좀 읽고 그러세요. 작가님은 남들 글은 전혀 안 읽는 것 같아요.

—웹소설은 먼치킨이 기본 아네요. 성장!!! 캐릭이 성장해야 하는데, 성장이 없어요. 그냥 가서 푹 쑤시면 끝인가요? 이게 리얼인지 몰라도 재미는 없잖아요. 그렇다고 작가님 글이 형편없다는 건 아니에요. 냉철하고 잔인한 킬러를 주인공 캐릭으로 잡았으면 스토리는 뭔가 반전이 있어야 하는 거 아니에요? 악당이 더 큰 악당을 시원하고 통쾌하게 작살낸다, 뭐 이런 거요. 한마

디로 캐릭 매력, 뿜뿜이 없어요. 안타깝습니다, 안타까워요.

　—작가님. 진심으로 충고하는데, 이딴 식으로 글 쓰지 마세요. 그냥 독자 하세요. 그게 맘 편합니다. 상처를 주었다면, 쏘리~!!

　이 정도는 애정이 묻어 있어 참을 만하다. 그래서 대댓글도 달고 좋아요도 눌러줬다.

　하지만 노골적으로 까는, 그래서 열받게 하는 댓글도 있다.

　—작가님아, 그만 때려치워. 나중에 생각해 보면, 악, 그게 내게 축복이었 구나 느낄 거야. 빠르면 빠를수록 좋아. 에휴, 요즘은 개나 소나 다 작가야.

　—취미로 글 쓰니? 취미치곤 쌩지랄 맞은 거 아냐? 니 글을 읽는 사람 입장 도 생각해야지. 이게 뭐야? 장난도 적당히 하자. 글판이 쓰레기장도 아니고.

　—야. 내가 킬러라면 넌 진즉에 죽었어. 킬러에 대해 좆도 모르면서 나불 대기는. 자료 조사 좀 하고, 어! 인터뷰도 하고, 어!! 그런 다음에 다시 써. 개 썰질은 이제 그만!

　—작가님, 가장 늦었다고 생각할 때가 가장 빠른 겁니다. 스톱. 여기서 멈 추세요. 잠자코 수양이나 하는 겁니다. 각성한 뒤에 다시 쓰는 겁니다. 괜찮 지, 쓰ㅂ아!!

　처음에는 무심하게 악플들을 넘겼다. 하지만 자꾸 눈길이 갔다. 다른 댓글 들이 많으면 별로 신경 쓰지 않았겠지만, 현실은 그렇지 못했다. 읽고 또 읽 는 사이 자연스럽게 살의가 생겼다. 마음 같아서는 당장 삭제하고 싶었지만, 작가에게는 삭제 권한이 없었다.

　악플이 사람도 죽이겠구나, 뼈저리게 느꼈다.

　이런 기분일 때 작업 의뢰가 들어오면 한 방 찌를 거 두 방 찌르게 된다. 일 하면서 개인적인 감정을 자제하는 게 맞지만, 나도 사람인지라 그게 쉽지만은 않다.

웹소설을 쓰기 시작한 건 본캐에 회의가 들어서였다. 일이란 게 그렇다. 하다 보면 스킬이 늘고, 그런 만큼 마음가짐은 느슨해지고 무뎌진다. 이런 상태, 좋지 않다. 이러다 실수라도 하게 되면, 그 한 번의 실수가 피치 못할 후회가 될지도 모른다.

누군가 댓글에 달았지만, 글을 쓰는 것 자체가 내게는 수양이다. 마음이 차분해지면서 내 일에 대해 다시금 생각하게 되고, 내 작업에 대해 복기를 해보는 것이다.

그렇게 본캐는 분명 변화하고 성장했다. 부캐의 독자들은 그걸 느끼지 못하겠지만, 본캐의 작업을 부캐를 통해 일기처럼 시시콜콜 알려줄 수 없기에 애초부터 한계가 뚜렷한 것이기도 했다.

마우스를 클릭.

199화를 올렸다. 오랜만의 업로드였다. 최근에 작업한 내용을 적당하게 글에 녹였다. 작가로서 나름 만족하나 독자들의 반응은 글쎄, 이다.

평균적으로 한 회를 업로드할 때마다 두세 개의 댓글이 달린다. 사나흘쯤 후에. 한마디로 망작이다. 이런 작품을 계약하자고 할 출판사는 없다. 당연히 이제까지 단 한 번도 출판사로부터 쪽지를 받아보지 못했다.

그런데 쪽지가 왔다. 노트북을 끄려고 하는데, 갑자기 화면 하단 귀퉁이에 메시지가 떴다.

—사람 죽이면 좋냐? 재밌어? 난 하나도 재미없던데... 그거 불치병이라는 건 맞다. 이건... 그냥 궁금해서 묻는 건데, 너 설마 클럽 소속이냐?

클럽? 이 말에 꽂혔다. 예민하게 반응할 수밖에 없다.

이 새끼, 뭐지? 싶었고 곧바로 답장을 보냈다.

—클럽이야 가끔 가죠. 쪽지는 처음이라서… 반가워요. 고맙고…

하지만 그게 끝이었다. 이상하게도 쪽지 수신이 되지 않았다.

쪽지를 보내자마자 플랫폼 탈퇴라도 한 것인지 수신 확인이 되지 않았다.

왠지 찜찜했다.

설마 누군가 눈치라도 챈 것인가.

만일 킬러가 노출된다면 클럽의 지명 의뢰를 받게 된다. 지명 의뢰는 무조건 소멸消滅이다.

• • •

클럽.

다른 클럽도 몇 개 운영되는 것으로 알고 있지만 내가 속한 클럽은 보통 C 클럽이라고 불린다.

킬러마다 케바케지만 매년 계약하는 킬러도 있고, 3년이나 5년, 또는 나처럼 10년 장기계약을 하는 킬러도 있다. 장기계약은 아무나 해주지 않는다. 그만큼 실적이 있고 레벨이 높아야 가능하다.

종신계약은 없다. 킬러는 누군가를 죽이는 병에 걸린 사람이지만, 언제든 죽을 수 있는 위험성도 동시에 갖는다. 실제로 작업 중에 죽는 킬러도 그리 드물지도 않다.

노출이 심한 경우, 클럽에서 제거를 결심한다. 이 경우 살아남기 힘들다. 어떻게 그것이 가능한지 몰라도 클럽은 킬러가 제공한 정보 이상으로 킬러에 대해 많은 것을 파악하고 있다.

항상 그렇지만 개인은 조직과 싸워 이기지 못한다. 전력의 차이는 어쩔 수 없다. 결국 소멸할 수밖에 없다.

소멸.

킬러가 죽는 경우, 이를 소멸이라고 부른다.

소멸하는 그 순간 킬러들은 무슨 생각을 할까. 어떤 감정일까.

궁금할 수밖에 없다. 누군가를 죽이는 사람들, 그게 직업인 이들은 열심히 일할수록 자신의 직업에 대해 무감각해지고, 회의를 느낀다. 그러면서 죽임을 당하는 이들에게 저도 모르게 궁금함을 갖게 된다.

너는 왜 죽지? 나는 너를 죽이지만, 넌 왜 죽어야 하지? 어떤 원한을 샀기에 죽어야만 하는지 타깃의 인간관계에 대해 궁금해지는 것이다.

이런 의문 자체가 킬러로서 자격 미달은 아니다. 겉으로 드러내지 않을 뿐 모든 킬러는 이런 의문을 자연스럽게 받아들인다. 자신이 아닌 상대방의 감정을 이해하려는 마음, 일종의 측은지심이다.

이 측은지심이 지나치면 부작용도 생긴다.

번아웃은 그중 하나다. 이 경우 은퇴하든지 자살하든지, 이도저도 힘들다고 느끼면 스스로 소멸을 결심하고 클럽에 작업을 의뢰하기도 한다.

조직의 작업 의뢰는 받지 않는 것이 모든 킬러 조직의 원칙이다. 개인의 작업 의뢰는 거부가 없다. 클럽의 자존심 문제가 아니라 정체성의 문제다. 어떤 의뢰는 받고 어떤 의뢰는 거부한다면 그 클럽에 대한 신용도가 떨어진다. 그래서 이런 말도 있다.

킬러와 클럽은 NO가 없다.

모든 킬러와 클럽의 좌우명이나 사훈 같은 말이다.

하지만 킬러 자신의 소멸을 의뢰하는 것은 쉽지 않다. 스스로 소멸을 원해 작업 의뢰를 했지만, 정작 자기를 죽이겠다고 덤벼드는 킬러를 보면 본능적으로 반항하기 때문이다. 그런 와중에 작업을 맡았던 킬러가 오히려 소멸하기도 한다.

그래서 킬러의 소멸 의뢰가 들어오면 클럽은 곤란해한다.

그래도 원칙은 있다.

먼저 킬러 X가 소멸 의뢰를 했다는 것을 소속 킬러들에게 공지해 지원자를 받는다.

하지만 타깃이 킬러인 경우, 작업을 수락하는 킬러는 드물다. 아니, 거의 없다.

킬러의 소멸 의뢰에 응하는 수락자가 없거나 수락자가 있었어도 실패하면, 클럽은 지명 의뢰를 한다. 이 지명 의뢰는 모든 킬러와의 계약서에 명시돼 있듯이 분기별로 1회다.

다른 의뢰에 비해 지명 의뢰는 까다롭고 어렵다. 대부분 킬러 자신의 목숨을 걸어야 하는 위험한 작업이다.

이것을 두려워해 지명 의뢰를 받아들이지 않으면 다른 의뢰 세 건을 해결해야 한다. 이 역시 계약서에 명시돼 있다.

작업 의뢰 한 건을 해결하는 데 보통 빠르면 2주, 늦으면 한 달이 걸린다. 세 건이면 식사는커녕 화장실도 마음대로 가지 못하고, 잠도 제대로 잘 수 없다.

과중한 업무는 모든 스트레스의 원인이다. 당연히 작업을 하면서 실수할 가능성이 커진다. 만약에 실수로 킬러의 신원이 노출될 가능성이 있다면, 클럽은 과감하게 그 킬러를 제거하여 소멸시킨다.

클럽이 비밀리에 운영하는 소멸팀을 이용하거나 MOU를 맺은 다른 클럽에 의뢰한다.

C클럽과 나는 10년 장기계약을 맺었다. 이제 1개월 남았다.

아무리 계약금을 많이 준다고 해도 다른 클럽으로 이적하는 것은 관심이 없다.

나는 은퇴를 결심했다. 지명 의뢰 한 번만 남았다. 한 번의 죽음. 이것만 끝나면 은퇴다.

은퇴 후 계획은 이미 세워두었다.

연애를 할 것이고, 결혼도 할 것이다. 아이는 사정상 낳지 않을 생각이다.

여자는 있어? 있다,라고 자신 있게 말하지는 못하지만 눈여겨보는 여자는 있다. 그 여자, 오랫동안 지켜봤다. 거의 7, 8년쯤.

데이트는 해보지 못했다. 그래도 여러 번 만났고 말도 제법 많이 섞어봤다.

마지막 대화는 일주일쯤 됐다.

"이 목걸이 줄 얼마예요?"

"17만 4천 원인데, 17만 원만 주세요."

"그냥 가죽 같은데 꽤 비싸네요."

"그게 남미 쪽에서 넘어온 건데, 특수처리를 해서 절대 썩지도 끊어지지도 않아요."

"이렇게 얇은데, 안 끊어진다는 건 좀⋯."

"아니에요! 저도 믿기 어려워서 호기심 삼아 실험을 해봤는데요, 정말로 안 끊어졌어요. 제가 장담할게요. 혹시라도 끊어지면 반품하세요. 고스란히 환불해 드릴게요."

그녀는 가판대 상인이다. 비가 오나 눈이 오나 항상 오후 7시면 그곳 그 자리에 나타나 귀고리와 목걸이, 반지와 팔찌, 발찌 등의 액세서리를 판다. 우리나라 고유의 느낌을 주는 전통적인 액세서리부터 유럽과 중국, 일본, 인도, 심지어는 남미와 아프리카 느낌이 나는 액세서리도 있다.

별일이 없으면 보통 3, 4일에 한 번씩 저녁을 먹고 나서 그곳에 들렀다.

아쉽다면 그녀가 내 진정한 모습을 모른다는 것.

나는 직업이 직업인지라 집에 있을 때를 제외하곤 외출 시에는 항상 변장한다. 때론 이삼십 대 남자로, 때론 사오십 대 중장년으로, 어느 때는 칠팔십 대 노인으로. 얼굴도 피부도 머리 색깔도 변장은 늘 완벽했다.

눈썰미가 아무리 좋다고 해도 그녀가 나를 알아볼 리 없었다. 알아본다는 게 오히려 이상하다.

직업도 고민했었다.

제법 오랫동안 고민했는데, 작가로 결정했다.

글을 쓰는 게 좋다. 작가로서의 성공은 바라지도 않는다. 남은 생이 얼마인지 몰라도 평생 다 쓰지 못할 만큼 돈은 넉넉하게 모았다. 아내와 그녀의 친인척과 친구, 그 밖의 사람들에게 보여주기 위한 그럴듯한 명함이 작가였을 뿐이다.

글은 이제까지 죽 그랬듯이 앞으로도 내 맘대로 써볼 작정이다. 그러다 각성하게 되면 대박 나는 작가가 될지도 모르지만.

• • •

샤워를 끝냈다.

오늘도 나는 노트북을 켰다. 웹소설을 연재하면서 250화를 목표로 했지만, 지금은 200화로 줄였다. 이제 1화 분량만 더 쓰면 완결이다.

본캐만큼이나 부캐도 내게는 중요하다.

결정했듯이 부캐는 곧 본캐가 된다. 독자들의 댓글 반응이 엉망이지만, 글을 허투루 쓴 적은 없다. 본캐의 일을 할 때처럼 집중력과 몰입감을 발휘했다. 그런데 요즘 일주일째 썼다가 지우고를 반복하고 있었다.

이상하게 글이 써지지 않았다. 말년 병장처럼 몸도 마음도 축 늘어진 상태였다. 그 어떤 것에도 의욕이 생기지 않았다.

왜 이럴까. 킬러도 말년 증상이 있는 건가.

글을 쓰지 못하는 것, 이것도 번아웃이라면 번아웃이다.

이유는 있었다. 책상 바로 앞은 창문이고, 16층 아래는 야시장이다. 오늘도 내 시선은 그녀에게 묶여 있었다.

소설을 핑계로 일주일간 그녀와의 만남을 자제했다. 아무래도 이게 원인이 아닐까 싶었고, 이내 외출 준비를 서둘렀다.

오피스텔 문을 열고 나가기 전에 다시 한번 전신거울에 몸을 비춰 보았다.

사십 대의 건장한 남자가 거울을 보며 웃고 있었다. 비록 변장한 모습이지만 흡족했다.

"이 정도면 뭐…."

현관문 쪽으로 한 걸음 내디뎠다. 그때 휴대전화 메시지가 떴다.

민어 대가리 특상품!
2주 한정 특별기획 판매!

아래 링크가 있었다. 꾹 누르자 게시물이 떴다.

연결이 좋지 않은지, 글자가 먼저 떴고 사진 이미지가 서서히 떴다.

흐음.

이미지가 완전히 뜨고, 잇새로 신음이 새어 나왔다.

지명 의뢰치곤 의외였다. 클럽에서 실수한 게 아닐까, 의심부터 했다. 물론 그럴 리 없었다.

마지막 작업인데, 꼬였다.

[킬러 작가]

한동안 메시지에서 눈을 떼지 못했다.

찬찬히 다시 한번 메시지를 확인했다.

'민어'는 타깃의 성별이다. 민어든 청어든 참치든 고등어든 상관없다. 어류는 여자, 육류는 남자다. 어린아이는 작업 의뢰를 받지 않고, 칠십 넘은 노인은 조류로 적는다.

'대가리'는 죽이라는 의미다. 가끔 특별한 주문을 넣는 경우도 있다. 가령 택시나 트럭을 이용해 교통사고로 위장한 죽음을 요구하는 경우, '민어 대가리 택시 탑승'이라거나 '민어 대가리 탑차 배달' 따위로 적는다.

'특상품'은 작업 난이도가 상중하보다 까다로운 특상이라는 의미고, 작업 완수 기한은 작업 의뢰 이후 2주, '특별기획'은 타깃이 킬러라는 의미였다.

마음이 심란했다. 이런 기분으로 외출하고 싶지 않았다. 현관문 앞까지 갔다가 돌아왔다.

거실의 1인용 소파에 앉아 눈을 감았다.

머릿속이 복잡했다. 그냥 싫었다. 발을 뻗어 탁자에 있던 리모컨의 버튼을 눌러 텔레비전을 켰다. 왁자지껄한 웃음소리가 들리는 파티장. 하지만 화면은 곧 등 뒤에 칼을 숨긴 남자가 홀로 방에 있는 여자에게 접근하는 장면으로 바뀌었다. 음악이 음산했다. 와락 짜증이 나서 다시 발을 움직여 텔레비전을 꺼버렸다.

야시장이 보이는 창가, 책상 앞에 앉았다. 그녀는 오늘도 열심히 살아가고 있었다. 지나가는 사람들에게 연신 무슨 말인가를 건네고 있었다.

그녀를 본 탓일까. 손이 저절로 목을 더듬었다.

아무것도 만져지지 않았다. 손도 목도 허전했다. 다급히 드레스룸으로 가서 액세서리 수납장을 열었다.

17만 원짜리 목걸이 줄. 샅샅이 찾았지만 보이지 않았다. 펜던트 대신 백금 링 반지도 그 줄에 끼어두었다.

요 며칠 집에 있으면서 항상 목에 걸고 있었다. 그런데 감쪽같이 사라졌다. 마침 썩지도 끊어지지도 않는다고 했던 그녀의 말이 떠올랐다.

아, 욕실!

그제야 생각났다. 실험 삼아 그곳에 놓아뒀었다.

목걸이를 찾아 목에 걸고 나니 자연스럽게 그녀가 보고 싶어졌다.

다시 한번 거울에 모습을 비춰 보며 변장 상태를 꼼꼼하게 확인했다.

당연히 아무 이상이 없었다.

• • •

여자는 오늘도 웃음 띤 얼굴로 손님을 기다리고 있었다. 눈웃음이 생활화됐다. 아마도 일이 끝나고 집에 가면 엄청 얼굴 근육이 땅기지 않을까.

모든 직업에는 크든 작든 직업병이라는 게 있다. 킬러의 직업병은 일에 익숙해질수록 사람이 사람으로 보이지 않는다는 거다. 당연히 죄의식 따위 느끼지 못한다. 고칠 수 없는, 오히려 점점 악화되는 직업병이다.

여자에게 다가갔다. 직업병인지 몰라도 여자는 내 얼굴과 손을 재빨리 살폈다. 내가 착용하고 있는 액세서리를 살피는 것이다. 그러고 나서 어떤 판단을 내리고, 그 결과에 따라 여자는 물건을 추천해 준다. 전에도 그랬다.

일부러 나는 목걸이를 밖으로 드러내놓고 있었다. 이 여자가 여기서 산, 그것도 꽤 비싸게 구매한 이것을 알아볼까 궁금해서였다.

여자는 한눈에 알아보았다.

"어머, 그 목걸이 줄! 제가 판 거 아닌가요?"

"글쎄요. 아버님이 길에서 주었다면서 주던걸요. 꽤 비싼 거라고 하던데."

"맞아요. 며칠 전에 육십쯤 된 노신사께서 그거 사갔어요. 아드님 선물이셨군요."

"제 취향이 여기인가 보네요. 우연히 여길 찾아온 거 보면."

"하하, 저야 고맙죠. 손님, 이건 어떠실까요? 지금 착용하고 계신 목걸이줄하고 비슷한데, 이건 아프리카에서만 자생하는 무슨 식물 줄기로 만든 거라고 하더라고요. 값은 그리 비싸지 않아요."

언뜻 보면 가죽처럼 보이는 목걸이 줄이었다. 짙은 녹색과 황갈색이 섞였는데, 그 빛깔만으로도 아프리카를 떠올리게 했다. 여자가 건네주는 그 목걸이 줄을 건네받아 살피는 척했다. 그때 여자에게 전화가 왔다. 여자는 잠시 망설이는 눈빛이었지만 곧 전화를 받았다.

"응, 왜? 나 지금 바쁜데."

이 말을 제외하고 여자는 거의 듣기만 했다.

"알았어. 잊지 말고 약 먹고. 오늘은 좀 일찍 들어갈게."

전화를 끊고 여자가 나를 향해 싱긋 웃어 보였다.

"남편인가 봐요?"

오지랖이었지만, 그러고 싶었다.

"아뇨. 동생요, 여동생. 연년생인데, 제겐 아픈 손가락 같은 애예요."

한숨처럼 한마디 보탰다.

"병이 있어요. 말하자면 환자죠."

"무슨 병요?"

"직업병인데, 불치병이 돼버렸어요. 에휴, 별소리를 다 하네요."

후유. 길게 한숨을 내쉰 여자가 갑자기 활짝 웃으며 내가 들고 있는 목걸이 줄에 시선을 올렸다. 여자의 의도를 알았지만 모른 척 질문을 던졌다.

"직업병 무섭죠. 저만 해도 불치병 같은 직업병이 있는걸요."

"어머. 그러세요."

이번에는 영혼이 없는 대답이라고 할까. 모른 척 질문을 이었다.

"병이 뭔데요?"

"그게 말씀드리기가 좀….."

"혹시 알아요, 저랑 같은 병일지. 그럼 도움을 줄 수도 있고요."

딱히 그럴 일은 없겠지만, 여자와 좀 더 얘기를 나누고 싶은 마음은 진심이었다.

여자의 시선이 내 어깨 너머를 보았다. 내가 사는 건물의 옆 건물 어디쯤일 것이다.

"어떤 병이건 자신이 망가지거나 죽어가는 거잖아요. 근데 얘는 아주 달라요. 차라리 죽어버렸으면 좋겠어요."

아주 다르다. 그런 병이 뭘까? 잠시 생각에 빠지면서 대화가 끊겼다. 적어도 내 입장에서 여자가 말한 병은 한 가지밖에 없었다.

씁쓸했다. 결국 거기서 대화가 끝났다. 아프리카산 목걸이 줄은 사지 않았다.

여자에게 멋쩍게 웃어주고 몇 걸음 옮겼다.

그리고 그 일이 일어났다.

쾅!!

사람들의 비명이 밤하늘을 날카롭게 흔들었다.

누군가는 119를 소리쳤다.

조금 전의 평안했던 풍경은 사라지고, 아수라장이 눈앞에 펼쳐져 있었다.

트럭이 하필이면 여자의 가판대를 덮쳤다.

가판대도 여자의 모습도 보이지 않았다.

. . .

일주일쯤 지났다. 뉴스에서는 그 여자의 죽음을 트럭 운전사의 졸음운전이 일으킨 참사라고 했다. 음주운전은 아니라고 했다.

사람이 그렇게도 죽을 수 있구나.

처음으로 이런 생각을 했다.

이런 생각은 좋지 못했다. 그때부터 몸에 열이 나면서 으슬으슬 떨렸다. 신음을 내면서 끙끙 앓았다.

그동안 한 가지 생각이 머릿속에서 떠다녔다.

나는 어떻게 죽을까.

누군가를 죽인다는 생각만 했지, 내가 죽는다고는 거의 생각한 적이 없었다. 이것도 직업병인가.

이틀 후 한 가지를 결정했다. 마지막 지명 의뢰를 취소하기로.

그 즉시 클럽에 메시지를 보냈다.

민어 대가리 반품

돼지머리 특상품!

2주 한정 특별기획 판매!

지명 의뢰를 취소하면 반드시 그 대가를 감당해야 한다. 하지만 더는 사람을 죽이기 싫었다. 그래서 내 목숨을 내놨다.

채 10분이 지나지 않아 답장이 왔다.

의뢰를 수락합니다.

의뢰비는 선금이었고, 내 죽음 값을 지정한 지하철 보관함에 넣어두었다.

일종의 실험이었고 확인이었다. 내가 과연 죽을 수 있는지, 죽이는 것 말고 죽는 것도 가능한지, 죽이는 것과 죽는 것의 차이는 무엇인지, 이런 것들을 알고 싶었다. 요 며칠간 그것이 끊임없이 궁금했다.

2주 동안 나는 여전히 살아 있었다.

클럽에서 메시지가 왔다.

계약이 자동으로 해지되었습니다. 새로운 계약을 원하신다면, 조건을 수정해 주시기 바랍니다.

킬러가 킬러를 죽인다는 거, 역시 킬러에게도 쉽지 않은 일이다. 충분히 이해했고, 의뢰비를 두 배로 올려 지정한 지하철 보관함에 넣었다.

그리고 다시 일주일이 지났다. 여전히 나는 살아 있었다. 클럽으로부터 같은 문자를 받았다.

즉시 클럽 쪽에 메시지를 보냈다.

돼지머리 특상품!
4주 한정 특별기획 판매!
※직배는 농장에 문의

이번에는 특약(※) 조약을 하나 덧붙였다.

'직배'는 내가 나를 죽이겠다는 의미였다. 자살이지만 자살은 아니다. 나는 킬러다. 킬러로서 나를 죽이겠다는 거였다. 이게 직업윤리에도 맞았고, 클럽의 정체성에도 적합했다. 비록 죽는 자가 나 자신일지라도 결국 킬러에게 죽는 거니까.

클럽이 어떤 답변을 할지 궁금했다.

의뢰를 수락합니다.

역시 예상했던 답변이 왔다. 사실 클럽으로서는 엄청난 이득이다. 이런 경우 작업비를 지급하지 않아도 된다. 죽은 이에게 누가 작업비를 주겠는가.

이로써 나는 킬러들에게 나를 죽일 기회를 주었고, 그게 마땅치 않았을 때 내가 나를 죽일 기회도 얻었다.

집착인가. 아니, 스트레스였다.

내가 나를 지명 의뢰하고 더욱 생각이 깊어졌다. 단순하게 죽고 죽이는 것의 차이를 알고 싶다는 호기심에서 죽음이란 무엇인가로 생각의 농도가 짙어졌다.

오랫동안 그녀를 지켜보았다. 스스로 생각했던 것 이상으로 그 여자에게 많이 의존하고 있었다. 그녀의 죽음은 여전히 해석 불가였다. 그녀의 부재가 나의 죽음을 생각하게 하는 건 필연적인 결과였다.

4주의 마지막 날. 이제 여섯 시간만 지나면 의뢰는 자동 취소된다. 하지만 그런 일은 일어나지 않을 것이다.

그동안 차분히 나를 죽일 준비를 했다.

나는 교수형을 선택했다.

마닐라삼으로 만든 밧줄을 준비했고, 유튜브를 보며 교수용 매듭을 지어 올가미를 만들었다. 내가 아무리 몸부림쳐도 충분히 버틸 수 있도록 올가미의 끝을 단단하게 천장에 고정했다.

올가미를 매달아놓은 곳에서는 그녀가 장사하던 가판대가 훤히 보였다.

이제 다섯 시간 남았다.

혹시라도 킬러가 방문할지 모르기에 현관문은 살짝 열어두었다.

욕실로 들어가 샤워도 했다. 양치질과 면도를 했고, 며칠 전 백화점에서 구매한 슈트를 걸쳐 입었다. 넥타이 대신 그녀에게 마지막으로 샀던 링 반지를 꿴 목걸이를 목에 걸었다.

이제 네 시간.

커피를 한잔 마시고 싶었지만 참았다. 양치질을 한 뒤 물을 제외하곤 아무것도 먹지 않는 게 오랜 습관이었다.

책상 앞에 앉았다.

유서를 써야 하나 잠시 고민했다. 굳이 그럴 필요가 없었다. 유서로 무엇을 쓸지 고민하는 것 자체가 우스웠다. 이미 유서는 작성돼 있었다. 그것도 세상에서 가장 긴 유서였다.

노트북을 켰다.

[킬러]

유서를 마무리해야 했다.

파일을 클릭하자 곧 한글이 떴다.

능숙하게 자판을 두드렸다.

─200화. 나는 소멸하기로 결심했다.

웹소설은 한 화마다 일정 이상의 분량이 정해져 있었다. 하지만 오늘은 굳이 그 분량을 맞추고 싶지 않았다.

평소와 달리 글이 매끈하게 잘 써졌다. 손이 저절로 움직여 화면의 흰 공간을 시커먼 글자들로 메웠다.

타닥. 타다다닥. 타다다다다다닥.

미친 듯이 글을 썼다. 결국 웹소설을, 아니 유서를 끝마쳤다.

'끝'을 쓰고 나니 기분이 이상했다. 뿌듯하기도 했다. 이런 기분 처음이었다.

"이제, 끝인가."

순간 뭔가를 빠뜨린 것 같은 느낌이 들었다. 곧바로 그것이 뭔지 생각났다.

아!

원고 맨 마지막에 세 줄을 덧붙였다.

─이 소설은 소설이지만 내 인생을 적은 자서전이기도 합니다.

또한... 길고 긴 유서이기도 합니다.

소멸한 그녀에게 이 작품을 바칩니다.

원고를 복사해 플랫폼 연재란에 올렸다.

잠시 기다렸지만 언제나 그렇듯이 댓글은 올라오지 않았다. 아마 사나흘 혹은 일주일이나 열흘쯤 지나면 두세 개 올라올 것이다.

"이제, 진짜 끝인가."

아직 뭔가 잊은 게 있는 것 같았다. 잠시 고민했지만 생각나는 건 아무것도 없었다.

"미련일지도."

그렇게 정리했다.

이제 한 시간.

더는 킬러를 기다리지 않기로 했다.

조금 전까지 앉아 있던 의자를 밟고 올라갔다. 목에 올가미를 걸었다.

깊게 숨을 삼켰다가 느리고 길게 내쉬었다. 한 줌의 숨도 남아 있지 않을 즈음 발끝으로 의자를 툭 밀었다.

아니, 밀려고 했다.

"어?!"

맞은편 건물, 한 사람이 나처럼 막 올가미에 목을 걸고 있었다. 여자였고, 생김새가 누군가와 비슷했다. 혹시 하는 생각이 눈앞을 스쳤다.

"희한하네."

[환자]

같은 순간 다른 장소, 자살하려는 두 사람이 서로 눈을 마주 보면서 자살하기는 쉽지 않다. 우연? 결코 그럴 리 없다.

예상한 그대로였다. 문을 벌컥 열고 들어오는 타깃을 보면서 얼른 의자를 발끝으로 밀었다. 올가미가 목을 죄며 숨이 막혔다.

으윽. 좀 빨리. 이러다 진짜 죽겠어!

걱정은 잠시였다. 타깃의 행동은 빠르고 정확했다. 밀쳐진 의자를 가져와 내 다리를 지탱하게 했고, 이어 목에 걸린 올가미도 풀어주었다.

"물 좀…."

타깃에게 물을 부탁했다. 타깃이 의심 없이 돌아선 순간 미리 준비했던 얇은 철사로 남자의 목을 감아 당겼다.

타깃이 캑캑거리면서도 반항했다. 만만치 않은 힘이었다. 아무리 본능적으로 반항한다지만 이건 아니지 싶었다. 조금 전까지 죽으려고 했던 사람이 살고자 반항이라니.

이런!

엎친 데 덮친 격으로 철사가 끊어졌다. 타깃의 반항이 그만큼 격렬했다.

하지만 나는 포기하지 않았다. 죽이지 못하면 죽는다. 킬러가 자기를 죽이려고 했던 사람을 살려둔다? 어림없는 소리였다.

다급하게 팔로 타깃의 목을 감아 압박했다. 죽을힘을 다했지만 한계는 있었다. 타깃의 힘이 너무 셌다. 타깃의 목을 감은 팔이 점점 느슨해지고 있었다.

"가, 가판대…."

타깃이 뜬금없는 소리를 지껄였고, 자연스럽게 언니가 떠올랐다.

"부, 불치병…."

이 또한 이상하고 이해하기 힘든 소리였다. 언니가 내게 자주 했던 잔소리였다.

"자, 잠깐만…."

아니, 여기서 멈출 수 없다. 방귀가 나올 정도로 더욱 힘을 쏟아냈다. 그만큼 타깃의 힘도 강해졌다.

"으윽. 안 돼!"

"내, 내 말 좀… 들어."

"뭔 말을 들어! 죽어. 죽으라고! 죽여달라고 했잖아. 직접 죽으려고 했으면서 왜 안 죽는 건데!!"

"가판대… 여동생… 맞지?"

"…"

타깃이 언니를 알고 있다? 순간 나도 모르게 팔의 힘이 약해졌다. 타깃이 마음만 먹으면 언제든 내 손에서 벗어날 수 있는 상태였다.

"대답해. 맞아?"

"…응. 맞는 것 같아."

"그럼… 이걸로."

타깃이 끈 하나를 내 손에 쥐어주었다.

남자의 목에 걸린 가죽 끈 목걸이 줄이었다. 팔에서 더욱 힘이 빠졌다. 남자의 목은 이제 완전히 내 팔의 압박에서 벗어났다.

"이거, 썩지도 끊어지지도 않는대."

그 말, 언젠가 언니에게 들었다. 신제품인데 너무 비싸서 호구 아니면 안살 거라면서 걱정했었다.

"뭐 해. 안 해?"

"뭘?"

"일해야지."

"응?"

"당겨."

"…응."

• • •

타깃이 죽었다.

타깃은 정말로 반항하지 않았다.

죽은 모습이 좋아 보였다. 실제로 죽은 타깃은 웃고 있었다. 목 졸려 죽을 때 상상하지 못할 황홀경에 빠진다고 하던데 그게 사실일지도 모른다는 생각을 잠깐 했었다.

정수기에서 시원한 물 한 잔을 마시고 의자에 앉았다.

유리창 저편으로 타깃의 집이 보였다. 불이 환하게 켜져 있다.

"불을 꺼줘야 하나."

궁금했다. 타깃은 어떻게 살고 있었는지.

솔직히 다른 욕심도 있었다. 킬러는 은행에 돈을 맡기지 않는다. 언제 죽을지 모르는 인생이고, 운이 좋지 못해서 죽게 되면 그 순간 은행은 만세를 부를 테니까.

문은 그냥 열렸다.

"배려심 있는 남자였네."

문과 문틀 사이 바닥에 100원짜리 동전이 끼워져 있었다.

들고 온 새벽 배송업체 알비백 두 개를 바닥에 내려놓고 집 안을 둘러보았다.

"남자치곤 깔끔하게 살았어. 저금통이 어디에 있을까나."

금세 찾았다. 드레스룸 서랍마다 5만 원권 지폐가 가득했다.

돈을 알비백에 차곡차곡 담았다. 이 돈을 전부 옮기려면 적어도 스무 번은 왔다 갔다 해야 할 것 같았다.

그런데 한 가지 문제가 생겼다.

"문을 안 닫고 갈 수도 없고…."

현관문 비밀번호를 몰랐다. 문을 닫지 않고 나갈 수는 없고, 닫는다면 문이 잠길 것이다.

드레스룸과 침실, 부엌과 책상, 냉장고, 화장실까지 비번으로 보이는 숫자를 발견하기 위해 살폈다.

하지만 찾지 못했다.

난감한 상황에 아랫입술을 잘근잘근 깨물었다. 띠링, 하는 소리가 들려온 것은 그때였다.

책상에 있는 노트북에서 초록 불빛이 깜박였다.

메시지 알림창이었다.

혹시….

알림창을 클릭하려고 마우스를 움직이는데, 문득 한곳에 시선이 갔다. 조그만 종이가 카메라 렌즈를 가리고 있었다.

"찾았네."

거기에 네 자리 숫자가 적혀 있었다. 비번일 것이라고 직감했다.

기분 좋게 알림창을 클릭했다.

웹소설이 떴다.

"어? 작가였어."

제목을 보자마자 기억에 있는 작품이라는 게 생각났다. 심심풀이로 건성건성 몇 번 읽었는데 재미는 별로였다. 나는 킬러다, 하고 자랑질하는 느낌이었달까. 짜증 나서 쪽지도 보냈었다. 너 킬러냐, 클럽 소속이냐? 이렇게 물었던가.

"와, 200화 완결했네. 이 인간 대단하네. 일하랴 글 쓰랴. 성실했네. 엄청 성실했어."

댓글을 클릭했다.

—씨ㅂ아. 니가 킬러라고?? 찐이야? 이 새끼 개뻥은… 킬러가 뭐 하러 이런 잡글을 쓰냐. 우리나라 인구가 몇 개야. 두당 적어도 몇천은 먹을 텐데…

부자겠네... 부럽부럽~은 ㅆㅂ아. 야!! 개뻥쟁이. 조심해라. 또 구라치면 손
모가지 뽀사버린다~

"작가로서는 영 아니었나 보네. 차라리 다큐를 쓰지."

. . .

한동안 두 집 살림으로 바빴다.

시신은 간단하게 처리했다.

집에 있던 냉장고에 시신을 넣고 포장한 뒤 트럭을 불러 시신의 원래 주소
지로 배달시켰다.

통째로 냉장고 바꿔치기 수법이었다.

"삼촌네로 보내는 거예요."

시신의 집에 가서 냉장고를 수령했다.

"수고하셨어요. 여기 이 냉장고는 이곳으로 배달 부탁드릴게요."

시신의 집에 있던 냉장고는 우리 집으로 보냈다.

그다음부터 제법 바빴다.

냉장고에서 시신을 꺼내 킬러의 원래 계획대로 현장을 조작했다. 천장에
매달아 놓은 마닐라삼 올가미를 해체하고, 시신의 목에 걸린 목걸이 줄로 교
체했다.

그다음이 난코스였다. 축 늘어진 시신의 무게가 상당했다. 몹시 애를 먹다
가 다행히 도르래의 원리를 이용하여 어찌어찌 그 문제를 해결할 수 있었다.

마지막으로 지문이나 그 밖의 흔적들을 지우기 위해 구석구석 깔끔하게

청소했다.

눈 깜짝할 사이에 엿새가 지났다.
드디어 두 집 살림이 끝났다.
문득 언니가 자주 하던 욕이 생각났다.
"그거 불치병이야. 차라리 죽는 게 나아. 얼른 죽어버려!"
틀린 말은 아니다. 죽음으로써 불치에서 벗어난 거니까.
그 집에서 떠나기 전 천장에 매달려 있는 전직 킬러에게 잊지 않고 이별
인사를 남겼다.
"축하해요. 소멸하셨네요."

정석화
《인간의 증명》, 《춤추는 집》, 《아내를 지독히 사랑하는 여자》 등을 출간했다. 중
편소설 네 편을 묶은 《도망친 시체》가 곧 출간될 예정이다.

망령의 살의

홍정기

운전대 중앙에 박힌 노란색 바탕의 검은 말이 진동했다.

요란한 엔진의 굉음에 귀가 먹먹할 지경이었다.

운전대를 움켜쥔 남자가 다른 손으로 컵홀더에 있던 버드와이저 캔을 들어 입으로 가져갔다. 고개를 뒤로 꺾은 남자는 거침없이 맥주를 들이켰다. 남자의 목울대가 연신 울렁거렸다. 입가에 흘린 맥주를 손등으로 훔친 남자가 고개를 돌리고 아쉬운 듯 소리쳤다.

"끅. 야야. 마지막. 마지막으로 딱 한 판만 더하자."

뒷좌석에서 캔 맥주를 마시던 남자가 반기듯 몸을 앞으로 내밀어 운전석 헤드에 팔을 걸쳤다.

"큭큭큭. 또? 오늘 승률이 영 안 좋은데 이제 그만하지? 딸꾹."

조수석 남자가 웃으며 거들었다.

"야야, 벌써 300은 잃지 않았나? 이러다 사고라도 나면 어쩌려고 그래."

운전석 남자가 운전대를 주먹으로 치며 소리쳤다.

"아이 씨발. 우리가 뒈지냐? 버러지들이 뒈지는 거지."

말을 멈춘 남자가 다시 맥주를 들이켰다.

"사고? 괜찮아. 씨발. 너 치과 다니느라 술 한 방울도 안 마셨지? 네가 운전했다고 우기면 끝이야. 에이씨. 기분 잡치게 하지 말고. 끅."

운전석 남자가 세 손가락을 펴 보였다.

"판돈 300. 내가 이겨도 니들한테 돈은 안 받는다. 어때, 할 거야 말 거야?"

운전석 남자의 선언에 조수석과 뒷좌석 남자가 슬쩍 눈빛을 교환했다.

"아이, 진짜 위험한데."

잠시 망설이던 조수석 남자가 재빨리 덧붙였다.

"난 오른쪽."

뒷좌석 남자가 작게 트림하며 말했다.

"끄윽. 오케. 나도 오른쪽."

"그, 그래? 그럼 난 왼쪽이다."

운전석 남자의 말에 조수석 남자가 손바닥을 비비며 말했다.

"좋아, 좋아. 그럼 지금 오는 저 버스가 오늘의 마지막 데스매치다. 큭큭큭."

운전석 남자가 반대편 차선에서 오는 파란색 시내버스에 시선을 고정한 채 초점을 잡기 위해 눈을 가늘게 떴다.

마주 오는 버스와 포르쉐의 거리가 점점 가까워졌다.

"5."

운전석 남자를 시작으로 차 안의 남자들이 입을 모아 초읽기를 시작했다.

"4."

"3."

숫자가 줄어들수록 광기에 휩싸인 목소리는 커져만 갔다.

"2."

"씨발! 가보자고!"

누군가의 욕설과 함께 운전석 남자가 핸들을 급하게 왼쪽으로 틀었다. 그와 동시에 포르쉐가 중앙선을 넘어 반대 차선으로 진입했다. 깜짝 놀란 버스기사가 경적을 울리고 상향등을 깜빡였다. 하지만 운전석 남자는 꼼짝하지 않았다.

마침내 버스와 포르쉐가 충돌하려던 찰나.

버스 운전사가 급하게 핸들을 꺾었다. 아슬아슬하게 포르쉐를 피한 버스가 넘어질 듯 휘청이다 갓길로 방향을 틀었다. 곧이어 귀청을 찢는 굉음과 함께 버스가 지나간 아스팔트에서 하얀 연기가 피어올랐다.

쾅!

대기를 뒤흔드는 충격음.

그리고 멈춰선 포르쉐 안에 가득 찬 웃음소리.

"큭큭큭. 이겼어. 마지막 판은 이 몸이 이겼다고! 핫핫핫핫."

사색이 된 조수석 남자가 고개를 뒤로 젖히고 미친 듯이 웃는 운전석 남자의 팔을 잡아당겼다.

"야야. 저거… 저거 봐봐."

뒷좌석 남자가 얼굴을 파묻었다.

"씨발… 좆 됐다."

뒷좌석 남자의 목소리가 몹시도 떨렸다.

겁에 질린 친구들과는 달리 운전석 남자의 웃음소리는 한참 동안 이어졌다.

・・・

"아이고. 하나도 안 드셨네."

어제저녁 힘들게 차린 음식들이 식탁 위에 그대로다.

콩나물국은 차갑게 식었고, 김치는 말라붙었으며, 윤기 흐르던 밥은 누렇고 딱딱하게 굳어버렸다.

말라비틀어진 음식들을 보고 있자니 불쑥 울화가 치민다.

"이렇게 굶다간 엄마도 죽어요. 알아요?"

목소리가 우스꽝스럽게 갈라졌다. 울음을 가까스로 억누르고 소리친 탓이다. 어두컴컴한 방 안에서 등 돌려 누운 엄마는 미동조차 없다. 가늘고 작게 떨리는 어깨만이 엄마가 잠들지 않았음을 알려주었다.

간밤의 피로가 몰려와 순간 현기증이 인다. 머리가 지끈거려 엄지와 검지로 관자놀이를 지그시 문질렀다.

오전 8시 반. 밤새 출장을 마치고 서둘러 돌아온 집에는 정적만이 흘렀다.

이게 사람 사는 집인가. 언제까지 이렇게 살아야 한단 말인가. 불과 몇 주 전까지만 해도 이렇지는 않았다.

고등학교 등교 준비로 분주한 동생. 그런 동생에게 밥 한술이라도 떠먹이려고 아침상을 차리는 엄마. 식탁을 지나 운동화에 발을 구겨 넣는 동생을 급히 불러 세우고 콩나물국을 손수 떠먹이는 엄마. 그런 엄마의 손에서 그릇 째 뺏어 들고 국물을 후루룩 들이켜는 동생. 쿨럭. 밥알이 화산처럼 분출되고. 사레가 들려 기침을 토해내는 동생의 등을 안쓰럽게 문지르는 엄마. 식탁에 앉아 그 모습을 지켜보며 키득거리는 나….

매일 아침 반복되던 풍경은 이제 없다.

콧잔등이 시큰거린다. 어느새 눈물이 고여 돌아선 엄마의 등이 파도치듯 너울거렸다.

서둘러 옷소매로 눈물을 닦아냈다. 나라도 정신을 차려야 한다. 손바닥으로 마른세수를 하고 다시 눈을 떴을 때 안방에 누워 있던 엄마가 사라졌다.

깜짝 놀란 나는 고개를 돌려 주변을 살폈다.

"엄마, 이른 아침에 갑자기 어디 가세요."

어느새 엄마는 현관 앞에 서서 낡은 슬리퍼에 맨발을 넣고 있었다.

나는 서둘러 다가가 엄마의 어깨를 잡았다. 엄마의 작디작은 어깨가 힘없이 끌려왔다. 엄마는 그제야 천천히 내게로 고개를 돌렸다. 며칠 만에 보는 엄마 얼굴인가. 가슴이 무너져 내렸다. 언제 감았는지 모를 떡 진 머리. 그동안 끼니를 거른 탓에 눈 밑이 동굴처럼 푹 꺼져 있다. 동공이 풀린 멍한 눈으로 물끄러미 나를 바라보던 엄마가 입술을 달싹거렸다.

"창수… 우리 창수 보러 가야 해."

그 말에 결국 참았던 눈물이 기어이 터지고야 말았다.

"아우, 엄마. 창수, 창수는 죽었다고. 산 사람은 살아야지. 인제 그만 놓아주자고요."

엄마는 아직 신지 못한 슬리퍼에 오른발을 욱여넣고 마른 나뭇가지 같은 손가락으로 천천히 현관 손잡이를 잡아 돌렸다. 낡은 현관문 경첩에서 나는 신경을 거스르는 소리에 이어 쓰러질 듯 현관을 나서는 엄마가 나직이 중얼거리는 소리가 들렸다.

"이제 창수 볼 날이 한 달도 안 남았다고…."

그 말이 내 귀에 또렷이 박혔다.

얼굴로 뜨거운 피가 쏠렸다. 사지가 사시나무처럼 떨렸다. 참을 수 없는 분노로 어금니를 악물었다. 맞물린 이가 딱딱 울린다.

"개새끼들."

떨리는 목소리가 간신히 새어 나왔다.

"죽여버린다. 기필코. 내가 다 죽여버릴 거다."

힘껏 쥔 주먹이 부르르 떨렸다. 손톱이 파고든 손바닥에서 새빨간 피가 배어 나왔다.

• • •

'혼령과 함께한 혼란의 1년.'

TV만 켜면 떠들어대는 말들에 머리가 아파 리모컨 전원 버튼을 눌렀다. 크리스털 잔에 담긴 샤토 몽페라 와인 한 모금을 머금었다. 입안에 달큼하고 쌉싸름한 포도 향이 차올랐다.

벌써 1년인가.

'월식의 밤' 이후로 한 해가 지났다.

1년 전 갑작스럽게 찾아온 변화로 인류는 혼란의 나날들을 보내야 했다.

하지만 인간은 적응의 동물이라 했던가. 정부의 빠른 대처와 국민의 협조 덕분에 1년이 지난 지금 미지의 존재와의 공존은 순조롭게 진행 중이다. 물론 문제가 완벽하게 해결된 것은 아니다. 하루가 다르게 예상치 못한 문제들이 터져 나왔고, 아직은 공존의 과도기임을 모두가 직시하고 있었다.

지금도 창밖으로 만월이 붉게 타오른다.

월식의 밤 이후로 핏빛으로 물든 만월은 줄어들지도, 원래 색으로 돌아오지도 않았다. 덕분에 사양길이던 무당이 인기 직종으로 급부상했다. 나 역시 눈코 뜰 새 없이 바빠졌으니 결과적으로 이 사태의 수혜자라고 해야 할까.

벽을 가득 메운 부적들 사이로 붉은 만월을 보고 있자니 나도 모르게 상념에 젖어들었다.

100년 만에 가장 긴 개기월식, 이른바 슈퍼 블러드문이 뜬다는 소식에 천문학에 문외한인 사람들도 월식을 보기 위해 어두운 공원이나 언덕으로 모여들었다. 나 역시 인파로 가득한 뒷산 언덕배기에 모여든 사람 중 하나였다.

슈퍼 블러드문에 관심이 있었냐고? 전혀. 그런 건 안중에도 없었다. 그저 막연한 걱정 때문이었다. 무당이 된 이래 가장 불길한 점괘가 6월 25일에 점쳐졌다. 이를 증명이라도 하듯이 개기월식이 예고된 25일이 다가올수록 전에 없던 요기가 가득 찼다. 천안 도심에 출몰한 쥐 떼가 저수지로 뛰어드는가 하면, 산새들이 갑자기 건물 벽을 들이박고 죽어가는 기현상이 나타났다.

또 하나, 유령을 봤다는 신고가 전에 없이 급증했다. 이는 허위신고로 치부할 수 있는 건수를 훨씬 넘어서는 수치였다.

달이 차오르는 만큼 음기가 상승하는 것은 음양오행의 자연스러운 이치. 하지만 월식 날의 점괘가 거듭 대흉수大凶數로 점쳐지는 것이나 손등의 피부가 따끔거릴 정도로 요기가 차오르는 것은 결코 예삿일이 아니었다.

나뿐만이 아니었다. 사이비 무속인이 아닌 이상 대한민국의 무당들은 대부분 그날 밤의 월식을 지켜봤을 것이다. 그만큼 상황은 중대하고 심각했다.

뒷산에 오른 나는 인파에 가로막혀 더 올라가지 못하고 언덕 중턱에서 밤하늘을 지켜볼 수밖에 없었다. 불안한 마음을 떨치려고 퇴마 주문을 연신 읊조렸다.

이윽고 시간이 흘러 하루의 음기가 최고조인 새벽 2시가 됐다.

갑자기 여기저기서 탄성이 터지기 시작했다. 과연 보름달이 좌측 끝부터 서서히 붉게 변하기 시작했다. 개기월식이 시작된 것이다. 사정을 모르는 사람들은 월식이 진행되는 달을 향해 요란하게 사진을 찍어댔다.

등골에 식은땀이 흘러내렸다. 붉게 변하는 달에서 강렬한 요기가 뿜어져 나왔다. 그 요기에 피부가 감전된 것처럼 저릿하고 양 볼에 경련이 일었다. 나는 품 안의 점사 방울을 힘껏 틀어쥐었다. 시끌벅적한 인파 속에서 첫 번째 비명이 터진 건 그로부터 얼마 지나지 않아서였다. 첫 비명을 시작으로 언덕은 삽시간에 아수라장으로 변했다. 서둘러 언덕을 내려가려는 수많은 인파에 걸려 넘어져 바닥에 깔린 사람들의 비명이 밤하늘에 아우성쳤다. 나는 점사 방울을 빼들고 밀려 내려오는 사람들을 비집고 언덕 위로 내달렸다.

무작정 내달리는 사람들 뒤로 흐릿한 형체가 눈에 들어왔다. 두 팔을 뻗은 채 비척거리며 걸어 다니는 사람의 형체. 붉은 달빛을 받아 은은하게 빛나는 그 반투명한 형체는 놀란 사람들의 얼굴을 그대로 투영하고 있었다. 발 부분은 흐릿하여 허공에 떠 있는 듯 땅 위를 부유하는 그것.

그랬다. 흔히 혼령, 영혼, 유령, 귀신이라 부르는 그것.

용한 무당도 귀문鬼門이 트여야만 흐릿하게나마 볼 수 있는 그것이 수많은 사람 앞에 홀연히 나타난 것이다. 존재조차 불분명했던 귀신의 실체가 드러났으니 사람들이 혼비백산하는 것도 무리는 아니었다.

그날 밤 나타난 귀신이 월식 전 뒷산에서 추락 사고로 죽은 자였다는 것은 월식의 밤 이후로 며칠이 지나서야 알게 되었다.

대한민국의 한 달 사망자는 약 4만 5천 명 정도다. 대략 하루에 1500명이 목숨을 잃는다는 뜻이다. 아비규환의 밤에 적어도 7만 명의 잠들었던 혼령이 땅속에서 기어 나왔으니 이를 본 사람들의 공포와 혼란은 이루 말할 수 없었으리라.

교통사고 현장에서 시신과 분리된 영혼이 도로에 나타나 2차, 3차 사고를 유발했고, 병원은 혼령들의 집합소나 마찬가지였다. 옥상을 부유하던 귀신이 바로 아래층 천장에 거꾸로 매달린 채로 나타나 사람들을 놀라게 했다. 이 같은 기현상은 월식의 밤이 지나 해가 떠오른 이후에도 계속 나타났다.

밤낮을 가리지 않고 계속되는 귀신놀음에 사람들은 악마가 재림했다느니, 종말의 징조라느니, 조상님들이 분노했다느니 하며 저마다 한마디씩 떠들어댔다. 결국 각 종교의 지도자들과 관련 전문가들이 모여 긴급회의를 열었다. 치열한 논의 끝에 월식의 밤, 달을 통해 이승과 저승의 관문이 활짝 열린 것으로 결론지어졌다. 그동안 오컬트 괴담으로만 알고 있던 달이 저승으로 통하는 게이트였음을 공식적으로 인정한 셈이었다. 만월을 붉게 물들였던 것이 지구의 그림자가 아니라 마계의 문이었다는 사실에 사람들은 다시 한번 경악했다. 더군다나 한번 열린 저승문은 대규모 굿을 벌여도 닫히지 않았다.

바야흐로 인간과 혼령의 공존을 모색해야 하는 새로운 시대가 도래한 것이다.

유명한 무당들이 초빙되어 혼령들에 대해 면밀히 분석했다. 오랜 관찰과 실험을 거쳐 혼령들의 공통된 몇 가지 특징을 파악할 수 있었다.

월식의 밤 이후로 모든 인간은 목숨이 끊어지는 순간 신체와 영혼이 분리된 뒤 가시화됐다. 시신과 분리된 영혼은 목숨이 끊어진 순간의 옷차림으로 나타나 사망 장소에서 멀리 벗어나지 못하고 부유하는 지박령이 되었다. 영혼은 정확히 49일 동안 이승에 머물 수 있었고, 시간이 지날수록 점차 흐릿해지다가 49일이 되는 날 승천하듯 하늘로 흩어졌다. 그들은 사람의 눈에는 보이지만 실체가 없어 물리적 장애물인 벽을 그대로 통과했다. 인간에게 위해를 가하지도 못했다. 그건 산 자도 마찬가지였는데, 인간 역시 영혼에게 어떠한 물리적 행동을 가할 수 없었다. 만지려 하면 손가락이 그대로 영혼의 형체를 통과했다. 의식이 없는 듯한 그들은 말을 하지도 듣지도 못하는 것 같았다. 그저 공허한 눈으로 자신이 죽은 장소 주변을 부유했다. 낮이고 밤이고 쭈욱.

시간이 지나면서 이계의 존재는 그저 조금 불편한 존재로 받아들여지고 있었다. 산 자와 죽은 자 사이의 접점은 없어 보였다.

그랬다. 자연사의 경우라면 이 말이 맞았다.

그렇지 않은 경우도 있다는 것을 깨달은 것은 대혼란의 밤으로부터 3일이 지나고 나서였다.

사십 대 남성이 한밤중에 길을 가던 여성을 공사 현장으로 끌고 가 살해하는 사건이 발생했다. 아침 일찍 현장에 출근한 인부가 시신을 발견하고 바로 경찰에 신고했다. 현장에 도착한 경찰은 두 구의 시신을 발견했다. 목이 졸려 사망한 여성과 외상 하나 없이 싸늘하게 식은 범인의 시신을 말이다.

여성은 현장에 있던 스티로폼 위에서, 범인은 여성 바로 옆 시멘트 바닥에서 하의가 벗겨진 채 쓰러져 있었다. 여성은 발버둥 친 흔적이 있었지만, 범인은 격투의 흔적이 없었다.

국과수의 검식 결과 범인의 사망 소견은 심장마비였다. 그리고 범인의 가슴 부위에서 직경 6센티미터 정도의 경도 화상을 발견했다. 물론 의학적으로 작은 화상 자국을 심장마비와 연관 짓기에는 무리가 있어 보였다. 결국 범인의 사인은 살인과 성폭행 직전 극도의 흥분 상태로 인한 심장마비로 결론 내려졌다.

하지만 한 가지 의혹이 제기됐다.

사건 현장에서는 사망한 여성의 영혼도 범인의 영혼도 찾아볼 수 없었다.

다양한 추론이 제기되었으나 영혼이 갑자기 성불[*]한 정확한 원인을 파악할 수 없었다. 그러다 범행 시간대 공사 현장 인근에 주차돼 있던 SUV 차량 블랙박스에 찍힌 영상에 의해 모든 비밀이 밝혀졌다.

낯선 차가 주차되어 있는 것을 이상하게 여긴 현장 담당자의 신고로 SUV 차량의 주인이 사망한 범인이라는 것이 밝혀졌다. 트렁크에서는 두 달 전 실종된 여성의 체모가 발견됐다. 범인은 사망한 여성의 시신 처리를 이 차 안에서 해왔는데, 결과적으로 시신을 은폐하기 위한 차량이 사건의 진실을 밝히는 아이러니한 일이 벌어지고 말았다.

앙상한 건물의 골조 사이로 가로등 불빛이 건물 안까지 비추고 있어 녹화된 영상만으로도 대강 식별이 가능했다.

블랙박스 영상을 확인한 형사들은 경악을 금치 못했다.

여성을 목 졸라 죽인 범인은 돌아서서 주섬주섬 바지 버클을 풀었다. 그때

● 이승을 떠도는 혼령이 저승으로 간다는 의미

범인의 뒤로 시신의 영혼이 떠올랐다. 영혼은 지금까지의 영혼들과 마찬가지로 이승의 기억, 심지어 방금 전 사건을 기억하지 못하고 멍한 얼굴로 조금 전까지 머물렀던 육신 주위를 부유했다. 그사이 범인은 바지를 벗어 던지고 시신을 향해 몸을 돌렸다. 범인의 시선은 눈앞의 영혼은 볼일이 없다는 듯 시선은 바닥을 향해 고정됐다.

바로 그 순간.

부유하던 영혼이 멈칫했다. 표정이 없던 영혼의 얼굴에 급격한 변화가 일었다. 초점 없던 눈동자에 붉은 광휘가 깃들었다. 온통 일그러진 얼굴은 악귀와 다름없었다. 이상한 낌새를 눈치챈 범인이 고개를 들었다. 그는 이제껏 단 한 번도 보지 못한 영혼의 모습에 적잖이 당황한 것 같았다. 영혼은 슬슬 뒷걸음질 치는 범인을 향해 그대로 돌진했다. 영혼과 포개진 범인의 몸이 부르르 떨렸다. 범인의 얼굴이 고통으로 일그러졌다. 도망치려 했지만 영혼에게 꽉 붙잡힌 듯 꼼짝하지 못했다. 범인이 고통에 몸부림치는 모습이 블랙박스에 그대로 찍혀 있었다.

범인이 몸을 젖히는 순간 형사들은 눈을 의심했다.

영혼의 오른손이 범인의 가슴속으로 쑥 들어갔다. 정확히는 여성의 손목 아랫부분이 범인의 심장 부위에 박혀 있었다.

범인이 여성의 영혼을 향해 두 손을 허우적댔으나 영혼은 연기처럼 흩어졌다가 원래의 모습으로 돌아갔다. 그동안에도 범인의 심장에 박힌 오른손은 그대로였다.

범인의 몸부림은 오래가지 않았다. 이내 고개를 툭 떨군 범인은 시멘트 바닥에 무너져 내렸다. 곧이어 범인의 영혼이 육신과 분리되어 공중으로 떠올랐다. 여성의 영혼이 자기를 죽인 범인을 해친 것이었다.

더욱이 이해할 수 없는 점은 복수를 마친 여성의 영혼과 범인의 영혼이 동시에 수 미터쯤 떠올라 연기처럼 흩어진 것이다.

그랬다. 한 맺힌 귀신의 복수였다.

이 사건은 자신을 해친 자에게 복수를 실행한 첫 번째 귀신 살인사건으로 기록되었다. 영상이 외부로 유출되지 않도록 극도로 조심했음에도 불구하고 은밀하게 유출된 영상은 일파만파로 퍼져 나갔다.

이후로 귀신 살인 전담팀이 꾸려져 여러 사례들을 조사한 결과 추가로 새로운 사실들이 드러났다.

그동안 밝혀진 사실을 나열하자면 이렇다.

1. 인간이 사망하는 순간, 망자는 죽기 직전의 모습으로 육신과 영혼이 분리되고 49일간 죽은 자리 주변을 부유하다 성불한다.

2. 기본적으로 인간과 영혼은 물리적으로 서로 간섭할 수 없다.

3. 다만, 살해 및 의도된 사고로 사망한 경우, 귀신은 자신을 해친 가해자와 마주친 순간 악귀로 변해 가해자의 생명을 앗아간다(관계없는 자들에게는 일반 영혼과 같은 특성을 보인다).

4. 영혼은 가해자의 악의를 감지해 악귀로 변한다(수술 중 사망 같은 의도치 않은 죽음 혹은 우연한 사고로는 악귀로 변하지 않는다).

5. 한 맺힌 영혼도 사망에 이르게 한 인간과 마주치지 않는 이상 49일 후 자연 성불한다.

6. 영혼에게 복수당한 피해자는 영혼이 분리되자마자 성불한다. 뚜렷한 외상 없이 심장마비와 같은 증상을 보이며 심장 부위의 피부에 경도의 화상 자국이 남는다.

7. 신내림을 받은 무속인이 직접 쓴 부적으로 영혼을 소멸할 수는 없으나 이동 통제는 가능하다.

8. 기본적으로 부적 한 장으로 상하좌우 2미터 내의 영혼을 차단할 수 있다(무속인의 영력에 따라 차단 면적이 늘거나 줄어든다).

9. 부적은 노란색 종이에 붉은색 글씨로 무당이 직접 써야만 효력이 있다.

투명한 창문으로 빗방울이 튀기 시작했다.

그 소리에 오랜 상념에서 깨어나 현실로 돌아왔다. 창문을 바라보니 붉게 타오르던 만월이 먹구름 뒤에 숨어 있었다. 이내 장대비가 요란스레 쏟아졌다. 소강 상태였던 장맛비가 다시 시작된 것이다.

월식의 밤 이후로 많은 변화가 있었다.

섬뜩한 영혼과의 동거에 불편함을 호소하는 이들이 적지 않았다. 반면 사랑하는 이를 영혼으로나마 볼 수 있어 반기는 이들도 있었다. 병원에서는 사망이 임박한 환자를 숨이 멎기 전 영혼 장례식장으로 옮기는 특별 서비스를 운영했으나 제때 시간을 맞추지 못하는 경우가 부지기수였다. 게다가 비용이 비싼 탓에 서민들은 꿈도 꿀 수 없었다. 결국 대중의 관심은 부적으로 쏠렸다. 영혼의 동선에 부적을 붙여 움직임을 차단하는 것이다.

월식의 밤 이후 영혼의 출입을 막기 위한 부적의 수요가 폭발적으로 급증했다. 대형 화재나 집단 교통사고가 발생한 곳, 건물이 무너진 곳, 치명적인 전염병이 발병한 곳에서는 부족한 수요를 채우기 위해 전국에서 무속인들이 몰려들었다.

이순신 장군의 신내림을 받은 내 부적은 다른 무속인보다 더 넓은 면적의 효험을 발휘했다. 그것은 강한 영능력으로 비쳤고, 덕분에 1년이라는 단기간 내에 엄청난 부를 축적할 수 있었다.

빗방울이 창문을 때리는 소리가 요란하다.

오늘도 종일 비가 내릴 모양이다.

문득 고개를 돌리니 벽시계가 3시를 가리키고 있었다. 크리스털 잔에 남은 와인을 마저 입에 털어넣고 천천히 자리에 누웠다. 적당히 오른 취기를 수면제 삼아 눈을 감고 잠을 청했다.

...

쏟아지는 비에 신발과 바짓단이 흠뻑 젖어들었다.

젖은 옷 때문에 체온이 식어 몸서리가 쳐졌다.

새벽녘의 흙냄새가 튀어 오르는 빗방울을 타고 코로 들어온다.

소매를 걷어 손목시계를 봤다.

새벽 5시. 이제 슬슬 놈이 나타날 시간이다.

때마침 멀리서 검정 우비를 입은 놈이 커다란 보온병을 들고 잰걸음으로 다가왔다.

역시 예상대로다.

개차반인 저놈도 먹고사는 일에는 시간이 정확한 걸 보니 헛웃음이 나온다. 우리 집을 풍비박산 내놓고 저 혼자 살겠다고 부지런히 움직이는 꼴이라니.

또다시 화병이 도지려는지 머리가 지끈거린다.

안 돼. 침착하자. 이건 하늘이 내린 기회. 자칫 흥분했다간 일을 망칠 수 있다.

후으으읍. 하.

천천히 심호흡을 하며 놈이 탑차의 적재함 속으로 사라지는 것을 끝까지 지켜본 뒤에야 밖으로 나왔다.

자, 이제 단죄의 시간이다.

. . .

이른 아침, 전화벨 소리에 잠에서 깼다.

잘 떠지지 않는 눈으로 벽시계를 흘끗 보니 오전 9시 반. 모처럼의 휴일을 깨우는 자가 누구인지 보기 위해 휴대전화 액정에 떠오른 이름을 확인했다.

나는 곧바로 헛기침으로 목을 가다듬고 전화를 받았다.

"오 형사님, 웬일이세요."

운전 중인지 차량 소음 사이로 오 형사의 목소리가 들려왔다.

"사망 사고요? 아… 네? 이리로 오신다고요?"

나는 휴대전화를 고쳐 쥐고 말했다.

"알겠어요. 바로 준비하고 있을게요."

전화를 끊고 서둘러 화장실로 들어가 세수부터 했다. 찬물로 얼굴을 적시며 남은 잠을 씻어냈다.

꽤 오랜만의 연락이었다. 몇 년 전 미궁에 빠진 살인사건의 범인을 잡는 데 도움을 준 계기로 연락을 트게 되었는데, 오늘처럼 사망 사건이 발생하면 망자의 영혼이 현장을 마구잡이로 돌아다니지 않도록 통제해달라는 의뢰를 받곤 했다. 병사가 아닌 뜻밖의 사고나 사건의 경우 경찰이 내게 직접 연락했다.

하긴 그동안 천안에 사망 사건이 뜸하긴 했지.

생활한복을 입고 간단하게 화장했다. 문갑에서 손수 그린 부적 한 뭉치와 버드나무 가지를 광목 배낭에 챙겨 넣었다. 외출 준비를 마치자 때마침 오 형사에게서 신당 앞이라는 메시지가 도착했다.

사무실이자 집으로 쓰는 오피스텔 20층에서 엘리베이터를 타고 1층에 내렸다. 로비로 나오니 밤새 퍼붓던 비가 그쳐 있었다. 하지만 여전히 시커멓게 낀 먹구름은 금방이라도 장대비를 퍼부을 준비가 되어 있었다.

정문 계단 앞에 낡은 회색 쏘나타가 기다리고 있었다. 조수석 창문이 열리고 운전석에 앉은 오 형사가 조수석 쪽으로 목을 내밀어 반갑게 인사했다.

"오랜만입니다."

각진 턱에 언제 깎았는지 모를 턱수염이 듬성한 오 형사는 예전 그대로였다. 나는 빙긋이 웃음 짓고 가볍게 눈인사했다. 계단을 내려가자 오 형사가 차 안에서 팔을 뻗어 문을 열었다. 안전벨트를 맬 때까지 기다리던 오 형사는 '찰칵'거리는 클립 소리와 함께 곧바로 차를 출발시켰다.

"미모는 여전하네요, 하하. 요즘도 바쁘시죠?"

오 형사의 말에 입가의 미소를 손으로 가리고 고개를 끄덕였다.

"별말씀을⋯. 요즘도 눈코 뜰 새 없이 바쁘네요."

"복사한 부적이 효험이 있으면 한결 편하실 텐데 매번 이렇게 다니시려면 힘들겠어요. 하하."

너털웃음을 짓는 오 형사의 말에 슬며시 쓴웃음을 지었다.

솔직히 힘들다. 하지만 영력을 가진 무당이 직접 써야만 효력을 발휘하는 부적이기에 지금의 부를 거머쥘 수 있었다. 그러니 힘들다고 불평할 수만은

242

없다. 월식의 밤 이후 무당협회가 급조되었고, 무당 1인이 생산하는 부적 개수와 신규 유입 무당의 인력 관리, 나날이 늘어가는 사이비 무당 색출에 온 신경을 쏟고 있었다.

인사치레 이후로 차 안에 침묵이 흘렀다. 곁눈질로 오 형사를 바라보니 미간을 찌푸린 채 운전에 집중하고 있었다. 사건을 생각하는 걸까. 어색한 분위기를 깨고자 먼저 말을 걸었다.

"저… 이번엔 무슨 사건인가요?"

내 물음에 오 형사는 전방에서 시선을 떼지 않고 기계적으로 답했다.

"이름 박의천. 나이 스물넷. 천안고등학교를 중퇴하고 식자재 배달 일을 하는데 오늘 아침 탑차 적재함 안에서 사망한 채로 발견됐어요. 일단 정확한 사인은 부검 결과가 나와야 알겠지만, 외견상으로는 심장마비입니다."

보통 일반인에게는 가르쳐주지 않을 정보다. 하지만 내가 미궁에 빠졌던 사건을 해결한 경험이 있어서일까. 오 형사는 스스럼없이 이번 사건에 관해 이야기했다.

"어머, 나이도 젊은데 심장마비라니…. 쯧쯧쯧."

차가 빨간 신호등 앞에서 정차하자 그제야 오 형사는 고개를 돌려 나를 바라봤다.

"인근 학교 급식소에 배달할 식자재를 받으러 가는 길이었습니다. 출발 전 고가도로 아래 주차돼 있던 탑차 내부를 정리하던 중 사망한 것으로 보입니다. 같은 곳에 주차한 트레일러 운전사가 출근길에 탑차 주위를 부유하는 유령과 문이 열린 적재함 안에 쓰러져 있는 박의천을 보고 신고했답니다."

"아."

안타까운 일이지만 그것이 그 사람의 명운이 아니겠는가.

신호가 바뀌고 차가 엔진음을 높여 달리기 시작했다. 차는 어느덧 도심의 2차선 도로를 벗어나 외곽 4차선 산업도로로 진입했다.

차 안에는 다시 어색한 침묵이 내려앉았다. 하지만 이번에는 목적지까지 조용히 가기로 마음먹었다.

멍하니 차창 밖을 보고 있는데 멀리서 다가오는 가로수에 눈길이 갔다.

가드레일 밖으로 줄지어 서 있는 가로수 사이로 새카맣게 탄 가로수 하나가 흉물스럽게 앙상한 뼈대를 드러내고 있었다. 그 가로수를 투명 아크릴 차단벽이 빙 둘러싸고 있었는데 아크릴 벽 안쪽으로 적어도 열 명 이상의 영혼들이 즐비해 있었다. 한눈에 영혼임을 알아챌 수 있었던 건 영혼을 수시로 보는 게 무당의 일이기도 했지만 모여 있는 영혼들의 반투명한 형체 뒤로 숲이 훤히 보였기 때문이다.

저 정도면 한 달쯤 됐을까.

속으로 사망 시기를 가늠해보고 있는데, 내 시선을 눈치챈 오 형사가 오래간만에 입을 뗐다.

"한 달 전에 이 도로에서 교통사고로 열네 명이 사망했습니다."

"아⋯."

나는 고개를 끄덕이며 차창 밖 가로수를 주시했다. 정말로 부적이 붙은 차단벽 아래로 망자를 기리는 꽃다발과 눌어붙은 초들이 빽빽이 놓여 있었다. 머릿속으로 대형사고 뉴스를 떠올렸지만, 딱히 떠오르는 사건이 없었다. 하긴 정신없이 바쁘게 지내다 보니 뉴스를 언제 봤는지도 기억나지 않았다.

"사고가 아주 크게 났었나 보네요."

오 형사의 미간에 주름이 잡혔다.

"딱 퇴근 시간대였습니다. 퇴근하는 직장인과 하교하는 학생들을 태운 버스가 1차선으로 달리고 있었죠. 그런데 마주 오던 포르쉐가 갑자기 중앙선을 침범해 버스 차선으로 넘어온 겁니다. 놀란 버스 기사는 핸들을 꺾었고 가까스로 포르쉐를 피했지만 대신 가로수를 정면으로 들이받았어요."

버스 타이어가 아스팔트 지면을 미끄러지는 소리가 귓가에 들리는 듯했다.

오 형사가 고개를 가볍게 저으며 이어서 말했다.

"운이 없었다고 할까요. 가로수를 들이박은 충격 때문인지 전기버스 천장에 설치된 배터리가 폭발했습니다. 추돌 충격으로 정신이 없던 승객들은 머리 위에서 솟구치는 불꽃에 속수무책으로 당할 수밖에 없었죠. 아시는지 모르겠지만 전기차 배터리에 불이 붙으면 눈 깜짝할 사이에 엄청난 고온의 화재가 발생합니다. 결국 한 명도 탈출하지 못하고 버스 기사를 포함한 승객 모두가 목숨을 잃었어요."

나도 모르게 마른침을 꿀꺽 삼켰다. 머릿속에서 당시의 끔찍한 상황이 그려졌다. 새카맣게 그을린 가로수는 그날의 참상을 모두 지켜보았으리라.

"참사네요. 그런데 포르쉐는 왜 중앙선을 넘은 거죠?"

내 물음에 오 형사는 깊은 한숨을 쉬었다.

"현재 불구속 수사 중인데 운전자는 졸음운전이라고 주장하고 있습니다."

"네? 열네 명이 사망했는데 불구속 수사인가요?"

오 형사가 고개를 돌려 나를 보며 쓴웃음을 지었다.

"저희 관할이 아니라서 저도 들은 이야기지만, 사고 직후 포르쉐 운전자가 바로 119에 신고했다네요. 동승자와 함께 버스 승객들을 구조하려는 시도도 했다고 합니다. 물론 화재가 난 후로는 영혼이 된 버스 승객이 악귀가 되어 포르쉐 운전자를 해치는 2차 피해를 막기 위해 구급대원들이 포르쉐 운전자와 동승자를 현장에서 분리 조치했다더군요. 무엇보다 어마어마한 공탁금을 걸었고 도주 위험이 없다고 판단해서 불구속으로 수사하게 됐답니다."

오 형사가 단둘뿐인 차 안에서 목소리를 낮췄다.

"사실 차주 아버지가 천안시에서 유명한 유지랍디다."

"동승자가 있는데 졸음이라고요?"

"네. 관할 서에서는 그 점을 의심하고 있더군요. 차에는 세 명이 타고 있었습니다. 친구 사이라는데 고등학교 때부터 지역에서 유명한 망나니였답니다. 더구나 운전자를 제외한 동승자 두 명에게서 음주 반응이 나왔습니다. 차 안에서 마시다 만 캔 맥주도 발견됐어요. 그런데 포르쉐를 몬 운전자는 차주가 아니었어요. 차주는 조수석에 타고 있었죠. 운전자는 면허를 취득한 지 얼마 되지 않은 상태였어요."

"경찰은 조수석에 타고 있던 차주의 음주운전을 의심하는 거군요."

"맞습니다. 한번 생각해보세요. 보살님이라면 수억 원짜리 포르쉐를 면허 딴 지 한 달도 안 된 생초보에게 맡기겠어요?"

"저라면 안 맡기죠."

"사고 직전 세 사람이 주점을 나서는 모습이 찍힌 CCTV를 확인했는데 정작 차가 주차된 도로에는 CCTV가 없었습니다. 누가 운전했는지 확인할 방법이 없어요. 벌써 서로 입을 맞췄는지 진술도 일치하고요. 이대로라면 사고를 유발한 세 명은 가벼운 처벌로 끝날 겁니다."

말을 마친 오 형사가 다시 깊은 한숨을 내쉬었다. 오 형사의 답답한 심정을 이해할 수는 있었지만 달리 덧붙일 말이 없었다. 대꾸할 말을 생각하던 중 차가 멈췄다.

오 형사가 시동을 끄고 말했다.

"다 왔습니다."

차 문을 열고 나오니 그동안 오 형사와 함께 현장에서 보았던 익숙한 풍경이 펼쳐졌다.

고가도로 아래 주차된 탑차 주변으로 과학수사대 요원들이 차량 주변을 조사 중이었다. 사건이 일어난 탑차 말고도 트레일러와 화물차들이 더러 주차돼 있었다. 주차비를 아끼기 위해 고가 아래 불법주차한 차들인 듯싶었다. 경찰과 과학수사대 외에 구경 나온 주민들은 없었다. 아무래도 인가에서 동떨어진 곳이라 그럴 거라고 생각했다.

등에 '과학수사대'라 적힌 조끼를 입은 남자와 이야기하던 오 형사가 나를 향해 뛰어왔다.

"아직 조사가 완료되진 않았지만 일단 망자 영혼이 차 밖으로 나오지 않도록 작업 부탁드립니다."

마침 탑차 적재함 왼쪽 벽으로 멍한 표정의 망자 머리가 불쑥 튀어나왔다. 인적이 드물긴 하지만 망자의 영혼을 탑차 안에 가두는 작업이 필요했다. 나는 발걸음을 떼며 준비해온 부적과 버드나무 가지를 꺼내 들었다. 경찰과 과학수사대 요원들이 탑차에서 멀찍이 물러나 나를 지켜봤다. 나는 낮게 주문을 읊조리며 탑차 주변을 천천히 돌았다.

통상 운전석 쪽은 부적을 붙여놓는다. 운전 중 도로 위의 영혼이 운전석 안으로 관통하는 것을 방지하기 위해서다. 하지만 적재함은 대개 부적을 붙여놓지 않았다. 따라서 적재함의 사면과 천장에 부적을 붙이면 작업은 끝이었다. 약간의 쇼맨십은 무당업계에서 암묵적인 규정이었다. 적재함 면적을 보며 부적 수량을 계산했다. 이 정도면 각 면에 한 장씩이면 충분했다.

화물칸 전면 중앙에 부적을 붙였다. 그리고 튀어나온 망자의 머리를 버드나무 가지를 휘둘러 적재함 안으로 몰았다. 버드나무의 강한 생명력은 귀신과 상극이었다. 죽은 곳 주위를 맴도는 망자를 한두 걸음 움직이게 하는 데는 버드나무 가지가 주효했다. 망자를 몰아넣고 적재함 옆벽에 부적을 붙인 뒤, 탑차 뒤편으로 돌아섰다.

활짝 열린 오른쪽 문 사이로 보이는 적재함 내부는 어두컴컴했다. 시신은 이미 치워진 뒤인지 흐릿한 망자만이 내부를 부유하고 있었다. 망자의 모습 뒤로 층층이 쌓인 감자 상자가 흐릿하게 비쳐 보였다. 멍한 얼굴로 부적이 붙은 차 벽과 벽 사이를 오가는 망자를 보면서 한순간 위화감이 일었다. 하지만 위화감의 정체가 무엇인지는 쉬이 떠오르지 않았다.

"커피 냄새가 코를 찌르죠?"

고개를 돌리니 오 형사가 서 있었다. 차 앞에서 머뭇거리는 이유를 커피 때문이라 생각한 것일까. 그제야 적재함에서 시멘트 바닥까지 까맣게 흘러내린 커피 자국이 눈에 들어왔다.

"뭐 별거 아닙니다만 시신의 얼굴과 목, 가슴 주변에 화상이 있더군요."

"화상이요?"

그대로 되묻자 오 형사는 화물칸으로 시선을 돌렸다.

"보온병에 담긴 뜨거운 커피가 박의천의 얼굴과 상의를 적셨고 엎질러진 보온병에서 나온 커피가 적재함 문밖까지 흘러나와 있었어요. 보온병에 있던 커피를 마시려던 박의천이 심장 통증으로 병을 떨어뜨린 게 아닌가 싶습니다."

화물칸 내부에 번쩍이는 저것이 보온병이구나.

진한 커피 향을 들이마시며 닫혀 있는 왼쪽 문에 마지막 부적을 붙였다. 오른쪽 문이 열려 있지만 닫힌 왼쪽 문에 붙은 부적의 영력으로 망자는 문밖으로 나올 수 없을 것이다. 마무리 주문을 외우고 오 형사를 향해 돌아섰다.

"끝났습니다."

두 손을 모아 합장하자 오 형사도 공손히 허리 숙여 합장했다.

"수고하셨습니다."

집까지 데려다주겠다는 오 형사의 제안을 거절하고 콜택시를 불렀다.

돌아가는 택시 안에서 가만히 눈을 감고 생각에 잠겼다.

탑차 밖까지 진동하던 진한 커피 냄새. 어둠 속에서 흐릿하게 부유하던 망자의 모습. 알 수 없는 위화감….

문득 눈을 떠보니 차선 반대쪽으로 검게 탄 가로수가 보였다. 빠르게 멀어져가는 가로수 사이로 투명 차단벽 앞에서 망자를 지켜보는 노부인의 모습이 스쳐갔다.

• • •

어둠 속에서 빗방울이 떨어진다.

가슴속의 울분이 씻긴다. 역시 하늘은 이 울분을 알아주는구나.

세찬 바람에 실린 빗방울이 얼굴을 때린다.

하늘을 찌를 듯 높이 솟은 건물들을 둘러봐도 불이 켜진 곳이 거의 없다.

시선을 난간 아래로 내렸다.

창밖으로 새어 나오는 불빛 하나가 비 오는 어둠을 밝히고 있다.

히키코모리 새끼.

자, 이제 네놈을 단죄할 시간이다.

다시 오 형사의 전화를 받은 건 탑차 사건으로부터 며칠이 지나지 않아서였다. 해가 뉘엿뉘엿 지는 저녁 무렵 휴대전화에 오 형사의 이름이 떴다.

"또 사망 사고인가요?"라고 묻자 전화기 너머로 들려오는 오 형사의 목소리가 조금 떨렸다.

"이번에는 조금 다릅니다. 오시면 설명해드릴게요."

뭐라 덧붙이기도 전에 전화가 끊겼다. 무슨 일인지 호기심이 일었다. 마침 영업이 끝난 시간이라 서둘러 채비를 갖추고 문자로 찍어준 주소로 향했다.

"이놈의 장마는 대체 언제 끝날까요. 매일같이 비가 오니 길거리에 사람이 없네요."

또다시 떨어지는 빗방울에 와이퍼가 움직일 때마다 신경을 긁는 소리가 났다.

"비가 오면 손님이 더 많지 않나요?"

택시 기사의 넋두리 섞인 말에 가볍게 대꾸하자 기사가 고개를 저었다.

"아니에요. 비가 올 땐 손님이 더 없어요. 요즘 같은 장마철엔 정말 죽겠습니다."

맞다. 정말로 지겹도록 비가 내린다.

도심지를 벗어난 택시가 아파트가 밀집한 주거지에 들어섰다.

"아이고, 또 뭔 사고가 났나."

목적지 건물 앞 진입로에 구급차와 경찰차가 서 있었다.

"아, 저 여기서 내릴게요. 감사합니다."

서둘러 요금을 지불하고 택시에서 내렸다. 조금씩 내리던 비는 그새 그쳤다. 인도에 우산을 쓰고 둘러선 사람들을 지나자 정복 경찰이 나를 막아섰다. 나는 오 형사의 이름을 대고 신당 명함을 건넸다. 경찰은 명함과 나를 위아래로 훑어보더니 턱짓으로 따라오라고 했다. 그렇게 붉은색 벽돌이 박힌 건물 안으로 들어섰다. 마침 로비에 서 있던 오 형사가 나를 알아보고 다가왔다.

"오셨어요? 일단 따라오시죠."

나는 영문도 모른 채 오 형사가 잡아준 엘리베이터에 탔다. 오 형사는 5층 버튼을 눌렀다. 버튼 옆에 붙은 스티커를 보니 1층은 상가, 2층부터 5층까지는 주거용인 주상복합 건물이었다.

"5층에서 사건이 발생했나요?"

등에 진 봇짐을 벗어 조여진 끈을 풀며 물었다. 오 형사는 이마에 송골송골 맺힌 땀을 훔치며 예의 피해자 브리핑을 시작했다.

"이름은 최승식. 나이는 스물네 살. 천안고를 중퇴하고 몇 년째 부모에게 얹혀살던 백수라고 하더군요. 이웃의 말을 그대로 빌리자면 부모 등골을 빼먹는 버러지라던가…"

오 형사의 말에 탑차 사건이 스쳐갔다. 탑차에서 죽은 박의천도 천안고등학교 출신이었고 나이도 같았다. 잠시 생각에 잠긴 사이 5층에 도착한 엘리베이터 문이 스르륵 열렸다. 오 형사가 열림 버튼을 누른 채 나를 바라봤다. 나는 서둘러 엘리베이터 밖으로 나왔다.

출입문은 하나였다. 5층 전체가 주거용인 듯했다. 오 형사를 따라 라텍스 장갑과 덧신을 신고 현관을 지났다. 거실에는 중저가 브랜드 소파와 40인치 TV가 있었다. 평범한 중산층의 전형적인 모습이었다. 오 형사가 거실 오른쪽 방을 향해 턱짓했다.

저기인가.

나는 조금 전 엘리베이터에서 푼 봇짐에 손을 넣어 부적 뭉치를 찾았다. 그때 등 뒤에서 오 형사의 목소리가 들렸다.

"부적은 필요 없어요."

"네?"

고개를 돌려 반문했지만 오 형사는 대답 대신 손바닥을 방 쪽으로 향했다.

나는 봇짐을 다시 등에 메고 문이 활짝 열린 방 안으로 천천히 발걸음을 옮겼다. 방 안에 들어서자마자 담배 찌든 냄새와 퀴퀴한 노총각 냄새가 뒤섞여 코를 찔렀다. 방바닥에는 술병과 꽁초들이 널브러져 있어 발 디딜 곳을 찾아야 했다. 오른쪽 커다란 통창 아래 컴퓨터 책상이 있었고 책상 위 모니터에는 우락부락한 게임 캐릭터가 제 키만 한 검을 들고 서 있었다. 책상에서 조금 떨어진 방바닥에 바퀴 달린 의자가 넘어져 있었고 바로 옆에 주인 없는 헤드폰이 나뒹굴고 있었다. 시신은 이미 치웠는지 쓰러진 의자 옆 방바닥에 사람의 실루엣 모양으로 하얀색 테이프가 붙어 있었다. 상황으로만 본다면 PC 게임 중 신변에 변화가 생긴 모양이었다.

"이 방이 최승식의 방입니다. 사망 추정 시각은 새벽 3시경. 사인은 심장마비입니다. 시신은 지인의 장례식장에 다녀온 최승식의 부모가 오늘 오후 2시에 귀가 후 발견하여 신고했습니다. 일단 부모의 알리바이는 확인했어요. 정황상 새벽까지 게임을 하다가 심정지가 온 것 같은데… 잠시 이것 좀 봐주시죠."

오 형사가 사진 몇 장을 건넸다. 사진을 보자마자 얼굴이 일그러졌다. 발견 당시 최승식의 모습이 자세히 찍혀 있었다. 쓰러진 의자에 다리를 걸치고 천장을 바라보는 얼굴은 고통으로 일그러진 채 굳어 있었다. 그리고 바로 다음 사진. 최승식의 가슴이 찍힌 사진을 보고 나도 모르게 숨을 삼켰다.

왼쪽 유두 아래 골프공 크기의 붉은 반점. 시신 위를 부유하고 있어야 할 망자가 없는 텅 빈 방.

"이 사람… 망자에게 당했군요."

내가 오 형사를 바라보자 그가 천천히 고개를 끄덕였다.

"네. 부모가 발견했을 때는 최승식의 시신 외에 영혼은 없었다고 합니다. 심정지, 가슴에 남은 화상으로 보아 망자에게 당한 게 분명해요."

나는 고개를 갸우뚱거렸다.

"그럼 간밤에 이 방에서 귀신 살인이 일어났다는 말인가요? 이 남자의 방이니 계속 여기에서 지냈을 텐데 그렇다면 이 남자를 죽인 피해자 시신도 있었나요?"

오 형사가 고개를 가로저으며 말했다.

"이 방뿐만 아니라 건물 전체를 샅샅이 조사했지만 49일 전후로 이 건물에서 사람이 죽어 나간 일은 없었습니다."

"혹시 다른 곳에서 망자에게 살해당한 후 누군가가 여기로 시신을 옮겨온 건 아닐까요?"

"아니요. 과수대가 시신 상태를 확인해봤는데 시신이 이동한 흔적은 없었다고 합니다."

나는 다시 사진 속 화상 자국으로 시선을 떨어뜨렸다.

"그, 그럴 리가요. 1년 동안 여러 시신과 망자를 보아왔지만 이런 경우는 처음인데요."

"그래서 보살님을 모셔온 겁니다. 보살님은 혹시 아실까 싶어서요."

오 형사의 부담스러운 눈빛을 보자 머릿속이 복잡해졌다. 망자의 법칙에 변수가 생긴 걸까. 그저 평범한 무당인 내가 뭘 알겠는가. 생각에 잠긴 사이 오 형사의 시선이 뒤통수에 꽂혔다. 멍하니 서 있을 수는 없었다. 일단 내가 할 수 있는 것을 해보자는 마음으로 어질러진 방 안을 살펴봤다. 방 안쪽 외벽으로 향하는 벽면 가운데에 부적이 붙어 있었다. 자세히 살펴보니 부적을 쓴 무당의 인증이 담긴 정식 부적이었다.

"이 부적은 확인해보셨죠?"

"네. 집 안의 사면, 각 방 안쪽에 부적이 붙어 있는 것을 확인했어요. 물론 각 방과 거실 바닥도 확인했습니다. 부적도 공인받은 무당이 그린 것이었습니다."

"혹시 여기 5층 위에 옥탑방이 있나요?"

"아뇨. 이 집이 마지막 층입니다. 위로는 옥상밖에 없어요."

나는 관자놀이에 손가락을 얹고 잠시 생각에 잠겼다.

영혼은 상하 구분이 없다. 방바닥에 있던 영혼이 아래층 천장으로 거꾸로 매달린 채 나타나는 경우가 종종 있었다. 하지만 이 집은 꼭대기 층이라 불가능한 일이었다.

"혹시 천장에 부적이 있나요?"

"아뇨. 천장에는 없었어요. 방금 말씀드린 대로 옥상에는 사람이 살지 않아요. 부모 말로는 굳이 돈을 들여 천장에까지 부적을 붙이지는 않았다고 합니다."

문득 어떤 가능성이 떠올랐지만 구체적이지 않은 막연한 생각이었다.

"옥상을 볼 수 있을까요?"

오 형사의 얼굴에 의아한 표정이 스쳤으나 곧 나를 옥상으로 안내했다. 집 밖으로 나와 복도 계단을 올라가니 옥상으로 통하는 철문이 나왔다. 오 형사가 라텍스 장갑을 낀 손으로 철문 손잡이를 돌리며 말했다.

"이 철문은 안에서 잠겨 있었습니다. 지문 역시 최승식의 어머니 지문밖에는 없었어요."

활짝 열린 철문 밖으로 나오니 고층 아파트 사이로 저물어가는 태양이 오렌지빛으로 물들어 있었다. 저 태양이 구름 사이로 숨어들면 곧 붉은 만월이 모습을 드러내리라.

해가 지는 중이기도 했지만, 그와는 별개로 녹색 옥상 절반이 그늘져 있었다. 건물에 인접한 아파트의 그림자였다. 나는 고개를 들어 건물을 향해 쓰러질 듯 서 있는 아파트를 천천히 올려다봤다. 확실히 저 아파트 옥상에서라면 이쪽으로 넘어올 수도 있을 만한 거리였다. 하지만 설령 그렇다고 해도 옥상 문이 잠겨 있어 건물 안으로 침입할 수는 없었을 것이다. 나는 고개를 절레절레 흔들고 폭우로 물웅덩이가 진 옥상 바닥으로 시선을 돌렸다. 그리고 바닥에 떨어진 작은 돌멩이 하나를 조심스레 집어 들었다.

"뭔가 단서가 될 만한 게 있나요?"

오 형사가 호기심 어린 목소리로 물었다.

"조약돌이요."

"네?"

오 형사의 말을 무시하고 손에 든 돌을 살폈다. 어디서나 볼 수 있는 흔한 조약돌이었다. 그런데 돌의 한쪽 면이 검게 채색돼 있었다.

"혹시 제가 서 있는 이 자리 아래가 사망한 최승식 씨 방인가요?"

잠시 생각하던 오 형사가 고개를 주억거렸다.

이때까지만 해도 이 조약돌의 정체가 무엇인지 전혀 알 수가 없었다.

얼마 뒤 별다른 성과 없이 건물을 나섰다.

오 형사에게는 좀 더 조사해보겠다고 말했지만 사실 어디에서부터 뭘 어떻게 조사해야 할지 막막했다. 오 형사의 기대에 찬 눈빛을 피하려고 대충 얼버무렸다고 하는 게 맞을 것이다. 조사 내내 계속 내 마음을 잡아끄는 뭔가가 있었지만 그것이 무엇인지 답답할 정도로 실체화되지 않았다.

집으로 돌아온 나는 싱숭생숭한 마음에 일찍 자리에 누웠다. 꿈속으로 도망치고 싶었다.

하지만 눈을 감자마자 울리는 전화벨 소리에 다시 자리에서 일어났다. 또 오 형사. 대체 내게 왜 이러는가 싶어 참을 인 세 번을 속으로 읊조리고 나서 전화를 받았다. 그리고 전화기 너머로 들려오는 오 형사의 말에 나도 모르게 휴대전화를 쥔 손에 힘이 들어갔다.

머릿속이 더욱 복잡해졌다. 뜬눈으로 밤을 새우고 날이 새자마자 바로 콜택시를 불렀다.

"3번 국도에서 무심천을 지나 시 외곽으로 빠지는 고속화 도로로 가주세요."

정확한 주소도 없이 고속화 도로로 가달라는 말에 운전사가 의아한 표정을 지으면서도 곧 출발했다.

창밖으로 빠르게 스쳐가는 빌딩숲을 바라보며 지난밤 오 형사가 한 말을 곱씹었다.

"보살님, 밤늦게 죄송합니다."

내가 미처 대답하기도 전에 오 형사의 말이 쏟아져 나왔다.

"탑차 적재함에서 죽은 박의천과 귀신에게 사망한 최승식은 친구 사이였습니다. 그리고 이 둘은… 그 왜 기억하시죠? 전기버스 화재 사고요. 열네 명이 사망한….."

그렇다고 대답하자 오 형사가 빠르게 말을 이었다.

"포르쉐에 타고 있던 두 명으로 확인됐습니다. 탑차는 자연사로 처리되어 확인이 늦어졌는데 최승식 사건을 조사하면서 두 사람의 연결고리가 드러났어요."

내가 기억을 더듬으며 물었다.

"포르쉐에는 세 명이 타고 있었다고 하지 않았나요?"

"맞아요. 교통사고 당시 박의천은 뒷좌석에 있었다고 주장했고, 운전했다고 주장한 사람이 최승식입니다. 포르쉐의 차주이자 조수석에 타고 있던 이수민은 지금 자택에 무사히 있는 것을 확인했어요."

무사히 있다라….

"지금 형사님은 박의천과 최승식의 사망에 인위적인 요소가 있다고 의심하시는 건가요? 최승식은 귀신 살인이지만 미심쩍은 부분이 있다는 점은 인정합니다. 하지만 탑차에 있던 박의천은 심장마비로 인한 자연사였잖아요."

전화기 너머 오 형사가 머뭇거렸다.

"네… 그렇긴 한데. 뭐랄까. 형사의 촉이랄까요. 솔직히 느낌이 쎄합니다. 평소 지병 없이 건강하고 스물네 살밖에 안 된 박의천의 사인이 심장마비라는 것도, 연달아 최승식이 사망한 것도 아무래도 의심을 지울 수가 없어요."

나 역시 오 형사의 불안을 어느 정도 공감하고 있었다.

"아, 밤늦게 죄송합니다. 혹시라도 귀신 살인을 조사하는 데 도움이 될까 싶어 전화를 드렸어요. 피곤하실 텐데 어서 주무세요."

내가 생각에 잠겨 잠시 말이 없자 언짢아하는 것으로 오해한 오 형사는 서둘러 사과하고 전화를 끊었다.

"손님, 3번 도로에서 고속화 도로로 들어왔는데요. 이제 어디로 모실까요?"

택시 운전사의 말에 어젯밤 기억에서 현실로 돌아왔다.

"한 10분 정도 쭉 가시면 버스가 가로수를 들이받고 불에 탄 사고 장소가 나오거든요. 죄송한데 그리로 가주세요."

"아, 거기… 알겠습니다."

운전사는 잘 아는 장소인 듯 재빨리 대답한 뒤 뒷좌석의 나를 흘끔 쳐다봤다. 언뜻 무언가 말하고 싶은 눈치였지만 내가 고개를 창밖으로 돌리자 단념하고 운전에 집중했다.

솔직히 운전사를 신경 쓸 겨를이 없었다. 나는 나대로 밀려드는 생각에 골머리가 아팠다. 하지만 현장에 가면 흐릿한 안개처럼 복잡한 머릿속이 씻은 듯이 갤 거라는 확신이 있었다. 이제껏 내 마음속에 걸려 있던 위화감의 정체를 비로소 확인할 수 있을 것만 같았다.

"손님, 다 왔습니다. 여기서는 택시 잡기도 힘드실 텐데… 짧게 참배하시려면 잠시 기다려드리고요."

운전사의 말에 작게 고개를 끄덕였다. 운전사가 나를 흘낏거리는 눈빛의 의미는 이거였구나. 나를 버스 사고 피해자의 가족으로 알고 있었던 것이리라.

사고 현장을 꼼꼼히 살펴본 나는 확신했다.

이제껏 부적을 붙여온 행위. 그리고 망자의 법칙들. 감자 상자와 조약돌. 순간순간 들었던 모든 위화감의 정체가 무엇인지 모든 게 또렷해졌다.

나는 곧바로 휴대전화를 꺼내 최근 통화 목록에서 오 형사의 이름을 찾아 지그시 눌렀다.

···

이제 마지막 한 놈이다.

앞선 두 놈과 달리 이놈만은 다른 방법이 없다. 내가 직접 나서는 수밖에….

오히려 잘됐다. 이놈이 가장 악질이니 내가 직접 단죄하는 것이 구천을 떠도는 녀석의 원한을 푸는 데도 가장 좋을 것이다.

이 녀석도 앞선 놈과 마찬가지로 집에서 두문불출하는 중이다. 재판 때문에 몸 사리고 있는 거겠지. 교활한 자식 같으니.

나는 제복을 갖춰 입고 출입문을 주시했다. 이제껏 한복만 입다가 제복을 입으니 맞지 않는 옷을 입은 것처럼 어딘가 어색하고 불편했다. 때마침 택배 기사가 들어가는 틈을 타 문이 닫히기 전 아슬아슬하게 로비 출입문을 통과했다.

17층. 놈이 사는 집이다.

가정부가 퇴근하는 것을 확인했으니 집 안에는 놈밖에 없을 것이다.

나는 현관문 앞에서 천천히 심호흡했다.

두 놈이나 단죄했지만, 여전히 심장이 터질 듯 고동친다. 떨리는 손으로 초인종을 눌렀다. 현관문 안으로 클래식 음악이 흘러나왔다. 잠시 기다린 뒤, 한 번 더 초인종을 누르고 마음을 가다듬었다. 뒤이어 인터폰에서 짜증 섞인 목소리가 들렸다.

"누구야?"

나는 인터폰 카메라를 향해 꾸벅 인사하고 내내 연습했던 말을 했다.

"안녕하세요. 경비실에서 나왔습니다. 아랫집 거실에서 물이 샌다는 민원이 들어와서요. 위층 화장실이나 싱크대 수도 배관을 점검해야 할 것 같습니다. 잠시 협조 부탁드립니다."

"아이 씨발, 귀찮게."

놈은 내가 듣고 있다는 걸 알면서도 거친 욕설을 뱉어냈다. 연신 투덜거리는 소리에 이어 현관문의 잠금장치가 철컥 풀리는 소리가 났다.

나는 현관문을 열고 천천히 집 안으로 들어갔다. 신발을 벗고 거실에 들어서니 소파에 앉아 TV를 보는 놈의 뒤통수가 보였다. 녀석이 TV에 시선을 고정한 채 말했다.

"화장실이든 부엌이든 빨리 보고 나가요."

놈의 뒤통수를 보고 있자니 다시금 불같은 분노가 치밀었다. 가까스로 진정했던 심장이 다시 펄떡펄떡 뛰었다. 심장의 고동 소리가 들리는 것만 같았다.

오히려 잘됐다. 이대로 지옥으로 꺼져버려라.

나는 슬며시 바지 주머니에 넣어온 그것을 잡아 꺼냈다.

그리고 그것의 끝을 양손으로 틀어쥔 순간.

왼쪽 방문이 벌컥 열리더니 처음 보는 낯선 남자 둘이 뛰쳐나왔다.

"꼼짝 마! 장철수. 너를 박의천, 최승식 살인과 이수민 살인미수로 체포한다."

· · ·

장철수는 깜짝 놀란 듯 잠시 멍하니 서 있다가 어깨를 흔들며 웃음을 터트렸다.

"뭔가 오해하신 것 아닌가요? 전 이 건물의 관리자인데 아래층 민원 때문에 방문한 것뿐입니다."

오 형사와 김 형사는 장철수를 겨눈 테이저건을 풀지 않았다.

"큭큭큭큭. 뻥치지 마. 새끼야. 너 같은 관리인은 이 건물에 없거든. 이 건물이 우리 아버지 소유라는 건 알고는 있나?"

이수민이었다. 그의 손에는 얼굴이 프린트된 건물 관리인 명단이 들려 있었다.

장철수는 잠시 멈칫했지만 형사를 향해 목청을 높였다.

"무슨 말도 안 되는 소리입니까. 내가 사람을 죽이다뇨. 친구에게 장난을 치려고 했는데 집을 잘못 찾아 들어온 것 같네요. 끽해야 무단침입죄 정도 아닌가요?"

오 형사가 손가락을 쭉 뻗어 변명하는 장철수의 손을 가리켰다.

"지금 네가 들고 있는 그건 뭐지?"

장철수가 손에 들고 있던 종이를 등 뒤로 감췄다.

"하, 하하. 그냥 부적일 뿐입니다. 이깟 걸로 뭘 어쩌겠습니까."

어색하게 웃는 장철수에게 오 형사가 쏘아붙였다.

"더 이상 거짓말할 생각은 마라. 네놈의 수법은 이미 다 파악했어."

존댓말을 하던 장철수가 안면을 바꾸고 오 형사를 노려봤다.

"파악은 무슨 파악. 내가 뭘 어쨌다는 건데? 무고한 시민을 이렇게 살인자로 몰아도 되는 거야? 어?"

오 형사와 장철수가 언성을 높이는 사이 김 형사는 장철수의 뒤로 돌아가 유일한 도주로인 현관문을 막아섰다. 오 형사가 계속 말을 이었다.

"발뺌하시겠다? 이수민의 집에 위장 침입한 만큼 박의천, 최승식을 모른다고 하지는 않겠지."

냉방 중인 거실에서 장철수의 이마에 땀방울이 맺히기 시작했다. 오 형사는 장철수를 똑바로 바라보며 말을 이었다.

"우선 5층 자기 방에서 사망한 최승식부터 시작하지. 넌 최승식의 방, 바로 위 옥상을 통해 귀신 살인을 저질렀어."

장철수가 코웃음을 쳤다.

"뭔 개소리야? 뭘 어떻게 해야 귀신 살인을 할 수 있는 건데?"

"이제부터 그 '어떻게'를 알려주지. 최승식의 방 옥상에서 조약돌 하나를 발견했어. 장마철이 시작되기 한 달 전에 녹색 방수액을 칠한 옥상에서 조약돌 하나가 유독 눈에 띄더군. 더군다나 한쪽 면이 검게 채색된 돌은 옥상에 있을 만한 물건이 아니었어."

오 형사는 장철수의 표정을 주시하며 말을 이었다.

"조사해보니 조약돌의 검은 부분은 화재로 검게 타버린 재가 묻어 있었어. 그 돌이 있던 곳은 당신도 잘 알겠지만, 지난달 버스 화재 사고 때 가로수 아래 있던 돌이라는 걸 확인했어."

장철수는 마른침을 꿀꺽 삼켰다. 오 형사는 틈을 주지 않고 밀어붙였다.

"당신이 버스 화재 사고로 사망한 장창수 학생의 형이라는 사실도 이미 파악했어. 그래서 이런 일련의 복수를 계획했다는 것도 말이야."

장철수가 두 눈을 부릅뜨고 말했다.

"그래, 내가 어이없이 죽어간 장창수의 형은 맞아. 그건 인정하지. 그런데 사고 현장에 있던 돌멩이 하나로 사람을 죽인다고? 정말 그렇게 생각하는 거야? 당신 미친 거 아냐?"

장철수가 관자놀이에 대고 손가락을 빙글빙글 돌렸다.

"당신은 천안시 박수무당으로 무당협회에 정식 등록된 무당인 데다가 우연인지 모르겠지만 버스 사고 전 최승식의 집에 직접 부적도 붙였더군."

"변죽은 그만 울리고 정확히 말을 해. 내가 어째서 살인자인지를."

장철수의 목덜미에 굵은 핏대가 돋아났다.

"자, 이제부터 당신의 살인을 낱낱이 밝혀주지."

오 형사가 피식 웃더니 주머니에서 노란색 작은 상자를 꺼냈다.

"이게 뭐로 보이나?"

오 형사는 대답을 바라고 물은 게 아닌지 곧바로 설명했다.

"부적으로 만든 상자야. 이제껏 부적으로 망자를 막아낸다는 것만 생각했지, 가둔다는 생각은 해본 적이 없었는데…."

오 형사가 손바닥 위의 종이 상자를 장철수에게 들이밀었다.

"당신이 바로 그걸 시도한 거야. 그것도 살인에 말이야."

표정이 급격히 어두워지는 장철수를 보며 오 형사가 다시 입을 열었다.

"망자의 법칙에 자신을 죽음에 이르게 한 원수를 죽인 뒤 성불하는 법칙. 당신은 그걸 이용했어. 망자 한 명당 원수 한 명. 당신은 최승식을 죽이기 위해 사고 현장을 부유하는 영혼을 부적 상자에 가두기로 마음먹었어. 방법은 영혼을 감쌀 수 있을 정도로 커다란 부적의 각 사면과 윗면을 빈틈없이 이어 붙여 영혼의 머리부터 통째로 부적을 씌우는 거야. 그리고 마지막으로 다리 없이 떠 있는 바닥까지 부적으로 밀봉하면 영혼은 부적 상자 안에 갇히게 되지. 물론 연기처럼 실체가 없는 영혼은 무게가 없으니까 커다란 부적을 여러 번 접어서 이동할 수 있었을 거야. 참고로 내가 말한 영혼 이동은 잘 아는 보살님께 부탁해 직접 테스트했다는 걸 명심해."

오 형사는 잠시 숨을 돌리고 계속했다.

"자, 다시 최승식 살인으로 가보자고. 당신은 최승식이 있는 건물과 인접한 아파트에서 최승식을 감시했을 거야. 물론 살인 방법도 건물 옥상을 내려다보며 떠올렸겠지. 여기서 사고 현장의 조약돌이 쓰인 거지. 조약돌은 아파트 옥상에서 망자를 담은 부적 상자를 떨어뜨릴 때 부적 상자가 바람에 날리는 것을 막기 위한 무게 추였던 거야. 화재 현장에서 영혼을 가둬야 했기에 현장에 있던 그을린 조약돌을 바닥 부적에 올린 뒤 망자와 함께 밀봉한 거지."

오 형사가 눈빛을 빛냈다.

"당신은 비가 내리던 새벽녘에 범행을 저질렀어. 그럴 수밖에 없었어. 당신이 옥상으로 던진 부적은 물에 닿으면 흔적도 없이 사라지는 녹는 종이였으니까. 부적 상자가 빗물에 녹는 순간 갇혀 있던 망자가 풀려나고 온라인 PC 게임에 정신이 팔려 있던 최승식은 순식간에 천장에 거꾸로 선 망자의 손에 죽임을 당했어. 바로 그 때문에 사망자가 없던 현장에 최승식의 시신만 남아 있던 거야. 당신의 최근 거래 내역을 뒤져보면 분명 물에 녹는 '노란색' 종이를 구매한 게 나올 거야. 어때, 내 말이 틀렸나?"

장철수는 정곡을 찔린 듯 눈동자가 흔들렸다.

"박, 박의천은? 그것도 내가 한 짓이라 말할 건가?"

"물론. 탑차 적재함에서 죽은 박의천 역시 당신 짓이라 확신하고 있어."

오 형사의 말에 장철수가 움찔했다.

"기본적인 방법은 최승식과 같아. 새벽녘 적재함에 들어간 박의천의 차에 다가가 버스 화재로 사망한 영혼이 담긴 부적을 찢으면 풀려난 영혼이 원수인 박의천을 살해하는 거야."

오 형사가 곧게 편 검지를 좌우로 흔들었다.

"그런데 여기서 꼼수를 부렸더군. 귀신 살인 후에 박의천과 꼭 닮은 영혼을 풀어놓은 거야. 난 이렇게 추측하고 있어. 아마도 전국으로 출장을 다니면서 박의천과 꼭 닮은 영혼을 발견했을 거야. 이 닮은 영혼의 발견이 이번 연쇄살인을 계획한 시초였겠지. 첫 번째 살인을 자연사로 꾸민 뒤 두 번째 살인을 영혼의 법칙에 어긋나게 만들어 수사에 혼선을 주고 마지막으로 이수민을 직접 처리할 계획이었겠지."

장철수의 어깨가 가늘게 떨렸다.

"어쨌든 당신은 사망한 박의천의 옷을 모두 벗기고 주워온 영혼과 같은 옷을 입힌 뒤, 보온병에 든 뜨거운 커피를 얼굴부터 가슴까지 부었어. 이유는 잘 알겠지만 주워온 다른 영혼과 얼굴을 구별하지 못하게 하려는 의도외에도 가장 중요한 귀신 살인의 흔적인 가슴의 화상 자국을 가리려는 속셈이었겠지. 하지만 영혼을 통제하기 위해 현장을 찾은 보살님한테 덜미를 잡혀버렸어. 보살님이 그러더군. 영혼을 보자마자 위화감이 들더라고. 방금 시신과 분리된 영혼치고는 그 뒤의 감자 상자가 너무 명확히 보이더라는 거야. 그래서 조사해보니 화물칸의 영혼과 피해자 박의천이 입고 있는 옷의 브랜드가 달랐어. 옷 색깔은 맞췄으나 브랜드까진 미처 생각지 못했겠지."

오 형사가 손을 뻗어 장철수를 지목했다.

"자, 내 추론을 뒷받침하는 증거로 버스 사고 현장에 당신 동생 장창수를 포함해 열한 명의 영혼이 남아 있는 것을 확인했어. 이제 당신의 살인은 모두 드러났어. 아무리 부인해봐야 소용없어."

오 형사가 말하는 내내 가늘게 떨리던 장철수의 어깨가 비로소 멈췄다. 장철수는 음울한 얼굴로 천천히 입을 뗐다.

"저 새끼들 때문에 우리 집은 매일 초상집이야. 왜 그런 인간쓰레기들 때문에 화목했던 우리 집이 지옥이 되어야 하지? 창수는 사회복지사가 꿈이었어. 창수가 죽지 않았다면 아마 수많은 사람을 도왔을 거야."

장철수가 떨리는 손가락으로 이마를 쓸어 올렸다.

"지옥 같은 집에서 빠져나오고 싶었어. 아무리 먼 곳에서 온 의뢰라도 마다하지 않고 나갔지. 그리고 만났어. 박의천과 꼭 닮은 영혼을 말이야."

장철수가 눈빛을 빛냈다.

"결코 우연이라고 생각하지 않아. 내가 모시는 신이 내게 인간쓰레기들을 처리하라고 내린 계시라고 믿었어."

"큭큭큭큭. 근데 이거 어쩌나, 나만 살아버렸네."

이수민이 참지 못하고 고개 숙인 장철수를 조롱했다. 순간 장철수가 고개를 번쩍 들고 소리쳤다.

"이대로 끝날 순 없어. 창수의 억울함은 내가 풀어줄 거야!"

장철수가 재빨리 등 뒤로 숨긴 부적 상자를 찢어 이수민에게 던졌다. 순간 부적이 찢긴 틈 사이로 연기처럼 풀려나온 영혼이 이내 사람의 형체를 갖추었다. 영혼은 이수민을 보자마자 붉은 안광을 뿜으며 악귀로 돌변하더니 두 팔을 뻗고 날아들었다.

그동안 숱하게 들었지만 실체를 보는 건 처음이었다. 오 형사는 악귀의 얼굴을 보는 순간 등골이 오싹해 움직일 수가 없었다. 그건 이수민도 마찬가지인 듯 소파에 서 있는 그대로 얼어붙었다. 하지만 어째서인지 악귀는 이수민에게 다가가지 못하고 허공을 맴돌았다.

"큭큭큭… 하하하하핫!"

신경을 거스르는 이수민의 웃음소리가 거실을 뒤흔들었다. 이수민이 주먹으로 허공을 치자 탕탕거리는 둔탁한 소리가 났다.

"이거 어쩌나. 당신이 찾아올 줄 알고 미리 부적을 붙인 강화유리 속에 있었다고. 큭큭큭. 이건 몰랐지?"

장철수의 얼굴이 치솟는 분노로 붉으락푸르락해졌다. 그 모습을 본 이수민이 참을 수 없는 듯 비웃으며 거칠게 유리를 두드렸다.

"이수민 씨, 이제 그만 자극하십시오. 장철수! 단념해. 우리와 함께 가자."

오 형사가 수갑을 꺼내며 장철수를 향해 한 발짝 다가섰다. 장철수도 모든 것을 체념한 듯 고개를 숙였다.

바로 그때였다.

찌직… 찌지직. 난데없는 소리에 거실에 있던 모두가 고개를 돌렸다.

"히이이이익!"

이수민을 감싸고 있던 강화유리에 거미줄처럼 금이 가고 있었다. 이수민은 슬슬 뒷걸음질 치다 제 발에 걸려 넘어져 주저앉았다.

"사, 살려줘. 이거 왜 이래. 빨리 어떻게 좀 해봐아아악!"

한계 출력을 넘어섰는지 강화유리 밖 소파 아래 숨겨진 스피커에서 이수민이 내지르는 절규가 괴상하게 찢어졌다. 오 형사가 미처 손쓸 새도 없이 강화유리는 '펑' 소리를 내며 산산조각이 났다. 방해막이 사라지자 이수민을 향해 날아든 악귀가 그의 가슴속으로 오른손을 집어넣었다. 이어서 이수민이 내지르는 단말마가 거실에 울려 퍼졌다.

비명은 그리 오래가지 않았다. 눈동자가 위로 말려 올라간 이수민이 거실 바닥에 힘없이 쓰러졌다. 시신에서 분리된 영혼은 화재 사고의 악귀와 함께 하늘로 흩어져버렸다.

순식간에 일어난 일이었다. 오 형사와 김 형사는 할 말을 잃었다.

"강화유리 제작 중 불순물이 들어가면 자파 현상이 일어난다더니…."

김 형사가 나지막이 중얼거렸다. 오 형사도 들어본 적이 있었다. 이따금 강화유리가 아무런 외부 충격 없이 갑자기 저절로 깨지는 현상이 일어난다는. 그렇지만 타이밍이 너무 완벽했다. 마치 악귀의 원한이 유리를 깨부수기라도 한 것처럼…. 오 형사는 온몸에 오소소 소름이 돋는 것을 느꼈다.

"하. 하하. 하하하하. 천벌이다. 천벌. 큭큭큭큭."

거실에는 목적을 이룬 장철수의 서늘한 웃음만이 가득했다.

...

나는 형사들에게 연행되어가는 장철수를 지켜보고 있었다.

"결국 이수민 역시 망령의 살의를 피해가지는 못했어요."

어느새 다가온 오 형사가 내게 말했다. 나는 말없이 고개를 끄덕였다. 어쩐지 그렇게 결착될 것 같은 예감이 있었다.

"그런데 모든 공을 제게 돌려도 괜찮습니까? 언론에 보도되면 지금보다 더 유명해지실 텐데."

그건 딱 질색이었다. 이미 살의는 넘치도록 맞닥뜨리고 있었다.

"충분해요. 충분해."

나는 조용히 속삭였다.

홍정기

네이버 블로그에서 '엽기부족'이란 닉네임으로 장르 소설을 리뷰하고 있는 리뷰어이자 소설가. 추리와 SF, 공포 장르를 선호하며 장르 소설이 줄 수 있는 재미를 쫓는 장르 소설 탐독가. 《계간 미스터리》 2020년 봄/여름호에 〈백색살의〉로 신인상을 받았다. 〈코난을 찾아라〉, 〈무속인 살인사건〉, 〈혼숨〉, 〈마술사의 죽음〉, 〈202호 다른 방〉 등의 단편을 발표했고, 단편집 《전래 미스터리》, 《호러 미스터리 컬렉션》을 펴냈다.

미스터리란 무엇인가

한국적 장르 서사와 미스터리 ①

—오컬트와 미스터리의 친연성과 교차성

박인성

문학평론가. 2011년 경향신문 신춘문예로 등단하여 활동 중. 현재 부산가톨릭대학교 인성교양
학부 조교수로 재직 중이다.

다시 연재를 시작하며

지난 1년간 부족한 지식에도 불구하고 미스터리 장르에 관한 글을 연재했던 점에 대해 나름의 부끄러움이 있으나,《계간 미스터리》측에서 독자들의 좋은 반응에 근거해(놀랍지만 그렇다고 한다) 다시 연재를 제안해주었다. 새롭게 시작하는 연재의 서두를 빌려 지금까지 읽어주신 독자들에게 송구스러움과 감사함을 먼저 전한다.

새 연재에서는 앞선 연재와 연속성을 갖되 주제를 좀 더 확장하고자 한다. 당연히 미스터리라는 장르를 중심에 두고, 한국적 로컬리티와 이야기 문법에 따른 미스터리의 형질 변화에 초점을 맞추게 될 것이다. 무엇보다도 클래식한 장르로서의 미스터리는 제한적인 반면에, 오늘날의 미스터리가 다른 인접 장르들과 결합하면서 갱신되고 확장되었음을 놓친다면 한국의 미스터리 장르를 이야기할 때 언제나 본격이냐 변격이냐 하는 고전적인 논쟁에서 벗어나기 어려울 것이다. 사실 한국에서 본격과 변격을 구분하는 것은 큰 의미가 없어 보인다. 본격이라는 클래식 미스터리 관습이 문학 생태계 안에 오래전부터 자리를 잡고 있고, 그 자체가 하나의 트렌드로서 끊임없이 재소환되는 일본 미스터리 시장과는 상황이 다르기 때문이다. 본격 미스터리 역시 하나의 장르적 관습의 영역에서 영향을 미치겠지만, 도상이나 이야기 문법에서는 지속적으로 갱신되는 대상이지 결코 미스터리의 이데아는 아니다.

지난 연재에서도 강조했듯이 장르를 형성하는 세부 구성 요소들에 대한 재발견을 통해서 한국적인 미스터리가 취하고 있는 나름의 장르적 확장성을 살피는 것이 좀 더 실질적인 의미가 있을 것으로 판단한다.

오컬트와 미스터리

많은 사람이 오해하기 쉽지만 사실 오컬트는 공포물horror이 아니다. 물론 오컬트가 공포물의 연출기법을 가져오기도 하고, 공포물이 오컬트적인 소재를 활용하는 경우도 많다. 이는 두 장르가 일부 관습convention이나 도상icon의 차원에서 유사한 점이 많고 실제로 공유하는 요소도 많기 때문이다. 메인 장르와 서브 장르가 어떻게 결합되느냐에 따라 오컬트적인 공포물이 되는가 하면, 공포를 적절히 활용한 오컬트 장르가 될 수도 있다. 관객이 보기에는 그 둘의 차이가 별것 아닐 수 있지만, 사실은 굉장히 다른 이야기라고 봐야 한다. 일반적으로 오컬트보다 공포물을 더 상위 장르로 보는 이유는 오컬트에 공포 요소는 필연적이지만, 공포물에서는 오컬트가 필연적이지 않기 때문이다. 예를 들어 영화 〈엑소시스트〉(1973)는 명백한 오컬트-공포물이지만, 〈13일의 금요일〉(1980)은 오컬트적 요소가 일부 들어 있을 뿐 결코 오컬트라고 부를 수 없는 슬래셔 공포물이다.

여기에 하위 장르로서의 오컬트가 가지는 특수성이 있다. 오컬트는 공포물과 도상적인 측면을 공유하는 경우가 많기 때문에 우선 시각적으로나 소재에서 공포물로 인식된다. 그러나 이야기 공식이나 문법에 있어서는 오히려 일반적인 공포물의 전개 방식을 따르지 않으며, 공포의 문제를 해결하는 데 좀 더 본격적이고 진지한 방법을 활용한다. 이처럼 문제의 발생과 그것을 해결하는 방식에서 오컬트는 공포물의 하위 장르에 속하면서도 미스터리의 인접 장르가 된다. 장르의 관습과 도상은 완전히 다르지만 이야기의 공식이나 문법이 미스터리와 닮아 있기 때문이다. 나이브하게 표현하자면 오컬트는 공포스러운 미스터리라고나 할까.

우선 오컬트의 일차적인 의미는 신화, 전설, 민담 및 문헌으로 전승되는 영적 현상을 탐구하고, 거기에 어떤 원리가 있다고 여기며 그러한 원리를 이용하려는 믿음을 포괄적으로 이르는 것이다. 이러한 믿음 자체는 현대에 이르러 비과학적인 미신이나 음모론으로 여겨지지만, 단순히 신화와 민담에 그치지 않고 새로운 형태의 초자연적 이야기를 현대적으로 재구성한다. 이때 신비와 초자연성은 과학과 이성의 대립항이라기보다는, 여전히 존재하는 인간 정신의 취약성과 인지적 한계를 드러내는 중요한 매개물이다. 이는 미스터리에서 범죄를 사회적 차원에서의 위협이나 내재적인 적대로 그려내고자 하는 시도와 마찬가지로, 오컬트는 온전히 설명할 수 없는 인간 이성 바깥의 영역이 결코 해소되거나 제거할 수 없는 인간 문명의 이면임을 강조하는 예외적인 장르다.

현대적인 공포물은 오컬트와 밀접하게 연결되어 있지만, 앞서 말한 것처럼 오컬트에 근거하지 않는 경우가 많기에 오컬트는 공포물의 하위 장르에 속한다고 말하는 것이 더 정확하다. 특히 오늘날에는 민간신앙이나 속신俗信, 도시 괴담의 영역에서 특정한 법칙성이나 인과관계가 명확하게 드러날 경우, 우리는 그러한 서사적 논리를 오컬트적이라고 말한다. 따라서 오컬트의 핵심은 단순히 이야기 소재의 초자연성이 아니라, 오히려 그러한 초자연성을 특유의 방식으로 설명하는 서사 논리에 있다. 이야기의 논리를 갖추기 위해 오컬트 장르가 흔히 소재로 삼는 것은 종교적-초자연적-신비적 차원에서 발생하는 온갖 종류의 마귀들림-귀신들림 현상이다. 특히 이러한 현상은 해결 불가능한 것이 아니라 주인공이 풀어나가야 할 과제로 제시된다. 문제를 해결하는 과정에서 각종 주술적 수수께끼가 등장하는데, 특정한 초자연적 신비 현상을 풀기 위해서는 다양한 종교적 지식이 활용된다. 이때 그러한 오컬트 현상이 발생하는 문화권과 종교적 배경에 따라 그 신비를 풀어나가는 데 요구되는 종교 지식의 영역도 달라질 수밖에 없다.

민간 기층의 이야기에서 발달한 장르문학으로서의 오컬트가 여타 공포물과 구별되는 지점은 단순히 이를 현상의 차원에서 소재적으로 다루는 것이 아니라, 구체적인 퍼즐 맞추기의 문제 제시와 해결의 수단으로 풀어나간다는 것이다. 미스터리와 마찬가지 방식으로 대부분의 오컬트 장르는 미스터리의 탐정 역할에 해당하는 엑소시스트, 즉 퇴마사가 등장해 문제를 해결한다. 그들은 섬세하게 주술적인 사건의 현장을 검토하고, 그 안에서 다양한 단서를 수집하면서 사건이 발생한 원인과 그 범인을 추리해나간다.

원래 기독교의 퇴마의식을 수행하는 퇴사마의 이야기는 포괄적으로 엑소시즘의 관습 안에 있다. 영화 〈엑소시스트〉의 인물 구도는 전형적인 오컬트 장르 관습의 하나다. 악마에 부마附魔된 소녀와, 악마를 퇴치하고자 하는 두 명의 신부가 등장한다. 나이 많은 신부(메린)와 젊은 신부(카라스)다. 문제를 해결하고자 하는 퇴마사들 역시 악마에 의해 위해를 당하는 것은 물론 부마와 목숨을 잃을 위험에 처하게 되며, 결국 고귀한 희생을 통해 퇴마에 성공한다. 이 과정에서 신부들은 끊임없이 소녀의 몸을 빌려 그들을 희롱하는 악마와의 대화를 시도한다. 이는 일종의 심문 과정에 가까운 것으로 감히 인간의 힘으로는 감당할 수 없는 악의 존재에 대한 이성적 추리의 시도이기도 하다.

여기서 오컬트의 문제 해결 방식은 공포물과 미스터리의 중간쯤에 위치한다. 공포물에서 수세에 몰린 주인공이 수동적으로 대응하는 것과도 다르며, 미스터리에서 뛰어난 추리로 범인을 제압하는 것과도 다르다. 미스터리의 목적이 법과 이성이라는 근대적 수단을 통해서 사회적 혼란을 제거하고 질서를 회복하는 것이라면, 오컬트는 이성의 승리를 장담하지 않는다. 오히려 오컬트의 해결 방식은 절충적이며, 어쩌면 탐정보다도 더욱 전문적인 해결 방식을 선호한다. 오컬트의 대결 상대인 초자연적 신비는 도저히 극복할 수 없는 존재처럼 그려지지만, 엑소시즘이라는 특수한 대응 방식을 통해서 일정 부분 해결되며 불완전하지만 일상의 질서를 회복한다. 다만 이때의 전문성이란 탐정의 이성적 능력만으로는 충분하지 않으며, 고도의 정신적 능력과 이타적 태도를 요구한다. 카라스 신부의 희생은 그러한 의미에서 타인이 쉽게 흉내 낼 수 없는 전문성으로 탐정의 능력보다 희소하고 도덕적이다.

이처럼 퇴마사는 이성의 화신인 탐정이 발휘하는 추리의 위력을 다소간 정신과 관련된 심층의 영역으로, 이성만으로는 설명할 수 없는 인간 정신의 복잡성으로 가져간다. 이는 어떤 면에서는 정신분석가의 역할에 상응하는 것이기도 하다. 카라스 신부가 부마된 소녀 리건의 소재를 묻자 악마는 대답한다. "이 안에, 우리와 함께." 이 말은 엑소시즘과 관련된 정신분석학적 이해를 제공한다. 부마 현상은 정신적으로 취약한 자들을 찾아오며, 또한 모든 인간의 죄의식과 과거의 트라우마로 인한 심리적 공백을 파고든다. 따라서 엑소시즘과 관련된 핵심은 '귀신들림'이라는 현상을 설명하는 논리가 신비 철학과 초자연성에 있는 것이 아니라, 현실의 구체적인 인간적 갈등으로 드러나야 한다는 사실이다. 오컬트는 설명할 수 없는 초자연적인 악을 통해 인간 정신의 취약함을 드러내는 장르이기 때문이다.

이러한 측면에서 오컬트는 미스터리 장르처럼 사회학적이지는 않지만, 오히려 정신분석학적 차원에서는 미스터리의 동기를 구성하기에 충분한 장르다. 다만 범인의 정체와 그 힘, 범죄 방식의 초자연적 성격 때문에 미스터리와 매우 다른 장르인 것처럼 보일 뿐이다. 또한 근대화 및 도시화와 함께 성장한 탐정이 도시의 타락과 범죄의 반사회성을 드러내는 역할을 수행하는 반면에, 퇴마사는 근대화에도 불구하고 여전히 존재하며 작동하는 전근대성과 통제할 수 없는 예외성을 강조한다. 감히 이렇게 말할 수 있다면 오컬트는 미스터리의 그림자이며, 두 장르는 근대화 과정에서 탄생한 장르적 이야기 문법의 동전의 양면이다. 근대의 합리적 이성만으로는 설명할 수 없는 전근대적 영역에 대한 또 다른 추리 과정이기 때문이다. 〈엑소시스트〉가 오컬트의 관습과 도상을 보여준 상징적인 작품이라면, 이후 오컬트 장르는 이야기 문법과 공식을 더욱 구체화하고 갱신해나간다. 이때 오컬트 장르의 이야기 문법과 공식을 갱신하는 데 미스터리 장르의 이야기 문법과 추리 과정은 좋은 참고점이 된다.

한국의 오컬트 장르화

우선 한국의 오컬트 장르를 더 잘 들여다보기 위해서는 한국에서 종교적 신비를 포함한 초자연성에 대한 이해와 의존이 정통 종교보다는 무속의 영역에서 발생한다는 사실을 환기할 필요가 있다. 요즘에도 많은 사람이 해마다 사주나 운세를 보기도 하며, 궁합을 따지고 새 이름을 짓거나 이삿날을 정하기도 한다. 무속을 비이성적이고 비과학적인 영역으로 치부하는 문화 속에서도 여전히 무속은 일상에 침투한 종교의 영역이자, 현대인의 정신적 불안정성과 삶의 불확실성에 대응하는 기층문화로서의 생명력을 이어가고 있다.

해방 이후 한국 사회는 급격하게 근대화를 추진하면서, 전근대적인 미신을 일상으로부터 추방하는 데 상당한 노력을 기울였다. 물론 일제강점기에도 전근대성을 벗어나고자 하는 강박적인 태도가 존재해 왔으며, 그것이 한국 특유의 '전통'에 대한 경시와 평가절하를 불러오기도 했다. 예컨대 김동리의 소설 〈무녀도〉와 같은 소설에서 다뤄지는 무속은 주로 전근대와 근대 사이의 갈등을 드러내기 위한 도구였다. 한국은 근대와 전근대, 새로움과 전통 사이의 대결에서 일방적으로 전근대와 전통을 제거하고 근대와 새로움을 지나칠 정도로 강조해온 국가 중 하나다.

이러한 경향은 해방 이후 급진적인 근대화 과정에서 더욱 두드러진다. 1960~1970년대에 무속은 구습이나 구태로 비판받았고, 미신 타파라는 이름으로 탄압받기도 했다. 이문열의 소설《황제를 위하여》에서 '황제'라는 인물에 대한 접근과 이해는 철 지난 미신과 예언에 대한 취재로부터 시작하는데, 민간신앙과 무속을 무지몽매한 미신으로만 바라보는 시대적 분위기를 반영하고 있다. 무엇보다도 국민 계몽이라는 목표 아래 무속은 전근대의 상징으로서 정통 종교와 대립 구도를 이루며 신앙의 영역에서도 밀려났다.

이러한 일련의 과정이 현대인의 정신에 대한 과도한 억압을 구성한다. 정신분석학의 아버지라 불리는 지그문트 프로이트의 진단처럼 현대인의 정신적 질병은 사실 인간 정신이 가지고 있는 동물적 본능을 포함하여 초자연과 신비를 받아들이는 전근대적 사유를 억압하고 무의식의 영역으로 추방하려 했던 과도한 근대적 이성의 반작용이기도 하다. 전근대 세계에서 죽음은 어디에서나 일어나는 보편적인 일이며, '죽은 자'들은 어디까지나 산 자들 주변에 존재하는 자연스러운 타자였다. 반면에 근대 사회에서 죽음은 병원에서 일어나고, 장례식장과 무덤만이 죽은 자의 공간이 된다. 죽은 자들과 산 자들의 공간은 분리되어 있으며, '죽은 자들의 귀환'이란 억압된 무의식의 귀환처럼 공포스러운 일이 된다. 오컬트는 정신분석학에서 말하는 인간 정신의 취약성처럼, 우리 주변의 신비 현상이 얽혀 있는 인간 정신의 전근대적 측면과 그 지속성을 드러낸다. 무속을 전근대적인 것으로 억압했음에도 불구하고 사실 억압되어야 하는 것은 초자연적 신비에 대한 전근대적 해석 자체다.

마찬가지로 기독교를 포함한 정통 종교에서도 '신비'와 '초자연성'은 종교에 본질적으로 내재된 특성이다. 세속화된 현대 종교들이 근대 세계에서도 과학 등의 학문과 공존할 수 있었던 것은 정통 종교들이 가지고 있는 세계에 대한 해석적 가능성이 완전히 부정되지 않기 때문이다. 반대로 무속에 대한 비판은 민간신앙의 탈신비화를 수반하고 있지만, 상대적으로 편의적인 전근대적 구습의 혐의가 더욱 강했던 셈이다. 따라서 각종 종교적 신비를 포함하는 초자연성의 문제는 사실 그 해석의 정통성의 문제가 된다. 기독교를 비롯한 정통 종교가 가진 해석적 우위에 비해, 무속은 그 해석의 취약성을 드러낸다. 하지만 그러한 해석적 취약성의 문제가 반대로 무속에 드리워진 인간 심리의 취약성을 드러내기에 더욱 적합한 양상으로 발전하기도 한다.

예를 들어 무속에 대한 비판과 무관하게 기독교와 무속이 기묘하게 결합된 각종 신흥 종교들의 경우 '교주'가 신비에 대한 해석을 독점한다. 사이비종교는 이 교주가 믿음을 사유화한 것이라고 볼 수 있다. 이러한 사이비종교들은 본격적인 형태의 해석학적 종교로 거듭나는 대신 교주가 그 구성원들의 정신적 취약성을 이용해 신비에 대한 해석적 능력을 독점하고 그것을 바탕으로 지배와 폭력을 일삼는다. 반대로 속신들(사주, 궁합, 작명 등 포괄적으로 명리학이라고 불리는 것)이 지금까지 살아남은 이유는 우리의 일상적인 삶의 불안정성과 취약성을 세속화된 방식으로 해석해주기 때문이다. 상대적으로 오컬트 장르에서는 초자연적 신비 현상과 대결하기 위해 본격적인 정통 종교나 신비학, 밀교가 구체적인 해석학의 자리를 차지한다.

따라서 한국에서의 오컬트적 이해와 접근 방식은 무속의 일상적 영역보다는 신비에 대한 해석적 차원에서 복잡성을 드러내는 경향이 강하다. 이러한 문제의식은 기독교를 포함하는 정통 종교와 무속 모두에 적용 가능하며, 해석 불가능한 신비 현상 자체를 강조하기도 한다. 소재적으로는 사이비종교와의 연결성을 강조하거나, 일상의 영역에서 파괴적 힘을 갖는 원한과 저주의 이야기로 구체화된다. 이처럼 신비에 대한 해석학에는 인간 정신과 심리의 취약성이 늘 뒤따르기 마련이며 오컬트 장르는 결국 신비를 초자연적으로 전시하는 장르가 아니라, 미스터리의 탐정처럼 늘 세속화된 방식으로 대결하며 해석해야 한다.

이를 반영하듯이 고전적인 전설이나 민담에서 발전한 한국적인 공포물들은 주로 사회적 억압에 의한 원한과 관련되어 있으며, 원한을 푸는 행위를 통해 문제를 해결한다. 따라서 공포의 실체는 아무리 초자연적으로 보여도 사건을 파고들어 가보면 그 원인이 사회적 억압이나 공동체의 폭력이라는 게 밝혀진다. 반면에 오컬트 장르는 좀 더 설명하기 복잡한 인간의 악의나 심리적 콤플렉스와 관련된다. 따라서 단순히 개인의 원한을 푸는 방식이 아니라, 구체적인 퇴마 행위에 초점을 두며 그 과정에서 심리적 대응을 수행할 수 있는 구체성이 필요하다. 가톨릭과 불교적 밀교 등이 동서양의 대표적인 구마 행위가 되는 이유 또한 그 사회에서 그 종교가 인간의 정신적 문제를 해소하는 해석적 능력을 가지고 있기 때문이다. 퇴마 행위는 귀신이 깃드는 물질적·심리적 근거를 찾아서 해체하는 것이 핵심이다.

1990년대의 한국적 판타지는 여러 갈래로 나뉘지만, '한국형 판타지'로 불리는 이우혁의 소설 《퇴마록》(1993~2001)의 경우 초기 국내편 이야기는 대부분 판타지보다는 오컬트에 가까우며, 특정 에피소드들의 경우 고전적인 민담과 오컬트가 결합된 형태다. 주인공들은 불교, 기독교, 밀교와 무속 전체를 아우르는 방식으로 퇴마를 수행하며, 이때의 종교적 힘은 신비적인 방식으로 인물들 각각에게 개성을 주고,

동시에 갈등을 해결하기 위한 매개물이 된다. 이때 이들이 맞닥뜨리는 신비 현상들은 완력만으로 해결될 수 없으며, 주로 저주와 원한을 푸는 것이 핵심이다.

박 신부와 준후, 현암과 승희가 각기 다른 종교적 배경에 근거한 퇴마 능력을 갖고 있는 것은 오컬트 장르를 가로지르는 다양한 신비 현상에 대한 해석적 능력을 갖는 것과 동일하다. 특정한 신비 현상에는 언제나 그 배경과 기원이 있으며, 문제를 해결하는 방식 또한 그러한 신비 현상의 배경에 부합하는 것이어야만 한다. 따라서 퇴마사들은 언제나 사건 현장을 방문한 탐정처럼 탐문하고 신비 현상의 정체를 파악하기 위한 추리를 전개한다. 대부분의 경우는 물론 신비 현상을 직접 체험하면서 그 특징과 배후를 밝혀나가는 일련의 다층적 검토를 통해 이루어진다. 예를 들어 박 신부의 오오라가 타격할 수 없는 형태의 신비 현상이라면 기독교적 배경을 가진 악마나 악령은 아니다. 그렇다면 다른 퇴마사가 능력을 발휘하는 식으로 전개되는 것이다.

이처럼 한국적 오컬트 장르는 서구적 엑소시즘을 적절하게 참고하면서도, 이를 한국적 무속과 밀교적 이해로 연결하는 것을 쉽게 볼 수 있다. 기독교적인 악마가 직접적으로 언급되기도 하지만 당사자의 정신적 취약성의 종류만큼이나 악의 종류는 다양하며, 따라서 그 기원과 출처를 찾아서 정체를 밝히는 것이 퇴마의식의 핵심이 된다. 대부분의 경우 초자연적 신비 현상을 해결하기 위해서는 그러한 현상을 발생시키는 범인이 누구인지 아는 것이 핵심이다. 신비 현상이 기인하고 있는 배경과 단서가 그러한 현상을 유발하는 특정한 기원에 대한 이해를 통해서 구체화되고 개념화되기 때문이다. 따라서 오컬트에서 범인은 반드시 특정한 방식으로 인격화된 악마나 악령일 필요는 없다. 오히려 악마나 악령 또한 인간 정신의 취약성을 유발하는 특정한 억압적 상황과 정서적 불안정을 상징하는 개념화된 존재이기만 하면 된다. 이처럼 신비 현상의 배후에 있는 근원적 정체를 찾아가는 과정은 오컬트와 미스터리를 서로 근접하게 만든다.

영화 〈사바하〉(2019)에서 오컬트를 다루는 논리는 사이비종교마다 내부의 경전과 규율, 그리고 추구하는 유사종교적 의미가 존재한다는 것이다. 박웅재 목사는 사이비를 단순한 광신이나 미신의 영역으로 취급하는 것이 아니라, 폐쇄적이기는 하지만 논리적 사유의 인과관계를 추적하는 방식으로 오컬트의 문법을 제공한다. 문제는 그런 종교적 의미와 사유의 영역에서 정통성이란 그 자체로 증명할 수 없으며, 미혹에 빠지거나 스스로 무너질 수 있다는 점이다. 풍사 김재석처럼 깨달음을 얻고 긴 세월을 살아온 종교적 성인조차도 단 한순간의 미혹으로 악마가 될 수 있기 때문이다.

따라서 〈사바하〉에서는 사이비종교를 추적하는 전문가로서의 박웅재 목사가 가지고 있는 세속성을 강조한다. 세속성을 이해하지 못하면 종교적 탈속성을 이해할 수 없다. 이는 풍사 김재석이 그 자체로 해탈한 부처의 위상에서 어떻게 세속적인 욕망의 화신이자 악마가 될 수 있었는지를 이해하는 서사적 논리를 따라가는 과정에서 보강된다. 의심과 갈등이 없는 종교적 믿음은 광신과 구별되기 어려우며, 그것은 세속의 죄와 연결되기 쉽다.

〈사바하〉에서 박웅재 목사는 주인공보다는 관찰자에 가까우며, 구마의식을 수행하는 전문적인 퇴마사가 아니다. 그는 전형적인 퇴마사로서의 적극적인 문제 해결을 수행하지 않는다. 오히려 사건이 벌어진 뒤에야 현장을 되짚어보고 사건의 진실을 파헤친다는 점에서 전형적인 탐정이며, 신비 현상에 대해 무력할 정도로 대응할 수 없는 일반인에 가깝다. 그러나 박웅재 목사에게 부여된 탐정으로서의 추리 과정, 그리고 퇴마사로서의 신비에 대한 해석 과정이 있어야만 풍사 김재석의 욕망과 정신적 취약성, 오컬트 문법을 구성하는 초자연적 신비에 대한 해석학적 관점을 동반할 수 있다.

서사는 크게 세 축으로 움직인다. 박웅재가 풍사 김재석의 정체를 추적해나가는 일종의 미스터리 서사, 이금화와 그녀의 자매인 '그것'의 서사, 그리고 정나한의 심리적 공포에 대한 서사가 그것이다. 이금화와 정나한이 각기 다른 초자연적 존재들에 의해 삶을 희롱당하고 타인을 고통스럽게 했을지언정 그들의 갈등은 자신의 죄의식을 이해하고 받아들이는 조건과 관련되어 있다. 〈사바하〉의 오컬트적인 문법은 아주 잘 만든 서사적 논리를 촘촘하게 따라가며 문제를 해결한다. 김재석과 '그것'의 관계에 대한 설명은 단순히 종교적 차원이 아니라 두 사람의 행위를 통해 구체화되며, 선과 악의 뒤바뀐 운명이 서로를 제거하는 방식으로 해결된다. 이야기의 결말에서 이금화와 정나한을 둘러싼 인간적 갈등과 죄의식이 모두 해결되지만, 모든 것을 지켜보는 박웅재의 인간적이고 세속적인 갈등과 의문은 주제적인 차원에서 지속된다.

〈곡성〉은 오컬트가 아니다

장재현 감독의 〈검은 사제들〉(2015)과 〈사바하〉가 전형적인 오컬트 장르를 한국적으로 선보였다면, 〈곡성〉(2016)은 여러모로 장르적인 문법에서 예외적인 작품이라고 말할 수 있다. 표면적으로 〈곡성〉이 공포이자 오컬트 장르라는 사실은 관객들에게 쉽게 납득될 만하다. 초자연적 신비에 의해 지배되는 곡성이라는 공간과 초월적인 악에 의해 시험에 든 무력한 인간들의 이야기는 오컬트에서 반복되는 소재이기 때문이다. 그러나 앞서 언급한 것처럼 포괄적인 공포 장르에서 하위 장르로서의 오컬트를 설명하기 위해서는 그것을 구성하는 이야기 문법에 초점을 맞춰야 한다. 오컬트가 공포물의 여러 구성 요소에 미스터리의 이야기 문법을 결합한 것이라면, 〈곡성〉의 이야기 문법은 미스터리의 그것에 가깝다고 볼 수 있을까?

결론부터 말하자면 아니다. 반대로 〈곡성〉의 이야기는 공포 장르와 결합된 재난 서사의 이야기 문법에 더 가깝다. 초자연적인 공간으로 변해버린 곡성은 공권력이 무력화된 재난 상태의 공간화에 가까우며, 주인공은 그러한 초자연적 재난에 대응하여 위기에 빠진 가족을 구하기 위해 고군분투하는 전형적인 재난 서사의 아버지다. 따라서 엄밀하게 말하자면 주인공 전종구의 역할은 퇴마사도 탐정도 아닌 자경단원이다. 종구는 직업이 경찰이지만, 딸 효진에게 닥친 초자연적 문제를 해결하는 데는 경찰의 공권력이 지닌 한계를 명백하게 깨닫는다. 따라서 그는 공권력의 집행이 아니라 어디까지나 외지인에 대한 사적 제재를 위해 동료들을 모아 외지인을 폭력으로 위협한다.

이러한 일반적인 재난 서사의 대응만으로는 역부족이라는 것이 명백해지자, 종구는 무당 일광에게 문제 해결을 부탁한다. 이 지점에서 일광이 엑소시스트로서의 문제 해결을 시도하는 과정은 오컬트의 전형적인 도상처럼 보인다. 그러나 일광이 '살'을 날리는 대상이 외지인인지 불확실하다는 점부터 그가 사실상 구마 행위에 실패하는 과정을 통해서, 일광은 탐정이 아닐뿐더러 엑소시스트도 아니라는 점이 분명해진다. 이는 가톨릭 부제 양이삼의 무력함과도 관련된다. 일반적인 오컬트와 달리 그는 구마 행위가 아니라, 외지인의 일본어를 통역하기 위해 종구와 동행했을 뿐이다. 그는 자기 앞에서 벌어지는 총체적인 초자연적 신비 앞에서 믿음을 시험받는 존재이지만 신비에 대한 어떤 해석도 적극적으로 수행하지 못한다는 점에서 엑소시스트가 아니다.

결국 이 이야기에는 오컬트와 엑소시즘에서 누군가는 담당해야 하는 퇴마와 구마의 전문가가 존재하지 않는다. 존재하는 것은 공권력이 무력화된 공간에서 스스로 가족을 지켜야 하는 종구와 그가 구성한 자경단이다. 딸을 구하기 위한 아버지와 자경단의 분투는 영화 〈괴물〉이나 〈부산행〉에서 반복적으로 나타나는 한국적인 재난 서사의 공통된 이야기 문법이다. 〈곡성〉은 그 연장선에 있으며, 예외적으로 가족을 구하는 데 실패한 아버지-자경단의 이야기를 다루고 있을 뿐이다. 따라서 이 영화는 오컬트로서의 문제 해결과는 사실상 무관한 장르 영화로 보는 것이 타당하다.

그럼에도 불구하고 많은 관객이 이 영화를 오컬트 장르로 분류하는 이유는 이 영화가 가지고 있는 장르적 복합성과 해석적 애매성 때문이다. 오컬트 장르에서 엑소시스트가 담당해야 하는 초자연적 신비에 대한 해석학이 아니라, 어디까지나 텍스트 외부에서 관객의 능동적 참여와 해석에 의해서만 이 영화의 초자연적 신비는 의미를 가질 뿐이다. 실제로 〈곡성〉의 초자연적 힘들과 그 논리적 인과관계는 선명하지 않다. 일광의 굿과 외지인의 신비 의식 사이의 방향성은 몽타주 기법에 의해 선명함을 상실하며, 동시에 무명의 역할과 그 주술적 힘에 대해서도 명확하지 않다. 초자연적 힘은 맥거핀처럼 등장하며, 그 자신의 논리적 근거를 제공하지 않는다. 외지인과 양이삼 부제의 문답 역시 마찬가지다. 외지인이 악마의 모습으로 나타나는 과정은 종교적 사유의 문답처럼 보이지만, 동시에 부제의 심리적 공포의 연출이기도 하다.

〈곡성〉이 청소년 관람불가의 제약에도 불구하고 680만 명의 관객을 불러 모을 수 있었던 이유에 대해서는 다른 각도의 접근법이 필요하다. 오히려 이 영화는 오컬트 영화로서 성공한 것이 아니라, 철저하게 보편적인 경향의 한국적 재난 서사로 읽어야 한다. 초자연적 재난 상태에 빠진 '곡성'과 무능력한 경찰의 공권력 및 수사 능력의 부재 속에서, 종구가 딸 효진을 구하기 위해 외지인을 몰아내려고 구성했던 자경단은 와해되고, 최종적으로 가족 전부가 살해되는 '실패한 자경단' 서사 말이다. 이때 오컬트 장르의 포장지는 이처럼 익숙하고 뻔한 재난 서사의 구도를 복잡화하고 의미를 비튼다.

〈곡성〉의 해석적 다양성과 맥거핀의 과도한 활용만으로는 이 이야기의 보편적인 수용을 충분히 설득하기 어렵다. 이 영화의 대중적 성공의 배경은 총체적으로 불합리한 재난 상황에 빠진 한 가족이 아버지로 대변되는 자경단의 고군분투에 있다. 게다가 철저하게 실패하는 가장 비극적인 형태의 마스터 플롯과 그 결말이라는 점에서 개성적이다. 달리 말하자면 오컬트 장르로서는 충실하지 않은 이야기가 오히려 폭넓은 설득력을 발휘한 셈이다. 〈곡성〉은 공포물과 결합되어 오컬트의 문법을 따르는 것처럼 보이지만, 실제로는 재난 서사의 이야기 문법과 멜로드라마적인 연출의 절충을 통해 이야기를 완결한다. 실제로 〈부산행〉에서 주인공 석우가 죽어가면서 보는 주마등과, 〈곡성〉에서 종구가 보는 주마등은 유사한 가족 멜로드라마적 연출이 아닌가?

이렇게 읽을 경우 공포물의 큰 상위 범주에서 초자연적 요소의 등장과 소재적 활용만으로 특정 작품의 하위 장르를 규정하기란 쉽지 않다는 사실이 분명해진다. 오컬트 장르는 그 이야기 문법에서 미스터리를 전유하고 일련의 추리 과정을 전면화할 경우에만 그 장르적 개성과 매력을 비로소 독자 또는 관객에게 전달하는 것이 가능해진다. 달리 말하자면 미스터리 장르가 가지고 있는 근대적 장르로서의 속성은 오늘날에 이르러 다양한 전근대적-탈근대적 갱신을 수행하는 것이 가능하다. 이는 그러한 장르가 놓인 사회적 환경 및 로컬적인 특수성에 의해서 더욱 개성적으로 갱신될 수 있다. 한국의 로컬리티는 본격 미스터리를 받아들이고 발전시키는 데에는 사실상 실패했다. 그러나 그것을 미스터리 장르의 실패라고 단정하기는 어렵다. 오히려 미스터리 장르는 한국적 이야기 문화의 시대적 상황과 교섭하면서 나름대로 장르적 결합과 절충을 수행해왔다고 봐야 한다. 오컬트 역시 그러한 교차적인 장르로서 미스터리를 통해 더욱 깊이를 가지게 된 장르라고 말할 수 있다.

드라마 〈D.P.〉, 〈지옥〉, 〈괴이〉의 클라이맥스 스튜디오
이상미 기획 프로듀서

현재 가장 빠른 속도로
IP를 확장하는 제작사가 일하는 법

인터뷰 진행 · 김소망

평생 영화와 책 사이를 오가고 있다. 대학에서 영화 연출을 전공했고 현재 직업은 출판 마케터. 마케터란 한 우물을 깊게 파는 것보다 100개의 물웅덩이를 돌아다니며 노는 사람과 비슷하다는 생각을 한다. 운 좋게 코로나 전에 다녀온 세계 여행 그 후의 삶을 기록한 여행 에세이 외전, 《세계 여행은 끝났다》를 썼다.

넷플릭스 오리지널 시리즈 〈지옥〉
사진 제공 넷플릭스

조금 과장하면 눈뜰 때마다 새로운 IP 확장 소식을 듣는 요즘이다. 불과 몇 년 전만 해도 출판, 웹툰, 웹소설의 분야별 베스트셀러 작품이 동명의 드라마나 영화, 게임으로 제작되는 것이 IP 확장이라는 인식이 강했는데, 지금은 IP 확장에 틀도 한계도 없어 보인다. 4~5년 전에 출간되어 현재는 베스트셀러 순위권에서 찾아보기 힘든 단행본이 OTT 시리즈물로 제작되고, 성공한 하나의 IP가 두 가지 이상의 다른 분야에서 동시에 제작되기도 한다. 그야말로 IP 무한 확장의 시대다.

2020년에 연재되었던 웹툰 〈지옥〉이 넷플릭스 오리지널 드라마로 방

영화 〈방법: 재차의〉
사진 제공 CJ ENM

영된 것은 웹툰 마지막 회차가 공개된 지 고작 1년 후의 일이다. 드라마 〈지옥〉 제작사인 클라이맥스 스튜디오는 같은 해, 웹툰 〈D.P 개의 날〉이 원작인 넷플릭스 오리지널 드라마 〈D.P.〉를 방영하며 '현재 가장 빠른 속도로, 가장 뜨겁게 원작 IP를 확장하는 제작사'가 되었다. 다른 제작사에 비해 기획 개발 기간을 대폭 줄이기 위해 노력한다는 클라이맥스 스튜디오의 이상미 기획 프로듀서를 인터뷰했다. 실제 작품보다 만들어지는 과정이 훨씬 더 드라마틱하다고 말하는 그가 꼽은 '다양한 IP 확장을 빠르게 기획·개발할 수 있었던 비결'은 무엇일까?

———

안녕하세요. 《계간 미스터리》 독자들에게 자기소개 부탁드립니다.

안녕하세요, 독자 여러분. 클라이맥스 스튜디오의 기획 프로듀서인 이상미입니다. 저는 그동안 영화·드라마 기획과 홍보 마케팅 업무를 진행했습니다. 최근에는 〈당신이 소원을 말하면〉, 〈D.P.〉, 〈방법〉 등 주로 시리즈물을 기획했고 영화는 〈방법: 재차의〉, 〈인천상륙작전〉, 〈물괴〉 등에 참여했습니다. 홍보 마케팅은 영화 〈돈의 맛〉, 〈특수본〉, 〈애자〉, 〈오감도〉, 〈짝패〉 등과 외화 마케팅 50여 편을 진행했습니다.

참여한 작품이 정말 많군요. 클라이맥스 스튜디오 재직 이전에도 오랜 기간 영화 기획뿐 아니라 홍보·마케팅 일을 진행하셨습니다. 어떻게 이 일을 시작하게 되었는지 궁금합니다.

예전부터 극장에서 홍보 전단을 보는 걸 좋아해서 전단을 수집했었고 그걸 읽으며 카피나 홍보 문구 쓰는 일을 하고 싶다는 생각을 많이 했습니다. 그러다 보니 자연스럽게 제작사 기획실에서 일하게 된 것 같습니다. 제가 처음 일을 시작했던 2005년에는 영화 제작사 기획팀에서 작품 한 편의 기획부터 홍보 마케팅까지 모든 과정을 진행했습니다. 제가 다녔던 '외유내강'을 비롯해 당시 많은 영화사가 그렇게 했죠.

지금은 클라이맥스 스튜디오에서 어떤 일을 하고 계신가요?

웹툰, 소설, 영화, 실제 사건 등을 영상화하기 위해 기획 개발하는 업무를 주로 합니다. 현재는 재난 스릴러 웹툰 〈유쾌한 왕따〉 1부를 민용근 감독님께서 시리즈로, 2부는 엄태화 감독님께서 영화 〈콘크리트 유토피아〉로 만들고 있습니다. 중국 영화 〈안녕, 나의 소울메이트〉는 리메이크해서 개봉 준비 중이며, 이밖에도 〈몸값〉, 〈D.P.〉 2, 〈발레리나〉, 〈정이〉, 〈기생수: 더 그레이〉 등 다수의 작품들을 준비하고 있습니다.

최근에 담당했던 드라마 〈D.P.〉가 궁금합니다. 사회 조직 내 폭력과 부조리 문제는 드라마나 영화의 단골 소재 중 하나인데 〈D.P.〉처럼 군대 내 병폐를 본격적으로 다룬 영상 콘텐츠는 흔치 않잖아요. 제작 과정에서 많이 고민하셨을 것 같습니다.

클라이맥스 스튜디오의 전신은 레진 스튜디오입니다(2021년 1월 클라이맥스 스튜디오로 독립). 레진코믹스의 웹툰을 영상화하기 위해 웹툰을 검토하는 일이 주요 업무 중 하나였고, 당시 한준희 감독님이 웹툰 〈D.P 개의 날〉을 흥미롭게 읽으셔서 〈D.P.〉 영상화를 기획할 수 있었습니다.

군대를 소재로 한 작품들이 대부분 코미디 혹은 공포물이었던 것에 반해 〈D.P.〉는 사회 드라마에 가깝습니다. '구성원 대다수가 남성인 군대의 문화와 군대 내 문제들을 남녀노소, 특히 군대 경험이 없는 사람들도 공감하게 만들려면 어떻게 해야 할까'라는 고민을 가장 많이 했습니다. 하지만 원작자이자 각본가인 김보통

을 데려와라, '무사히'

디 피
8월 27일 공개 | NETFLIX

넷플릭스 오리지널 시리즈 〈D.P.〉
사진 제공 넷플릭스

작가님과 한준희 감독님이 만든 흥미로운 캐릭터와 사건들 덕분에 저의 고민이 무색해졌죠. 작품이 재미있다면 군대를 갔다 오지 않은 사람들의 관심과 흥미를 끄는 건 특별히 큰 문제가 아니었습니다. 감독님이 군 미필자들의 리뷰를 더 눈여겨보았고, 작품에 재미뿐 아니라 공감과 화두까지 담아내셨습니다.

그 밖에도 기억에 남는 다른 프로젝트가 있다면 소개해주세요.

미국의 인기 드라마를 리메이크했던 〈크리미널 마인드〉가 기억납니다. 당시 시즌 12까지 방영한 인기 드라마였는데, 리메이크 준비로 시즌별 에피소드와 캐릭터를 정리·분석하고 리메이크할 에피소드들을 선정하는 업무를 했습니다. 워낙 인기리에 오래 방영된 드라마라 업무량이 방대했습니다. '리메이크'가 오리지널 개발보다 더 쉬울 거라 생각했는데 실제로는 전혀 그렇지 않다는 것을 알았죠. 제작 확정 이후엔 홍보의 하나로 원작을 국내 정서에 맞게 로컬라이징한 시놉시스 공모전을 진행했는데 당선된 분이 상금도 받고 보조 작가도 되어서, 새로운 경험이라며 굉장히 즐거워하셨던 게 기억에 남습니다.

티빙 오리지널 시리즈 〈몸값〉, 영화 〈콘크리트 유토피아〉, 넷플릭스 오리지널 영화 〈발레리나〉 등 현재 알려진 클라이맥스 스튜디오의 라인업만 해도 상당히 많은데요. 일반적인 제작사와 달리 클라이맥스 스튜디오에서는 한 명의 기획 프로듀서가 7~8편의 작품을 담당한다고 들었습니다. 작업 방식이 여타 제작사들과 다를 수밖에 없을 것 같아요. 이렇게 다양한 프로젝트를 빠른 속도로 동시에 진행할 수 있는 클라이맥스 스튜디오만의 특징은 무엇인가요?

재미있게 확장할 수 있는 작품을 위해 치열하게 고민하며 세계관을 구축하는 일은 모든 제작사가 열심히 하는 일이라고 생각합니다. 제작사마다 선호하거나 잘하는 영역이 다를 뿐인데 저희는 IP 확장 속도가 빠른 편입니다. 감독, 작가, 제작 피디 등 각 분야 최고의 플레이어들이 서로 믿으며 소통하기 때문인 것 같습니다. 'A감독님이 원작 B를 장편 영화로 만든다면 너무 새롭겠다!'라는 기대감이야말로 IP를 빠르게 확장하는 원동력입니다. 저희는 한 사람 한 사람의 결정을 믿기에 빠르게 진행할 방법에 대해 고민하지, 작품을 제작할지 말지는 오래 고민하지 않습니다. 또한 클라이맥스 스튜디오의 변승민 대표님이 누구보다 빠르게 판단하고 결정을 내리는 분이기 때문에 실무자들은 그만큼 더 많이 고민하고 준비해서 대표님과 이야기를 나누며 프로젝트를 진행합니다.

기획 프로듀서에게 빠른 판단과 문제 해결 능력은 무척 중요한 자질인 것 같습니다. 이외에도 중요한 자질에는 어떤 것들이 있을까요.

미스터리 장르 소설 한 권이 출간되는 동안에도 독자들은 모르는, 편집팀만이 아는 수많은 일들이 벌어질 텐데요. 영화나 드라마 제작 역시 마찬가지입니다. 실제 작품보다 만드는 과정이 더 극적입니다. 작품마다 예상치 못한 일들이 발생하기 때문에, 기획 프로듀서의 일이란 그때마다 일일이 문제를 해결해나가는 일종의 도전과도 같습니다.

기획 프로듀서의 자질을 키우기 위해선 다양한 노력이 필요하지만 작가와 감독, 제작팀, 투자사, 편성사 등 많은 사람과 소통해야 하기 때문에 유연함이 무척 중요합니다. 타인이 해주는 모진 리뷰도 작가가 상처받지 않는 선에서 객관적으로 전달해 설득해야 하고, 간절했던 캐스팅 제안을 수십 번 거절당해도 재빨리 다음 단계를 찾아 실행할 줄 알아야 합니다.

그리고 저는 한번도 "이럴 거면 내가 쓰겠다. 내가 연출하겠다"라는 생각을 해본 적이 없습니다. 기획 프로듀서라면 함께 일하는

이상미 프로듀서

플레이어들을 믿고 응원하는, 다소 무모한 짝사랑을 할 줄 알아야 하는 것 같습니다.

기획 프로듀서로서 매력을 느끼는 이야기는 어떤 것들인가요?

에피소드형 드라마에 매력을 느낍니다. 예전에 방영했던 드라마 〈수사반장〉, 〈한 지붕 세 가족〉, 〈종합병원〉처럼 특정 공간과 특정 직업군의 이야기, 평범하지만 소신 있는 사람들이 살아가는 이야기를 좋아합니다. 최근에는 이런 드라마를 보기 힘들어 아쉽습니다.

반대로, 기획 프로듀서가 아닌 개인 이상미로서 좋아하는 콘텐츠도 궁금합니다.

저는 뉴스 보는 시간을 좋아합니다. '세상이 이렇게 돌아가는데 내가 만드는 걸 과연 사람들이 흥미로워할까? 누군가에게 의미 있는 시간이 될 수 있을까?' 고민합니다. 제가 하루 중 가장 많이 고민하는 시간이 뉴스를 보는 시간 같습니다.

피디님에게 모든 권한이 주어진다면 어떤 작품을 제작하실지 궁금해지는 답변이네요. 만약 전 세계 모든 콘텐츠 중에 원하는 한 편을 선택해 피디님이 원하는 방향으로 제작할 수 있다면 어떤 작품을 고르시겠어요?

그림 형제의 인생을 영상으로 만들고 싶습니다. 그림 형제의 일대기인데 그들의 작품을 액자식으로 구성하는 겁니다. 그렇다면 300편 정도로 제작할 수 있을 것 같아요. 그림 형제 정말 대단하지 않나요? 이렇게 재미있는 이야기를 어떻게 그토록 많이 펴낼 수 있었을까요?

마지막 질문입니다. 제작 중인 작품 중에《계간 미스터리》독자들이 좋아할 만한 콘텐츠가 있다면 소개해주세요.

우리 회사는 오컬트 스릴러, 장르물을 많이 제작해서《계간 미스터리》독자들이 좋아할 만한 작품이 많습니다. 그런데 저는 의외로 앞에서 설명해드린 중국 영화 리메이크작 〈소울메이트〉를 추천해드리고 싶습니다. 〈소울메이트〉와 비슷한 한국 영화를 떠올렸을 때 언뜻 떠오르는 작품이 없습니다. 그만큼 새로운데 클래식해요. 극장에서 이 영화를 보고 나올 관객들이 느낄 다채로운 감정이 벌써 기대됩니다. 영화를 볼 수 있는 다양한 플랫폼과 채널들이 있지만 〈소울메이트〉는 극장에서 장면 스킵 없이 감정에 충실한 채 집중해 보기 좋은 작품입니다.

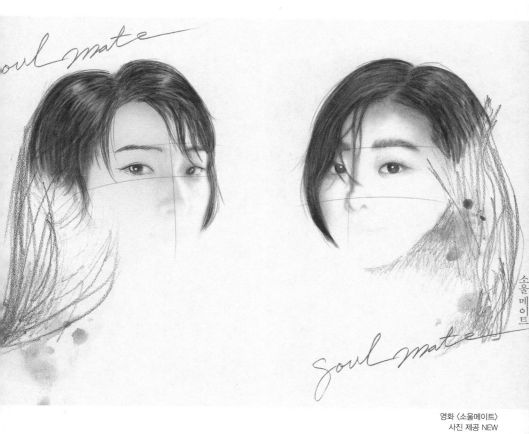

영화 〈소울메이트〉
사진 제공 NEW

추리소설가가 된 철학자

빛고을 광주가 LA'라면!
아버지의 부재에 대처하는 그녀의 방식
-정유정론

백휴

추리소설가 겸 추리문학평론가. 서강대 철학과와 연세대 철학과 대학원을 졸업했다.《낙원의 저
쪽》으로 '한국추리문학상' 신예상,《사이버 킹》으로 '한국추리문학상' 대상을 수상했다. 추리소
설 평론서《김성종 읽기》와《추리소설은 무엇이었나?》,〈뀝진성 최인훈 브라운 신부〉,〈레이먼드
챈들러, 검은 미니멀리스트〉 등 다수의 추리 에세이를 발표했다. 2020년 철학 에세이《가마우지
도서관 옆 카페 의자》를 펴냈다.

80년 5월, 당시의 광주 시민이야말로 '죽여도 죄가 안 되는', 대한민국 국민이면서도 국민이 아닌, 호모 사케르[2]의 존재이지 않았던가? 그런 의미에서 광주는 호모 사케르의 원형적 장소를 대표하는 이름이다. 난 정유정의 일련의 소설들이 '그날의 광주'를 숨겨진 방식으로 심도 있게 묘사한 작품이라고 생각한다. 적어도 아버지의 부재가 광주를 떠올리게 하는 한에서는. (본문 중에서)

1. 비평의 한계

나는 오직 독자를 향해 글을 쓴다.

이런 확고한 신념을 가진 작가에게 비평 글이 무슨 소용일까? 혹여 작가와 독자의 만남[3]이 작가의 일방적 설득(정유정 작가는 '독자가 소설을 읽는 재미'를 중시한다고 말해왔으므로 결코 그럴 리는 없겠지만)이나 독자의 열렬한 찬사(베스트셀러라는 이름의 판매 부수가 꽤나 반응이 좋았음을 증명하고도 남으므로)로 끝난다고 하더라도 비평가가 굳이 신념과 열광 사이의 허점을 파고들어 그녀가 드러내고자 했던 '세계관'에 대해 이런저런 훈수를 두는 논평이 과연 의미 있는 일일까?

---

1   탐정 필립 말로의 활동 장소.
2   호모 사케르Homo Sacer. 고대 그리스에서 '죽여도 살해 책임을 지지 않아도 되는 존재'를 뜻하는 단어였지만, 의미가 추상화되어 '포함인 배제'의 구조 속에서 '배제'의 위치에 놓인 인간이나 존재를 일컫는 말로 쓰인다.
3   독서를 통한 상징적 만남이든 강연장에서의 실제 만남이든.

그녀는 그저 힘차고 재미난 이야기를 생산하는 이야기꾼이고자 한다. 조선 후기 종로 관철동 수표교 공터에서 약장사를 하던 만담꾼이나 소설을 감칠맛 나게 읽어주던 강담사講談師의 후예[4]이길 원한다. 그녀는 이야기를 창조하는 것이, 소설가로 살아가는 것이, 삶의 필요조건이자 행복이라고까지 말한다.

우리가 젊은 시절 문학 작품에 심취한 채 겉멋이 들어 삶의 고행을 그 선택의 대가로 지불할 일말의 진정성도 없이 관념적으로 던졌던 프랑스적 질문, '삶이냐 문학이냐?' 정유정 작가에게 이보다 더 무의미한 질문은 없을 것이다. 그녀 스스로가 밝힌, 소설가가 되기 위해 감내해야 했던 쓰라린 경험의 여정을 통해 우린 삶이 문학과 등치되었음을 알게 된다. 그녀에게 양자는 택일의 선택지가 아니라 문학이 곧 삶인 것이다.

그럼, 어떤 문학일까? 소설은 이야기가 아니라는, 소설은 허구가 아니라 사유일 수 있다는, 이야기하려는 내용보다는 이야기하는 형식에 의미를 부여하는 문학관에 반대한다.

그녀는 조금의 망설임도 없이 반모더니즘 문학관을 표명한다. '문학이 구원일 순 없지만 생존방식을 제시한다'라고 보는 그녀로서는 '형식 실험'을 추구하는 문학은 삶과 밀착되어 있지 않다는 점에서 공허한 말장난일 수 있다는 것이다.

'나는 오직 독자를 향해 글을 쓴다'라는 선언에서 방점이 독자에게 찍힌다면, 그야말로 꼼짝없이 비평의 역량은 의문시될 수 있다. '독자 비평'이란 문학 용어는 비평가의 권한 축소(작품의 이해를 위해 도움을 주는 해설가)이거나 과하게는 '비평가의 사망선고'의 다른 이름이기 때문이다. 더구나 이해관계의 목적을 가지고 전가의 보도처럼 사용되는 '대중문학'이라는 프레임 속에서 패배 의식(대중문학이란 게 다 그렇지, 뭐!)을 드러낼 때, 비평은 자신의 공간을 확보할 수 없게 된다.

다행히(?) 방점은 〈나〉에 찍혀 있다. 소설가로서 이야기하는 주

4   《영원한 제국》을 쓴 이인화도 소설가는 이야기꾼이어야 한다고 주장한 바 있다.

체와 살아가는 인간으로서의 정유정은 분리되어 있지 않다. 이 지점이 야말로 비평가가 유일하게 드나들 수 있는 비밀 통로, 정유정이 은밀하게 내어준 뒷문이다.

그런데 또 다른 곤란한 문제가 있다. 이 글은 《계간 미스터리》에 실릴 예정[5]인데, 정유정 작가는 자신의 정체성이 (본인도 받아들인) '범죄 스릴러 작가'로 호칭됨에도 불구하고 추리소설과 자신의 소설 사이에 분명한 경계선을 긋는다는 점이다.

> 나는 소설의 종류를 크게 둘로 나눈다. 하나는 생각을 하게 하는 소설,
> 다른 하나는 경험을 하게 하는 소설.[6]

그녀의 주장에 따르면 추리소설은 전자에 속하고, 독자의 정서에 호소하는 자기 소설은 후자에 속한다는 것이다. 정유정 작가가 추리소설을 깊이 이해해야 할 사정은 없었을 것이다. 그리고 애써 위의 언급을 한 이유도 적극적인 주장이라기보다는 불필요한 오해를 불식시킬 해명의 필요성에서 나온 것으로 짐작된다. 그런데도 추리소설에 대한 피상적 이해에 대해서는 지적[7]해두어야 할 것이 있다.

19세기와 20세기를 거치는 동안, 서구 정신 몰락의 와중에서 탄생한 것이 추리소설이다. 과거에 당연시되던 가치가 의심받고 아직 충분히 신뢰할 순 없지만 새로운 가치가 배아의 형태로 생겨나던 시기다.

몰락의 시대가 통상 그렇듯, 대책 없는 몰락이 아니라면 변화의 역사를 노정하는 첨예한 대립의 양상이 드러난다. '언어의 지시적 본성 vs 언어의 추론적 본성', '언어의 지시적 본성 vs 언어의 구성적 본성', '일자一者 vs 다자多者', '재현 가능성 vs 재현 불가능성', '역사 범주에 대

---

5   글을 쓰는 시점에서.
6   정유정·지승호, 《정유정, 이야기를 이야기하다》, 은행나무, 54쪽.
7   거시적 관점이라 피부에 썩 와닿는 얘기는 아니겠지만 그럼에도 반드시 알아둘 필요가 있다.

한 신뢰 vs 역사 범주의 퇴조', '무엇what vs 어떻게how' 등등.

　　과도기의 산물인 만큼, 적어도 기원적 형태인 고전 추리소설은 언어의 추론적 본성을 받아들인다는 점에선 미래 지향적[8]이지만 소설 속 탐정의 추리 및 궁극적 판단 근거가 작가의 손에 달렸다는 점에선 과거 지향적[9]이다.

　　'어떻게how 쓸 것인가?'에 몰입하다가 심한 몸살을 앓았다는 정유정 작가는 자신의 글쓰기가 '무엇what을 쓸 것인가?'에 집중돼 있음을 고백한 바 있다.

　　서구 문학사상의 변화와 흐름을 따를 때, 추리소설의 보수적인 측면은 '어떻게'가 아닌 '무엇'을 말했기 때문으로 드러나지만, 오해하지 말아야 할 점은 고전 추리소설은 그 무엇을 내용의 차원에서 말하는 것이 아니라 시대의 변화에도 불구하고 그 '무엇'을 말하는 것이 아직 가능하다는 형식적 차원에서 말하는 것이다. 대표적인 예로 골치 아픈 '밀실 살인사건'을 해결하는 탐정은 수수께끼인 살인 현장의 진실을 재현해냄으로써 살인 수법을 알아내는 것은 물론이거니와 추상적으로는 모더니즘의 '시간의 공간화'에 저항하여 아직 역사의 범주가 살아 있음을 증언한다.

　　'발생의 기원'을 억압하는 토대 위에 터전을 닦는 '발전과 성장'의 여러 진통과 양상들. 이런 배경에 무지하면 상업적 호객행위로 양산된 용어가 우리 의식을 무방비로 점령하게 된다.

　　예컨대 '추리·미스터리·스릴러'(추미스)가 소설과 영화를 모두 아우르는 개념으로 사용될 경우, 분류의 편의성에 경도되어 작가의 주제의식을 제한하는 경우를 왕왕 보게 된다. 정유정 작가의《7년의 밤》,《종의 기원》,《완전한 행복》을 '범죄 스릴러'라는 용어로 분류하고자 하는 사회적 욕망이 때론 몹시 불편하게 느껴지는 까닭이다. 적절한 편리성을 내세운 이 용어는 작품에 대한 접근(구매)을 용이하게 하는 장점에

8　　추리는 추리일 뿐 유예된 검증을 확인할, 도래할 시간을 필요로 한다.

9　　작가는 시간적으로 작품에 앞서 존재한다.

도 불구하고 작가의 주제의식을 약화할 우려가 크다. 작가가 드러낸 밀도 있는 세계관을 도외시한 채 범죄의 스릴을 즐길 수 있는(얼마나 성공적이었냐는) 독서 체험의 수준으로 자신도 모르는 사이에 깎아내리게 되는 것[10]이다.

세간에 떠돌았던, '정유정 작가는 영화 판권을 팔기 위해 영상 이미지를 선호한다'라는 비판에 대해 '난 영화를 잘 보지 않는다'라고 반론한 것은 그저 쓴웃음을 지을 수밖에 없는 소모적인 논쟁이다. 영화화된 소설을 분석할 때 양자를 오가며 언급하는 것이 더 흥미를 유발[11]하는 것은 사실이지만, 그 흥미의 전달 속에 관심을 확장하는 평자의 능력과 무관하게 분석이 예리함을 잃고 시시해지는 것 또한 부인할 수 없는 사실이다.

그런 의미에서 이 글은 문자 텍스트만을 대상으로 한다. 그리고 무엇보다 작가의 세계관이 변주되고 심화되어가는 과정에 초점을 맞출 것이다.

나는 지금 내 상상 속에서 모호하게 그려진 정유정 작가와 타협하는 중이다. '오로지 독자를 향해 글을 쓸 뿐이며 자신의 글은 추리소설에 속하지 않는다'라고 주장한 작가에게 추리소설 평론가의 글이라니 웬 생뚱맞은 짓일까?

다행히 그녀는 어니스트 헤밍웨이, 찰스 디킨스, 스티븐 킹 못지 않게 하드보일드 추리소설가 레이먼드 챈들러를 좋아한다.[12] 스티븐 킹의 작품을 필사하며 소설 공부를 했다고 말할 정도로 정유정은 인간성의 내면에 잠재된 어두운 측면에 매료되었다고 했지만, 레이먼드 챈들

---

10   이렇게 말함으로써 나는 독자로부터도 작가부터도 비난을 살 게 틀림없다. 그러나 이것은 비평가의 지위와 관련된, 여론의 지지가 부족함에도 합리적 선호가 가능한 의견이 있을 수 있는지에 대한 민주사회의 근본적인 고민과 닿아 있다.

11   영상 이미지의 시청각적 효과를 어느 누가 무시할 수 있겠는가?

12   "레이먼드 챈들러를 좋아하게 되었고, 나도 추리소설가가 되기로 마음먹었으며…." 정유정,《내 인생의 스프링 캠프》, 비룡소, 203쪽.

러와 정신적으로 공유하는 박탈감인 '아버지의 부재'야말로 그녀의 제
일의적第一義的인 문학적 기원이라고 말하고 싶을 정도다. 그러나 그 공
유에도 불구하고 세계관은 전혀 다른 양상으로 전개된다.

어두운 주체, 즉 누아르noir 주체는 생기와 활기를 박탈당한 주
체다. 챈들러가 창조한 탐정 필립 말로는 삶의 최소 조건만으로 살아가
는 존재다. 타락한 경찰에게 죽도록 얻어맞음으로써, 팜파탈의 유혹을
거부함으로써 가까스로 존재 조건을 획득한다. 사회를 불신하고 섹스
를 거부하는 사내에게 생기가 있을 턱이 없질 않은가.

정유정도 소설에서 인용한 챈들러 에세이의 다음 구절은, 탐정
필립 말로의 고독하면서도 멋져 보이는 걸음걸이에도 불구하고 슬프고
고달픈 인생을 빙산의 일각으로 삼는 명예로운 외양일 뿐이다.

남자라면 이 비열한 거리를 통과하여 걸어가야 한다. 그 자신은 비열하
지도 않고, 물들지도 않고, 두려워하지도 않으면서.

이와 대조적으로 정유정의 소설 속 등장인물들은 누아르 주체
이면서도 끊임없이 자유를 갈망하는 활기찬 주체다. 그녀가 그린 정신
병자가 매력적이고, 악인이 당장의 '선/악'을 떠나 독자의 관심을 끄는
이유가 여기에 있을 것이다.

나는 그녀가 심화[13]시킨 세계관의 행로를 따라가 보고자 한다.
달리 더 말할 것이 있을 것 같지 않다. 그녀의 발언을 존중[14]하고 내 글
의 태생적 한계를 인정하는 선에서 작품에 대한 몇 가지 첨언을 할 생각
이다.

---

13 그녀는 '작가는 무릇 한두 주제를 변주할 수 있을 뿐'이라고 말한다. 나는 이 의견에
    전적으로 동의하는데, 독자는 그 변주를 통해 주제의 심화 과정을 읽어낼 수 있어
    야 한다.

2. 문학적 기원으로서의 '아버지의 부재'

기어코 슬픔이 찾아들었다. 고등학교 교사였던 아버지는 80년 5월, 우리 곁을 떠났다. 어머니와 이혼한 것도 아니고 사고나 병으로 세상을 떠난 것도 아니다. 산에 다녀오마 하고 나간 뒤 돌아오지 않았을 뿐이다.[15]

이 문장이 불가피하게 레이먼드 챈들러를 떠올리게 하는 이유는 세 행 위에 '내가 좋아하는 레이먼드 챈들러의 「필립 말로」 시리즈까지'라는 언급을 통해서이기도 하지만 무엇보다 챈들러의 아버지 또한 '어머니와 이혼한 것도 아니고 사고나 병으로 세상을 떠난 것도 아닌데' 사라지고 말았다는 공통점 때문이다.

챈들러의 아버지는 열차를 타고 서부로 가겠다는 말을 남긴 채 평생 연락이 끊어졌다. 챈들러가 일곱 살 때의 일이다. 정유정 작가에게 실제 유사한 경험이 있어 정신적 사유 구조의 트라우마로 작용했는지는 알 수 없다. 다만, 짐작[16]이 가는 대목이 있다.

14   이 존중은 자신의 소설관에 대해 강한 신념을 가진 작가에게 더 강력하고 온전한 이론적 완결성 없이는 비판이 한계에 봉착할 수밖에 없다는 내 생각에서 비롯한다. 가령, 그녀의 문학적 성취를 '순문학과 대중문학의 좁힐 수 없는 거리를 탄탄한 서사와 문장력'으로 허물었다는 평론은 정유정 작가에 대한 모욕일 것이다. 상찬의 외양을 쓴 모욕. 우리 소설은 그간의 노력에도 불구하고 여전히 정조대왕이 연암 박지원에게 반성문을 쓰게 한 '잡(雜)'의 하위 세계와 정치 성향이 강한 어느 법무부 장관이 '소설 쓰시네~!'라고 말한 비아냥거림 사이에 위치한다는 게 내 생각이다. 순문학이란 개념은, 인간 정신에 대한 영향력이 미미할 때 느끼게 되는 정치적 소외감을, 자기의 특화된 영역 내에서 '안/밖'을 나눔으로써 대리만족하려는 욕구의 발로일 뿐이다. 문학 또한 정치적인 것이다. 문학이 순수할 리 없다. 순문학은 일본 평론가들이 만든 용어로 '이문학(理文學)'(정치, 역사 사상 따위)에 대한 상대적 개념(소설, 시 따위)으로 정립된 것이다. 기원은 숨겨지고 억압되기 마련이지만, 용어의 모호함 속에 자신을 의탁하는 비평은 작가의 확고한 신념을 감당하기엔 버겁다는 의미에서 '존중'이란 표현을 쓴다.

15   《내 인생의 스프링 캠프》, 35쪽.

a) 어려서부터 작가가 꿈이었다. 그런데 어머니가 문학하는 걸 반대해서 결국 간호대학에 갔다. 대학을 졸업한 후엔 어머니가 돌아가셨고, 나는 직장인이자, 세 동생의 엄마, 한 집안의 가장으로 이십 대를 보냈다.[17]

b) 기나긴 나날, 힘이 되어준 지영, 홍석, 미경, 공 씨 아저씨에게, 덜 여문 초고를 읽어주고 조언을 아끼지 않았던 안승환 씨에게, 하늘나라에서 딸을 지켜보실 어머니께, 이 책을 바친다.[18]

착잡한 심경의 일단을 드러낸 가슴 벅찬 순간이었을 a)에도 b)에도 아버지에 대한 언급은 없다.

두 작가의 차이를 생각해보자. 아버지는 현실에서, 또 정신 속에서 실종되었다. 삶의 구체적 경험이 곧 진리의 오라aura를 띠고 일반화된다. 있어야 할 위치에서 벗어난 존재의 행방을 '탈구dislocation의 이름'으로 묻는 철학적 모티프는 챈들러 소설의 원동력이다. '그(그녀)는 어디로 갔는가? 왜 사라졌는가?'

일곱 살 어린 챈들러의 정신이 아빠의 실종이라는 날것에 완충 지대 없이 그대로 노출된 반면, 아버지의 부재 속에서 집안 가장의 역할을 자임한 것은 정유정 작가 자신이었다.

챈들러를 정점으로 한 하드보일드 추리소설은, 아버지의 부재가 야기하는 우연과 파국의 문제를 탐구한다. 공간적 개념인 탈구의 시간적 버전으로 볼 수 있는 우연과 파국은 본질적으로 다르지 않은데, 우연이 인과관계 없이 뜻하지 않게 일어난 일인 것처럼 파국 또한 당사

16 　이 짐작이 그녀의 이력과 동떨어진 얘기라면 미리 사과드린다. 오만한 추측에 거듭 송구의 말씀을 올린다. 그러나 짐작이 틀리더라도 내 논지의 방향이 바뀌어야 한다고는 생각하지 않는다.

17 　《정유정, 이야기를 이야기하다》, 15쪽.

18 　《내 인생의 스프링 캠프》, 390쪽.

308

자의 기대와 달리 일이나 사태가 예상된 루틴을 벗어난 결단(당사자의 '동기와 행위'를 벗어난 예상치 못한 결과로서의 파국)일 수 있기 때문이다.

정유정은 가장이자 세 동생의 엄마 역할을 떠맡음으로써 챈들러와 전혀 결이 다른 문제의식을 갖게 된다. 생존, 자유, 악, 입감 empathy, 호모 사케르, 윤리….

무엇보다 정유정의 정신을 압도적으로 지배하는 가치는 생존 본능이다. 살아남는 것이야말로 최우선적으로 고려해야 할 삶의 덕목이다.

> 그녀(강은주)는 할 수 있었다. 몸 파는 일과 강도질만 빼면, 무엇이든.[19]

그녀는 야구선수 출신 남편 최현수가 스트레스를 받는다는 사실 자체에 화를 낸다. 사는 것 자체가 압박에 시달리는 일일진대, 남편은 자신의 생존을 위협하는 것에 대항하여 피터지게 싸워 거꾸러뜨려야 마땅함에도 불구하고 투쟁하기는커녕 지레 겁을 먹고 삶의 패배자가 되어 기껏 변명거리로 내놓은 것이 스트레스라는 것이다.

그런데 생존본능이 극단으로 치달아 '몸 파는 일과 강도질만 빼면'이라고 도덕적 절제력을 잃을 때 목적을 위한 수단은 자신도 모르는 사이에 정당화된다.

> 나(한유진)는 모든 승부가 반드시 정정당당해야 한다고 믿는 편이 아니었다. 수단과 방법에 구애받는 쪽도 아니었다. 중요한 건 이기는 것이니까.[20]

> 웃기지 마. 살아남는 쪽이 이기는 거야.[21]

19 정유정, 《7년의 밤》, 은행나무, 133쪽.
20 정유정, 《종의 기원》, 은행나무, 319쪽.
21 《종의 기원》, 374쪽.

악인이 탄생하는 순간이다. 논리적 흐름에서 볼 때 생존본능으로부터 악인을 끌어내는 방식은 단선적이지 않다. 생존본능과 악인 사이에 자유의지의 문제가 있는 것이다.

가령, 생존방식에는 소극적인 생존방식과 적극적인 생존방식이 있다.《종의 기원》의 주인공인 한유진은 엄마와 정신과 의사인 이모의 충고를 받아들여 향정신성 약품인 '리모트'[22] 처방에 순종할 경우 소극적인 생존은 보장된다. 그런데 선수로서 수영을 하고 싶은 욕망과 정체성을 포기할 수 없었기에 약을 먹지 않고 자유의 이름으로 악인의 길로 들어서게 되는 것이다.

악인에도 두 부류가 있다.《7년의 밤》의 오영제와《종의 기원》의 한유진은 모두 악인이지만 결은 완전히 다르다. 오영제는 질서 의식에 집착하는 인물로 '모든 것은 제자리에 있어야 한다'라는 강박관념을 갖고 있다. 그로 인해 그는 가족(아내와 딸)을 사물화하는 만행을 저지른다. 그는 딸 오세령의 죽음에 큰 충격을 받지만 그 순간에조차 질서의 강박관념에서 헤어나지 못한다.

> 그(오영제)는 세령을 끌어내려 따귀라도 갈기고 싶은 충동에 빠졌다. 지금 당장, 눈뜨고 일어나 집으로 돌아가라고. 네 아빠, 오영제가 정한 네 자리로.[23]

세상은 자신의 명령대로, 자신이 정한 규칙대로 정연하고 질서 있게 존재해야 한다는 것이 오영제의 변함없는 생각이다. 미니어처 목공의 꼼꼼한 취미는 그런 내면이 외면으로 드러난 작은 상징일 것이다. 정유정의 소설에는 오영제처럼 질서에 집착하는 숱한 인물들이 있다.

시시콜콜 자기 방식으로 통제하고자 하는《내 심장을 쏴라》의 렉터 박사, 규칙을 정하는 엄마로 등장하는《완전한 행복》의 신유나, 사

22　가상의 약으로 '리모트 콘트롤'에 의해 조종된다는 의미를 담고 있는 듯하다.
23　《7년의 밤》, 183쪽.

사건건 남편의 생활을 통제하려 드는《7년의 밤》의 강은주, 대놓고 규칙주의자[24]로 호칭된《종의 기원》의 엄마 김지원.

따라서 악은 살아남기 위한 행위로서의 악과, 규칙과 질서의 이름[25]으로 인간의 자유를 말살하는 억압으로서의 악, 두 종류가 있는 셈이다.

'살아남기'란 단순히 소설 속 등장인물들의 극단적인 행동양식으로 그려지는 것에 그치지 않는다.《종의 기원》은 찰스 다윈의 이론을 떠올리기에 '종의 기원'이라는 제목 자체가 문제적이다. 그녀는 '인간은 살인으로 진화했다'라는 '작가의 말'에서 진화심리학자인 데이비드 버스의 저서《이웃집 살인마》를 인용해 자신이 한유진이라는 악인을 자유와 정체성의 이름으로 창조한 것에 대한 정당화를 시도한다.

> 인간은 생존하도록 태어났다. 생존과 번식을 위해서는 진화 과정에 적응해야 했고, 선이나 악만으로는 살아남을 수 없었기에 선과 악이 공진화했으며, 그들에게 살인은 진화적 성공(유전자 번식의 성공), 즉 경쟁자를 제거하고 문제를 해결하는 가장 효율적인 방법이었다.[26]

이런 정당화가 현실 윤리와 부딪치는 어려움에 대해 작가가 어

24 《종의 기원》에는 규칙에 대한 수많은 직간접적인 언급들이 나온다. "어머니는 규칙주의자였다. 식사, 배변, 운동, 그 외 대부분의 일에 규칙이 있었고, 규칙대로 움직였다."(24쪽) "술은… '어머니의 규칙'에선 첫 번째 금기사항이었다."(26쪽) "'규칙에는 예외가 있었고, 예외는 곧 규칙이 되었다.'"(68쪽) "어머니는 소파의 쿠션 하나도 틀어져 놓인 꼴을 못 보는 양반이었다."(88쪽) "어머니가 내 삶을 쥐고 흔든 절대자였다는 점…."(175쪽) "사용한 물건은 반드시 제자리에 놔둬야 하는 어머니의 성격…."(208쪽) "어머니의 규칙을 어길 때마다 내려지는 벌, 바로 수영장에 나가지 못하는 일이었다."(229쪽) "나는 규칙을 지키고자 최선을 다했다."(230쪽) 등등.

25 정유정은 자신의 기질도 정리정돈이 되어 있지 않은 상태를 잘 참아내지 못한다고 고백한 바 있다.

26 《종의 기원》, 379쪽.

떤 해명을 하는지에 대해서는 잠시 언급을 뒤로 미루자. 지금 이 순간, 더 주목을 요하는 것은 이야기를 쓰고 읽는 행위마저 인간의 생존본능과 연결되어 있다고 그녀가 인식한다는 점이다.

생존에 필요한 무엇이기에 이야기는 우리의 삶의 도구일 수 있다.[27]

덧붙여 정유정 작가에게 글쓰기는 자유의지의 발로[28]이기에 등장인물들의 삶의 행로(생존본능에서 자유에 이르려는, 혹은 극한의 상황에서의 능동적 생존본능은 자유의지에 다름 아니라는)와 작가 의식의 논리적 귀결은 일치할 수밖에 없다. 삶과 이야기가, 등장인물들의 삶에의 욕구와 작가의 글쓰기 욕구가, 내용과 형식의 일치가 소설 문학과 삶의 등치를 예비하고 실현하는 것이다.

정유정은 이야기story와 플롯plot을 어떻게 구별할까? 정유정이 양자를 혼용해 씀으로써 혼란을 주는 것은 사실이지만, 이야기가 그저 에피소드(삽화)의 나열에 그치는 반면 플롯을 통해 구성된 이야기에는 절정부가 있어 읽는 이에게 미학적 감동을 불러일으키고 작가의 세계관이 드러난다는 점에서 다음과 같은 추측을 해볼 만하다. 생존을 위한 수동적 본능이 '이야기'에 해당한다면, 그 능동적 본능은 '플롯'에 해당한다고.

자유의지의 발현(《내 인생의 스프링 캠프》)이나 구현[29](《내 심장을 쏴라》)을 위해 등장인물들에게 성장과 모험의 시간이 필요한 것처럼, 자유의지의 발로로서의 글쓰기는 작가의 '자유로운 사고'를 방해하는 장애물의 극복으로 이어지는 동시에 작가로서 성숙해나가지 않으면 안 된다는, 소설 내용의 이면으로서의 형식적 차원을 이룬다.

27 《정유정, 이야기를 이야기하다》, 42쪽.
28 《정유정, 이야기를 이야기하다》, 32쪽.
29 예스24 인터뷰, 2011년 9월 26일.

비로소 인정하지 않을 수 없었다. 작가인 '나'가 어린 시절부터 학습돼 온 도덕과 교육, 윤리적 세계관을 깨버리지 못했다는 걸.[30]

그녀는 천인공노할 존속살인의 범죄를 저지르는, 어머니를 죽이고야 마는(옥신각신 몸싸움이 있어 계획된 의도는 아니라 할지라도) 무지막지한 존재이자 '특별한 악인' 한유진을 창조해 그려내기 위해서 남다른 용기가 필요했다고 말한다. 이 솔직하면서 위험천만한 고백의 용기는 오랜 기간에 걸쳐 '한유진'에 못 미치는(그녀의 입을 빌려 표현하면 형상화했으나 만족스럽지 않은) 악인[31]들을 그려낸 본인의 작가적 미성숙에 대한 자기 탄핵의 의미를 갖는다는 것이다.

악인을 객체가 아닌 주체로 그려내는 작업. '그/그녀'라는 3인칭이 아니라 작가인 '나'를 한유진의 범죄 현장에 입감시켜 '내 안의 잠재된 악의 터전을 확인하고 그것이 촉발되는 계기와 진화해나가는 방식'을 그려내는 1인칭의 위험한 작업.

성숙이란 그녀에겐 '진화'의 다른 이름일 수 있기에, 특정한 시기에 과거와의 단절(진화란 무엇보다 개인의 시간을 뛰어넘는 종의 문제이지만, 변화의 결절이 개인 삶의 문맥에서도 나타나야 한다는 점에서)은 필수적인 삶의 조건이자 글쓰기의 조건이 된다.

이때, 잠정적으로(때로는 순간적으로) 소설은 실제가 아닌 허구로 인식되기를 멈춘다. 허구라는 굳건한 장벽을 계속해서 느꼈다면, 정유정은 굳이 《종의 기원》을 집필할 까닭이 없었을 것이다. '소설은 허구일 뿐!'이라는 의식이 줄곧 작동하는 한 문학과 삶의 등치는 완성되지 않는다. 그런 의미에서 《종의 기원》을 정독한 후 다음 문장을 읽는 사람은 엄청난 긴장감과 불안감을 느낄 수밖에 없다.

---

30 《종의 기원》, 382쪽.
31 《내 인생의 스프링 캠프》의 정아의 아버지, 《내 심장을 쏴라》의 점박이, 《7년의 밤》의 오영제, 《28》의 박동해.

소설의 '나'는 작가인 '나'와 함께 진화해가리라고 내다봤다.[32]

우리는 〈함께〉라는 부드러운 우애의 느낌이 나는 수사적 표현에 현혹되어서는 안 된다. 이것은 작가 정유정이 존속살인범 한유진이 되어 살다가(집필 과정 동안) 다시 작가라는 직업을 가진 현실의 생활인으로 되돌아와서 하는 전망이기 때문이다. 소설은 허구라는 의식이 사라졌다가 다시 허구라는 의식이 복원된 순간에 말이다.

작가가 살인범의 살인 행위 속으로 입감하는 실존적 선택은, 《7년의 밤》에서 학대에 못 이겨 딸 오세령을 혼자 두고 파리로 떠난 오영제의 아내 문하영의 태도에서 예시豫示되었던 방법이기도 하다.

남편이 되어 편지를 쓰는 동안, 저는 남편을 이해할 수 있게 되었습니다. 아니, 인간에 대해 좀 더 솔직한 이해에 도달하게 됐다고 해야겠지요.[33]

〈타인이 된다〉라는 입감 능력은 동정이나 연민의 감정과는 그 본질에서 다른 측면이 있다. 넓은 의미의 공감 능력이라고 표현할 순 있지만, 엄밀하게는 함께sympathy가 아닌 안으로empathy 들어가 타인의 경험을 가감 없이 추체험하는 극단적인 경험[34]인 것이다.

이 능력에 의문이 따라붙는 것은 사실이다. 자신의 정체성을 허물고 타인이 되는 능력(추리소설에서는 탐정 브라운 신부의 수사 방법이기도 한)이 과연 어떻게 가능한 것인지에 대해서는 논란의 여지가 있다. 이 능력이 '소설은 허구'라는 점에 연동되면 문제는 더 복잡해진다.

---

32   《종의 기원》, 381쪽.

33   《7년의 밤》, 474쪽.

34   입감을 연상시키는 글이 제법 많다. "세상에는 자기가 그 입장이 되지 않으면 절대로 이해할 수 없는 진실이 있는 법이거든요."(《내 인생의 스프링 캠프》) "자신이 링고라 해도 지금의 링고처럼 행동할 게 분명했다."(《28》) 등등.

소설이라는 이야기 형식 안에서 안전한 거리를 두고 겪는 감정들은 세계에 대한 우리의 시선을 확장시키고, 인간에 대한 이해의 깊이를 만들어주고, 삶을 풍요롭게 만든다.[35]

대체 〈안전한 거리〉를 어떻게 확보할 수 있다는 것일까? 철학자 칸트는 '단적으로 큰 것'(절대적으로 큰 것)을 숭고하다고 부른다. 예를 들어, 태풍이 불어 닥친 바다의 거친 파도를 〈안전한 거리〉를 두고 감상할 때, 인간에겐 감관의 모든 척도를 초월하는 그 어떤 이성의 능력이 있다는 것을 감지하게 된다는 것이다.

《예술 분과로서의 살인》의 저자 토머스 드 퀸시는 '살인사건'을 칸트가 말한 숭고의 한 대상으로 간주한다. 끔찍한 살인 현장이 불러일으키는 공분의 도덕적 감정이 가라앉은 후 살인사건을 이성적으로 다룰 수 있다[36]고 했는데, '악인 한유진의 범죄행위로의 입감 혹은 한유진이 되어 범죄를 저지르며 바라본 세상' 자체[37]가 숭고한 대상일 수 있을까?

아니, 워딩이 사뭇 다르다. 정유정이 말한 것은 어디까지나 〈소설이라는 이야기 형식 안에서의 안전한 거리〉다. 이때 소설의 본질이 문제시된다. 정유정은 소설은 이야기가 아니라는, 혹은 소설은 '사유'일 수 있다는 따위의 생각에 반대한다. 그럼으로써 정유정이 짊어지게 될 생각의 짐은 '이야기가 허구냐, 아니냐'라는 것이다. 물론 이것은 거칠기 짝이 없는 물음이다. 당연히 정유정은 허구라고 대답할 것이다. 덧붙

---

35 《정유정, 이야기를 이야기하다》, 53쪽.

36 이런 응용이 옳은 것인지 모르겠다. 칸트는 인간이 숭고한 대상에 노출될 때 '그 어떤 이성 능력이 있다는 것을 감지하는 자신의 감정 상태에 대한 언명을 하게 된다'는 것이지 드 퀸시처럼 이성을 전면에 내세워—도덕 감정이 잦아들었더라도 이성적 판단에 도덕 감정이 전혀 영향력을 행사하지 못하는 것일까?—살인사건을 다룰 수 있다고는 하지 않았다. 설혹 칸트가 드 퀸시와 동시대인이라고 가정해 '살인사건'을 숭고한 대상으로 받아들인다 하더라도.

37 인식(이론)과 행위(실천)의 서구적 이분법 문제는 살짝 제쳐두자.

여 '~인 것처럼as if'의 허구라고 강조할 것이다. 문제는 '이야기 예술'의 이 자명한 정의가 다른 맥락(도덕 관습이나 윤리)에 놓이면 그렇게까지 자명하지 않다는 점이다.

이야기가 전적으로 허구라면, 그녀가 말한 〈시선의 확장〉, 〈이해의 깊이〉, 〈풍요로운 삶〉에 도달하기 위해 격렬한 감정을 겪어보는 것이 왜 필요한지, 그것이 진짜 가능하기는 한 것인지 의문이 생겨날 수 있다. '허구 속에서 느낀 감정을 현실로까지 끌어들이지 마라!'라는 반문에, 또는 '재미는 있었어. 한데 허구는 허구일 뿐 인생은 실전이야!'라고 말하는 독자를 어떻게 설득할 것인가? 그것은 그저 독자가 감당할 몫과 책임으로 남는 문제일까?

정유정에게, 이야기는 허구 개념에 종속되지 않는다. 이야기는 그 자체로 생존 도구이기도 하다. 심지어, 소설가인 그녀 삶에서 결코 누락시킬 수 없는 필요조건이다.

'이야기가 생존 도구'라는 인식이 없었다면, 소설 이야기가 전적으로 허구였다면, '문학=삶'이라는 등치는 불가능했을 것이다. 그러나 '이야기가 허구만은 아니다'라는 편리한 대답은 다른 물음을 야기한다. '생존 도구'와 '허구'는 서로 어떤 관계일까? 한 예로 그것은 형광등 스위치 기능으로 이해될 수 있는 단락회로 같은 것일까?

책을 통한 간접 경험이 인식을 확장한다는 사실을 부인할 순 없다. 그럼에도 그 정도가 있어, 엄마를 죽이는 간접 경험을 통해 인식을 확장할 수 있다는 생각에는 사람에 따라 반대할 수 있다.

1990년대 중반의 일이다. 명문대 출신 대학 교수가 돈 문제[38]로 아버지를 죽였는데, 하필 그의 서재 책장에 한국 및 일본의 추리소설 몇 권이 꽂혀 있었다. SBS 방송국은 발 빠르게 사건의 진상을 보도하면서 모방범죄임을 제멋대로 추측하여 "추리소설은 살인을 가르치는 교과서"[39]라는 코멘트를 내보냈다. 보도의 현장감을 살리기 위해 대형 서

---

38   그는 형량을 낮추고 싶어서였는지 아버지가 엄마를 학대하는 모습을 보았던 트라우마가 살인 동기의 일부였음을 주장했다.

점 추리소설 코너를 줌인 샷으로 찍었음은 말할 것도 없다.

한국추리작가협회는 이에 반발해 추리소설에 대한 근거 없는 폄하라며 앵커와 기자를 고소했는데, 승소는커녕 중재에 나선 담당 판사를 설득하기에도 급급했다. 그때 판사가 추리소설의 사회문화적 역할에 대해 물었던 것 같다. 협회는 〈사회질서 회복〉의 기능이 보수적인 판사를 설득하는 데 유리하다고 판단해 '범죄자를 반드시 잡아 처벌한다'라는, 탐정 셜록 홈스를 경찰의 지위로 추락시켜 대응하는 논리를 펼칠 수밖에 없었다. 애석하게도 탐정은 경찰이 아니다. 그때 우리는 정유정에 앞서, 정유정과 다른 맥락에서 입감을 수사의 기법으로 활용한 탐정 브라운 신부를 내세울 수 있었을까? 그랬다면, 아마 지금 내가 정유정에게 묻는 '그 정도가 있다'라는 반문을 기자에게 역으로 들었을 것이다. 그러나 이것은 정유정의 생각에 대한 폄하가 아니라 우리[40]가 그 당시 하지 못한 것(사회적 수용)을 그녀가 소설로 기어이 해냈다는 기쁨에서 하는 말이다.

그러나 이러한 사정 속에서도 여전히 골치 아픈 문제는 해소되지 않는다. 소설 이야기가 '생존본능이자 허구'라는 것이 '삶=문학'이라는 등치를 가능케 한 정의임에도 불구하고, 그리고 정유정 작가의 문학적 귀결과 성취는 양자의 등치를 떠나서는 상상할 수 없음에도 불구하고, 〈안전한 거리〉를 확보하기 위해서는 그 순간만큼은 소설 이야기가 허구에 불과하다는 점에 무게를 실어야 하기 때문이다. 즉 '안전한 거리'는 소설이 허구이기 때문에 생겨날 수 있는 거리다.

놀라운 것은 그녀가 이 틈입을, 이 균열을 그녀만의 방식으로 소화해내고 있다는 점이다. 그녀는 소설 이야기가 '허구'이기에 '생존 도

---

39 요즘 프로파일러를 출연시켜 살인사건을 설명하는 여러 방송을 보면 격세지감을 느끼지 않을 수 없다.

40 '우리'라는 말에 불쾌함을 느낄 동료 작가가 있을지도 모르겠다. 나 또한 《낙원의 저쪽》에서 어머니를 살해하는 의사 아들을 묘사했으나, 사회도덕을 감안하여 구체적으로 언제 어떻게 죽였는지는 모호하게 처리했다. 30년 전 일이긴 하지만, 정유정의 입장에서는 작가가 장애에 막혀 성장 동력을 잃은 상태일 것이다.

구'일 수 있다는 반론의 되치기를 하려 한다.《7년의 밤》후반부의 대필 작가 안승환의 소설이 의미하는 바가 바로 그것이다.

《7년의 밤》의 '작가의 말'에서 정유정은 '사실과 진실 사이에는 무엇이 있을까?'라고 묻고 스스로 대답한다.

> 사실과 진실 사이에는 바로 이 '그러나'가 있다고, 나는 생각한다. 이야기되지 않은, 혹은 이야기할 수 없는 '어떤 세계'.[41]

그녀는 우리 모두가 오세령을 죽인 최현수처럼 '실수'로 인해 인생이 뜻하지 않은 파멸의 길로 들어설 수 있으므로 불편하고 혼란스러울지라도 한사코 '그러나'의 세계를 들여다보아야 한다고 주장한다.

현실에서 사건을 보도하는 매스컴의 방식(적어도 소설 속 안승환과 살인자 최현수의 아들 최서원이 느끼는 것처럼)은 선악의 배타적 구분을 통한 프레임 씌우기다. 심지어 나중에 보도 내용의 오류가 드러나도 쉬 교정되지 않는다. 그렇기에 이야기를 통하지 않고서는 사실로부터 빠져나간 진실에 접근할 수 없다.

사건의 진실을 추적하던 안승환의 순간적인 깨달음은 그것을 증언한다.

> 단서를 찾아 스크롤바를 이리저리 움직였다. 빠진 데가 있는지, 놓친 부분이 있는지, 좀 더 구체적인 표식이 있지 않은지……. 어느 순간, 그는 동작을 멈췄다. 등 밑에서 소름이 올라오고 있었다. 자신이 검토하고 있는 건 기록이 아니었다. 제대로 구성한 소설의 플롯이었다. 살만 붙이면 곧바로 이야기가 될 뼈대였다. 아니라고 부정할 길이 없었다.[42]

안승환의 소설은 최서원에게 비루한 삶의 명분마저 앗아간 잔인

---

41 《7년의 밤》, 521쪽.
42 《7년의 밤》, 381쪽.

한 진실을 전달하게 되지만 그것마저 미완성인 채로 끝났기에 최종 진실은 아니다. 맥락상 뒷장에 있어야 할 어머니의 이야기가 빠져 있다. 이제 그 부족분을 채워 넣기 위해 최서원이 소설적 상상력을 동원한다.

나는 소설의 마지막 장면을 재구성해봤다.[43]

안승환의 소설은 교도소 면담을 통해 최현수에게서 들은 진술, 주변 사람들에 대한 탐문, 문하영의 편지를 기반으로 구성한 이야기다. 최현수는 제본된 안승환의 소설 원고와 취재 자료를 아들에게 보냄으로써 최서원이 오영제와 대면하길 바란다.

상징적 포수의 역할을 자임하는 아버지의 무모해 보이는 기획은 믿기 어려운 '너무 소설 같은 이야기'인 것은 분명하지만, 안승환이 집필한 '소설 이야기'가 최서원의 상상력을 거쳐 삶의 선택지[44]가 되는 부분은 앞서 말한 '반론의 되치기'의 순간, 즉 '허구가 생존 도구로 변화하는' 순간임이 틀림없다. 미완성된 소설로서의 허구를 읽는 것[45]이, 본인의 상상력으로 부족분을 메워야 하는 허구가 최서원의 선택에 따라 7년이라는 기나긴 밤을 끝낼 수 있는 생존 도구로 기능할 수 있기 때문이다.

3. 왜, 호모 사케르인가?

정유정의 소설에서는 수많은 등장인물이 호모 사케르로 호명된다.

---

43 《7년의 밤》, 470쪽.

44 "……포수는 승부수를 요구해야 하고. 7년 전, 그 아이는 내가 지켜야 할 공이었지만 이젠 아냐. 내 배터리야. 내가 사인을 보내고 시원이가 던지는 거야. 내 사인을 거부하든, 받아들이건 그건 그 아이의 선택이지." 《7년의 밤》, 508쪽.

45 미완성된 소설의 허구성은 일기와 선명하게 대비된다. "기록한 것만 기억하는 게 일기장의 본질이라고……." 정유정, 《내 심장을 쏴라》, 은행나무, 184쪽.

사람 속에서 살되 사람과 어울리지는 말 것! 우리와 같은 인간이지만 본인이 사회 구성원이라는 생각은 버릴 것!

《28》의 박동해는 악동에서 악인으로 변모해가기 전, 같은 말로 자유의지가 발동되기 전 부모에 의해 전형적인 호모 사케르로 호명된 인물이다. 이 호명이 정신적으로 자신을 미치게 만들 것 같은 느낌(소외감)이 들게 하는 것은 박동해로 하여금 '관계의 안'에서 '관계의 밖'을 살아가도록 강요하기 때문이다.

박동해는 경찰서에 연행될 곤경에 처한 상태에서 의사인 아버지 박남철로부터 '우리를 망칠 놈'이란 험한 소리를 듣는다. 이것은 '너는 내 혈육이지만 우리 가족은 아냐!'라는 의미와 같다. 궁지에 몰린 박동해는 엄마에게 구원의 손길을 내미는데 아버지의 끄나풀에 불과한 엄마는 아들이 경찰서로 연행된 뒤 자신들에게 부모 노릇을 제대로 하지 못했다는 비난이 쏟아질까 봐 차라리 뒤탈 없이 정신병원에 감금시키기 위해 아버지와 정반대의 이야기를 한다.

어쨌거나 너는 내 아들이야. 경찰에 잡혀가게 놔둘 수는 없는 거야, 절대로.[46]

'혈육'이라는 이름의 일방적 호명을 통해 박동해는 관계 안에 위치하기도 하고 관계 밖에 위치하기도 한다. 자신의 과오도 아닌데 아버지가 살인자라는 이유로 떠돌이 생활을 하다가 항구도시로 밀려나 겨우 생존을 의탁하는 최서원(《7년의 밤》), 미성년자인 탓에 할아버지의 시신을 처리할 권리를 박탈당한 여덟 살 맹인 손승아(《28》), 살인죄 누명을 쓰고 떠돌이로 살아가는 박양수 할아버지(《내 인생의 스프링 캠프》), 그리고 각각의 사연이 있는 정신병자들…. 이들은 하나같이 삶의 가장자

---

46   정유정, 《28》, 은행나무, 129쪽.

리로 내몰렸거나 내몰린 느낌을 받는다.

처한 상황과 운명은 각자 다르지만 그들이 반드시 있어야만 하는 상징적 장소들이 있다. 항구도시, 바닷가, 세령호수, 정신병원, 습지(진흙 뻘), 별채(사택), 지하실, 드림랜드….

호모 사케르로 호명된 이들은 '소리 없는 비명'의 언어를 사용한다. 이들 존재는 살아도 산 게 아니고 죽어도 죽은 게 아니다. 질서 속에 존재하는 것도 아니고 무질서한 존재로 낙인찍혀 버려지는 것도 아니다. 정신병동의 일원인《내 심장을 쏴라》의 심운산 선생은 그때그때 다르게 '안/밖'을 넘나드는 호모 사케르적 존재의 불안한 위치가 얼마나 감당하기 어려운 일인지 다음과 같이 항변한다.

미치광이는 미쳐야 사는데, 못 미치게 하니까 미쳐버린 거야.

《완전한 행복》의 악녀 신유나가 일관된 감정을 유지할 수 없는 이유도, 그녀의 경우 태생이 사이코패스인 캐릭터이긴 하지만 호모 사케르로 호명된 존재의 성향을 인격 밑바닥에 깔고 있기 때문일 것이다. 그녀는 '이리 와'(천사의 성품이 드러나는)의 시간과 '저리 가'(미친 여자로 행세하는)의 시간 사이를 무시로 오간다.[47] 그렇기에 '인간의 변덕은 불가사의'[48]하다는 인식은 바로 이 '호모 사케르의 존재'를 함의[49]하고 있다고 봐야 할 것이다.

호모 사케르의 자기규정은 '인생의 표면을 떠도는 유령'으로서 정착할 곳을 잃은 정신적 부랑자이자 떠돌이다. 심지어 개 링고조차

47   《완전한 행복》, 354쪽.
48   《내 심장을 쏴라》, 140쪽.
49   학교에서 이쪽에도 저쪽에도 어울리기 어려운 최서원의 입장 또한 예외는 아니다. "……마을 애들하고 사택 애들하고 같이 안 놀아요. 밥도 같이 안 먹고 서로 말도 안 붙여요. 저는 어느 쪽이랑 놀아야 할지 잘 모르겠어요."(《7년의 밤》, 197쪽) 최서원은 사택에 살지만 본채가 아닌 별채에 삶으로써 '포함인 배제', 즉 호모 사케르의 공간에 놓이게 된다.

'늑대 행세를 하며 밥을 얻어먹던 시절'[50]을 떠올린다.

호모 사케르로 호명된 인간[51]이 사는 대표적이자 가장 절망적인 공간이라고 할 수 있는 '정신병원'에서는 심지어 시간조차 흐르지 않는다.

> 정신병원의 시계에는 숫자판이 없다. 허구, 망상, 환각, 기억, 꿈, 혼돈, 공포 따위의 이름들이 그 자리를 대신한다. 시간은 바다처럼 존재하고 사람들은 폐허의 바다를 표류하는 유령선이다. 나는 어디에서 왔는가, 어디쯤에 있는가, 어디로 가는가, 하는 것들은 알 길이 없다. 의미도 없다.[52]

앞서 내가 정유정과 '아버지의 부재'라는 문학적 기원을 공유한다고 말한 챈들러의 탐정 필립 말로의 세계에서도, 또 다른 의미로 시간이 흐르지 않는다. 타락한 기존 질서(아버지)를 부정하고 여자(팜파탈)와의 성관계를 거부하면서 세대가 이어지지 않는 어둠(누아르noir) 속으로 빠져드는 것이다.

흐르지 않는 시간을 다시 흐르게 하는 것, 시간을 온전히 자신의 시간으로 만드는 것, 자유의지로 생기의 시간을 되살려 존재 의미를 부여하는 것.

그것은 《내 심장을 쏴라》의 류승민처럼 행글라이더를 타고 광활한 하늘을 나는 것일 수도 있고, 《내 인생의 스프링 캠프》의 박양수 할아버지처럼 돌고래가 반겨주는 바다를 항해하는 것일 수도 있으며, 《28》의 박동해처럼 아이젠을 낀 발로 시비가 붙은 상대의 얼굴을 내려찍는 순간 등골을 타고 올라오는 악마적인 전능감을 경험하는 순간이

---

50   《28》, 107쪽.

51   정신병동에는 미쳐서 갇힌 자와 '갇혀서 미친 자'가 있는데, 호모 사케르로 호명된 자는 후자에 해당할 것이다. 《내 심장을 쏴라》, 213쪽.

52   《내 심장을 쏴라》, 164쪽.

기도 하다. 그리고 그 누구보다도《내 심장을 쏴라》의 이수명은, 정유정 작가의 분신이기라도 하듯, 글을 씀으로써만이 삶에 의미 부여가 되는, 작가가 되는 것만이 삶의 활기를 되찾을 수 있는 필요조건이라고 선언한다.

> 노트는 열 권으로 불어났다. 그 사이 나는 무한히 자유로웠다. 이야기를 하는 동안, 온전히 나 자신이었다. 인생의 표면을 떠돌던 유령에게 '나'라는 형상이 부여된 것이었다.[53]

우리는 여기서 물을 수밖에 없다. 왜 정유정의 소설에는 호모 사케르를 가리키는 숱한 상징들과 이미지들로 넘쳐나는가? 대체 그것들은 어디에서 생겨난 것일까? 그것들의 출처를 어떻게 이해해야 할까? 왜, 유독 호모 사케르로 호명된 인간들이 거주하는 장소가 소설의 배경(세령호수[54])이자 무대(정신병원)인가?

나는, 추측컨대 '실종된 진짜 아버지'와 '아버지 역할을 자임하는 가짜 아버지' 사이의 메울 수 없는 상징적 거리가 호모 사케르의 공간을 잉태한다고 생각한다.

아버지의 부재는 실종 상태 그 자체를 가리키는 것은 물론이거니와 '부재'로부터 파생된 여러 의미를 띠게 된다. 첫째, 아버지가 폭력적(오영제, 박남철, 박정아의 개장수 아버지, 최현수의 아버지 최상사)이기에 아버지의 부재다. 둘째, 아버지가 경제적으로 무능(최현수, 최상사)하기에 아버지의 부재다. 셋째, 아버지가 자식에게 철저히 무관심(신유나의 아버지)하기에 아버지의 부재다. 넷째, 사고나 질병(김해진, 서재형, 손승아)으로 아버지가 돌아가셨기에 아버지의 부재다. 이들은 법적으로 그리고 혈육의 자격으로는 진짜 아버지이지만 진정한 의미에서는 아버지 역할

---

53   《내 심장을 쏴라》, 333~334쪽.
54   세령마을은 없어지지 않았다. 물속에 존재한다.

을 제대로 수행하지 못한 가짜 아버지들이다.

　정유정이 '사실과 진실 사이에는 〈그러나〉가 있다'라고 말한 것은 직접적으로는 우리가 아직 모르는 정보가 있고, 왜곡된 사실이 있으며, 진실은 미디어의 보도와는 동떨어진 것이라는(그래서 우리가 그 부족한 부분을 소설과 이야기의 허구적 상상력을 통해 메워야 한다는) 주장이지만, 간접적으로는 〈사실〉은 〈진짜 아버지〉를 가리키고 〈진실〉은 〈가짜 아버지〉를 가리키기[55]에, 둘 사이의 쉽사리 좁혀지지 않는 또는 영원히 좁혀질 수 없는 거리가 호모 사케르의 공간을 만들고 있는 셈이다.

　정신적, 경제적, 정서적으로 삶의 울타리나 방어막이 되어주지 못한 아버지로 인해 가족 구성원 누군가는 가정 내에서 자신이 설 자리를 잃는다. 박정아가 고등학생 신분으로 김준호의 모험에 합류하는 것이나 문하영이 참다못해 딸마저 버리고 혼자 파리로 도망친 것이 그렇다. 가정은 늘 붕괴하고 있거나 붕괴할 위기를 겪는 중이다.

　실종된 아버지가 그런 것처럼, 비중은 사뭇 다를 수 있겠지만, 어떤 의미에서 박정아도 문하영도 제자리에 있지 못한 존재다. 즉 탈구된 상태인 것이다.

　대표적으로 오영제(모든 것은 제자리에 있어야 했다. 그가 정한 위치에 그가 정한 모습으로[56])와 강은주(은주에게 남편은, 그녀가 정한 위치에서 그녀가 정한 일을 하고 있어야 하는 존재였다[57])에게서 나타나는 규칙과 질서에 대한 강박관념은, 탈구에 대한 불안감의 이면으로서 죽음마저 탈구의 한 종류로 이해되는 강렬한 감정인데, 역설적인 것은 이 불안감이 다른 한편으로 악의 씨앗을 뿌리고 악인을 생겨나게 하는 요인이 된다는 점이다.

　이 역설은 '예외가 규칙이 되고 규칙이 예외가 되는 반전'을 통해 작동한다. 《완전한 행복》의 악인 신유나가 딸 서지유의 일거수일투

55　'사실과 진실 사이에 그러나…'의 변형태로 '〈사고〉와 〈호수〉 사이에 진짜가 있었다'라는 살인자 최현수의 느낌도 주목해야 한다. 《7년의 밤》, 139쪽.

56　《7년의 밤》, 338쪽.

57　《7년의 밤》, 326쪽.

족은 물론 정신과 감정까지 지배하려고 했던 까닭[58]은, 아버지의 무관심과 할아버지의 외면 속에서 마녀 같은 할머니가 정해놓은 '시간표'대로 움직여야 했던 유년 시절, 질식할 것 같았기에 저항해왔지만 자기도 모르는 사이에 내면화된 규칙의 희생자였기 때문이다. 자신도 연쇄살인의 희생자가 될 뻔했던 언니 신재인은 신유나를 여덟 살 어린아이에서 성장이 멈춘 존재로 평가한다.

미성년이었기에 할아버지 시신의 처분을 병원 측에 맡길 수밖에 없었던 손승아(그녀 또한 '포함인 배제' 구조 속에 있는 존재로서 역설적으로 '법과 무관하게 되었다는 점에서 법과 관계'가 있다)처럼, 신유나도 정신적 측면에서는 '성인이지만 성인이 아닌' 예외 상태에 머물러 있는 것이다. 악인은 바로 그 호모 사케르의 공간에서 탄생한다.

조르조 아감벤에 따르면 '배제를 통한 포함'의 구조란 다름 아닌 '예외'의 구조다. 이때 예외 상태란 식별되지 않는 문턱 또는 경계의 영역을 가리킨다.

신유나는 정신적으로 미성숙한 어린아이였기에 어른으로 식별되지 않고, 육체적으로 엄마가 된 어른이기에 정신적 어린아이로 식별되지 않는다.

예외가 규칙이 된다는 것은 어린 신유나가 가정 내에서 처한 예외적 상태, '아무리 졸라도, 아무리 울어도, 아무리 매달려도, 아빠는 언제나 나를 떼어놓고 가버린 상태'[59]가 할머니는 말할 것도 없거니와 아버지와 할아버지로부터도 문제가 없는 일상의 상태로 받아들여진다는 뜻이다. 할머니는 아들과 할아버지 몰래 어린 손녀 신유나를 자신이 정한 시간표로 괴롭히는 게 아니다. 그것은 가족 구성원 모두에게 드러나 있다.

반대로 규칙이 예외가 된다는 것은 오영제는 자기 방식으로 가

---

58   "유나는 지유를 지배하는 신이었다."《완전한 행복》, 486쪽.

59   《완전한 행복》, 510쪽.

족을 사랑하기 위해 규칙을 내세워 딸을 통제하려 하지만, 그 규칙이 외려 딸을 공포에 질리게 하고 끝내 아빠의 손아귀를 벗어나 달아나다가 교통사고를 당하게 하는 예외 상태에 빠지게 만든다. 경찰에게 아빠의 폭력은 숨겨져 있지만, 안승환에게는 드러나 있다.

4. 감정이출感情移出을 가능케 하는 방법이나 원리는 무엇인가?

a) 실낱같이 열려 있던 이쪽 세상과의 통로가 닫히는 소리였다. 나는 내가 국경에 다다랐다는 것을 알아차렸다. 돌아갈 길이 없다는 것도, 돌아갈 의지가 없다는 것도 (…) 발화의 순간이었다. 내 안의 눈으로 여자의 모든 것을 읽을 수 있고, 볼 수 있고, 들을 수 있는 전지의 순간이었다. 모든 것이 가능해지는 전능의 순간이었다.[60]

b) 독자를 허구의 세계로 밀어 넣은 후 (…) 실제 세계처럼 믿게 하는 것이 우선 과제다. 그래야 독자가 주인공을 동일시할 수 있고, 그의 내면에 감정적으로 이입할 수 있으며, 이입이 돼야만 이야기로 연결되는 통로가 생긴다. (…) 즉 공감한다는 얘기다. (…) 실제에선 경험하기 힘든 일을 실제처럼 겪게 함으로써, 삶과 세계에 대한 새로운 시각을 얻어 안전한 현실로 돌아가게 만드는 것이 주목적이다.[61]

(a)는 《종의 기원》에서 한유진이 어머니를 살해하는 순간을 묘사한 장면이다. 자기 어머니를 죽인다는 것은 경험은커녕 상상하는 것만으로도 끔찍하다. 아니, 사람들 대부분에겐 구토에 가까운 거부감이 생겨나 상상하는 것조차 불가능한 일일 것이다.

60   《종의 기원》, 203쪽.

그러나 책을 읽어가는 동안 독자는 작가의 수완과 솜씨에 현혹당해 마치 실제 살인인 것처럼 느끼게(정유정은 독자로 하여금 오감을 만족시키는 방식으로 묘사함으로써 현장감을 구체적이고 생생하게 전달할 수 있어야 한다고 주장[62]한다) 될 것이다. 그런데 독자가, 악인 한유진처럼 살인 후, 전지전능의 순간을 체험한 다음 현실로 돌아갈 길도 찾지 못하고 돌아갈 의지도 없게 된다면 어찌해야 할 것인가? 독자가 모방 살인범이 되어 실제 행동으로 옮기는 것을 막아줄 절제력은 어디서 생겨나는가? 사회는 왜 쉽게 〈추리소설은 살인을 가르치는 교과서〉라고 믿을 만큼 모방범죄에 두려움을 느끼는 것일까?

'소설을 읽은 뒤 범죄를 모방할까 봐 두려워하는 자들'을 설득시킬 논리는 무엇인가?

새로운 간접 경험을 했으니 삶과 세계에 대한 새로운 시각을 얻는 것은 어찌 보면 당연한 일일 것이다. 굳이 살인 경험을 통해서까지 시각을 확장해야 하느냐는 반문에도 불구하고. 그런데 정유정 작가는, 아니 그녀뿐만 아니라 많은 작가의 경우에도 해당하듯이, 〈안전한 현실로 돌아가게 만드는 것〉이 주목적의 하나임을 밝히면서도 그 구체적인 방법이나 원리를 제시하지는 않는다.

마지막 페이지를 읽고 나서 책을 서가에 꽂는 순간 독자는 자동으로 현실로 돌아오는 것일까? 이런 '자동성'이 편리한 기능으로 허구에 내장돼 있다면 특정한 소설들이 모방범죄를 부추긴다는 우려는 애초에 없었을 것이다.

사형제도가 있다고 해서 그 국가에 잔혹한 범죄가 줄어들지 않

---

61 《정유정, 이야기를 이야기하다》, 55쪽.
62 "시체를 보여주는 데 그치는 게 아니라 독자의 팔에 시체를 안겨줘야 한다. 시체의 무게, 살의 차가운 감촉, 뻣뻣하게 굳은 근육을 만지게 해줘야 한다."《정유정, 이야기를 이야기하다》, 57쪽.

는다는 통계조사를 통해 부분적으로 사형제도의 폐지가 정당화되는 것처럼, 모방범죄 또한 소설(영화를 포함)이 독자의 행위에 결정적인 영향을 미치지 않는다(혹은 미친다)는 정량조사를 해야 할까? 한 예로 무작위로 추출된 두 모집단을 대상으로, 한 집단에게는 특정한 범죄소설을 읽게 한 후 그 집단의 멤버들이 끔찍한 범죄를 저지를 확률 따위를 조사하는 것. 하지만 이 방법은 현실적인 장애에 부닥친다. 두 모집단의 멤버들이 또 다른 소설과 미디어에 노출되는 상황을 차단할 수 없으며, 어쩌면 평생이 걸릴지도 모를, 독자가 소설의 영향을 받아 살인 행위로 옮겨가는 과정을 관찰하는 것이 가능한지, 가능하다고 해도 긴 시간의 흐름으로 인해 그 통계가 여전히 유효한가라는 문제가 제기될 수 있다.

　사형제도와 달리 소설이 독자에게 끼치는 영향 문제는 통계조사가 제한적일 수밖에 없는 무형적인 것이다. 유사한 살인사건이 언론의 도마에 오를 때마다 입장이 다른 논객들의 대립이 더 첨예해질 수밖에 없는 까닭이 여기에 있다. 또 역설적으로, 대립이 첨예함에도 불구하고 토론회를 둘러싼 논쟁이 끝나면 사회적 열기가 쉬 식어버리는 까닭도 여기에 있다. 그러고는 각자의 삶으로 돌아가 그것이 사회문제라기보다는 개인의 책임 문제라고 느낀다.

　작가의 '소설 쓰기'의 테크닉과도 결부된 감정이입의 방법과 달리 많은 사람들이 수긍하고 납득할 만한 감정이출의 방법을 제시하는 것은, 정신의 그 무형적 성질로 인해 거의 불가능에 가까울지 모른다. 우리는 채 20년이 안 된[63] 시간적 거리 사이에 '추리소설은 살인을 가르치는 교과서'라는 사회 분위기로부터 유독 강렬한 악인을 앞세운 정유정의 소설[64]들이 폭발적 인기를 끌고 있는 변화를 체감하고 있다.

63　《7년의 밤》이 출간된 해인 2011년을 기준으로.

64　정서적 거리를 둘 수 있었기에(외국 작가가 쓴 범죄소설일 뿐인걸, 뭐!) 그전에도 외국 범죄소설들은 더러 인기가 있었다. 그리고 악인의 형상화가 상대적으로 약한 우리 범죄소설도 인기가 없지는 않았다. 정유정의 범죄소설은 독자의 정신이 그 간접 경험에 여백 없이 노출된다는 점에서 주목할 만한 현상이다. 그러나 이 변화를 간단히 설명하기란 쉽지 않다. 나중의 연구 주제로 남겨둔다.

한데, 내가 '감정이출'의 방법을 지적한 것은 정유정이 범죄소설을 쓴 다른 작가들과 비슷한 사회적 비판의 문제에 직면하는 것을 보여주기 위해서가 아니라, 그녀가 구현한 문학이 '삶=문학'의 등치이기에 '감정이출'의 방법을 제시할 수도 없고 제시해서도 안 되기 때문이다.

앞서 거칠게 다뤘던 것처럼, 소설의 허구적 성격이 그 자체로 〈안전한 거리〉를 확보해준다면 '소설은 단지 소설일 뿐'이기에 인식의 확장은 극히 제한적이며 '삶=문학'이라는 등치도 한낱 그 주장하는 목소리의 데시벨이 낮은 문학적 수사에 불과한 것이 되고 말 것이다. 반대로 감정이입을 통해 허구성을 약화(독자가 실제 경험처럼 더 강렬한 느낌이 들 수 있도록)하는 순간, 감정이출이 '의문에 부쳐질 수 있는 도덕적 문제'를 해결할 수 있는 방법으로 부각된다. 정유정은 그것을 통념적으로 또 추상적으로만 〈안전한 현실로 돌아가게 만드는 것〉이라 표현한 것이다.

한데, 정유정의 경우 그녀 스스로 감정이출의 방법에 대해 말할 수도 없고 말해서도 안 되는 이유는 그것을 발설하는 순간 소설가(이야기꾼)이기를 그치고 생활인으로 돌아가기 때문이다. 현실로 되돌아가는 길이나 그 원리의 제시는 그녀가 줄곧 신념처럼 주장해온 문학관을 위배한다. 삶과 문학이 동일하다면 '소설가=생활인'일 수밖에 없을 터! 감정이출의 방법은 양자의 등치에 다시 균열을 낸다. 그녀가 예술가의 이름으로 사회적 윤리 문제를 얼버무릴 수 없는 까닭이 여기에 있다.

5. 알랭 바디우[65]가 정유정의 소설을 읽었다면?

'알랭 바디우가 정유정의 소설을 읽었다면?' 이런 제목 아래 그녀의 문학관과 그와 연동돼 움직일 수밖에 없는 윤리 문제를 논의하는 것은 비평가로서 착잡할 수밖에 없다. 고유한 이론에 입각한 심도 있는

---

65 1937~. 프랑스 철학자.

대안 없이 정유정을 '비판을 위한 비판'의 가벼운 대상으로 삼는 일일 것이기 때문이다.

그녀를 알랭 바디우의 철학에 근거해 비판의 대상으로 삼는 건 이 무슨 해괴한 지적 허영일까?

이런 한계에 대한 자기의식을 수용하면서도 또 이 한계를 발판 삼지 않을 수 없는 것은 정유정의 작품 속에서 이해된 윤리 문제를 논의해야 하기 때문이다. 이해를 돕기 위해 우선 내가 이해한 정유정을 정리해보자.

1) 정유정은 '80년 5월, 그날의 광주'를 자기만의 독창적인 방식으로 묘사해낸 작가다. 어느 비평가가(정유정의 초기작에 한정된 비평이기에 지금 보면 어쩔 수 없이 시야가 좁을 수밖에 없는 사정을 감안하더라도) 그녀에 대해 '주제의식은 있되, 문제의식은 없다'라는 수상쩍은 비평을 한 것에 대해서는 동의할 수가 없다. '인간의 악'이라는 주제의식은 있지만 사회적 문제의식은 부족하다는 의미에서 '80년 5월, 그날의 광주'에서 아버지가 실종되었다는 사실을 짧은 문장으로 언급한 것에 그치고 《28》에서 계엄군이 개를 무차별적으로 죽이는 행위가 광주 시민 학살을 희미하게만 연상시킨다는 점을 비판한다면, 나는 오히려 '그날의 광주'가 그 참혹함으로 인해(달리 생각할 여지가 없는, 트라우마로 인해 사실상 말을 얹는 것이 불가능에 가까울 수밖에 없는 상황으로 인해) 소설가의 상상력을 제한할까 봐 '시사성'과 '연상'의 대상에서 빠져나온 것이 신의 한 수였다고 생각한다. 당시의 광주 시민이야말로 '죽여도 죄가 안되는', 대한민국 국민이면서도 국민이 아닌, 호모 사케르의 존재가 아니었던가? 그런 의미에서 빛고을 광주는 숨겨진 호모 사케르의 원형적 장소를 대표하는 이름이다. 나는 정유정의 일련의 소설들이 '그날의 광주'를 숨겨진 방식으로 심도 있게 묘사한 작품이라고 생각한다. 적어도 아버지의 부재

가 광주를 떠올리게 하는 한에서는.

2) '그녀는 순수문학과 대중문학의 피할 수 없는 거리를 든든하게 메우고 있다.' '순문학과 대중문학 사이의 허구성을 폭로한다.' '문학성과 대중성이 이분화되지 않는 세계.'

나는 앞서 각주에서 정유정에 대한 이런 평가들이 그녀를 상찬하는 것이 아니라 모욕하는 것이라고 말했다. 그 이유는 '문학 또한 정치적인 것'(이해관계에 연루되지 않을 수가 없다)이기에 순수문학이란 표현이 잘못되었고, 용어의 기원도 왜곡되었으며, 소위 팔리는 글을 쓰는 작가의 역량이기도 한 재미의 요소를 고려하지 않는 진지한 문학인의 자격지심을 짐작해서가 아니다.

정유정 문학의 본령은 비평가의 바로 그런 불순한 호명(호명의 주권자로서 비평가)을 문제 삼는 것[66]이기 때문이다. 비평가의 무지한[67] 찬사는 정유정이 글라이더에 태워 창공을 날도록 했던 류승민에게서 글라이더를 빼앗는 짓이고, 박양수 노인에게 항해 금지를 명령하는 행위이자, 박동해를 지하실에 감금하는 일이다, 등등.

정유정은 소설 속 가상의 아버지가 실종된, 80년 5월 광주의 기억을 문제 삼고 있고 그 변형태인 장소들(세령호수, 정신병원, 별채, 지하실, 늪, 드림랜드)에서 정신적으로든 육체적으로든 벗어나는 것이 삶의 목표인 인물들을 그려낸다.

3) 부연해보자. 법의 기원적 힘을 행사할 수 있는 능력을 가진

---

66   그러므로, 정유정이 '나는 오직 독자를 향해 글을 쓴다'라는 것은 자기 문학관의 표명이기도 하지만 그 자체만으로 내 비평문에 대한 반론으로 기능함을 부인할 수 없다.

67   그러나, 과연 무지만의 문제일까?

자, 즉 주권자이자 호명하는 자. 정유정은 주권자로부터 호명당한 자, 즉 '포함인 배제'의 경계영역에서 숨죽이며 살아갈 수밖에 없는 자가 그곳에서 탈출하는 여러 방법을 제시한다.

(1) 글라이더를 타고 하늘을 날아 정신병원을 탈출한다(류승민).
(2) 누명을 쓴 육지의 세계로부터 벗어나기 위해 배를 타고 드넓은 바다를 항해한다(박양수 노인).
(3) **'서재형, 인간 없는 세상으로 가다.'** 작가가 진한 글자로 강조한 《28》의 마지막 문장은 이렇게 해석될 수 있다. '인수공통전염병'이라는 점에서 인간과 동물(개)은 동급이다. '도덕과 무관한 특성에 따라 차별하지 않는다'라는 마크 롤랜즈의 글을 정유정이 인용한 것은 '종의 다름이 인간과 동물의 취급 차이를 정당화할 근거가 되지 않는다'라는 주장을 하기 위해서다. 그렇다면 계엄군이 개들을 죽여 파놓은 구덩이 속에 던져 넣는 행위는 인간이 개들을 같음에서 다름으로 밀어내는 구조다. 역시나 '포함인 배제'의 관계. 결국 '인간 없는 세상'이란 동물에 대한 주권자(인간)로서의 호명이 없는 해방된 세계일 터인데, 불행하게도 죽어서야 그곳으로 가게 된 것이다.
(4) 큰 죄의식 없이 딸 오세령을 홀로 고통(아빠의 학대) 속에 남겨둔 채 가족의 인연을 끊고 훌쩍 프랑스 파리로 떠난다(문하영).
(5) 이야기를 써서 자신의 유령 같은 삶(정신병동을 전전해야 했던 삶)에 형상을 부여함으로써 삶의 진정한 의미를 발생시키고 자아 정체성을 확립한다(이수명).
(6) '포함인 배제'의 구조를 통해 자신을 경계영역에 머물도록 억압하는 자를 살해하는, 자유를 위해서는 끔찍한 악마가 되는 것조차 두려워하지 않는다(박동해).

나는 앞서 '이야기=삶'의 구조에서는 범죄소설을 읽고 나서 '모방의 악행'으로부터 완전히 벗어날 수 있는 〈안전한 거리〉를 확보하기가 이론적으로 쉽지 않을 거라고 말했다. 그렇기에 그녀의 문학관이 윤리 문제와 연동될 수밖에 없다고도 했다.

문제의 핵심은 정유정이 (3)을 통해 인간이 동물의 생명에 대한 처분권이 없음을 강조하면서 동시에 (4)를 통해 '생존을 위해, 자유를 위해, 자기 정체성을 위해' 타인의 생명을 처분하는 살인이 정당화될 수 있는 것처럼 말한다는 점이다.

첨언하면, '생존을 위해서'는 동물로서의 정체성만으로 충분하지만 '억압에 대한 저항으로서의 자유'와 '삶의 정체성'을 말할 때는 부득불 인간적 가치 판단이 들어갈 수밖에 없다는 것이다. 다음 글을 보면, 그녀는 흔히 말하는 '타자의 윤리', 즉 타인은 물론 동물의 생명까지도 존중해야 한다는 윤리의식을 갖고 있는 듯이 보인다.

링고는 그의 개가 아니었다. 어느 누구의 개도 아니었다. 그런데도 그 (서재형)는 링고를 거두어야 한다는 책임을 느꼈다.[68]

바로 반문이 이어질 수 있다. 전염병으로 내가 죽을 판인데 병든 개든 잠재적으로 병을 옮길 수 있는 개든 도살 처분하는 것이 왜 비난받아야 하는가? 반대로, 이 비난을 할 수 있는 근거는 이미 동물성을 넘어선 인간성을 전제하지 않는가?

'인간성'이 그저 '동물성'에 불과한 것이라면, 정신병원에 갇혀 살고 싶지 않은 박동해의 이름으로, '행복은 뺄셈'이라는 신유나의 이름으로, 수영을 하고자 하는 한유진의 이름으로 《28》의 개들을 도살할 수 있지 않은가? 어쨌거나 전염병으로 인해 내가 죽을 수 있는 긴급 상황이 아닌가?

68   《28》, 387쪽.

이런 물음에 대한 정유정의 대답은 분명치 않다. 그 이유는 생존 본능을 위해 그 어떤 짓도 할 수 있는 동물성을 인간 생존에 적용하면서도, 자유와 삶의 정체성을 말할 때는 그 동물성을 벗어나는 인간성(가치)을 요구하기 때문이다. 동물성이라는 자연에서 인간성이라는 문화를 끌어낼 수는 없다. 그녀가 말하는 '악'에, 또 '악인'에 혼란을 느낄 수밖에 없는 까닭은 앞서 말한 '소극적 생존'과 '적극적 생존'을 엄밀하게 구별하지 않았기 때문이다. 동물성으로 소극적 생존의 문제는 해결되지만, 동물성만으론 적극적 생존의 문제가 해결될 수 없다. 알랭 바디우의 입장에서 보자면 '악'은 잘못 규정되어 있다.

> 악은 인간 동물이 자신의 존재를 유지하기 위하여, 자신의 이해 관심을 추구하기 위하여 사용하는 폭력과 구분되어야 한다.[69]

폭력을 악과 구분하지 못할 때 '삶의 잔혹한 결백성'으로서의 자기변호만 존재할 뿐이다. 독자로서 《종의 기원》의 한유진이라는 인물을 볼 때 느끼게 되는 불편한 감정이 바로 그것이다. 한유진은 어머니와 이모를 포함한 연쇄살인을 저지르고 나서도 떠돌이 선원이 되어 살아간다. 생존의 가치가 그 무엇보다 앞선다는 이유로.

알랭 바디우의 입장에서 보면 '악이 진리의 전체적인 힘을 강제하고 상황 안의 모든 것을 명명하고자 하는 결단'[70]이기에 진정한 의미의 악인은 한유진 같은 인물이 아니라 '규칙과 질서'를 강요했던 인물들, 그러니까 한유진보다는 도리어 그의 어머니, 강은주, 오영제, 생활 시간표로 신유나의 악행을 키운 할머니 같은 인물들이다.

알랭 바디우는 악에 대한 합의된 또는 선험적 인정을 거부하고 악을 진리와 선의 과정의 차원으로 이해하고자 한다. 따라서 악은 인간

69   알랭 바디우, 이종영 옮김, 《윤리학: 악에 대한 의식에 관한 에세이》, 동문선, 83쪽.
70   피터 홀워드, 박성훈 옮김, 《알랭 바디우: 진리를 향한 주체》, 길, 423쪽.

동물의 범주가 아니라 주체의 범주라는 것이다.

　나는 여기서 부족한 능력[71]으로 인해 더 이상의 논의를 진전시킬 수 없는 것에 큰 아쉬움을 느낀다. 우리 사회는 느슨하게 합의된 형태의 '악'에 대한 규정만으로 충분하다고 생각하는 경향이 있다.

　운동권 학생 출신으로 파리로 망명했다가 귀국해《나는 빠리의 택시 운전사》를 발간한 뒤 톨레랑스(관용)의 사회윤리를 역설한 홍세화의 사상이 유행한 적이 있었다. 최근에도 세계에서 가장 영향력 있는 보이밴드인 BTS가 비슷한 얘기(다름을 인정하고 인종차별을 하지 말라는)를 영상을 통해 세상에 공개한 적이 있다.

　하지만 나는 에마뉘엘 레비나스[72]의 사상에 의존하는 '차이의 윤리'나 '타자의 윤리'—인종주의와 성차별주의에 반대하고 다문화주의를 선호하는 지성인의 멋진 모습 같지만—는 결국에는 '네가 자유민주주의를 받아들이는 한 너는 무한한 자유를 누릴 권리가 있다. 혹은 이슬람교를 믿는 아랍인에게 네가 한국인의 정체성으로 살아가는 한 얼마든지 자유로운 무슬림이 될 수 있다'라는 말처럼, 필패의 지점이 있다는 알랭 바디우의 생각에 동의하는 편이다. 그러나 앞서 말한 것처럼, 톨레랑스와 마찬가지로 우리 스스로가 그 근거를 철저하게 탐구하지 않는 한 알랭 바디우의 '악'의 개념 또한 스쳐지나갈 일시적 유행일 뿐이지 않은가?

71　바디우의 주체, 사건, 진리 같은 개념은 물론이거니와 들뢰즈의 사상과 대비되는 '공백으로서의 존재론'을 언급해야 한다. 덧붙여 레비나스와의 논쟁점을 나만의 방식으로 소화해야 한다. 한데, 외국 이론을 빌려 이러쿵저러쿵한다고 해서 유행하는 윤리에 철퇴를 가하고 우리의 도덕관을 새로이 기초 세울 수 있을까? 늘 허망해지는 자리. 문제를 피해가거나 남의 생각을 빌려와 아는 척하기.

72　1906~1995. 프랑스 철학자.

6. 정유정은 왜 물의 이미지에 유독 집착할까?

정유정은 왜 물의 이미지에 유독 집착할까?

끝으로 우리는 이 물음에 대해 생각해보아야 한다. 그녀의 작품에는 숱한 물의 이미지들이 있다. 수몰(세령호수), 취수탑, 수중 터널, 우물, 익사체, 잠수부, 어부, 욕조, 수영장, 원양어선, 파도, 갯바위, 빗속의 여인, 침몰하는 난파선, 새우잡이 배, 얼어붙은 베링해, 산속 호수, 바이칼 호수, 항구, 수초…. 그리고 이 모든 이미지들을 품는 바다까지!

물의 이미지는 때로는 절망을, 때로는 희망을 상징한다.

무엇이 소년의 영혼을 수수밭판 우물에 가두었을까.[73]

물속이 지상보다 자유로웠고, 수영장이 학교나 집보다 편안했다. 물속은 어머니가 들어올 수 없는 곳이었다. 온전히 나의 세상이었다.[74]

그녀에 따르면 바다가 절망과 희망을 부족함 없이 다 품어 안을 수 있는 것은 꿈이 둘로 나뉜 장소이기 때문이다. 꿈은 악몽일 수도 길몽일 수도 있다.

바다는 거대한 암흑의 공동일 수 있으며, 또한 자신의 삶을 옥죄는 손아귀로부터 벗어나 자유를 만끽할 수 있는 '먼 곳'일 수 있다. 바다는 절망이라는 조수가 희망이라는 갯바위를 덮치는 곳이다. 반대로, 절망이라는 조수에 맞서 희망이라는 갯바위가 삶을 견뎌내는 곳이다.

정유정의 소설에서, 바다 말고 극단적으로 상반되는 이미지를 수용할 수 있는 장소는 달리 없는 것일까?

---

73 《7년의 밤》, 480쪽.
74 《종의 기원》, 134쪽.

내 짧은 생각에 유일하게 달리··· 아니다. 바다 또한 그곳에서 태어났다. 절망의 난파선을 버리고 희망의 돛단배를 띄울 수 있는 곳!

빛고을 광주야말로 다름 아닌 바다의 어머니다. 광주는 뭍의 도시로서 바다의 대척점으로 존재하는 장소가 아니다.

나는 빛의 바다에서 홀로 섬이 되었다.

이 구절을, '80년 5월, 그날' 계엄군에 의해 군홧발에 짓밟히고 총검에 살해당한 시체들이 즐비했던 장소, 세상으로부터 고립되었던 빛고을 광주에 대한 작가의 숨겨진 내면화로 읽어내는 것은 나만의 어리석은 해석일까?

챈들러는 아기를 갖지 않았다. 그는 종족 보존을 위해 누군가는 반드시 이어야 할 세대의 역사를 거부했고 그 때문인지는 몰라도 이야기 전체의 흐름보다는 개별 신scene을 중시하는 파편화된 문학관을 갖게 되었다. 반면에, 파편화라니! 가당찮다. 정유정은 유기체적 사고를 버릴 수가 없었다. 그녀는 생물학을, 아리스토텔레스를 포기할 수 없었다.

그녀에게는 이야기의 구성을 통하지 않고는 삶의 의미가 발생하지 않는다. 기승전결 속에 성장과 모험의 시간과 더불어 파국과 소멸의 시간이 존재한다.

웬걸, 약해빠진 인간 같으니!

박양수 노인은 버려져 입양한 딸, 시력을 잃어가는 딸 월규와 함께 먼 바다를 항해하고자 한다. 누명을 쓰고 쫓기는 늙은 몸이면서도 혈육이 아닌 구성원으로 새 가정을 꾸리고 한 줄기 희망의 빛을 좇아 거대한 파도가 덮치는 위험한 바다로 뛰어들기를 마다하지 않는다.

'나는 이야기꾼이 되고자 한다'라는 정유정의 신념을, 모더니즘에 해박한 이론가가 허세를 뒤에 숨기고 이렇게 비판할 수 있을까?

모더니즘(소설)에 미달한 전근대적 괴담(이야기).

    나 또한 부끄럽게도 셜록 홈스의 이야기와 애거사 크리스티 소설의 차이점을 부각할 때 서구 사회에서나 통용될 수 있는 위의 한 줄 평을 자명한 것으로 받아들여 논리를 전개한 적이 있다(그러나 반론 또한 만만치 않다는 점은 잊지 말아야 한다. 과연 이 분리가 없다면, 즉 내용과 형식의 분리 없이 전근대적 사고방식에서 벗어날 수 있을까?).

    강한 신념을 가진 작가에게는 고유의 강한 이론으로 부딪힐 수밖에 없다는 게 내 생각이다. 삶 또한 그러할 것이다. 강한 신념으로 살아온 인생 앞에 설 때 이론이 스스로 내면적 허약성을 깨닫게 되는 것은 바로 그 때문일 것이다.

    삶과 등치된 이야기를 말하는 그녀에게, '우울한 생기'라는 은유를 생산한 그녀에게, '아버지 부재'의 감각을 내면화한 그녀에게, 빛고을 광주에서 자행된 고통스러운 경험과 기억을 뒤에 숨기고 범죄소설을 쓴 그녀에게….

    나는 오늘 또 하나를 배웠다. 누군가에겐 이야기 그 자체가 문자 그대로 생명일 수 있다는 것을.

코로나 종식 이후의 세상
2035년 근미래를 장르적 상상으로 탐구하다

SF×미스터리 대표 작가 9인의 장르 컬래버 프로젝트

2035 SF 미스터리

천선란·한이·김이환·황세연·도진기·전혜진·윤자영·한새마·듀나

신간 리뷰
《계간 미스터리》 편집위원들의 한줄평

《에도가와 란포와 요코미조 세이시》

나카가와 유스케 지음 | 권일영 옮김 | 현대문학

조동신   일본 추리문학 양대 산맥의 우정과 질투, 일본 추리소설사가 잘 드러난 책.
한이   김내성에게 라이벌이 있었다면 어땠을까?

《손에 땀을 쥐게 하는 이야기 쓰는 법》

조던 로젠펠드 지음 | 정미화 옮김 | 아날로그

한이   읽어라. 최소한 당신의 책이 지루해서 내동댕이쳐지진 않도록 도와줄 것
          이다.

《디 아이돌―누가 당신의 소년을 죽였을까》

서균 지음 | 위즈덤하우스

한새마   한 장 한 장마다 우리가 들어왔던, 그리고 우리가 상상해왔던 온갖 추문이
          등장한다. 카더라 통신을 찾아보는 재미를 소설에서 느낄 수 있다. 응원하
          는 아이돌이 생긴다.
김소망   K-막장 추리소설의 탄생. 혀를 끌끌 차면서도 정신없이 페이지를 넘기는
          중독의 맛.

《다이아몬드가 아니면 죽음을》

제프 린지 지음 | 고유경 옮김 | 북로드

한이   희대의 대도(大盜)를 소개하는 완벽한 방법.

《전래 미스터리》

홍정기 지음 | 몽실북스

한새마   동심 파괴 엽기 잔혹 코믹 호러 미스터리. 출간부터 반갑다. 한국 미스터리
         문학이 다양해지고 있다.
한수옥   발칙하면서도 섬뜩한 동심 파괴 동화.

《스트라진스키의 장르문학 작가로 살기》

J. 마이클 스트라진스키 지음 | 송예슬 옮김 | 바다출판사

한이   작가란 기술이 아니다. 삶을 대하는 태도다.

《사라진 숲의 아이들》

손보미 지음 | 안온북스

김소망   한국 미스터리 소설 신(scene)은 이렇게 또 한 번 확장되었다. 무엇보다 빵
         덕후 여형사를 안 좋아하기 쉽지 않다.

《유리탑의 살인》

치넨 미키토 지음 | 김은모 옮김 | 리드비

조동신 　본격 미스터리에 대한 경의가 무엇보다 돋보이는 작품.

한이 　　"앵글로색슨을 비롯한 세계 어떤 재능에도 뒤지지 않고, 중국, 대만, 한국, 또는 베트남, 인도네시아의 재능을 견인할 아시아의 선봉 자리를 자각시키기 위해" 축복처럼 내린 작품이라는 시마다 소지의 추천사가 질투를 불러일으킨다.

《죽어 마땅한 자》

마이클 코리타 지음 | 허형은 옮김 | 황금시간

한이 　　젊은 천재가 마스터가 되어 돌아왔다.

《한밤의 미스터리 키친》

이시모치 아사미 지음 | 김진아 옮김 | 알에이치코리아

조동신 　단순한 수다거리가 추리로 이어진다. 온갖 술과 안주와 함께. 이 자리에 동참하고 싶다.

《고독한 강》

제프리 디버 지음 | 최필원 옮김 | 비채

한이 　　한번 올라온 폼은 쉽게 사라지지 않는다. 최근의 링컨 라임에 실망했다면 캐트린 댄스가 있다.

《완벽한 여자》

민카 켄트 지음 | 공보경 옮김 | 한스미디어

한새마 때로는 예상대로 굴러가는 것도 재밌다. 맞춤형 메리지 스릴러, 속이 편안
하다.

《당신은 사건 현장에 있습니다》

모데스토 가르시아 지음 | 하비 데 카스트로 그림 | 중앙북스

김소망 《명탐정 코난》 20년차에도 쉽지 않은 추리 게임 북. 그 난이도 때문에 더 빠
져든다.

《합창―미사키 요스케의 귀환》

나카야마 시치리 지음 | 이연승 옮김 | 블루홀식스(블루홀6)

조동신 나카야마 시치리 버전의 어벤저스. 그의 팬이라면 반드시 볼 것!

《소년A 살인사건》

이누즈카 리히토 지음 | 김은모 옮김 | 알에이치코리아

한새마 사회파 미스터리 입문용으로 딱 적당한 작품.

《허상의 어릿광대》

히가시노 게이고 지음 | 김난주 옮김 | 재인

한이   경제적인 문장과 사건 전개가 무엇인지 배우고 싶다면 히가시노 게이고를 펼쳐라.

《마이 러블리 와이프 *My lovely wife*》

서맨사 다우닝 지음 | 이나경 옮김 | 황금시간

한새마   《나를 찾아줘》의 에이미와 맞먹는 무시무시한 와이프의 등장.

《넬라의 비밀 약방》

사라 페너 지음 | 이미정 옮김 | 하빌리스

조동신   18세기 런던, 은밀히 독약을 만들어 팔았던 여자를 21세기에 추적한다.
한수옥   코너에 몰린 여자들을 살리기 위한 넬라의 처방. 누가 그녀를 죄인이라 할 것인가!

《캐릭터 아크 만들기》

K. M. 웨일랜드 지음 | 박지홍 옮김 | 경당

한이   "캐릭터가 구조고 구조가 캐릭터"다. 이제 한국 미스터리도 강철중이나 마석도 같은 캐릭터 하나쯤은 있어도 괜찮지 않은가.

대만, 태국, 베트남, 인도네시아, 중국, 러시아, 일본
현재까지 7개국에 수출된 페미니즘 연애소설

출간 즉시 일본 아마존 로맨스 분야 1위 · 웹툰, 드라마, 영화화 계약

나의 미친 페미니스트 여자친구

민지형 장편소설

트릭의 재구성

막걸리 공장의 변사체

황세연

"정말 지푸라기라도 잡고 싶은 심정이에요."

며칠 동안 잠을 자지 못한 듯한 마흔 초반쯤의 여자가 한숨 같은 목소리로 말했다.

아는 경찰이 한번 가보라고 해서 왔다지만 서울 은평구 변두리에 있는 그렇고 그런 최순석 탐정사무소까지 찾아왔을 정도면 여자는 이미 해볼 만한 일은 다 해봤을 것이다.

"너무 억울해요. 우리 남편은 결코 사람을 죽일 사람이 아니에요. 진짜 거미 한 마리 못 죽였어요. 살인 누명을 쓰고 구속된 거예요."

"설탕이 든 다방 커피예요. 피곤하신 거 같아서⋯."

별명이 '이 프로'인 이은비 탐정이 커피믹스를 탄 커피 잔을 의뢰인 앞에 내려놓고 자리에 합석했다.

"고마워요."

"저희가 사건을 맡을지 말지는 말씀을 들어보고 나서 판단하겠습니다. 어떻게 된 사건인지 말씀해보시죠."

최순석 탐정이 메모장을 펼치며 의뢰인에게 말했다.

의뢰인의 남편인 염건령은 죽은 황세팔의 고등학교 동창이었다. 고등학교 때는 꽤 친했다는데, 고등학교 졸업 후 연락이 끊겼다가 1년 전, 20년 만에 다시 만났다. 황세팔은 경기도 고양시에 살았고, 염건령은 서울 은평구에 살았다. 두 사람은 집도 멀지 않다 보니 자주 만나서 술을 마시며 다시 친해졌다.

어느 날 술자리에서 황세팔은 염건령에게 좋은 사업 거리가 있다며 귀가 솔깃한 이야기를 했다. 간에 좋다는 인진쑥 즙을 막걸리에 섞어 흑막걸리를 만들어 팔자는 제안이었다. 시음해보라며 황세팔은 가방에서 인진쑥 즙을 꺼내 술집에서 파는 막걸리에 섞어 갈색 막걸리를 만들어 염건령에게 건넸다. 맛을 보니 정말 쌉싸름하면서 맛이 좋았다. 맥주에 비유하면 기네스 흑맥주 같은 맛이었다.

"어때? 꽤 인기를 끌겠지? 어디 시골구석 허름한 막걸리 공장을 하나 인수해 그 막걸리에 인터넷에서 파는 인진쑥 즙을 섞어 프리미엄 막걸리 상표 붙이면 서너 배 가격에도 잘 팔릴 거야. 땅 짚고 헤엄치며 돈 버는 거지. 인수할 막걸리 공장도 이미 점 찍어놨어. 제조와 영업은 내가 다 알아서 할 테니 너는 돈을 투자한 뒤 사장실에 앉아서 거드름이나 피우면 돼."

사업 성공 가능성이 크다고 판단한 염건령은 이 막걸리 사업에 전 재산을 투자했다. 하지만 사업은 초기부터 순탄하지 않았다. 막걸리를 만들고 인진쑥 즙을 섞는 일은 인수한 막걸리 공장의 직원들이 어렵지 않게 했지만, 판로가 문제였다. 동네 소형 마트는 막걸리 값이 너무 비싸다며 하루에 한 병 팔기도 어려울 거라고 손사래 쳤고, 대형 마트들은 막걸리 회사가 너무 영세해 식중독 사고가 걱정된다며 고개를 옆으로 흔들었다.

고급 술집 몇 곳에서 자신들이 직접 담가서 파는 막걸리로 광고하는 조건으로 납품받긴 했지만, 그 수입으로는 공장 직원들 월급 주기도 버거웠다.

염건령은 사업 초기라서 그렇지, 막걸리 맛을 본 사람들이 입소문을 내기 시작하면 상황이 좋아질 거라 생각했고, 황세팔이 운영 자금이 더 필요하다고 하면 빚까지 내서 사업 자금을 끌어다 댔다. 하지만 시간이 흘러도 사업 여건은 좀처럼 개선되지 않았다. 그러자 염건령과 황세팔의 관계도 틀어지기 시작했다. 사사건건 둘의 의견이 충돌했다.

그러다 러시아가 우크라이나를 침공한 후 밀로 만드는 누룩 가격과 밀가루 가격이 크게 올라 수익성이 더 나빠졌다. 더는 사업을 유지하기 어려운 상황이 되었는데 엎친 데 덮친 격으로 염건령은 황세팔이 수익금 일부를 횡령한 사실까지 알게 되었다.

염건령은 황세팔에게 횡령 사실을 추궁하는 대신 사업을 그만 접고 공장을 처분하여 투자 비율대로 나누자고 제안했다. 하지만 황세팔은 극구 반대했다. 투자금 대부분을 염건령이 댔기에 공장을 처분하면 황세팔이 가져갈 수 있는 돈은 거의 막걸리 공장은 공동명의여서 황세팔이 반대하면 염건령 혼자서는 처분할 수 없었다. 그러는 사이 둘은 감정의 골이 깊어졌다.

그러던 어느 월요일 아침 황세팔이 막걸리 공장 창고에서 목을 맨 변사체로 발견되었다. 두 손이 등 뒤로 단단히 묶여 있었다. 아침에 출근한 직원들이 발견했는데 죽은 지 2, 3일 정도 지난 것 같았다.

곧 염건령이 황세팔을 죽인 용의자로 체포되었다. 황세팔이 죽던 날 막걸리 공장 안에는 염건령밖에 없었다. 시체가 발견되기 이틀 전인 금요일 밤 염건령과 황세팔은 막걸리 공장 안의 숙소에서 밤새 술을 마셨다. 염건령은 술에 만취해 있어 기억이 거의 나지 않는다고 경찰에 진술했다.

"기억이 희미한데, 황세팔과 술을 마시다가 공장 처분 문제를 놓고 언쟁을 벌였어요. 그러다 감정이 격해져서 황세팔에게 수익금을 횡령한 사실을 추궁했던 거 같아요. 그러자 황세팔은 자신은 막걸리 공장을 팔면 먹고살 방법이 없다, 조금만 더 버티면 사정이 나아질 거라며 저를 설득하려 했어요. 자기가 수익금을 횡령한 것은 아내가 대장암에 걸려 수술비와 간병비가 필요한 데다 두 아이를 돌봐줄 보모가 필요해서 어쩔 수 없이 한 짓이라고 변명했어요. 이야기를 들어보니 사정은 딱했지만, 내게 돈을 빌릴 수도 있었고 다른 방법이 있었는데 몰래 공금을 횡령한 친구의 말을 그대로 믿을 수는 없었어요. 그래서 저는 공장을 처분하겠다는 주장을 굽히지 않았던 거 같아요. 그 뒤에는 기억이 안 나요…. 황세팔이 숙소 밖으로 나갔던가? 하여튼 정신을 차려보니 다음 날 오전이었고, 공장에 아무도 없는 것 같아 공장 문을 잠그고 집에 갔어요."

막걸리 공장 출입구와 공장 지붕에 CCTV가 있었다. 따라서 황세팔이 살해되기 전인 금요일 밤부터 살해된 후인 토요일이나 일요일 사이에 공장에 드나든 사람이 있었다면 CCTV에 찍혔을 것이다. 하지만 드나든 사람은 아무도 없었다. 경찰은 범인이 공장 어딘가에 숨어 있다가 범행을 저질렀을 수도 있다는 생각에 CCTV 한 달 녹화 기록을 돌려봤지만, 공장에 들어왔다가 나가지 않은 사람은 없었다. 사건이 날 때 공장 안에는 분명 염건령밖에 없었다.

"공장 안에는 CCTV가 없나요?"

이 프로가 물었다.

"공장 출입문 안쪽에 공장 안을 찍는 카메라가 한 대 있기는 한데, 오래전에 고장 났대요."

"황세팔 씨가 목을 맨 밧줄에서 남편분의 지문이나 DNA가 검출되었습니까?"

"예. 하지만 그 밧줄은 공장에서 오랫동안 사용하던 거예요. 그래서 여러 사람의 DNA가 검출되었어요. 우리 남편뿐만 아니라 죽은 황세팔 씨, 공장 직원 두 명의 DNA가 같이 검출되었어요."

"황세팔 씨가 죽던 날 밤 공장 안에는 남편분밖에 없었는데, 남편이 범인이 아니라면 누가 범인일까요? 짐작 가는 사람 있으세요?"

"아, 아뇨. 막걸리 공장과 이해관계가 얽혀 있는 사람 중에 막걸리 공장을 처분하지 말자고 주장했던 황세팔 씨가 죽어서 이익을 볼 사람은 없어요. 직원들은 물론 그 누구도…."

"남편분 빼고는 말이죠?"

"예…. 그래서 저는 황세팔 씨가 자살했다고 생각해요. 우리 남편은 범인이 아니고, 다른 범인이 없다면 자살 아니겠어요."

"자살의 근거가 있습니까?"

"황세팔 씨는 몇 달 전에 거액의 생명보험을 들었어요. 회사 돈을 횡령할 정도로 경제 사정이 안 좋았다면 보험을 깨는 게 상식 아닌가요? 그런데 그 와중에도 보험료를 내며 보험을 계속 유지했어요. 보험을 든 뒤 정해진 기간을 채우지 못하고 자살하면 보험금을 못 타니, 가족이 보험금을 탈 수 있도록 자살을 타살로 위장한 게 아닐까 해요."

"하지만 다른 증거 없이 그것만으로 자살로 보기는 어려울 것 같은데요?"

"아니에요. 자살이 틀림없어요! 자살이어야 해요. 우리 남편은 절대 사람을 죽일 인간이 아니에요. 제발 좀 도와주세요. 여기, 현장 사진을 구해왔으니 이것도 좀 살펴봐 주세요, 제발요…."

여자는 울음이라도 터트릴 것 같은 표정으로 가방에서 급히 사진 몇 장을 꺼내 테이블 위에 올려놓았다. 최 탐정이 사진을 살피기 위해 테이블 위에 늘어놓자 이 프로가 밧줄에 매달려 있는 시체 사진을 보고 인상을 찡그렸다.

월요일 아침 직원들이 창고 문을 열었을 때 창고에는 공업용 철제 선풍기 한 대가 힘차게 돌아가고 있었고, 선풍기 앞에 손이 뒤로 묶인 황세팔이 창고 천장에서 내려온 밧줄에 목이 졸린 채 축 늘어져 있었다. 시체의 목에서 천장으로 이어진 밧줄의 반대쪽은 쌀가루와 밀가루 포대들을 받치고 있는 나무 깔판에 묶여 있었다. 시체의 발끝이 창고 바닥에 닿을 듯 말듯했다.

경찰의 주장대로 타살이라면, 범인이 술에 취해 정신을 잃은 황세팔의 목에 밧줄을 묶고 밧줄 반대쪽을 대들보 위로 넘겨서 잡아당겼을 것이다. 의뢰인의 주장대로 자살이라면, 먼저 밧줄을 설치한 뒤 옆에 의자 높이로 쌓여 있는 밀가루 포대로 올라가 목에 밧줄을 묶고 뛰어내렸을 것이다. 하지만 자살로 보기에는 손이 등 뒤로 단단히 묶여 있었다는 점이 문제였다.

죽은 사람의 신발을 찍은 사진도 있었다. 신발 바닥에 밀가루가 묻어 있었지만 창고 바닥이 온통 밀가루 천지여서 목을 매려고 밀가루 포대에 올라갔을 때 묻었다고 주장하기는 어려울 것 같았다.

"왜 현장에 선풍기가 틀어져 있었던 걸까요?"

사진 한 장을 들고 들여다보던 이 프로 탐정이 의뢰인과 최 탐정을 번갈아 쳐다보며 물었다.

"글쎄? 범인이 발자국 같은 흔적을 없애려고 그랬던 게 아닐까? 창고 바닥의 쌀가루와 밀가루에 발자국 등 사건의 단서가 남아 있는 걸 본 범인이 흔적을 지우기 위해 선풍기를 틀어놓은 게 아닌지…. 풍력이 센 선풍기 때문에 쌀가루와 밀가루가 이리저리 휘날려서 발자국과 지문이 모두 사라졌잖아."

최 탐정이 의견을 말하자 의뢰인이 더욱 울상을 지었다. 마지막 희망인 탐정들까지도 자살이 아닌 타살이라고 단정하는 듯해서 절망하는 것 같았다.

최 탐정은 다음으로, 끈으로 단단히 묶여 있는 죽은 자의 손목 사진을 살폈다.

"끈이 피부를 파고든 걸 보면 꽤 힘을 줘서 두 손목에 끈을 감았고, 매듭을 여러 번 단단히 묶었군요. 매듭의 강도나 매듭 방법으로 봐서 스스로 두 손을 묶었다고 보기는 어려울 거 같은데요."

눈치 없는 이 프로 탐정이 생각을 그대로 말했다.

"황세팔 씨의 손목을 묶은 끈은 무엇입니까?"

최 탐정이 의뢰인에게 물었다.

"그게…, 황세팔 씨가 사망하기 전날 우리 남편이 인터넷으로 구매한 소가죽 끈이에요. 남편은 취미로 검도를 하는데, 목검 손잡이에 감으려고 샀대요. 하지만 생각해보세요. 남편이 살인범이라면 자신이 산 끈으로 죽일 사람의 손을 묶었겠어요. 자기 소지품을 이용하면 그게 다 살인의 증거가 될 텐데…."

"진짜 가죽인가요?"

"예. 천연 통가죽이에요."

"그 끈에서 지문이 나왔습니까?"

"아뇨. 누구의 지문도 찍혀 있지 않았어요."

"범인이 장갑을 끼고 있었나 보군요."

"가만? 천연가죽을 칼 손잡이에 감을 경우 운동하다 손에 땀이 나면 가죽이 늘어나서 헐렁해져 좋지 않을 듯한데, 정말 목검 손잡이에 감으려고 산 가죽 끈이 맞아요?"

"아휴! 탐정님까지 왜 이러세요? 탐정님도 형사님들처럼 저와 우리 남편 말을 믿지 못하는 건가요? 가죽 끈을 물에 30분쯤 담가 불려서 칼 손잡이에 단단히 감으면, 가죽이 마르면서 조여들어 마치 강력접착제로 붙인 것처럼 견고해진대요. 제가 남편을 구하기 위해 탐정님에게까지 거짓말하는 거 같나요?"

"아, 죄송합니다. 진정하세요. 제 질문은 그런 의도가 아니라, 탐정은 냉철해야 진실을 파악할 수 있어서 하나하나 따져보는 겁니다."

급기야 의뢰인이 손등으로 눈물을 훔쳤다. 그 순간 최 탐정이 손가락을 튕겨 탁 소리를 냈다.

"아! 현장에서 돌아가고 있던 선풍기의 용도가 뭐였는지 알겠어요! 고객님 말씀처럼 보험금을 받기 위해 자살을 타살로 위장했을 가능성이 충분해요. 현장으로 가서 실험해봅시다."

문제: 황세팔의 죽음이 자살이라면 등 뒤로 단단히 묶여 있던 그의 두 손은 어떻게 된 것일까?

위의 QR코드를 스캔하시거나 나비클럽 홈페이지(www.nabiclub.net)의 〈계간 미스터리〉 카테고리에서 확인할 수 있습니다.

어느 날 갑자기 모든 것이 무너졌을 때
우리를 구원하는 것은 무엇일까?

'별처럼 빛나는 고전이 빚어낸 소설' — 김탁환

가문비 탁자

공원국 장편소설

2022 여름호 독자 리뷰

2yjyj

우와 우와. 《계간 미스터리》가 벌써 20주년이라니. 계간이긴 하지만 20년 동안 꾸준히 종이 잡지를 만든다는 게 보통 어려운 일이 아닌데, 편집부와 출판사에 박수를 보내고 싶다. 20주년 기념호라 그런지 표지도 너무 예쁘다. 화관을 쓴 해골 바가지라니. ㅋㅋㅋ. 축하의 마음을 담아 우리 집 책장에 있는 외계인 해골과 함께 책 사진을 촬영했다(응?).

우리 부부 둘 다 스릴러, 미스터리 장르를 좋아하기도 하고, 우리 소설가 남편의 경우 《계간 미스터리》 32호에 〈기면증〉이란 단편을 기고했던 적도 있어 나름 좋은 추억과 애정을 품고 있는 잡지이기도 하다. 매번 찾아 읽는 건 아니지만 가끔 읽어보면 새로운 작가도 알게 되고, 한국 추리소설계에 대한 전반적인 지식이 높아지는 것 같아 뿌듯한 기분도 든다.

이번 호 특집의 주제는 '세계 미스터리의 흐름과 현재'였는데 역시 우리나라 얘기가 가장 흥미로웠음('한국 미스터리의 첫 번째 전성기'_한이). 요즘처럼 한국 추리, 스릴러 장르가 주목받았던 때가 또 있을까. OTT용 콘텐츠로 만들기에도 더없이 잘 어울리고 말이다. 앞으로 재미있는 작품들이 더 많이 나올 것 같다.

sozzikan_oh

《계간 미스터리》는 진짜 제 취향입니다. 책에서 말하듯 새로운 스토리텔러들이 몰려오는 현재, 내가 전할 수 있는 스토리는 무엇이 있을지 곰곰이 생각해보게 되네요.

666_22

《계간 미스터리》 2022 여름호를 샀다. 《계간 미스터리》는 생각날 때마다 밀리의 서재에서 보는 편인데, 20주년 기념으로 나온 이번 호 표지를 보자니 도저히 실물을 소장하지 않을 수 없었다. 아무래도 나 해골을 좋아했나 보다. 아니 해골이 꽃을 뒤집어쓰고 있다니 이건 해골이 잘못한 것 아닌가.

신인상에 당선된 작품 중 한 작품을 읽었다. 전형적이라고 느껴질 만큼 미스터리 소설의 기법이 한눈에 들어와서 큰 반전이 기대되거나 하지는 않았다. 그래도 답이 곧장 풀리는 문제는 아니었고, 무엇보다 시대가 낳은 문제에 대한 작가의 메시지가 돋보였던 작품이다.

나도 더 열심히 써야겠다고 생각했다. 누가 돈을 주고 시킨 것도 아닌데 머리를 쥐어짜고 시간을 바쳐가며 쓴 블로그의 글이 언젠가는 빛을 보게 될지도 모른다는 꿈을 갖고. 어쩐지 낙관적인 기분이 되었다.

이동식

저는 추리, 스릴러, SF 호러 이런 장르만 좋아합니다. 그런데 우리나라에 미스터리 잡지가 있는 줄은 이번에 처음 알았어요. 그것도 무려 발행 20주년이라니!! 표지가 너무 예뻐서 샀는데 내지는 더 예쁘네요.

인스타그램 @nabiclub을 팔로우하고,
#계간미스터리 해시태그와 함께 《계간 미스터리》 리뷰를 남겨주세요.
선정된 리뷰어에게는 감사의 마음으로 신간 《계간 미스터리》를 보내드립니다.

계간 미스터리 신인상 공모

**전통의 추리문학 전문지 《계간 미스터리》에서
새로운 시대를 함께 열어갈 신인상 작품을 공모합니다.**

■ **모집 부문**
　단편 추리소설, 중편 추리소설, 추리소설 평론

■ **작품 분량(200자 원고지 기준)**
　단편 추리소설: 80매 안팎/중편 추리소설: 250~300매 안팎/추리소설 평론: 80매 안팎
　※ 분량 기준을 준수하지 않은 응모작은 심사 대상에서 제외됩니다.
　※ 평론은 우리나라 추리소설을 텍스트로 삼아야 합니다.

■ **응모 방법**
　– 이메일을 통해 수시로 접수합니다. mysteryhouse@hanmail.net
　– 우편 접수는 받지 않습니다.
　– 파일명은 '신인상 공모_제목_작가명'을 순서대로 기입해야 합니다.
　– 이름(필명일 경우 본명도 함께 기입), 주소, 연락 가능한 전화번호, 이메일을 원고 맨 앞장에 별
　　도 기입해야 합니다. 부실하게 기입하거나 틀린 정보를 기재했을 경우 당선 취소 등 불이익
　　을 받을 수 있습니다.

■ **유의 사항**
　– 어떤 매체에도 발표되지 않은 작품이어야 합니다.
　– 당선된 작품이라도 표절 등의 이유로 타인의 지식재산권을 침해한 사실이 밝혀지거나, 동일
　　작품이 다른 매체 등에 중복 투고되어 동시 당선된 경우 당선을 취소합니다. 이 경우 원고료
　　를 환수 조치합니다.
　– 미성년자의 출품은 가능하나 수상 시 법정대리인의 동의서, 가족관계증명서 등을 제출해야
　　합니다.

■ **작품 심사 및 발표**
　– 《계간 미스터리》 편집위원들이 매 호 심사합니다.
　– 당선자는 개별 통보하고, 《계간 미스터리》 지면을 통해 발표합니다.

■ **고료 및 저작권**
　– 당선된 작품은 《계간 미스터리》에 게재합니다. 작가에게는 상패와 소정의 고료를 드립니다.
　– 원고료에 대한 제세공과금을 공제합니다.
　– 신인상에 당선된 작가는 기성 작가로서 대우하며, 한국추리작가협회 정회원으로서 작품 활동
　　을 지원합니다.

■ **문의**
　한국추리작가협회 02-3142-3221 / 이메일: mysteryhouse@hanmail.net

한국 추리문학의 본진
《계간 미스터리》 정기구독

★★★ 1년 정기구독 ★★★

15,000원×4권

60,000원 → **50,000원**(17% 할인)

★★★ 2년 정기구독 ★★★

15,000원×8권

120,000원 → **100,000원**(17% 할인)

나비클럽 도서 1권 선택 증정

정기구독 신청은 나비클럽 홈페이지 www.nabiclub.net에서 가능합니다.

(문의 nabiclub17@gmail.com)

"모든 이야기는 미스터리다"

나비클럽

추리×괴담 20명 작가의 무서운 컬래버

《괴이한 미스터리》

드라마화 확정!

공포, 미스터리, 스릴러…
최고의 독서 오락을 위해 대한민국 젊은 장르작가들이 뭉쳐 탄생한
소설집 《괴이한 미스터리》

풍문으로만 떠돌던 괴담이 펼쳐지는 월영(月影)시를 배경으로
서로 같으면서도 미묘하게 다른 시공간과 캐릭터, 사건들이
한국추리작가협회×괴이학회 20명 작가들의 스타일대로 다채롭게 구현된다.

드라마화 확정 작품

〈월영시는 당신을 기다립니다〉 엄길윤 / 〈백번째 촛불이 꺼질 때〉 전혜진 / 〈회화목 우는 집〉 배명은 / 〈이매지너리 프렌드〉 반대인 / 〈장롱〉 김유철 / 〈풀 스로틀〉 한이 / 〈복수 가능한 학교폭력〉 윤자영 / 〈챠밍 미용실〉 사마란 / 〈수상한 알바〉 김선민

나비클럽